Björn Larsson

Der Keltische Ring

Zu diesem Buch

Eine steife Brise fegt im Winter 1990 über die dänische Stadt Dragör hinweg, als ein finnischer Katamaran im Hafen anläuft. Der leidenschaftliche Segler Ulf hilft dem erschöpften Skipper Pekka beim Anlegen. Dieser übergibt ihm ein Paket, bevor der Zoll es entdecken kann. Ulf findet darin in derselben Nacht das Logbuch des Skippers, das von der Spurensuche eines mysteriösen Geheimbundes, dem »Keltischen Ring«, handelt. Ulf beschließt, diesem auf den Grund zu gehen und die Route des Skippers nachzufahren. Er und sein Freund Torben brechen auf, Pekka wird indes ermordet, und der waghalsige Törn entlang der schottischen Küste wird bald zu einer lebensbedrohlichen Gefahr für die beiden Segler.

»Björn Larsson erweist sich als brillanter Erzähler.« *Rhein-Zeitung*

»Larsson, selbst Segler, spielt gekonnt mit den Elementen einer Sage nach Art des Fliegenden Holländers und denen des Thrillers, Gänsehaut kriegt man schon allein der allgegenwärtigen Kälte wegen.« *Saarbrücker Zeitung*

Der Autor

Björn Larsson (*1953) ist ein schwedischer Krimiautor und Universitätsprofessor. Bekannt wurde er mit einer fiktiven Biografie über den Schiffskoch Long John Silver aus dem Roman *Die Schatzinsel.* Der Autor segelt leidenschaftlich gern, im Sommer lebt er auf seinem Segelboot in Dänemark.

Im Unionsverlag sind außerdem lieferbar: *Long John Silver* und *Träume am Ufer des Meeres.*

Der Übersetzer

Jörg Scherzer (1945–2019) war als Übersetzer aus dem Dänischen, Norwegischen und vor allem aus dem Schwedischen tätig.

Mehr über den Autor und sein Werk auf *www.unionsverlag.com*

Björn Larsson

Der Keltische Ring

Ein nautischer Thriller

Kriminalroman
Aus dem Schwedischen von Jörg Scherzer

Unionsverlag

Die Originalausgabe erschien 1992
unter dem Titel *Den keltiska ringen*
im Verlag Norstedts, Stockholm, Schweden.
Die deutsche Erstausgabe erschien 1998 im Berlin Verlag.

Im Internet
Aktuelle Informationen, Dokumente und Materialien
zu Björn Larsson und diesem Buch
www.unionsverlag.com

Unionsverlag Taschenbuch 744
Diese Ausgabe erscheint mit freundlicher Genehmigung
der Nordin Agency AB, Sweden.

Neptunstrasse 20, CH-8032 Zürich
Telefon +41 44 283 20 00
mail@unionsverlag.ch

Reihengestaltung: Heinz Unternährer
Umschlaggestaltung: Heike Ossenkop
Umschlagbild: thomasufer (photocase.com)
Druck und Bindung: CPI – Clausen & Bosse, Leck
www.unionsverlag.com/produktsicherheit
ISBN 978-3-293-20744-8
7. Auflage, August 2025

Der Unionsverlag wird vom Bundesamt für Kultur mit einem
Verlagsförderungs-Strukturbeitrag für die Jahre 2021–2025 unterstützt.

Auch als E-Book erhältlich

Für Helle

Der Keltische Ring ist ein Roman.
Dem Leser steht es daher frei, in der Wirklichkeit nach Entsprechungen von im Text vorkommenden Personen zu suchen.
Der Autor hingegen legt Wert auf die Feststellung, dass die im Text Vorkommenden – ob Pekka, Torben, MacDuff oder Mary – nicht identisch sind mit tatsächlichen Personen gleichen Namens.

I

Es war der 18. Januar 1990. Eine steife Brise, die bisweilen Sturmstärke erreichte, fegte mit schweren Regenschauern von Südwesten heran.

Die Järnvägsgatan, eine Straße am Hafen von Limhamn auf der schwedischen Seite des Sunds, lag verlassen da, nur ab und zu spiegelte sich das Scheinwerferlicht eines Autos in Schaufensterscheiben und lag glänzend auf dem nassen Asphalt.

Mit dem Wind im Rücken ging es sich leicht. Die schwersten Böen schoben mich förmlich auf mein Ziel, den Fähranleger, zu. Nicht, dass ich es eilig gehabt hätte. An einem Donnerstagabend im ersten Monat des Jahres gab es keine Warteschlange, die Fähren legten halb leer ab. Und der Wartesaal war alles andere als einladend.

Obwohl mir Warten im Grunde nichts ausmachte. Ich hatte es allmählich gelernt, und manchmal gelang es mir zu vergessen, dass mir die Zeit ziemlich sinnlos durch die Finger rann. Ich war viel in Bewegung, aber das änderte nichts an dem Gefühl vergeudeter Zeit. Immer gab es etwas zu tun, etwas, was beendet werden musste und keinen Aufschub duldete. Und stets waren es andere, die mir Fristen setzten.

Meine Übersiedlung nach Dänemark war ein erster Versuch gewesen, dieser Tretmühle zu entkommen. Ich arbeitete aber weiter in Schweden, und nach wie vor war die Stechuhr das Maß meines Lebens. Ich pendelte nur immer hin und her, ich kam niemals irgendwo an.

Jahraus, jahrein war ich dreimal in der Woche über den Sund gefahren. Die einzige Abwechslung bestand in den unterschiedlichen Fährverbindungen, die ich benutzen musste, je nachdem, wo sich mein »Zuhause« gerade befand. Denn ich wohnte auf einem Segelboot, das in Häfen zwischen Helsingör im Norden und Dragör im Süden lag.

Den Winter über, wie jetzt, machte ich in Dragör fest, einem der wenigen Häfen, in denen das ganze Jahr über Leben herrschte. Lotsen, Fischer und Fähren, die zu jeder Jahreszeit fuhren, vertrieben mir die Einsamkeit. Im Sommer dagegen wechselten mein Schiff und ich ständig den Liegeplatz. Die *Rustica*, so hieß es, hatte keinen festen Heimathafen.

Für die Behörden hatte mein unstetes Leben mich zum »Grenzgänger« gemacht, zu einem, der in einem Land wohnt und in einem anderen arbeitet. Ich selbst hielt mich eher für einen Zugvogel, den man zu lange gefüttert hatte. Andere als Staatsgrenzen überschritt ich jedenfalls nicht. Dennoch hatten die tägliche Überfahrt und das Gefühl, ausgewandert zu sein, einen gewissen Reiz für mich, und gelegentlich ließ ich mich zu der Hoffnung verleiten, dass alles sich ein wenig verändert haben könnte, wenn ich die Fähre verließ und an Land ging. Natürlich wurde ich immer enttäuscht.

Immerhin war an diesem Abend eine kleine Neuigkeit zu erwarten. Die Fähre *Ofelia* war vollständig überholt und als *Königin des Öresunds* wieder in Dienst gestellt worden. Es war meine erste Fahrt auf dem umgebauten und in den Adelsstand erhobenen Schiff, und ich war neugierig darauf, wie es mir gefallen würde. Da ich vier dunkle Monate im Winterhafen von Dragör vor mir hatte, war das bei meinen ständigen Fahrten durchaus eine Frage von echtem Interesse. Wenn sich Eis bildete, konnte ich die *Rustica* nicht mehr in einen anderen Hafen mit einer anderen Fährverbindung über den Öresund verlegen.

Bis dahin hatten wir einen milden Winter gehabt. Im Dezember hatte es einige Tage geschneit, aber der Schnee war nicht liegen geblieben. Nur in einer Nacht war das Thermometer unter zehn Grad minus gefallen, sonst hatte es sich um null Grad bewegt. Grau war es gewesen, graue Luft mit viel Regen und Wind, und zweimal hatten wir Wind in Orkanstärke gehabt, der Flughafen Kastrup hatte 37 Sekundenmeter gemeldet. Am nächsten Tag waren die Anlegebrücken im Hafen überflutet gewesen, und ich konnte nicht an Land gehen. Kurz, wir erlebten einen typischen südschwedischen und dänischen Winter: feucht, rau, düster und trist.

Was sich rasch ändern konnte. Glaubte man den Fischern, konnte man erst nach dem 15. Februar sicher sagen, dass dies ein eisfreier Winter sein würde, und bis dahin war es noch ein guter Monat. In den letzten Tagen war das Wetter außerdem sehr wechselhaft gewesen, am Vortag schneidender Nordwind, nun eine feuchte Brise aus Südwest. Den ganzen Tag über hatte es geregnet, was darauf hindeutete, dass die Wetterfront uns bald passiert haben müsste und dass der Wind umschlagen würde nach West- oder Nordwest. Es lag eine Unbeständigkeit in der Luft, die mich nicht unberührt ließ. Nichts schien mir mehr sicher oder gewiss.

Ich war darum auch nicht sonderlich erstaunt, als ich zum Fähranleger kam und feststellte, dass der Warteraum völlig menschenleer war. Es war noch nie vorgekommen, dass ich der einzige Passagier war, aber bei meinen ungewöhnlichen Fahrzeiten hatte ich mir schon häufiger vorgestellt, dass der Fall eines Tages eintreten könnte. Ich fragte am Fahrkartenschalter, ob die zur Majestät gewordene *Ofelia* wirklich fahren würde.

»Wieso nicht?«, lautete die Antwort.

»Ich dachte nur. Wo sind denn die anderen?«

»Welche anderen?«

»Die Passagiere.«

»Wahrscheinlich kommen keine mehr«, sagte der Fahrkartenverkäufer. Seinethalben konnten die Fähren immer leer fahren.

Aber er hatte sich geirrt. Als der Zweite Steuermann meine Fahrkarte lochte, hörten wir rasche Schritte. Wir drehten uns beide gleichzeitig um, um uns den Nachzügler anzusehen. Ein großer Mann in mittleren Jahren, mit roten Haaren, in dunkler Seemannsjacke, Pullover und Gummistiefeln.

»Wartet ihr auf mich?«, fragte er auf Englisch. Dem Akzent nach stammte er aus Schottland oder Irland, dachte ich.

Ich sah den Steuermann an, der keine Miene verzog.

»Ich hab schon gedacht, ich hätte die ganze Fähre für mich allein«, antwortete ich.

»Wir sind die Einzigen?«, fragte der Mann.

Er griff in sein zottliges Haar und kratzte sich.

»Das Wetter ist schlecht«, sagte der Steuermann. »Da bleiben die Leute zu Hause. Sie und ein paar Fernfahrer sind die Einzigen.«

Der Fremde lächelte.

»Eine ganze Fähre für uns allein.«

Er ließ seine Fahrkarte lochen. Wie ich zufällig bemerkte, war es eine einfache Fahrt.

Hinter uns schlug die Tür zu.

»Kann ich dir Gesellschaft leisten?«, schlug er vor, und seine Worte hallten zwischen den Stahlwänden. »Wenn du nichts Besseres vorhast?«

»Nicht das Geringste«, sagte ich sofort.

Er sah aus wie ein Seemann oder ein Fischer. Aber etwas an seiner Haltung, an seiner selbstsicheren Art sagte mir, dass sein Platz eher auf der Brücke war als an Deck oder im Maschinenraum.

»MacDuff«, sagte der Fremde und hielt mir die Hand hin, während wir über den Steg gingen.

»Ulf«, murmelte ich.

»Schön, dich kennenzulernen, Ulf«, sagte er. »Wie wärs mit einem Bier?«

Mir fiel auf, dass er meinen Namen sofort benutzte. Mit Schweden und Dänen kann man Stunden verbringen, ohne zu sagen, wie man heißt. Und wenn man dann doch seinen Namen nennt, ist es keineswegs sicher, dass ihn irgendjemand behält.

Später habe ich begriffen, dass Namen in Schottland und Irland bedeutsamer sind als bei uns, was vielleicht auf eine tausend Jahre alte keltische Tradition zurückgeht. Die Anonymität war für die Kelten gleichbedeutend mit dem Tod, und einen Namen zu vergessen hieß, den zu töten, der ihn trug.

Ich schlug MacDuff vor, in den »Öresundskrug« auf dem Oberdeck zu gehen. Glaubte man den Zeitungen, so war er nicht umgebaut worden, sondern sah mit seiner Einrichtung aus rotbrauncm Mahagoni und glänzendem Messing aus wie früher. Ein einsamer, einsilbiger Kellner war für die Bedienung zuständig. Er servierte uns je ein Sorte Guld, bekam sein Geld und ließ sich nicht mehr blicken.

MacDuff und ich sahen einander an.

»Wo kommst du her?«, fragte ich. »Aus Schottland?«

»Warum?«

Es war, als hielte er die Frage für nicht ganz harmlos. Mein erster Eindruck war, dass ich es hier mit einem Menschen zu tun hatte, der sehr auf der Hut war. Aber ich konnte mir das natürlich auch nur einbilden. Eine meiner vielen Schwächen war, dass ich oft zu früh zu viel zu wissen glaubte.

»Kommen nicht alle Macs aus Schottland?«, sagte ich.

»Heutzutage nicht mehr«, sagte MacDuff, und es klang fast verächtlich.

»Dein Akzent ist jedenfalls weder amerikanisch noch englisch«, stellte ich fest.

»Nein, Gott bewahre. Ich bin Schotte. Geboren und aufgewachsen auf der Isle of Lewis. Falls du weißt, wo das ist.«

Ich nickte. Ich wusste es wirklich. Ich erzählte ihm, dass ich schon seit Jahren einmal nach Schottland segeln wollte und dass ich viele Stunden mit dem Studium von Seekarten und Lotsenbüchern von Schottland, den Hebriden und Irland zugebracht hatte.

Begeistert und mit aufrichtigem Stolz sprach MacDuff von den Hebriden. Nach seinen Worten musste dort das Paradies auf Erden sein. Sie waren seine Heimat, und es war unverkennbar, dass er wusste, wohin er gehörte und warum. Und ich, der niemals über irgendwelche Wurzeln verfügt hatte, weder geografische noch familiäre, beneidete ihn umso mehr, je länger er erzählte. Für mich waren mein Land und mein Volk, falls die Schweden ein Volk genannt werden können, nicht mehr als eine ferne Kulisse. Seit ich erwachsen war, hatte ich nur einige wenige Jahre in Schweden zugebracht. In meinem Leben gab es kein Heimweh, aber vielleicht doch das Gefühl, dass mir etwas fehlte. Und es mag sein, dass MacDuff mich mit seinen Schilderungen eben deshalb so fesselte.

Das war aber nicht der einzige Grund. Er war ein sehr intensiver Mann, und seine Ernsthaftigkeit faszinierte mich. Als ich ihn nach den Gewässern um die Hebriden fragte, stieß ich auf ein Wissen, das nur aus der Erfahrung stammen konnte. Er musste dort viel gesegelt sein. Aber als ich ihn fragte, ob er Segler sei, war es mit seiner Redseligkeit vorbei. Das alte Misstrauen schien plötzlich wieder aufgetaucht zu sein.

Ich setzte schnell hinzu, dass ich nicht aufdringlich sein wolle, aber da ich segelte und auf einem Segelboot wohnte, interessiere mich das natürlich. Als ich ihm dann von meinem Törn in die Bretagne erzählte und sagte, mein nächstes Ziel sei Irland oder Schottland, war meine Frage rasch vergessen. Halb im Scherz sagte ich sogar, in meinen Adern fließe wahrscheinlich keltisches Blut. Ich machte Andeutungen über meine Wurzellosigkeit und fügte hinzu, das einzige Land, in dem ich mich jemals heimisch gefühlt hätte, sei die Bretagne. Es mochte am Licht und an der Atmosphäre liegen, an der Mischung aus französischer Gefälligkeit und bretonischer Kargheit, an den Felsenküsten, dem Meer und meinem Gefühl, dass die Menschen dort eine Geschichte hatten. MacDuff lächelte nicht darüber. Er nahm mich ernster als ich mich selbst.

Von nun an blieb unsere Unterhaltung offen und mühelos, sie war über weite Strecken sogar vertraulich. Aber trotzdem gab es um MacDuff eine Sphäre, in die man nicht einzudringen wagte. Es glich einem Balanceakt, ihm einerseits nicht zu nahezukommen, aber doch die Vertraulichkeit zu wahren, die sich zwischen uns als den einzigen Gästen auf dieser Fähre eingestellt hatte. Immerhin fragte ich ihn, was ein Schotte mitten im Winter in Schweden zu suchen habe.

»Ich suche Unterstützung«, antwortete er und fragte, ob ich von dem geplanten Atomkraftwerk in Nordschottland gehört hatte. Das hatte ich nicht.

Die Engländer, sagte er, standen kurz davor, eines der schönsten Naturgebiete Schottlands mit vielen historischen

Stätten zu zerstören. Aber das sei ja nichts Neues, fügte er hinzu.

»Und was hat das mit Schweden zu tun?«, fragte ich.

»Es geht um Formen des Widerstands«, sagte MacDuff steif. »Und damit habt ihr in Schweden Erfahrung. Schweden ist eines der wenigen Länder, die auf Kernenergie ganz verzichtet haben. Wir können von euch lernen.«

Da ich mich in dieser Frage auf bescheidene Weise selbst engagiert hatte, fragte ich, mit wem er denn in Schweden gesprochen hatte. Er nannte Namen, die ich noch nie gehört hatte. Und er schien die »Volkskampagne gegen die Kernenergie« überhaupt nicht zu kennen! Wenn ich ihn richtig verstand, hatte er nur wenige Orte besucht, und mir fiel auf, dass es sich ausnahmslos um Hafenstädte handelte. Seine Geschichte konnte natürlich trotzdem wahr sein – aber besonders glaubwürdig erschien sie mir nicht.

Er gab mir im Übrigen bald zu verstehen, dass wir über ihn und seine Angelegenheiten nun genug gesprochen hätten. Jetzt begann er mich auszufragen, wollte wissen, warum ich auf meinem Boot wohnte, in welchen Häfen ich in der letzten Zeit gelegen hätte und ob es in Skandinavien viele Leute gab, die lebten wie ich. Oder die mitten im Winter segelten. Viel zu erzählen hatte ich nicht. In den letzten drei Monaten hatte ich in Dragör gelegen, und die einzigen Wintersegler, denen ich begegnet war, waren ein paar Freunde gewesen, denen der Schiffsausrüster in Limhamn gehörte. Vorher war ich natürlich in den Häfen am Öresund herumgekommen und hatte viele Segler kennengelernt. MacDuff jedoch schien sich nur für Menschen zu interessieren, die im Winter segelten.

In dem Augenblick, in dem die *Königin* die scharfe Wende zur Einfahrt in den Hafen von Dragör machte, stellte sich denn auch heraus, dass MacDuffs Interesse im Grunde nur einer einzigen Person galt.

»Du bist nicht zufällig einem Finnen begegnet, der Pekka heißt?«, fragte er mit gespielter Beiläufigkeit.

»Schon möglich«, antwortete ich, vor allem um festzustellen, wie MacDuff darauf reagierte.

Mir war völlig gleichgültig, wer Pekka war und was MacDuff von ihm wollte. Aber sein auffälliges Interesse für den Finnen und seine verdeckte Art des Fragens zerstörte etwas von dem Vertrauen zwischen uns. Wie erwartet, erregte meine Antwort dieses Interesse mehr, als sich mit seinem gleichgültigen Tonfall vereinbaren ließ. Hastig teilte er mir mit, er sei Pekka vor nicht ganz einem Monat in Schottland begegnet, als dieser mit einem Katamaran in den Gewässern um die Hebriden gesegelt sei.

»Im November!«, rief MacDuff in einem Ton, der verriet, was er von solchen Wagnissen hielt. Zuletzt hätten sie sich in Oban gesehen, einer Stadt an der Westküste Schottlands. Pekka hatte gesagt, er sei auf dem Rückweg nach Finnland, durch den Kaledonischen Kanal, über die Nordsee und den Öresund. Er, MacDuff, habe alles getan, um Pekka dazu zu bewegen, bis zum Frühjahr zu warten, und es hätte nicht viel gefehlt und er hätte ihn mit Gewalt am Aufbruch gehindert. Vor allem, weil Pekka eine Frau an Bord hatte, eine Schottin, die er auf einer der Inseln aufgelesen hatte. Wenn Pekka nur sein eigenes Leben riskiert hätte, wäre das seine Sache gewesen, aber das Leben der Frau für nichts aufs Spiel zu setzen, das sei unverzeihlich.

In MacDuffs Stimme lag ein grollender Unterton. Pekka hatte versprochen, ein paar Tage zu warten, aber am nächsten Morgen war das Boot verschwunden. MacDuff hatte den Schleusenwärter in Corpach angerufen, mit dem er gut bekannt war. Aber dort war kein finnischer Katamaran durchgekommen. Einige Tage später war MacDuff ein Fischer aus Kirkwall auf den Orkneys über den Weg gelaufen. Pekka und die Frau waren um die Nordspitze Schottlands herum und durch den Pentland Firth gesegelt, den berüchtigten Sund zwischen Schottland und den Orkneyinseln, und sie hatten überlebt.

»Unverschämtes Glück«, war MacDuffs Kommentar. Dann hatten sie Kurs auf Skagen und die Einfahrt ins Kattegat genommen, allen Warnungen der Fischer zum Trotz. Wo sie sich jetzt befanden, wussten die Götter, vermutlich auf dem Grund der Nordsee oder auf irgendeiner jütländischen Sandbank. Bestenfalls.

»Hast du ihn in letzter Zeit getroffen?«, fragte MacDuff.

»Nein, hab ich nicht. Ich würde mich sicher erinnern. Einer wie der hätte einiges zu erzählen.«

»Allerdings«, sagte MacDuff scharf. »Dinge, die man lieber nicht erzählen sollte. Sonst versuchen andere so was auch und setzen ihr Leben aufs Spiel. Für nichts.«

Die Stimme des Kapitäns aus den Lautsprechern unterbrach ihn.

»Eine Mitteilung an unsere beiden Passagiere. Ich muss Sie bitten, über das Autodeck an Land zu gehen. Wir haben einen Stromausfall in Dragör. Wenn Sie hinaussehen, werden Sie feststellen, dass die Stadt völlig im Dunkeln liegt. Ohne Elektrizität können wir die Landungsbrücke nicht ausfahren. Ich hoffe, Sie hatten eine angenehme Überfahrt, und ich würde mich freuen, Sie bald wieder auf der *Königin des Öresunds* begrüßen zu dürfen.«

Ich übersetzte für MacDuff, aber er begann schon zu lächeln, bevor ich damit fertig war, er hatte erraten, was der Kapitän gesagt hatte.

»Das nenn ich Service«, sagte er. »Wunderbar!«

Wir gingen über das Autodeck an Land. Man hatte für MacDuff und mich eine Planke ausgelegt. Der Erste Steuermann kam mit uns und achtete darauf, dass wir festen Boden unter die Füße bekamen. MacDuff ging ohne Zögern voraus; er war an schmale, wacklige Landungsstege offensichtlich gewöhnt. Auch ich hatte durch den schmalen Bug der *Rustica* eine gewisse Erfahrung und musste mir keine Gedanken darüber machen, wohin ich die Füße setzte.

»Seien Sie vorsichtig«, sagte der Steuermann, als wir an Land waren. »Es ist stockdunkel.«

So war es.

Man musste wissen, dass es hier einen Hafen gab, um die Konturen von Häusern und Schiffen ausmachen zu können. Für mich war es ungewohnt, mich im Dunkeln zu bewegen. MacDuff aber machte es offensichtlich nichts aus.

Ich fragte ihn, wohin er wollte. Einen Augenblick schien er zu zögern, dann sagte er, er wolle nach Kopenhagen.

»Komm doch auf ein Glas auf die *Rustica*«, lud ich ihn ein, und ich meinte es ernst.

Es wird viel von der »Liebe auf den ersten Blick« geredet, viel weniger dagegen von der »Freundschaft auf den ersten Blick«, von jener unmittelbaren Gewissheit, dass manche Menschen Freunde werden können, wenn Zeit und Umstände es erlauben. So ging es mir mit MacDuff an jenem Abend, als wir im Hafen von Dragör auf dem Kai standen – trotz seines übertriebenen Misstrauens.

MacDuff nahm die Einladung an.

»Aber vorher musst du mir den Hafen zeigen. Ich weiß nicht, ob ich es schon erwähnt habe, ich arbeite als Lotse. Häfen interessieren mich einfach.«

»Wir können doch kaum was sehen«, wandte ich ein.

»Warte ein paar Minuten. Das Dunkel ist niemals völlig undurchdringlich. Irgendein Licht gibt es immer.«

Natürlich hatte er recht. Nach einiger Zeit konnte man die Umrisse der Boote, Fischereigeräte, der Kais mit ihren Gebäuden erkennen, und man ahnte das Wasser. Trotzdem bewegte ich mich vorsichtig. Der Kai war schlüpfrig, und die Wassertemperatur lag um null.

Ich deutete auf die wenigen Segelboote, die noch im Wasser lagen, äußerte meine aufrichtige Bewunderung für die Lotsen und berichtete im Übrigen alles, was mir über diesen Hafen bekannt war. Im Gegensatz zu dem, was er gesagt hatte, schien MacDuff nur mäßig interessiert, sah sich aber genau um.

»Ist das hier das einzige Hafenbecken?«, fragte er, als wir vor der *Rustica* standen. »Ich dachte, da wäre noch eins.«

»Es gibt noch einen kleinen Jachthafen.«

»Und wo ist der?«

»Wollen wir nicht lieber auf der *Rustica* einen Whisky trinken?«

»Erst der Jachthafen, dann der Whisky«, sagte MacDuff. Und schon war er unterwegs.

Ich wusste, dass es da nichts zu sehen gab. Nur ein paar Boote, keines davon bewohnt. Als wir jedoch am Kopf des Anlegers standen und das kleine Becken überblickten, deutete MacDuff auf die Konturen eines Bootes, das an einer Boje schwoite. Ein Katamaran.

»Was ist das für ein Boot?«, fragte er.

Ich begriff, warum er unbedingt auch den kleinen Jachthafen hatte sehen wollen. Er suchte natürlich Pekkas Boot. Mir kam der Gedanke, dass Pekka mit MacDuffs Frau durchgebrannt sein könnte. Vielleicht wurde ich zum Zeugen eines Eifersuchtsdramas.

Der Katamaran wurde nur für Regatten benutzt, erklärte ich, und lag schon seit drei Jahren in Dragör. In der Dunkelheit konnte ich nicht feststellen, ob MacDuff enttäuscht war. Jedenfalls kehrte er mit mir auf die *Rustica* zurück, auf einen Whisky, einen zehn Jahre alten Macallan, der ihn überraschte. Was immer er erwartet hatte, sicher nicht einen so guten Whisky auf einem schwedischen Boot.

Ich vergab ihm alles, als er begann, Gutes über die *Rustica* zu sagen. Zum Herzen jedes Menschen führt ein Weg. Meiner verlief über die *Rustica,* aber ich glaube nicht, dass MacDuff das bemerkte oder ausnutzte. Er meinte, was er sagte. Und das verlieh seinen Worten umso größeres Gewicht. Unter anderem nannte er die *Rustica* – ich entsinne mich deutlich – »ein Boot, auf dem man sich sicher fühlt«. Wenn ich heute daran denke, nach allem, was geschehen ist und vielleicht noch geschieht, dann erscheint es mir unvorstellbar, dass man sich jemals auf der *Rustica* sicher gefühlt haben soll.

Irgendwann gegen elf Uhr ging MacDuff. Ich begleitete ihn zur Bushaltestelle. Aber dort angekommen, beschloss er, zu Fuß nach Kopenhagen zu gehen. Ich riet ihm davon ab. Immerhin waren es gut sechzehn Kilometer bis zur Innenstadt. Bevor wir uns trennten, gab er mir seine Adresse und seine Telefonnummer in Inverness, und ich musste versprechen, ihn zu besuchen, wenn ich nach Schottland kam. Aber als ich ihn in der Dunkelheit verschwinden sah, war ich überzeugt, dass wir uns zum letzten Mal gesehen hatten.

2

Die Stadt lag noch immer in tiefer, stummer Dunkelheit, als ich durch Dragör zurück zum Hafen hinunterging. Meine Stiefel hallten trostlos auf dem Kopfsteinpflaster. Die schmalen Gassen mit den niedrigen gelben Häusern unter Reetdächern hatten normalerweise einen idyllischen Charme. Aber in dieser Nacht waren die Fenster nicht erleuchtet, und man konnte nicht in das gemütliche Innere der Stuben blicken wie sonst. Es war wie eine Geisterstadt. Nur hier und da kämpfte eine Kerze gegen die Dunkelheit. Ein ungleicher Kampf.

Ich ging an der *Rustica* vorbei bis an den Kopf des Piers. Der Wind war immer noch stark genug, um Fetzen aus den Schaumkronen der Wogen zu reißen und sie wie zerrissene Silberstreifen durch die Luft zu schleudern. Aber die Böen schienen mir in der Spitze Kraft zu verlieren. Draußen im Sund flimmerten und blitzten die Seezeichen, die Leuchtfeuer, Tonnen und Bojen – Drogden, Nordre Rose, Flinten und Oskarsgrundet. Ein Flugzeug setzte zur Landung in Kastrup an. Die Scheinwerfer warfen Lichtkegel auf den Pier, auf dem ich stand, trafen dann einen Frachter mit Kurs nach Norden. Ein hereinkommendes Flugzeug, ein hinauslaufendes Schiff – einer der Gründe, warum ich mich für Dragör als Winterhafen entschieden hatte, war, dass ich hier so oft an die Welt jenseits des Horizonts erinnert wurde.

In der Kajüte der *Rustica* war es warm und behaglich. Bevor ich die Petroleumlampe anzündete, stand ich einen

Augenblick im Dunkeln. An der Kajütendecke spiegelten sich die Lichtreflexe aus dem kleinen Guckloch in der Ofenplatte. Das Loch war dazu da, um festzustellen, ob der Ofen brannte. Ich benutzte es nie. Die Lichtreflexe an der Decke genügten mir, um zu erkennen, ob er entrußt werden musste.

Der Ofen machte nie Probleme. Dies war ein alter, erprobter mechanischer Dieselofen von der Art, wie ihn die Fischer seit über fünfzig Jahren verwendeten. Er benötigte keine Elektrizität und hatte nicht einmal einen Docht, der ab und zu ausgewechselt werden musste. Er hatte zwei eiserne Ringbrenner, und die Ölzufuhr wurde mit einem einfachen Ventil geregelt, eine bewährte Konstruktion, die noch nie versagt hatte. Vier Winter hintereinander hatte der Ofen die *Rustica* wohlig warm gehalten, und ich hatte nicht mehr mit ihm zu tun, als ihn alle zwei Monate zu entrußen.

Ähnlich dankbare Gefühle hegte ich gegenüber meiner Paraffinlampe, einer dänischen Stelton, die über dem Tisch an der Decke hing. Sie war so zuverlässig, schön und funktional wie der Ofen. Ihre Form war modern, ihr Brenner legendär, und wenn man den Docht hoch herausschraubte, spendete die Lampe ebenso viel Licht wie eine Vierzig-Watt-Glühbirne, gratis dazu bekam man noch siebenhundert Watt Wärme.

Backbord hing mein zweiflammiger Kocher aus weißem Emaille, ebenfalls ein älteres Modell, das nicht mehr im Handel war. Er wurde mit Spiritus geheizt, weshalb sich der Brenner selten mit Ruß zusetzte. Neuere Modelle benötigen Petroleum, sie lassen sich schwerer anzünden und müssen umsorgt werden wie Kleinkinder.

Meine ganze Ausrüstung war so: einfach, funktional, schön. Auch mit meinem Schiff hatte ich Glück gehabt, sie war eine Rustler 31, die ich aus zweiter Hand gekauft hatte. Sie maß einunddreißig Fuß, war neun Fuß breit, hatte einen langen Kiel und war sehr widerstandsfähig. Gebaut worden war sie von Anstey Yachts in England. Die *Rustica* besaß die guten Segeleigenschaften aller solide gebauten, langkieligen Boote, das heißt alle außer Schnelligkeit und Manövrierfähigkeit auf engem Raum. Ihre Einrichtung war konventionell. An Backbord die Pantry, an Steuerbord der Arbeitstisch. Zwei Kojen, Schrank und Toilette, die einander gegenüberlagen, und die Vorpiek, mein Schlafplatz. Die Einrichtung war in Esche statt wie sonst üblich in dunklem Teakholz gehalten. Bevor ich dauerhaft an Bord zog, wusste ich nicht, wie viel Licht das bedeutete. Im Sommer mag Teak eine warme, einladende Holzart sein. An regnerischen Novembernachmittagen aber lernt man weiß gestrichene Schotts und helle Holzflächen schätzen.

Mit der Zeit hatte ich mir feste Gewohnheiten zugelegt. Kam ich an Bord, sah ich zunächst nach dem Ofen und füllte wenn nötig Dieselöl nach. Dann nahm ich das Glas von der Paraffinlampe und trimmte vor dem Anzünden den Docht. Es dauerte eine Weile, bis die erste bläuliche Flamme ihren weichen Schein über die Kajüte der *Rustica* warf und dem hellen Holz einen goldenen Schimmer verlieh. Dann setzte ich Wasser auf und holte die Thermoskanne für den Kaffee hervor. Ich warf meine Aktentasche in die Ecke und machte mir was zu essen.

War der Kaffee fertig, legte ich mich, ein Kissen im Nacken, auf die Steuerbordkoje und las. An Werktagen machte ich abends selten was am Boot, außer vielleicht an warmen, hellen Frühjahrs- und Sommerabenden. Ich liebe die Einsamkeit, und mir macht es nichts aus, wenn sich außer mir nichts im Hafen regt. Deshalb war der Sommer nicht immer einfach, denn in der warmen Jahreszeit schien die Segler eine unbezähmbare Sehnsucht nach dem Mitmenschen zu überfallen. Schon im Frühjahr, wenn um die *Rustica* mehr und mehr Boote auftauchten, vermisste ich oft die Einsamkeit des Winters und den freien Horizont. Ich bin ein seltsamer Mensch, und nichts schenkt mir solchen Frieden wie ein Abend allein an Bord, im tiefen Winter und in der ausschließlichen Gesellschaft von Möwen, Wind und Wellen.

An diesem Abend aber wollte sich der Frieden nicht einstellen. Wer auf einem Boot unruhig ist, ist es doppelt. Im Sommer gibt es ein erprobtes Mittel dagegen – man legt ab und segelt hinaus. Aber im Winter, wenn einen jeden Tag das Eis einschließen kann? Wie ein Tier im Käfig geht man hin und her, der Weg beträgt nicht mehr als drei Meter in die eine wie die andere Richtung, und obendrein muss man noch den Kopf einziehen, weil die Stehhöhe zu gering ist. Unruhe an Bord ist ein schweres Leiden, weshalb fast alle Segler eine Flaute noch weit mehr als einen Sturm fürchten. Wenn die Unruhe bei Flaute auf See in einen kriecht, kann man nichts machen. Dafür gibt es kein Rezept.

An diesem Abend versuchte ich, mir mit den Handbüchern der Britischen Admiralität und mit Seekarten eine gewisse Erleichterung zu verschaffen. Im Lauf der Jahre hatte ich einen stattlichen Bestand gesammelt und konnte von Segeltörns auf fast allen Meeren dieser Welt träumen. In den Handbüchern konnte man sich über Wind und Gezeiten informieren, über Häfen und Ankerplätze, Routen und Riffe, alles im Licht von immerhin jahrhundertelanger seemännischer Erfahrung niedergeschrieben.

Ich griff zu *NP 52,* dem Küstenhandbuch für Nordschottland, und informierte mich über die Strömungsverhältnisse im Pentland Firth. Wie Pekka das überlebt hatte, überstieg mein Fassungsvermögen. Mitten im Sund, dort, wo die Strömung am stärksten ist, liegt eine Insel, Stroma. Sie besitzt keinen natürlichen Hafen und nicht einmal eine Bucht, in der man ankern könnte. Mit bis zu zehn Knoten schießt der Gezeitenstrom an den Klippen dieser Insel vorbei, schneller als die meisten Segelboote. Ich hatte keine Schwierigkeit, mir das kochende Wasser vorzustellen, die Brecher an den Felsen der Küste, steile, meterhohe Wogen, die aus dem Nichts kamen und sich ebenso schnell irgendwo wieder verloren, aber in ihrer kurzen Lebenszeit mit Leichtigkeit ein Schiff zum Kentern bringen konnten.

Es muss gegen ein Uhr nachts gewesen sein, als ich das Pochen eines Außenbordmotors hörte. Der Wind hatte nachgelassen, und zwischen Wolkenfetzen tauchte ab und zu ein Stern auf, manchmal auch der Mond, der einen zitternden Silberschimmer über das bewegte Wasser schickte. Dragör lag noch immer im Dunkeln.

Der Motor kam näher, wurde lauter. Ich stand auf und sah durch das Bullauge an Backbord. Einige der Freizeitfischer von Dragör hatten Außenbordmotoren, aber noch nie hatte ich sie so spät draußen gesehen, schon gar nicht bei solchem Wetter. Ich sah keine Positionslampen. Also kein Segelboot und kein Fischkutter, dachte ich.

Vor dem Kopf des Piers lief der nächtliche Besucher in das plötzlich aus einer Wolke heraustretende Mondlicht, das eine helle Spur aufs Wasser zauberte, als wollte es dem Schiff den Weg in den Hafen weisen. In dem Moment sah ich, was es war. Ein Katamaran.

Mein erster Gedanke war, die Lampe auszublasen, um besser sehen zu können oder um mich unsichtbar zu machen – beide Impulse waren gleich stark. Falls es Pekka war, würde ich mich verpflichtet fühlen, ihm von MacDuff zu erzählen. Zugleich hatte ich das hartnäckige Gefühl, dass ich das gerade nicht tun sollte.

Auf der anderen Seite war Pekka bei rauem Wetter draußen gewesen und wäre für ein wenig Hilfe beim Festmachen und eine Tasse Kaffee in der warmen Kajüte der *Rustica* sicher dankbar. Durchgefroren und erschöpft musste er sein nach der Fahrt durch den Öresund, bei starkem Südwind mit Böen in Sturmstärke. Um dann in einen Hafen zu laufen, der in tiefer Dunkelheit lag.

Deshalb hielt er auch Kurs auf die *Rustica,* wie mir jetzt klar wurde; das Licht, das durch ihre Bullaugen fiel, war das Einzige, was klar sichtbar war, wenn der Mond hinter den treibenden Wolkenmassen verschwand.

Er nahm unmittelbar hinter der *Rustica,* die an zwei Holzpollern lag, Fahrt weg und schaltete in Leerlauf. Eine seitliche Bö warf den Katamaran auf die Poller, er krachte in sie hinein, ohne dass dies den Skipper zu rühren schien. Steif und breitbeinig stand er im Cockpit, eine Hand am Ruder, und starrte zur *Rustica* hinüber. Ich sah, dass sich seine Lippen bewegten, aber seine Stimme drang nicht durch den Motorlärm und den in der Takelage heulenden Wind. Er trug eine Fliegermütze aus Pelz auf dem Kopf, die sein Gesicht beschattete, sodass Mund und Augen wie zwei schwarze Löcher in seinem bleichen Gesicht standen.

Der kalte Wind rüttelte an mir, als ich den Kopf aus der Luke steckte. Pekka, denn inzwischen war ich überzeugt, dass er es war, hob andeutungsweise einen Arm zum Gruß. Ich antwortete mit einer Geste.

»Ich brauch Strom«, rief er in unverkennbar finnischem Schwedisch. »Weißt du, wo ich Strom bekommen kann? Ich brauch unbedingt Strom«, seine Stimme war müde, gebrochen vor Erschöpfung.

Ich wies auf die gegenüberliegende Hafenseite. Seit der Sturm die Piers unter Wasser gesetzt hatte, war ich auch ohne

Elektrizität, aber wenn er Glück hatte, funktionierte auf der gegenüberliegenden Brücke noch ein Anschluss, sobald die Stadt wieder Strom hatte. Dankend hob er die Hand. Als er sich bückte, um den Gang einzulegen, wäre er fast gestürzt. Er versuchte auch nicht, sein Boot von den Pollern abzustoßen, er gab einfach Gas. Ein knirschendes Geräusch war zu hören, als der Rumpf an Holz und Metall entlangrieb, dann zog er herum ins Hafenbecken.

Pekka brauchte Hilfe, das war offensichtlich. Als ich sah, dass er meine Handbewegung missverstanden hatte und am Lotsenkai festmachte, zog ich Ölzeug an und verließ das Schiff, um zu ihm hinüberzugehen. Auf dem Parkplatz des Strandhotels stand ein Auto mit eingeschalteten Parkleuchten. Ein Mann saß am Steuer, ein anderer stand neben der Beifahrertür und sprach in ein Sprechfunkgerät.

Ich ging auf den Pier hinaus. Pekka irrte dort herum und suchte nach einer Steckdose.

Ich trat zu ihm und erklärte ihm, dass er den Liegeplatz des Lotsenschiffes erwischt hatte. Das Schiff würde noch in der Nacht zurückkommen. Er starrte mich an, als spräche ich eine fremde Sprache. Ich wies auf den sich anschließenden Pier. Langsam wurde sein Blick klarer. Er packte mich am Arm. »Kannst du mir helfen?«, fragte er.

Er drückte noch fester zu, als wollte er seine Bitte unterstreichen.

Er zog mich mit sich, und ich folgte ihm an Bord. Ich sah, dass er sich an einer Wante festhalten musste, um das Gleichgewicht nicht zu verlieren. Er glich einem Boxer, der sich nach einem schweren Treffer mühsam wieder hochrappelt.

»Woher kommst du?«, fragte ich.

»Anholt«, antwortete er knapp.

»Heute Nacht?«

»Ja.«

»Wars hart?«

Zunächst antwortete er nicht, dann sagte er: »Nein. Nicht so schlimm. Kein Eis zumindest.«

Er stand schwankend da, schien nachzudenken, dann brachte er mühsam hervor: »Ich hab eine Frau an Bord.«

Es klang, als spräche er von einem Anker oder anderen beweglichen Ausrüstungsteilen. Was er mir damit sagen wollte, weiß ich nicht. Vielleicht, dass es für sie hart gewesen war.

Er beugte sich über den Motor. Das war also wirklich Pekka. Und die Frau an Bord musste die Schottin sein, die er auf der Insel gefunden und in Lebensgefahr gebracht hatte. Die Frau, die er MacDuff vielleicht weggenommen hatte.

Ich stieß den Katamaran am Bug von der Kaimauer weg, und wir steuerten auf das benachbarte Hafenbecken zu.

»Willst du ein Bier?«, schrie er, um den Motor zu übertönen, der auf vollen Touren lief.

Ich nickte, obwohl ich eigentlich kein Bier wollte. Pekka rief etwas in die Kajüte hinunter. Einen Moment später tauchte in der Tür ein Frauengesicht auf. Sie blickte mit Augen zu mir auf, aus denen jedes Leben gewichen zu sein schien. Ich wusste nicht, ob ich etwas sagen sollte, aber der Blick erschreckte mich so, dass ich schwieg. Das Gesicht verschwand wieder, und dann kam die Frau mit zwei Bierdosen zurück, die sie wortlos auf den Niedergang stellte. Dann verschwand sie wieder.

»Mary«, sagte Pekka.

Wir liefen in das nächste Hafenbecken hinein. Ich deutete auf den Liegeplatz, den er ansteuern sollte, und er nahm das Gas zurück. Wir glitten langsam auf die dunkle Kaimauer zu, an der eine Schute lag. Er streckte die Hand aus. »Pekka«, sagte er. »Ich heiße Pekka.«

»Ich weiß.«

Er zuckte zusammen.

»Ich habe MacDuff getroffen.«

Pekka trat einen Schritt zurück. Die Müdigkeit war aus seinen Augen verschwunden.

»Wo?«, fragte er.

Ich sagte rasch, dass ich keine Ahnung hatte, wo MacDuff sich in diesem Augenblick befand, dass ich ihn nicht näher kannte, sondern nur zufällig kennengelernt hatte, aber dass er offenbar unterwegs sei in Richtung Norden, jedenfalls habe er das gesagt.

»Ich glaub nicht, dass er heute Abend noch hierher zurückkommt.«

Das schien Pekka ein wenig zu beruhigen. Er packte mich wieder am Oberarm und sah mich lange von der Seite an. Als wollte er seinen Blick in mein Gedächtnis eingraben.

»Es ist wichtig«, sagte er dann. »Willst du mir helfen?«

Ich nickte mechanisch. Was hätte ich auch sonst tun können.

Anschließend ging alles so schnell, dass ich mich nicht mehr genau daran erinnere. Im letzten Augenblick hatte Pekka wieder die Hand auf der Pinne und zog den Katamaran herum, ehe wir auf die Schute aufliefen, bei der wir längsseits gehen wollten. Trotzdem rammte *Sula* – so hieß der Katamaran – die Schute mit einem dumpfen Krachen. Ich war schon auf dem Weg nach vorne, kam ins Stolpern, konnte aber eine Leine packen, machte fest, ging nach achtern und schaltete den Motor aus. Was Pekka in dieser Zeit tat, weiß ich nicht, aber als ich mich aufrichtete, stand die Kajütentür offen. Zur gleichen Zeit sah ich, wie zwei Autos in langsamer Fahrt auf den Kai glitten, eine Polizeistreife und der Wagen, den ich auf dem Parkplatz gesehen hatte. Im nächsten Augenblick standen vier Uniformierte auf der anderen Seite der Schute.

Ich steckte den Kopf in den Kajüteneingang.

»Der Zoll ist hier«, sagte ich, »und die Polizei.«

Er fuhr hoch und kam auf mich zu, aber ich hatte gerade noch gesehen, dass er den Arm um die Frau gelegt hatte, die mit gebeugtem Kopf am Tisch saß.

Pekka sah auf die Frau zurück, dann blickte er mich noch einmal prüfend an. Im nächsten Augenblick drehte er sich um, öffnete die Luke zu einem Verschlag, dessen Vorhandensein man nicht erahnt hätte, und entnahm ihm einen in braunes Packpapier eingeschlagenen Gegenstand.

»Nimm das!«, sagte er. »Und geh!«

Ich zögerte.

»Du musst. Ich kann nicht mehr. Geh da raus und sag ihnen, dass du nichts mit uns zu tun hast und nur helfen wolltest.«

Ohne nachzudenken, stopfte ich das Päckchen in meine Öljacke und wandte mich zum Gehen. Noch einmal packte er meinen Oberarm und drückte so fest zu, dass es wehtat.

»Der Keltische Ring«, sagte er. »Ich trau dir. Irgendjemandem muss ich trauen.«

Das alles kann nicht länger als eine Minute gedauert haben. Ich kletterte auf die Schute und wurde von einem der Polizisten angehalten, während die anderen an Bord der *Sula* gingen. Gefragt, wer ich sei, gab ich an, dass ich nur beim Festmachen des Katamarans geholfen hätte und auf der *Rustica* wohnte, »da drüben«, wenn er mir nicht glaube, könne er den Hafenkapitän fragen. Gleichzeitig hörte ich, wie einer der Zöllner in sein Sprechfunkgerät sprach.

»Wir haben Kontakt«, sagte er. »Es handelt sich um einen Finnen und einen Schweden.«

Ich spürte das Misstrauen im Blick des Polizisten. Das war in meiner Situation nur natürlich. Schon tat es mir leid, dass ich gesagt hatte, ich »wohnte« auf einem Boot im Hafen. Das machte mich kaum glaubwürdiger. Es gab genug Leute, die das gar nicht für möglich hielten. Aber vielleicht verbesserte es meine Lage, wenn ich ihm meine frühere dänische Adresse gab: Oehlenschlaegersgade 77, zweite Tür rechts. Kein Schwede konnte eine solche Adresse einfach erfinden.

Als ich schließlich gehen durfte, erklärte mir der Polizist, man habe sie gerufen, weil das Boot ohne Positionslampen fuhr.

»Das ist nicht erlaubt«, sagte er und ließ mich gehen.

Was ich auch tat. Aber zuvor drehte ich mich noch einmal um und sah, wie Pekka zwischen drei Uniformierten im Cockpit seines großen Katamarans stand. Wieder hob er den Arm, zum dritten Mal in dieser Nacht. Diesmal hob er ihn höher, als wiege er nicht mehr ganz so viel.

Ich sollte Pekka nie wiedersehen.

3

Als ich wieder auf der *Rustica* war, machte ich kein Licht, sondern begnügte mich mit dem schwachen Feuerschein vom Ofen, der an der Kajütendecke tanzte. Das Boot schaukelte leicht, und es gab jedes Mal einen Ruck an den Leinen, wenn eine stärkere Bö übers Wasser kam. An der Art, wie die *Rustica* reagierte, erkannte ich, dass der Wind auf Westnordwest umgesprungen war. Ich versuchte, mich an den Wortlaut des Wetterberichts zu erinnern, bis mir einfiel, dass ich vergessen haben musste, ihn anzuhören. Das war ungewöhnlich. Der Wetterbericht war mein Lieblingsprogramm. Ich hatte es mir zur Gewohnheit gemacht, den dänischen Bericht um zehn Minuten vor elf zu hören. Auf den schwedischen, eine Stunde früher, verzichtete ich meistens, weil ihm eine Abendandacht vorausging, die weder den Unterhaltungswert noch die Zuverlässigkeit des Wetterberichts besaß.

Ich stand eine Weile in der Kajüte der *Rustica* und lauschte. Ich versuchte, Geräusche von der anderen Hafenseite wahrzunehmen, ein anfahrendes Auto vielleicht oder Schritte, die sich auf der Brücke näherten. Ich war überzeugt, dass die Polizei sich nicht mit dem Gespräch auf der Schute begnügen und mir noch einen Besuch abstatten würde. Warum sollten sie mir meine Geschichte abnehmen, wenn sie Pekka für einen Schmuggler hielten?

Ich betrachtete das braune Päckchen, und plötzlich fiel mir ein, dass es Rauschgift enthalten könnte. Je länger ich dieses Päckchen anstarrte, umso zwingender wurde der Gedanke. Was, wenn die Polizei die *Rustica* durchsuchte und Rauschgift fand? Das würde allen Träumen von einem freien, unabhängigen Leben ein jähes Ende setzen. Ich hatte den Impuls, das Ding über Bord gehen zu lassen, aber dann besann ich mich. Hätte Pekka Schmuggelware an Bord gehabt, wäre er wohl kaum mit einem Motor herumgekreuzt, den man meilenweit hören konnte. Und nie wäre er in einen Lotsen- und Fährhafen wie Dragör eingelaufen, in dem es vor Beamten wimmelte.

Andererseits musste dieses Päckchen etwas enthalten, was er den Behörden verheimlichen wollte. Er hatte es mir fast in Panik in die Hände gedrückt, als Zoll und Polizei auf dem Pier auftauchten. Und er hatte eindeutig Angst vor MacDuff gehabt. Seine Entscheidung, mir zu vertrauen, hatte sicher mehr mit der Lage zu tun, in der er sich befand, als mit mir.

Ich nahm das Päckchen und verstaute es in meinem Geheimfach, wo ich die Originale meiner Schiffspapiere, einen zweiten Pass und eine kleine Schiffskasse in verschiedenen Währungen aufbewahrte. Als das erledigt war, wurde ich ruhiger und wartete auf das, was nun geschehen würde.

Eine ganze Stunde verging, ohne dass ich etwas hörte, von der Schiffsuhr abgesehen, die die Glasen schlug. Der Wind hatte sich weiter abgeschwächt, und alles war still. Darum war ich mir völlig sicher, dass das, was ich dann hörte, der Schrei einer Frau war. Unmittelbar darauf wurden Motoren angelassen, und zwei Wagen fuhren am Fährterminal vorbei und verließen den Hafen. Dann war wieder alles still.

Hätte es etwas geändert, wenn ich noch einmal zur *Sula* hinübergegangen wäre, um nachzusehen? Kaum. Ich habe sowieso immer geglaubt, dass es keinen Sinn hat, zurückzublicken. Wenn ich jetzt trotzdem zu Papier bringe, was damals geschah, dann nur deshalb, weil es noch immer geschieht. Was man getrost als Warnung verstehen kann. Ich entsinne mich der Worte MacDuffs, dass gewisse Geschichten besser nicht erzählt werden sollten. Er könnte recht gehabt haben. Aber wenn man Gewissheit will, muss man die Geschichte erzählen. Es gibt keinen anderen Weg.

Ich gestehe, dass ich nicht den Mut hatte, zur *Sula* zurückzugehen. Damit meine ich nicht die übliche Feigheit. Ich glaube sogar sagen zu können, dass ich ein ziemlich unerschrockener Mann bin, ich besitze eine gewisse Distanziertheit und Gelassenheit in Situationen, in denen andere leicht in Panik geraten. Vor allem auf See. Wenn es um Menschen geht, wird es schon schwieriger – vor allem, wenn sie Hilfe brauchen.

Ich wartete noch eine Viertelstunde, aber es war nichts mehr zu hören. Die Stille lastete wie eine Glocke auf dem dunklen Dragör. Schließlich zog ich die Vorhänge zu und zündete zwei Kerzen an, deren Schein die Kajüte nun, da ich so lange angestrengt in die Dunkelheit gestarrt hatte, unwirklich hell erscheinen ließ. Dann machte ich mir einen Kaffee, goss mir ein Glas Macallan ein und holte das Päckchen aus seinem Versteck.

Ich riss das Papier auf und hielt ein abgegriffenes, dickes blaues Logbuch in der Hand. Ich schlug die erste Seite auf: »S/Y Sula, Helsinki, Finnland«, stand in schwarzer Tinte auf dem weißen Papier. Ich befeuchtete einen Finger und fuhr damit über die Buchstaben. Die Tinte war wasserfest. Nur wer nicht weiß, welche Folgen es haben kann, wenn die letzte Logbucheintragung von den ersten Regentropfen eines Südwesters gelöscht wird, benutzt gewöhnliche Tinte auf See. MacDuff hatte angedeutet, dass Pekka ein leichtsinniger Verrückter war, der das Meer nicht fürchtete, weil er es nicht kannte. Aber Pekka hatte sein Logbuch mit wasserfester Tinte geführt, er hatte die Nordsee im Winter überquert, er hatte den Pentland Firth überlebt. Hatte MacDuff versucht, mich irrezuführen, wie er ja auch den wahren Grund seiner Anwesenheit in Skandinavien verborgen hatte? Gab es andere Gründe als Ignoranz und Draufgängertum, die Pekka dazu gebracht hatten, durch den Pentland Firth zu segeln? Was hatte ihn getrieben?

Ich begann zu lesen.

4

Die ersten Eintragungen waren nicht sonderlich aufschlussreich. Pekka war am 16. September in Helsinki aufgebrochen und hatte die Ostsee offenbar ohne besondere Ereignisse überquert. Er war nach Visby auf Gotland gesegelt und von dort bereits am nächsten Tag nach Hanö, einer kleinen Insel vor der Südostküste von Schweden. Auch auf Hanö war er nur über Nacht geblieben, dann war er nach Käseberga, weiter südlich auf schwedischem Festland, gesegelt. Dort hatte er einen Aufenthalt eingelegt, um sich Ales Stenar anzusehen, den bekannten steinzeitlichen Tumulus.

Auf der gegenüberliegenden Seite hatte er einen Zeitungsausschnitt mit einem Artikel über die englische Entsprechung von Ales Stenar, Stonehenge, eingeklebt. Der Artikel beschäftigte sich mit »Druiden« unserer Zeit, die jedes Jahr in Stonehenge die Sonnenwende feierten. Verschiedene »Druidenorden«, stritten offenbar um das Privileg, dort ihre jährlichen Zeremonien abhalten zu dürfen. Andererseits hätten sich einige Gruppen wegen der vielen Touristen in Stonehenge an abgelegenere heilige Orte zurückgezogen. Unter anderen, so hieß es, auf eine alte keltische Erdfestung in der Nähe von Northampton. Der Autor dieses Artikels behandelte die Druiden und ihre Rituale mit unverhohlener Ironie: Sie deklamierten Verse, trugen Fahnen mit sonderbaren Symbolen durch die Gegend, entzündeten ein Feuer in einem runden Kupferkessel.

Ein Foto zeigte ungefähr zwanzig Männer in weißen Umhängen, die um einen solchen Kupferkessel herumstanden, in ihrer Mitte ein zelebrierender Oberdruide. Auf mich wirkten sie lächerlich. Konnte das wirklich etwas mit diesem sogenannten »Keltischen Ring« zu tun haben? Ich dachte an Pekkas Angst, die alles andere als lächerlich gewesen war.

Von Käseberga führte seine Fahrt nach Gilleleje in Nordseeland. Pekka musste eine besondere Vorliebe für das Segeln bei Nacht haben. Jeder andere hätte es vermieden, mitten in der Nacht allein quer über den Öresund zu segeln, eine der meistbefahrenen Wasserstraßen dieser Welt. Tatsächlich enthielt das Logbuch verschiedene Eintragungen über Begegnungen mit Schiffen, die in einer nachlässigen, fahrigen Handschrift festgehalten waren – ein sicheres Zeichen für Müdigkeit.

Um 7.00 Uhr am folgenden Tag hatte Pekka in Gilleleje abgelegt, mit Kurs 275 Grad in Richtung des Mariager Fjords auf Jütland. Im Morgendunst war Hässelö in Sicht gekommen, und Pekka hatte notiert, die Insel sehe aus wie »in ein Geheimnis gehüllt«.

Ab Hässelö hatte die *Sula* einen guten südlichen Wind gefunden und war schnell vorangekommen. Den Mariager Fjord lief sie in der Abenddämmerung an, und Pekka hatte über die Einfahrt in den Fjord einige lyrische Worte gefunden, über den Sonnenuntergang und Kühe, die auf beiden Seiten der gewundenen Fahrrinne im abendlichen Zwielicht standen. Um 22.30 Uhr hatte er im Fischereihafen Hadsund festgemacht.

Er blieb einige Tage in Hadsund und machte Ausflüge zu verschiedenen Orten auf Jütland. Weitere Ausschnitte, diesmal aus Touristikbroschüren, waren im Logbuch eingeklebt. Einer handelte von einem Grabstein in der Kirche von Tommerby, der keltischen Ursprungs sein sollte. Ein anderer beschrieb den sogenannten Tollund-Mann, eine fast zweitausendjährige, erstaunlich gut erhaltene Moorleiche, die man 1946 im Moor von Borremose gefunden hatte. Der Mann war Opfer einer rituellen Erdrosselung gewesen, das Hanfseil lag noch immer um seinen Hals. Seine gepflegten Fingernägel ließen auf eine vornehme Herkunft schließen. Ich hatte vom Tollund-Mann schon früher gehört, nach dem Zeitungsausschnitt in Pekkas Logbuch aber besagten neuere Theorien, dass er wohl ein Druide gewesen sei. In dem Artikel hieß es, man habe in England eine Leiche gefunden, die einen ähnlichen Opfertod gestorben war.

Es war ganz offensichtlich, dass Pekka sich für Kelten und Druiden schon vor seiner Ankunft in Schottland interessiert hatte. Konnte dieses Interesse vielleicht sogar der eigentliche Grund für seine Fahrt gewesen sein? Kommentare zu den Ausschnitten fanden sich nicht.

Von Hadsund war Pekka nach Skagen gesegelt, und am darauffolgenden Morgen befand er sich auf der Nordsee. »Endlich auf dem Weg«, schrieb er, »auf See ohne Land am Horizont.« Die *Sula* hielt einen Kurs von 271 Grad, geradewegs auf Rattray Head zu, der Wind war günstig, Ost bis Südost. Die Aufzeichnungen im Logbuch wurden knapper. Erst als die *Sula* wieder unter Land kam, wurde Pekka mitteilsamer. Er beobachtete Vögel und fragte sich, wie weit sie wohl aufs Meer hinausflogen und ob es eine absolute Grenze gab, die sie nicht überschritten. Und wenn es die gäbe, woher sie wüssten, wann sie sie erreicht hätten. Dem schloss sich eine Überlegung zu unserem Bild der Grenze an. Der Gedanke einer absoluten Grenzlinie sei falsch, meinte er, man könne sie immer überschreiten, nichts sei wirklich begrenzt. »Das gilt auch für die Geschichte«, stand etwas weiter unten auf derselben Seite. »Alles lebt weiter und kann wieder auferstehen.«

Nach drei Tagen und 340 Seemeilen legte er im Fischereihafen von Fraserburgh an. »Nebel und Nieselregen«, schrieb er. »Die *Sula* und ich sind in Schottland.« Offenbar war aber damit das Ziel noch nicht erreicht. Bereits am nächsten Tag nahm er Kurs auf Inverness. Bei Mary Head geriet er in Sturmböen und legte zwei Reffs ins Großsegel. Nach seinen Aufzeichnungen der Segelwechsel ging es ihm darum, so bald wie möglich anzukommen. Am Rand der Seite fanden sich Berechnungen darüber, wie schnell er den Kaledonischen Kanal erreichte, wenn er verschiedene Durchschnittsgeschwindigkeiten zugrunde legte. Aber warum diese Eile? Alles deutete darauf hin, dass er zu einer bestimmten Zeit an einem bestimmten Ort sein wollte. Das wurde auf der nächsten Seite bestätigt, wo es hieß:

»15 Meilen bis Urquhart Castle am Loch Ness, wo die Spur vielleicht beginnt. Es gibt einen neuen Goldenen Weg, davon bin ich überzeugt. Ich muss vor *Samain* ankommen. Dann werde ich es erfahren.«

Ich legte das Logbuch aufgeschlagen auf den Tisch. Zuerst Druiden, dann rituelle Opfer aus vorgeschichtlicher Zeit, und nun eine Goldene Straße und etwas, was er *Samain* nannte. Das passte alles nicht zu dem Eindruck, den ich von Pekka gewonnen hatte. Wann kam MacDuff ins Bild? Und Mary, die Frau? Ich goss mir Kaffee ein und las weiter.

Die *Sula* ging im Loch Ness, in einer Bucht nördlich von Urquhart Castle, vor Anker. Zum ersten Mal, seit er Hadsund auf Jütland verlassen hatte, hielt sich Pekka an einem Ort länger auf. Zwei Tage später jedoch lichtete er ohne erkennbaren Grund Anker und legte die zehn Seemeilen bis Fort Augustus am anderen Ende von Loch Ness zurück. Pekkas einziger Kommentar zu dem sagenumwobenen See lautete, sein Wasser sei schwarz. In Fort Augustus fuhr er durch die Schleuse und lief dann unter Motor weiter. Er passierte zwei weitere Schleusen und erreichte am selben Nachmittag Loch Lochy, den mittleren der drei Seen, die der Kaledonische Kanal miteinander verbindet.

Hier musste irgendetwas vorgefallen sein. Pekka hatte am Fuß eines Schlosses namens Invergarry Castle festgemacht. Es war die Rede von einer »Öffnung in der Erde« und von »der Gegenwart, die sich eingräbt, um ihre Wurzeln und ihre Zukunft zu verbergen«, und von heimlichen Vorbereitungen für »eine neue Ära in alter Gestalt«. Weiter unten auf der Seite las ich: »In König Artus' Zeit waren es die einfachen Leute, die Heiden und Mystiker, die im Verborgenen lebten. Heute sind die Führer, die Könige, in den Untergrund gegangen und leben wie einfache Leute unter uns. Bald aber werden sie sich zeigen, wie es vorhergesagt wurde. Der König lebt in der Unterwelt. Der Goldene Weg ist wiederhergestellt.«

Ungläubig starrte ich auf die Logbuchseite. Ich litt selbst nicht gerade an einem Mangel an Fantasie. Ich konnte jederzeit eine gute Geschichte erzählen und auch noch selbst an sie glauben. Aber meine Geschichten blieben im Rahmen des Möglichen. Bei Pekka verhielt sich das offenbar anders.

Nach Invergarry Castle legte er erst wieder in Oban, der größten Stadt an der schottischen Westküste, einen Aufenthalt ein. Oban machte er dann offenbar zu seiner Basis. Von hier aus segelte er zu den umliegenden Inseln, meist nur für einen Tag, manchmal aber auch mit einer oder mehreren Übernachtungen.

Ich holte die Karte heraus und versuchte, die Orte zu finden, die er von Oban aus erkundet hatte. Einige fand ich ohne größere Schwierigkeiten. Kerrera genau gegenüber von

Oban, die Garvellachs südlich von Mull, Duart Bay auf der Ostseite von Mull, Inch Kenneth westlich von Mull und Loch Breachacha auf der Insel Coll. Andere konnte ich nicht finden. Ich war mir jedoch gar nicht sicher, ob die Namen, die er nannte, überhaupt Ortsnamen waren, die sich auf Karten finden ließen. Einige Seiten weiter bestätigte sich meine Ahnung. Pekka hatte eine primitive Karte von Schottland und Irland gezeichnet, auf der er Burgen und historische Ruinen eingetragen hatte. Zwischen ihnen liefen gestrichelte oder gepunktete Linien, die diese Orte zu einem sonderbaren Muster verbanden. Ich folgte den Linien mit dem Finger, und mir fiel auf, dass sie ohne Unterbrechung durch ganz Schottland und bis nach Irland liefen.

Die Logbuchseiten wimmelten von kurzen historischen Kommentaren. Das meiste sagte mir nichts. Geschichte hat mich nie sonderlich interessiert, und von keltischer Geschichte wusste ich trotz meiner Besuche in der Bretagne sehr wenig. Selbst wenn ich mit meinem Freund Torben zusammen war, der sich – unter anderem – ausgiebig mit europäischer Geschichte beschäftigt hatte, war mein Interesse gering geblieben. Wie gesagt, ich neigte nicht dazu, zurückzublicken. Torben hätte vielleicht verstanden, was Pekka mit seinen Andeutungen hatte sagen wollen. Auf mich wirkte der Text des Logbuchs wie unbegreifliche, aus dem Zusammenhang gerissene Bruchstücke einer schlecht konstruierten Erzählung.

»Ich muss nach Staffa«, hieß es an einer Stelle. »Fingals Grotte hat etwas damit zu tun. Aber es gibt keine Landungsmöglichkeit. Die See ist zu rau. Ein Fischer hat mir gesagt, es könnten Monate, manchmal Jahre vergehen, bis man da an Land kommt. Genau aus diesem Grund muss ich dorthin.«

Etwas weiter unten auf derselben Seite: »Auf dem Weg

nach Iona bin ich mit der *Sula* an den Garvellachs vorbeigekommen. Auf Eileach an Naoimh, der südlichsten Insel, habe ich Feuer gesehen. Muss untersucht werden!« Pekka hatte das unterstrichen. »Die Insel ist unbewohnt, war zur Zeit des heiligen Columban aber ein wichtiges religiöses Zentrum. Und jetzt das Feuer.«

Wer war Columban?, fragte ich mich irritiert. Ein Heiliger, gut, aber was für einer? Wofür stand er?

Pekka schien nie die Zeit gefunden zu haben, auf den Garvellachs-Inseln zu landen. Das Logbuch veränderte seinen Charakter in dem Augenblick, als ich auf einen bekannten Namen stieß: MacDuff. Es war, als habe Pekka von da an statt eines Logbuchs ein Tagebuch geführt, als schreibe er nun nicht mehr für sich oder zur Navigation, sondern weil er einem späteren Leser etwas mitteilen wollte.

»Heute habe ich endlich jemanden kennengelernt, der mich nicht für verrückt hält und meint, dass ich wirres Zeug rede. Er heißt MacDuff und hat sich meine Theorien sehr interessiert angehört. Den ganzen Abend lang hat er mich ausgefragt. Wie ich zu meinen Schlüssen gekommen sei, ob andere auch so denken wie ich und so weiter. Beim Abschied hat er versprochen, mir bei meinen Nachforschungen behilflich zu sein.«

»15. Oktober

Habe MacDuff wiedergetroffen. Als er hörte, dass ich die Absicht habe, nach Sligo zu segeln, war er sehr erfreut. Sagte, er kenne dort den einen oder anderen, der mir helfen könnte. Netterweise rief er sofort an. Als er zurückkam, sagte er, seine Freunde seien gerne bereit, mich zu treffen. Fragte mich dann, ob ich ihm einen Gefallen tun und ein paar Kisten mit Büchern mitnehmen könnte. Er betreibt nebenbei einen kleinen Verlag und kann Frachtkosten sparen, wenn ich ihm behilflich bin. Es sei zwar nicht ganz legal, sagte er, diene aber einer guten Sache. Wörter zu schmuggeln könne ja wohl kaum kriminell sein. Ich sagte natürlich Ja. Das war das Mindeste, was ich für ihn tun konnte. Gegen zwei Uhr kam er mit ein paar Holzkisten zurück, die wir gemeinsam verstauten. Sie waren schwerer, als ich vermutet hätte. Ich hatte um vier Uhr lossegeln wollen, um bei Tageslicht anzukommen, aber MacDuff nahm mich mit in den Pub. Ich kam erst um 19.30 Uhr los. MacDuff rief seine Freunde an, um zu sagen, dass ich mich verspäten würde. Er meint, ich soll nach Lough Swilly hineinsegeln, wo sie mich bei Fahan, südlich von Buncrana, treffen werden. Die Einfahrt sei nicht schwer zu finden, meint er. Es gibt ein Leuchtfeuer auf Malin Head. Seine Freunde würden mir auch einen sicheren Ankerplatz für die Nacht zeigen, wo ich bis zur Weiterfahrt nach Sligo liegen kann. Er will merkwürdigerweise, dass ich ohne Positionslampen segle, das gefällt mir nicht. Nicht weil ich was dagegen habe, Bücher zu schmuggeln, sondern weil es unseemännisch ist. Ich soll Lichtzeichen geben, wenn ich Buncrana passiere.«

Ich übersprang Pekkas Beschreibung der Überfahrt, mir fiel aber auf, dass er tatsächlich im Schutz der Dunkelheit ankam. Die letzte Aufzeichnung dieses Tages wurde bei der Umrundung von Malin Head niedergeschrieben. Vermutlich hatte er dann den Kopf zu voll, als er durch diesen langen schmalen Fjord segelte, um an das Logbuch zu denken. Die nächste Aufzeichnung stammte vom folgenden Morgen:

»Was habe ich nur getan? Ich hätte niemals hierhersegeln sollen. Ich habe mein Versprechen gehalten und bin ohne Positionslampen nach Lough Swilly hineingelaufen. Es war höllisch schwierig, die Einfahrt zu finden, ich konnte mich nur an den Lichtern von Buncrana orientieren. Aber ich habe es geschafft. Es war nach Mitternacht, als ich mit der Taschenlampe blinkte. Fünf Minuten später tauchte ein schnelles Motorboot mit drei Männern an Bord auf. Ebenfalls ohne Positionslampen. Sie nahmen die *Sula* in Schlepp. Wir ankerten in einer Bucht, und sie kamen an Bord, um die Kisten zu holen. Sie schienen nervös und arbeiteten schnell. In dem Moment begriff ich, dass in den Kisten unmöglich Bücher sein konnten. Dafür war der Aufwand zu groß. Bevor sie verschwanden, sagten sie, sie kämen heute wieder, dann könnten wir uns in Ruhe unterhalten.

Ich kann nicht hierbleiben. Wie konnte ich nur so naiv sein zu glauben, es ginge um Bücher. Der Keltische Ring ist etwas ganz anderes, als ich dachte. Der Goldene Weg auch. Das Schlimmste ist, dass MacDuff gewusst haben muss, in was er mich da hineinzog. Er ist einer von ihnen. Und er weiß, dass ich weiß, worum es geht. Ich habe ihm alles erzählt. MacDuff hat mich nicht ohne Grund hierhergeschickt. Viel Zeit habe ich nicht mehr, bald ist *Samain*.«

Waren Waffen in den Kisten? Dann mussten es Waffen für die IRA gewesen sein. Auf meiner Seekarte stellte ich fest, dass Lough Swilly tatsächlich eine natürliche Grenze zwischen Irland und Nordirland darstellt. Und wieder war die Rede von *Samain*.

Was immer er zu wissen glaubte – Pekka segelte weiter an der irischen Westküste entlang. Er erinnerte an einen Amateurhistoriker auf Entdeckungsreise. Alte keltische Namen wie Grianán of Aileach, Dun Aengus, Dunluce Castle, Kilmacduagh Abbey und Creevykeel tauchten im Logbuch auf. Aber Pekkas Kommentare waren lakonisch. Was immer er suchte, es ging ihm nicht um diese Orte selbst. Er suchte etwas, was über das, was er dort sah, hinausging. Dies wurde durch seine Aufzeichnungen vom 21. Oktober bestätigt, als er in einer kleinen Bucht südlich von Galway vor Anker lag.

»Ich habe gesehen, was ich sehen wollte. Alles passt zusammen. Aber ich brauche Beweise. Heute habe ich beschlossen, in die Höhle des Löwen zurückzusegeln. In drei Tagen haben wir Vollmond. Ich muss das jetzt zu Ende bringen. Alles andere wäre moralisch nicht zu vertreten.«

Am selben Abend wandte sich Pekka mit der *Sula* wieder nach Norden, und die Aufzeichnungen im Logbuch kehrten zu Wind, Wetter, Navigation und Besegelung zurück. Am 24. Oktober lag er wieder südlich von Buncrana vor Anker, nicht weit entfernt von Fahan, aber dieses Mal im Westen einer kleinen Insel in der Fjordmitte. Er hatte eine primitive Karte gezeichnet mit zwei Kreuzen auf der Ostseite des Fjords. »Fahan Big Cross« und »Grianán of Aileach«, stand am Rand der Seite. Beide Orte lagen eindeutig in Nordirland, während die *Sula* auf der anderen Seite der Grenze ankerte.

»Hier ist alles so weit«, schrieb er. »Trotzdem glaube ich nicht, dass der Ort stimmt. Damit sollen Leute wie ich nur in die Irre geführt werden. Aber wo ist es dann? Ich muss mich entscheiden. Viel Zeit habe ich nicht mehr.«

Offenbar hatte er sich entschieden, denn bereits am nächsten Tag lag er in Loch Spelve auf der Südseite von Mull in Schottland vor Anker. Das ist der Vorteil eines Katamarans, dachte ich, hohe Geschwindigkeit und geringer Tiefgang. Bei gutem Wind konnte Pekka die achtzig Seemeilen zwischen Schottland und Irland spielend in einer Nacht bewältigen. Außerdem konnte er sogar in Gezeitenbuchten ankern, um sich zu verstecken. Bei Ebbe lag er einfach bis zur nächsten Flut auf dem Trockenen. Nicht mal ein Fischerboot hätte manche von diesen Buchten anlaufen können. Mit der *Rus-*

tica wäre an so etwas gar nicht zu denken. Sie hatte fast zwei Meter Tiefgang und konnte ohne Stützen nicht aufrecht stehen. Ein Versteckspiel wie das von Pekka wäre unmöglich gewesen.

Das Seltsame war, dass ich mich während meiner Lektüre des Logbuchs immer stärker mit Pekka identifizierte. Ohne darüber nachzudenken, sah ich mich selbst auf Pekkas Irrfahrten, stand selbst am Ruder, sah das Feuer auf den Garvellachs und empfand dieselbe Gewissheit wie er, wenn er schrieb: »Jetzt bin ich ganz sicher. Ich habe das Feuer mit dem Glas deutlich gesehen. Und morgen ist der 1. November. Aber wie soll ich über den Sund kommen? Ich muss das mit eigenen Augen sehen.«

Namen nannte er nicht, aber alles deutete darauf hin, dass er eine der Garvellachs-Inseln meinte, die auf der gegenüberliegenden Seite des Firth of Lorne liegen. Dort war er schon einmal vorbeigesegelt und hatte Feuer gesehen, hatte aber nicht die Zeit gehabt, an Land zu gehen. Ich verstand gut, dass er sich fragte, wie er hinüberkommen konnte, wenn er beabsichtigte, das Dingi zu benutzen. Auf der Seekarte, die ich beim Lesen immer vor mir hatte, konnte ich eine Distanz von rund fünf Seemeilen ablesen, je nachdem, von wo er kommen würde. Aber der Firth of Lorne bot keinen Schutz gegen den Atlantik, die Wellen konnten für das Dingi zu hoch sein.

Am nächsten Tag schrieb er:

»Heute Nacht werde ich es endlich sehen. Ich habe Angst, aber ich kann nicht zurück. Ich weiß schon zu viel.«

Darauf folgte für mehrere Seiten die letzte normale Eintragung ins Logbuch: 23.00. SW 3–4. Klar. Vollmond. Verlasse *Sula,* nehme das Dingi.«

Dann nur noch hastig hingekritzelte kurze Ausbrüche.

»Wir sind auf der Flucht. Sie sind dicht hinter uns.«

Das wurde auf der nächsten Seite zum Teil erklärt:

»Ich habe sie vor dem Tod bewahrt. Aber sie scheint noch nicht mal dankbar. Es kann auch der Schock darüber sein, dass sie noch lebt. Sie war schon tot.«

Sie? Das konnte nur Mary sein. Wovor und wie hatte Pekka sie gerettet? In der Aufregung dachte er natürlich nicht daran, das zu erklären. Immerhin schrieb er zwei Tage später:

»Ich glaube, ich liebe sie. Aber ich kann es ihr nicht sagen. Sonst glaubt sie, ich hätte sie deshalb gerettet. Sie weint viel.«

Am 28. Oktober schien er endlich etwas zur Ruhe gekommen zu sein. Zum ersten Mal war jetzt vom Keltischen Ring die Rede: »Vor Anker in Loch na Droma Buidhe, ganz allein. Hierher kommt in dieser Jahreszeit niemand. Heute habe ich Mary nach dem Keltischen Ring gefragt. Sie hat nicht geweint, sich aber geweigert zu antworten. Ich habe sie gefragt, warum sie sterben sollte, aber auch darauf hat sie nicht geantwortet. Zuletzt habe ich sie gefragt, ob sie sterben wollte. Sie hat den Kopf geschüttelt. Dann habe ich gefragt, ob sie mitkommen will nach Finnland. Das spielt keine Rolle. Ich habe alle verraten, hat sie gesagt. Morgen segeln wir nach Oban. Ich muss mit MacDuff reden. Mag sein, dass er einer von ihnen ist, aber ein Mörder ist er nicht. Der Schädelkult und die Opferungen müssen aufhören. Was wollen sie eigentlich? Der Keltische Ring ist gar keiner. Er ist zerbrochen. Er ist ein Bogen, eine Sichel.«

Hastig blätterte ich um. Gleich musste die Erklärung kommen. Aber die beiden folgenden Seiten waren leer. Auf der dritten stand in hastiger Schrift nur:

»Sind nach Oban gesegelt, habe MacDuff nicht angetroffen. Der Hafenmeister sagte, MacDuff sei abgefahren, hätte ihn aber gebeten, es mir mitzuteilen, falls ich auftauchte. Als ich fragte, wo MacDuff denn sei, sagte er, das sei eine traurige Geschichte. MacDuff suche nach einer Frau, die ihn verlassen hätte. Mary sei ihr Name. Ich sagte ihm, ich wolle MacDuff suchen. Wir setzten sofort Segel. MacDuff ist gefährlicher als alle anderen zusammen. Er liebt Mary.«

Ich blätterte um, es folgten nur Aufzeichnungen über Kurs und Position. Pekka segelte nach Norden, aber nicht auf dem kürzesten Weg. Das Ganze erinnerte eher an die Flucht eines Fuchses vor einer Hundemeute. Ich hatte alle Mühe, seinen Kurs auf der Seekarte zu verfolgen und die Ankerplätze der *Sula* zu ermitteln. Immer waren es einsame, abgelegene und gefährliche Buchten, in deren Umkreis es keine Ansiedlungen gab. Pekka ging große Risiken ein, um nicht gesehen zu werden. Ein bloßes Umschlagen des Windes hätte aus manchem seiner Ankerplätze eine tödliche Falle gemacht. Erst auf der vorletzten Seite des Logbuchs fand ich noch etwas, und es war fast unlesbar. Zuerst hatte Pekka die Wetterangaben eingetragen: »Windstärke 9 mit Böen in Orkanstärke.« Es dauerte eine Weile, bis es mir gelang, das Folgende zu entziffern.

»Sturm. Wir sind in Sicherheit, falls wir überleben. MacDuff wird es nicht wagen, uns durch den Pentland Firth zu folgen. Mary weiß nicht, was da auf uns zukommt. Ich eigentlich auch nicht. Windstärke neun über acht Knoten Strom. Wir haben vielleicht fünfundzwanzig Prozent Chancen durchzukommen. Mir ist gleichgültig, was passiert. Sie liebt mich nicht. Aber sie darf nicht sterben. MacDuff ist wahrscheinlich vier Seemeilen hinter uns, aber die *Sula* ist schneller als sein Fischerboot – trotz seiner großen Maschine. Wenn wir ins Gleiten kommen, machen wir fünfzehn Knoten, und das schafft er mit all seinen Pferdestärken nicht. Ich muss das aufschreiben. Mary weiß nicht, dass wir von MacDuff verfolgt werden.

Stroma in Sicht. Das Wasser kocht. Es ist die Hölle. Der Gezeitenstrom treibt uns auf die Pentland Skerries zu. Wenn er nicht bald kippt, schaffen wirs nicht. Die Wellen sind so hoch wie der Mast. MacDuff hat abgedreht. Nicht einmal er glaubt, dass wir durchkommen. Mich freut nur, dass er denken wird, er hätte auch Mary in den Tod getrieben. Aber ich werd uns da durchbringen. Mary zuliebe. Und damit ich anderen vom Keltischen Ring erzählen kann.«

Es war die letzte Seite des Logbuchs. Was anschließend geschah, konnte ich nur anhand dessen, was MacDuff erzählt hatte, vermuten. Aber ich hätte viel darum gegeben, die Fortsetzung lesen zu können, die sich wohl noch immer auf der *Sula* befand.

Nur ein regelmäßiges Glucksen an der Backbordseite der *Rustica* war zu hören, und das Seufzen des Ofens, wenn eine Windbö verebbte. Die Schiffsuhr tickte dumpf, aber ich hatte jedes Gefühl für die Zeit verloren. Vor mir sah ich die *Sula* auf dem Weg in ein siedendes Chaos aus meterhohen brechenden Seen. Pekka am Ruder. MacDuff hatte mich ebenso kaltblütig belogen wie Pekka. Er war es gewesen, der Pekka und Mary in den Pentland Firth getrieben hatte.

Was sollte ich tun? Als ich schließlich einschlief, war ich nur zu einem Schluss gekommen: Ich würde morgen zur *Sula* hinübergehen und herausfinden, worum es beim Keltischen Ring eigentlich ging. Oder ich würde das Logbuch zurückgeben und vergessen, dass ich je von Pekka, MacDuff und Mary gehört hatte.

5

Das Erwachen um die Mittagszeit des folgenden Tages war nicht gerade eine angenehme Erfahrung. Ich hatte geträumt, dass die *Rustica* mit gebrochenem Ruder auf die Klippen von Stroma zutrieb. Ich versuchte fieberhaft, sie mit den Segeln herumzubringen, aber die Strömung war zu stark. Mir war klar, dass wir auflaufen würden. Das Krachen des Bugs, der gegen eine lotrechte Felswand prallte, muss mich geweckt haben. Ich blieb noch eine Weile in der Koje liegen und sah durch das Vorluk in einen blauen Himmel, ohne zu begreifen, dass ich wach und am Leben war. Dann überlegte ich, dass man seinen eigenen Tod wahrscheinlich nicht träumen kann. Selbst im Schlaf wird sich das Gehirn gegen die Vorstellung wehren, dass es abgeschaltet wird. Man erwacht nicht aus einem Traum, um vom Tod aufzuerstehen, man erwacht vielmehr, um der Todesangst zu entgehen.

Natürlich dauerte es nicht lange, bis all die unbeantworteten Fragen der vorangegangenen Nacht wieder in meinem Kopf herumspukten. Ich versuchte an etwas anderes zu denken – an die Lachmöwen, die auf den Anlegepollern hockten, immer mit dem Kopf gegen den Wind. Ich hatte noch nie eine Möwe gesehen, die dem Wind die Schwanzfedern zukehrte. Ich hatte auch bemerkt, dass Lachmöwen verschiedene Schiffe und verschiedene Menschen unterscheiden können. Wenn ich den Kopf aus der Luke steckte, sahen sie kurz herüber, aber sie flogen nicht auf. Mit der Zeit hatten sie sich an mich gewöhnt, wie sie auch einen Fischkutter von anderen Booten unterschieden.

Normalerweise nahm ich mir die Zeit, um die Bewegungen und Kabbeleien der Möwen zu verfolgen, aber dazu hatte ich jetzt keine Ruhe. Die Ereignisse des vorangegangenen Tages verdrängten alles andere. Das Logbuch der *Sula* auf dem Kajütentisch erinnerte mich daran, dass ich etwas unternehmen musste.

Die Schlechtwetterfront war über uns hinweggegangen, und jetzt hatten wir vorherrschend nördliche Winde, die kalte, klare Luft vom Eismeer mit sich brachten. Während der Nacht und am Morgen war die Temperatur auf einige Grad unter null gesunken. Raureif überzog das Deck der *Rustica* und die Piers.

Ich zog mich an und ging um das westliche Hafenbecken herum. Auf halbem Weg sah ich, dass die *Sula* nicht mehr da war. Ich fragte beim Hafenmeister nach, aber der wusste nicht einmal, dass in der Nacht ein Boot eingelaufen war. Natürlich wollte er wissen, um welches Boot es sich denn handelte. Ich gab ihm eine ausweichende Antwort. Denn wenn der Zoll die *Sula* an die Kette gelegt hätte, wäre ihm das mit Sicherheit mitgeteilt worden. Also waren Pekka und Mary in eigener Regie weitergesegelt.

Ich stand auf dem Kai und starrte auf den Platz, an dem die *Sula* gelegen hatte. Was nun? War Pekka nach Norden oder nach Süden gesegelt? Im Grunde war das ja auch egal. Selbst wenn ich Urlaub nahm und sofort aufbrach, um ihn zu suchen, würde ich Wochen brauchen. Und warum sollte ich? Ich hatte mit alldem nichts zu tun.

Ich ging zur *Rustica* zurück und setzte mich wieder über das Logbuch und die Seekarten. Nachdem ich alles ein weiteres Mal überprüft hatte, war ich keine Spur klüger als zuvor.

Ich überlegte, ob ich nicht trotz allem zur Polizei gehen sollte. Was mir widerstrebte. Pekka hatte nicht gewollt, dass Polizei oder Zoll sein Logbuch sahen – aus welchem Grund auch immer. Das Mindeste, was ich für Pekka tun konnte, war, sein Logbuch bei mir zu behalten.

Wann genau sich in meinem Kopf der Gedanke festsetzte, nach Schottland zu segeln, weiß ich nicht mehr. Es begann mit einer Frage: Was hindert mich daran, zu segeln? Dem folgte eine zweite: Was habe ich zu verlieren? Die Antwort war zweimal dieselbe: Nichts, absolut nichts.

Die *Rustica* war schon seit Langem für eine weite Fahrt ausgerüstet. Zehntausende Kronen hatte es mich gekostet, sie für die Hochseesegelei auszurüsten. Alle Kredite waren abbezahlt, und auf der Bank hatte ich gut achtzigtausend Kronen, die für einen langen Törn reserviert waren. Tatsächlich lag der einzige Grund, warum ich so lange gezögert hatte, nur in mir selbst. Ich hatte lange auf den »richtigen Augenblick« gewartet, und manchmal hatte ich schon gefürchtet, er würde niemals kommen. Warum also nicht jetzt? Ich hatte einen Anlass, auch wenn mir bewusst war, dass er nur ein Vorwand war. Ich sage das, um klarzustellen, dass ich nicht segelte, um mich Pekkas Vertrauen würdig zu erweisen, wenn ich seinen Blick auch nicht vergessen hatte, als er mir das braune Päckchen in die Hände legte. So wenig wie Marys Blick.

Entscheidend aber war das Gefühl, dass ich nichts zu verlieren hatte. Jahrelang hatte ich eine Krawatte getragen und die Stempelkarte in die Stechuhr geschoben. Das hatte Spuren hinterlassen. Die Lebenslust hatte mich sozusagen schleichend verlassen, und ohne einen gesunden Rest davon loszufahren, war mir unmöglich. Segeln, um einem langweiligen Alltag zu entfliehen, das wollte ich nicht. Das hieße, Enttäuschungen geradezu einzuladen. Das Ganze war zum Teufelskreis geworden, und nur, dass ich auf der *Rustica* lebte, hatte es noch erträglich gemacht. Die funkelnden Wintermorgen, wenn das Eis sich im Öresund türmte, das Kreischen der Möwen und die Rufe der Enten und Gänse, Wetter, Wind, Himmel und Meer und der ständige Wandel bildeten den nötigen Kontrast zu einem träge dahinziehenden, überschaubaren Leben an Land.

Aber auf der *Rustica* zu wohnen hatte nicht genügt. Meine Furcht, so wie alle anderen zu leben und zu sterben, war sowohl real als auch wohlbegründet. Es war so leicht und zeitweise sogar verlockend, in der scheinbaren Geborgenheit an Land zu versinken, auch für einen trägen Einzelgänger wie mich. Deshalb bin ich Pekka in gewisser Weise dankbar, trotz allem, was geschehen ist, denn er und sein Logbuch rüttelten mich auf. Als ich Dragör verließ, war ich sechsunddreißig Jahre alt, und die Zeit verging mit jeder Minute schneller. Zumindest für kurze Zeit habe ich sie zum Stillstand gebracht.

Ein wichtiges Element meines Entschlusses war das, was Pekka in seinem Logbuch über die Kelten geschrieben hatte. Nicht nur, weil mich das interessierte, sondern auch weil ich bei der Lektüre immer wieder an meinen alten Freund Torben denken musste. Als ich meine Wohnung aufgab und auf die *Rustica* zog, hatte ich meine Bücher zu ihm gebracht. Und wie ich ihn kannte, hatte er sie gründlicher gelesen als ich – auch die über die keltische Kultur der Bretagne. Außerdem wusste ich, dass er sich eine Zeit lang für die Druiden interessiert hatte, die geistigen Führer der Kelten. Für Torben waren sie gewissermaßen zu einem Ideal geworden. Auftrag und Beruf der Druiden war es, das gesamte Wissen der Welt zu bewahren, hatte er mir erklärt, und in gewisser Hinsicht stand er ihnen in seinem Wissensdurst nicht fern. Ich war sehr gespannt auf seine Reaktion auf die Dinge in Pekkas Logbuch.

Sollte ich Torben bitten, mich nach Schottland zu begleiten? Der Gedanke hatte etwas für sich. Torben und ich kannten uns seit vielen Jahren, für mich war seine Freundschaft stets selbstverständlich und notwendig gewesen. Ich hatte keine Bedenken, mehrere Wochen mit ihm zusammen an Bord eines Segelboots zu verbringen, was ja nicht einfach ist. Torben hatte außerdem die Begabung – und auch die Neigung –, von einem Augenblick auf den anderen alle Pläne über Bord zu werfen, falls er denn überhaupt welche hatte, die weiter reichten als bis zum nächsten Tag.

Zweiundvierzig Jahre war er nun alt, und das Joch einer Ganztagsarbeit war ihm bislang erspart geblieben. Er war ein fleißiger Besucher der Kopenhagener Antiquariate. Wenn er Geld brauchte, drehte er eine Runde durch die Antiquariate oder zu den unsortierten Bücherkisten der Auktionshäuser und fand ein paar Erstauflagen, die er noch am gleichen Tag mit einem Gewinn weiterverkaufte, der für seinen unmittelbaren Lebensunterhalt ausreichte. Torbens zweite Einkommensquelle war weniger ergiebig, aber mit größerem Genuss verbunden. Er war Weinexperte. Torben war Kenner, und er verfügte über so empfindsame Geschmacksknospen, dass renommierte Importeure ihn zu Weinproben hinzuzogen. Manchmal wurde das bezahlt, aber in der Regel entgalt man ihm seine Mühe mit Wein. Was er auch vorzog. Geld war in seinen Augen allzu abstrakt und ein kollektiver Glaubenssatz, den er verabscheute und in seinem Leben nur in dem Maße dulden wollte, als es absolut lebensnotwendig war.

Um den Vorstellungen der Behörden von Ordnung und Regelmäßigkeit wenigstens in bescheidenem Umfang zu entsprechen – aber natürlich auch aus Interesse –, studierte Torben an der Universität Russisch und konnte sich zur Not als Student bezeichnen. Er hatte allerdings einen ganz anderen Begriff des Studiums als die Universität. Torben war der Ansicht, die Universität habe aus der Bildung eine Technologie gemacht, statt sie als Lebensform anzuerkennen. Er selbst las und studierte fast alles, wenn auch auf seine Weise, in seinem eigenen Tempo und einer selbstbestimmten Reihenfolge. Niemals habe ich einen Menschen gekannt, der einen solchen Wissensdurst besaß, ohne im Geringsten den Wunsch damit zu verbinden, dass ihm sein Wissen auch angerechnet würde oder sich auszahlen sollte. Wörter wie Karriere, Ehrgeiz, Prestige, Zukunft und Sicherheit waren ihm gänzlich fremd.

Ab und zu hatten wir davon gesprochen, dass er mich ein Stück begleiten sollte, wenn ich eines Tages tatsächlich die Segel für den großen Törn setzte. Er war allerdings kein Segler, was unter den gegebenen Umständen gut und schlecht zugleich war. Gut, weil er nicht darüber nachdenken konnte, was eine Nordseeüberquerung im Januar wirklich bedeutete, oder doch erst, wenn es zum Umkehren zu spät war. Schlecht, weil ich natürlich am liebsten einen erfahrenen Segler bei mir gehabt hätte.

Ich ging zur Telefonzelle des Hafens und rief Torben an. Er meldete sich sofort und klang, als hätte er nur auf meinen Anruf gewartet. Torben konzentrierte stets seine gesamte Aufmerksamkeit auf den, mit dem er gerade sprach, deshalb fühlte man sich bei einem Gespräch mit ihm so angenehm bevorzugt und auserwählt.

»Ich segle nach Schottland«, sagte ich einfach. »Kommst du mit?«

»Die große Fahrt?«, fragte er. »Ist es also so weit?«

»Ja, es ist so weit.«

Im Hörer wurde es still. Wir telefonierten beide nicht

gern. Wir benutzten das Telefon nur, um uns zu verabreden. Dass ich in Torbens Stimme eine gewisse Überraschung zu erkennen meinte, konnte nur daran liegen, dass ich ihm die Sache telefonisch mitteilte.

»Was muss ich mitnehmen?«, fragte er nach einer Weile.

»Nimm alles mit, was du an Winterkleidung hast. Ich habe den Rest.«

»Soll ich sonst noch was mitbringen?«

Ich überlegte.

»Ja. Bring deine Bücher über keltische Geschichte mit. Und meine auch, falls ich welche hab.«

»Ist das deine neueste Leidenschaft?«

Er wusste, wie oft ich mich kopfüber in ein Thema stürzte, das mich wochenlang fesselte, ehe es spurlos wieder verschwand.

»Etwas in der Art, ja.«

»Wann soll ich kommen?«

»Heute oder morgen. So bald du kannst. Ich hab noch einiges zu tun, aber im Großen und Ganzen bin ich so weit.«

»So eilig hast du es?«

»Ja«, antwortete ich. »Ich hab lange genug gewartet.«

»Gut, ich komme«, sagte er und legte auf.

Auf dem kurzen Rückweg zur *Rustica* dachte ich darüber nach, was ich sagen sollte, falls er wissen wollte, warum wir so rasch in See gingen. Und je mehr ich darüber nachdachte, umso wichtiger erschien es mir, ihm nichts zu sagen, bis wir auf der Nordsee waren. Da gab es Elemente in Pekkas Geschichte, die Torbens Skepsis wachrufen konnten. Er hatte ein kompliziertes Verhältnis zu Theorien und Symbolen und zu allem, was das Unerklärliche nicht unerklärt ließ. In dieser Hinsicht war er von pedantischer Nüchternheit. Mystisches akzeptierte er, aber erst wenn jeder rationale Erklärungsversuch ausgeschöpft war. Mystik war, was übrig blieb, und dann sollte man sie auch in Ruhe lassen. Infolgedessen fürchtete ich, er könnte Pekka nicht ernst nehmen und alles für eine wilde Fantasterei halten.

Ich sah mich in der Kajüte der *Rustica* um. Alles war vorbereitet. Zum Beispiel hatte ich fertige Proviantlisten an Bord. Es kostete mich nur einige Augenblicke, und ich hatte die Liste mit der Überschrift »Zehn Tage ununterbrochen Segeln, Vorräte für drei Wochen« in der Hand. Schließlich wusste ich nicht, wie oft wir an Land gehen oder an welchen Tagen und zu welchen Zeiten wir einen Hafen anlaufen konnten.

Ich nahm die Vorbereitungsliste zur Hand, die alles enthielt, was erledigt werden musste, bevor wir Segel setzten, und zwar vor allem, um Befriedigung darüber zu empfinden, wie wenig nur noch zu tun war. Ich konnte es an einem Tag schaffen. Fast alle, die den Plan haben, eine lange Tour anzutreten, legen schon Jahre zuvor das Datum der Abreise fest. Sie befinden sich in einem Countdown, wie Wehrpflichtige, die auf ihre Entlassung warten. Rückt der ersehnte Tag dann näher, stellt sich heraus, dass noch unglaublich viel erledigt werden muss. Auf einem Boot in Aalborg habe ich einmal eine Besatzung am Tag vor der Abreise zu einer zweijährigen Tour im Mittelmeer gesehen. Alle waren völlig erschöpft und freuten sich überhaupt nicht auf den großen Tag. Nur noch schlafen wollten sie. Und sie schliefen tatsächlich, als wir sie im nächsten Hafen antrafen. Ein bestimmtes Abfahrtsdatum festzulegen ist in meinen Augen ein Zeichen mangelnder Voraussicht. Wichtig ist nicht, dass man den Zeitpunkt bestimmt, und vielleicht nicht einmal, dass man dann auch aufbricht – man muss segeln können, wenn die Zeit reif ist, und die Vorbereitungen dafür müssen getroffen sein.

Am schwierigsten war es, den zuständigen Behörden Lebewohl zu sagen, zumal ich nie verstanden habe, mit welchem Recht und auf welcher Grundlage sie ihre Zuständigkeit ausübten. Man möchte annehmen, nichts sei leichter, als hinzugehen und anzuzeigen, man wolle eine mehrjährige Segeltour antreten. Doch gerade daraus ergaben sich auch in diesem Fall schwerwiegende Probleme. Meine Lösung bestand darin, dass ich einen Steuerberater nahm, der mir die Formulare ausfüllen und Anfragen mithilfe einiger Schriftbögen beantworten sollte, die meine Blankounterschrift trugen.

Dieses System hatte ich bereits seit zwei Jahren erprobt, es funktionierte. Ich konnte also absegeln, ohne dass ich als vermisst gemeldet wurde und die Ruhe irgendwelcher Menschen störte. Falls mir danach war, konnte ich tun, als hätte der Erdboden mich verschlungen. Ich existierte dann nur noch in Form meiner Blankounterschriften. Ich musste den Steuerberater anrufen, ich musste meinen Job kündigen, ich musste Lebensmittel einkaufen, und ich musste zum Schiffsausrüster von Dragör, um Ersatzleinen und Beschläge zu kaufen. Ich musste die Segel und alle beweglichen Teile der *Rustica* überprüfen. Ich ging es im Kopf noch einmal durch. Es war an einem Tag zu schaffen.

Als Torben am späten Nachmittag des folgenden Tages auftauchte, war die *Rustica* segelfertig, die Baumpersenning war abgenommen und die Fock lag auf dem Vordeck bereit. Ich saß bei einer Tasse Kaffee und blätterte in Pekkas Logbuch.

»Was liest du da?«, fragte Torben, als er mit seinem Gepäck in die Kajüte kletterte.

»Ein Logbuch«, sagte ich.

»Ach ja?«, sagte er. »Ich habe einige Logbücher gelesen.

Das von Magellan war ganz interessant. Von wem ist es denn?«

»Von einem Bekannten, der in Schottland gewesen ist.«

»Mit anderen Worten, ein Manuskript.«

»Ja, aber so sonderlich interessant ist es nicht, nicht einmal als Logbuch. Ich habs mir ausgeliehen, um ein paar Segeltipps zu bekommen.«

Ich legte das Logbuch weg, außer Reichweite von Torbens Neugier und Lesehunger. Wenn es so weit war, würde er es lesen, aber vorher musste ich ihn auf den Inhalt vorbereiten.

Er öffnete seine Reisetasche, die bis oben hin voller Bücher war.

»Ich hab ein paar Bücher über Schottland und die Kelten mitgebracht.«

Er legte sie auf den Tisch. Ich sah mir die Titel an. Wie nicht anders zu erwarten, ging es in einigen um die Druiden. *The Druids* von Piggott, *Les Druides* von Le Roux und Guyonvarc'h, *The Life and Death of a Druide Prince* von Ross und Robins. Einige behandelten die keltische Geschichte im Allgemeinen, *The Celts* von Delaney, *The Celts* von Chadwick und *La Civilisation Celtique* von Le Roux und Guyonvarc'h, aus derselben Reihe wie ihr Buch über die Druiden. Außerdem lagen da Bücher über Schottland und Irland im Allgemeinen und zwei Bände, die von der IRA handelten, *The IRA* von Coogan und *The Provisional IRA* von Bishop und Mallie. Auch eines der Bücher, die mir gehörten, erkannte ich wieder, ich hatte es nie gelesen, *La Bretagne Secrète* von Jean Markale.

Erstaunt sah ich Torben an.

»Wo hast du die denn alle her?«

»Ein paar hatte ich selbst«, antwortete er. »Die über die Druiden. Und die, die von der IRA handeln. Vor ein paar

Jahren habe ich alles über Terroristen gelesen, was mir unter die Finger kam. Ein oder zwei hab ich noch auf dem Weg hierher gekauft. Ich sollte doch welche mitbringen?«

»Ja, klar.« Ich hätte wissen müssen, dass er mit einer halben Bibliothek erscheinen würde. Ich sah mich um. Dergleichen war auf meinen Staulisten nicht vorgesehen. Ich hatte zwar die Backbordseite der Kajüte für Torben reserviert, aber die Bücher nahmen mehr Platz in Anspruch.

»Was hast du sonst noch dabei?«, fragte ich besorgt.

»Keine Sorge«, grinste er. »Viel mehr ist es nicht.«

Er griff nach einer kleinen Schultertasche und holte einen Toilettenbeutel hervor, einige schön gebundene Notizbücher, die er in Deutschland kaufte, eine Garnitur Kleidung zum Wechseln und zu guter Letzt seine Klarinette. Ich hätte ihm natürlich nie überlassen dürfen auszuwählen, was er für nötig hielt.

»Die Klarinette können wir als Nebelhorn benutzen. Du kannst alles in den Backbordspind legen. Da ist deine Koje.«

»Backbord?«, fragte Torben, und ich wusste nicht, ob er es ernst meinte oder ob das ein Witz war. »Rechts oder links?«

»Wenn man nach vorn sieht, die linke Schiffsseite. Ich geb dir ein Buch, in dem alles erklärt wird.«

»Gut. Wann segeln wir los?«

»Jetzt.«

»Aber es wird doch schon dunkel?«

»Ja.«

»Was soll ich tun?«

»Nichts Besonderes. Das Meer genießen. Für den Anfang.«

»Und dann?«

»Dann bring ich dir das Segeln bei.«

»Hätten wir damit nicht besser bis zum Sommer gewartet?«

»Doch, aber ich habe schon viel zu lange gewartet. Ich hab schon gedacht, es wird nie was.«

Torben schien damit zufrieden. Er wusste, wie schwer es mir gefallen war, zu arbeiten, um Geld zu verdienen.

Ich ging durch meinen Spind und holte zwei Wollpullover und eine Garnitur Thermalunterwäsche hervor.

»Zieh das alles an«, sagte ich zu ihm.

Es würde kalt werden auf einer Segeltour im Januar, und der Ofen funktionierte nicht, wenn die *Rustica* mehr als fünfzehn Grad krängte. Erst jetzt machte ich mir klar, dass wir im Begriff waren, mitten im Winter zu segeln. Zumindest bis wir auf die offene Nordsee kamen, würden wir die Berichte über die Eiswetterlage abhören müssen. Und das Deck konnte vereisen, was wirklich gefährlich war. Wir brauchten eine Eishacke. Im nächsten Hafen würden wir sie beschaffen müssen.

Ich sah ein wenig besorgt zu Torben hinüber, aber er machte einen zuversichtlichen Eindruck und pfiff vor sich hin, während er sich umzog und auch das Ölzeug überstreifte, das ich zurechtgelegt hatte.

Für einen kurzen Moment erwog ich, die Vorbereitungen abzubrechen, mich hinzusetzen und ihm bei einem Glas Whisky zu erklären, worauf wir uns einließen. Nicht nur, was den Törn über die winterliche Nordsee anging, sondern auch alles andere: Pekka, MacDuff und den Keltischen Ring. Aber dann dachte ich, dass das alles zu viel werden würde, und entschied mich für den einfachen Weg. Wir würden erst mal aufbrechen, reden konnten wir später.

6

Am 19. Januar 1990 um 21.00 Uhr legten wir bei Dunkelheit ab, schneeschwere dunkle Wolken hingen irgendwo über unseren Köpfen. Torben kauerte im Niedergang, während ich steuerte. Er beobachtete alles, was ich tat. Eine seiner ersten Fragen lautete, ob es eine Rolle spiele, welche Leinen man beim Ablegen zuerst losmachte. Ich erklärte ihm, dass man beim Segeln immer in Begriffen des Windes denken muss und dass fast immer die Leine in Lee vor der in Luv losgemacht wird, auf die der Wind drückt. Torben nickte. Eine Gelegenheit, etwas zu lernen, versäumte er nie.

Schon als wir geisterhaft an den Molenköpfen vorüberglitten, schaltete Torben seine Kopfleselampe ein, die er immer bei sich trug, und nahm sich eines meiner Segelhandbücher vor. Ich ließ ihn gewähren, obwohl der Schein der Lampe meine Nachtsicht beeinträchtigte, die ich zur Identifizierung von Leuchtfeuern und entgegenkommenden Schiffen dringend benötigte. Aber ich kannte den Öresund wie meine Westentasche, und außerdem würden wir der dänischen Küste folgen, an der es weder Untiefen noch Riffe gab.

Sonderlich viel sprachen wir in dieser ersten Nacht nicht. Bei leichtem Nordwestwind hielt ich Kurs auf die Insel Ven und versank in Gedanken an die Kelten, an Pekka, an Mary und meinen eigenen Leichtsinn. Torben lag schon in der Koje, als ich das Ruder belegte und unseren ersten Wetterbericht auf See abhörte. Es war ein eigenartiges Gefühl, etwas über die Eislage in der Ostsee zu hören und dabei zu wissen, dass wir schon im Kattegat auf Eis stoßen konnten. Je schneller wir auf die offene Nordsee kamen, desto besser.

Darum war ich beinahe froh, als der Wetterbericht für den folgenden Tag eine Sturmwarnung für das Kattegat brachte: »SW 7«. »Leichte Vereisung möglich« und »Niederschlag in Form von Schnee« hätten uns auch erspart bleiben dürfen, aber, dachte ich, es war vielleicht nur gut, wenn wir gleich am Anfang auf Trab gebracht wurden. Wir hatten Abhärtung nötig und mussten so bald wie möglich seefest werden.

Mir fiel zum Beispiel der Widerwille auf, mit dem ich wieder ins kalte dunkle Cockpit hinaufstieg, nachdem ich eine Zeit lang in der warmen Kajüte gesessen und Radio gehört hatte, als lägen wir noch in Dragör. Das war eine Schwäche, die ich mir abgewöhnen musste. Denn auch wenn es draußen auf der Nordsee aufgrund des Golfstroms um einige Grade milder war, bei ausgestelltem Ofen würden wir bestimmt frieren. Mochten die Paraffinlampen auch ein wenig Wärme spenden, im rauen feuchten Nordseewind war das viel zu wenig.

Als ich hinaufkam, sah ich, wie die Lichter von Helsingborg und Helsingör zu einem einzigen langen Streifen zusammentraten. Um 4.30 Uhr glitten wir lautlos an der Silhouette von Schloss Kronborg vorüber, und dann führte uns unser Kurs weiter vom Land weg. Das Thermometer zeigte drei Grad, der Wind war noch immer vorlich, und die Dunkelheit erschien weiter undurchdringlich. Der Sonnenaufgang würde noch Stunden auf sich warten lassen.

Ich steuerte im Stehen, um gegen die tückische Müdigkeit zu kämpfen, die mich immer kurz vor der Morgendämmerung überfiel. Ich schätzte den Peilwinkel zu dem blinkenden Auge des Feuers von Kullen, um mich mit irgendetwas zu beschäftigen. Die Seekarte lag in einem roten Plastikfutteral unter der Kompassbeleuchtung, und ich übte mich darin, Peilwinkel ohne Gradrose zu berechnen. Mit etwas Übung konnte man sie mit bloßem Auge bis auf fünf Grad genau schätzen.

Um acht Uhr dämmerte es so unmerklich wie immer. Nie kann man genau sagen, wann die Dunkelheit sich hebt und es langsam hell wird. Bevor man den Horizont wirklich sieht, spürt man sozusagen einen grauen Stich in der Schwärze. Die Lichter der Seezeichen und die Sterne verblassen allmählich, bis man schließlich Mühe hat, sie in dem Meer von Grautönen zu finden. Man starrt fieberhaft hinaus und will sich einreden, dass man bereits etwas sehen kann, aber in Wirklichkeit sieht man in dieser Übergangszeit nichts, alles fließt ineinander. Darum löst die Dämmerung wohl auch eine gewisse Furcht und Unruhe aus. Die Nacht ist ein sicherer Kokon, die Morgendämmerung dagegen ein Niemandsland ohne Himmel und Meer. Bei Sturm hat man Angst vor dem Tageslicht, weil dann die schäumenden, sich auftürmenden Wellenberge sichtbar werden. Und bei ruhigem Wetter fürchtet man jeden Augenblick, die Anzeichen eines herannahenden Sturms zu sehen. Nie glaubt man in der Morgendämmerung, der Morgen werde ruhig, schön und klar. Warum das so ist, weiß ich nicht.

Aber als Torben verschlafen den Kopf aus der Luke steckte, war meine Unruhe verflogen, und es blieb nur noch Müdigkeit.

»Willst du dich nicht auch hinlegen?«, fragte er.

»Mal sehen.«

Ich erklärte ihm, wie er den Paraffinkocher mit den Tilleydochten vorwärmen musste, die immer in Brennspiritus aufbewahrt wurden, und bald saßen wir da und hielten dampfende

Kaffeebecher in den Händen. Der Wind hatte ein wenig zugelegt, ausreichend für die Selbststeueranlage, die nun die *Rustica* ohne meine Hilfe auf Kurs hielt.

Auf Deck hatte sich eine hauchdünne Eisschicht gebildet, an den Bullaugen hatten wir Raureif. Ich hielt nach Eisschollen Ausschau. Die *Rustica* hatte einen starken Kunststoffrumpf, würde es aber wohl kaum überstehen, wenn sie mit mehreren Knoten Fahrt auf einen kantigen Eisblock lief.

Plötzlich blickte Torben von seiner Kaffeetasse auf und sah mir in die Augen.

»Was haben wir eigentlich vor? Ich versteh vom Segeln natürlich nicht so viel wie du, aber ist es eigentlich klug, mitten im Winter loszufahren? Und ausgerechnet nach Schottland?«

»Ich wollte schon immer mal dahin.«

»Das weiß ich. Aber kann das nicht eine verdammt unangenehme Überfahrt werden?«

»Doch.«

»Ich hab neulich gelesen, dass sie die Ölplattformen in der Nordsee um einen Meter erhöhen. Weißt du warum?«

»Nein.«

»Weil sie niedriger sind als die größtmögliche Wellenhöhe in der Nordsee. Weißt du, wie hoch die ist?«

Ich schüttelte den Kopf. Ich wollte es gar nicht wissen.

»Siebenundzwanzig Meter!«, sagte Torben triumphierend. »Und die Winterstürme können in der Nordsee achtundvierzig Stunden lang anhalten.«

»Du brauchst nicht mitzukommen, wenn du nicht willst. In ein paar Stunden sind wir in Anholt, von da geht eine Fähre nach Grenä.«

»So war das nicht gemeint. Ich will nur ungefähr wissen, was da auf uns zukommt. Wie höllisch kann es werden?«

»Ziemlich hart, nehm ich an. Wenn wir Glück haben.«

»Dann bleib ich an Bord.«

Ich sah ihn überrascht an.

»Du glaubst doch nicht, dass ich dich unter diesen Umständen allein über die Nordsee fahren lasse. Du brauchst einen vernünftigen Menschen, wenn du mit heiler Haut wieder zurückkommen willst.«

»Einen mit einer Klarinette«, sagte ich mit einer Wärme, die meine Gefühle ausdrücken sollte.

»Tatsächlich würde ich so eine Riesenwelle gern mal sehen«, sagte er. »Das muss eine ziemliche Erfahrung sein.«

»Du weißt nicht, wovon du redest.«

Im Verlauf der letzten halben Stunde war mir aufgefallen, dass der Himmel im Südwesten sich langsam verfärbte. Ich sah nach oben, die Wolkenfetzen über uns bewiesen, dass es in den oberen Luftschichten schon heftig stürmte.

»Bald kriegst du einen Vorgeschmack von dem, was uns erwartet. Guck mal da drüben rüber!«

Schwere, stahlblaue Wolken kamen schnell auf uns zu.

»Wir müssen reffen. Die Segelfläche verkleinern«, fügte ich hinzu und ließ die *Rustica* in den Wind schießen. »Geh runter und mach den Ofen aus. Und verstau alle losen Teile, ich erledige hier oben den Rest.«

Torben verschwand, war aber gleich darauf zurück, um zu sehen und zu lernen.

Als die *Rustica* mit schlagenden Segeln in den Wind ging, sprang ich auf Deck, fierte das Großsegel, befestigte die Reffschlaufe, verkürzte die Reffleine und setzte das Großsegel wieder durch. Die Fock nahm ich runter und machte sie auf Deck fest.

»Vier Minuten«, sagte Torben, als ich zurückkam und die *Rustica* wieder in den raumen Wind legte. »War Hornblower damit zufrieden?«

Torben kannte meine Vorliebe für englische Seeromane und hatte aus Freundschaft ein paar gelesen. Leider war die *Rustica* mit ihren zwei Mann Besatzung keine Fregatte und kein Linienschiff mit einigen Hundert Matrosen an Bord.

»Da kommt der Wind«, sagte ich und wies nach vorn. »Wir kriegen einen Schneesturm.«

Binnen weniger Augenblicke verschwanden Meer und Himmel, und man sah nur noch ein weißes, peitschendes Geflimmer. Es dauerte nicht lange, und Schnee lag im Cockpit. Torbens schwarzer Vollbart war weiß. Was für ein Wahnsinn, dachte ich und fragte mich ernstlich, ob wir nicht eine Schneeschaufel hätten mitnehmen sollen. Auf dem Vordeck gefror das Spritzwasser zu Eis. Wenn das Unwetter länger anhielt, würden wir Eis hacken müssen. Es sind schon Schiffe unter der bloßen Eislast gesunken.

Bei alledem machten wir gute Fahrt. Das Log ging auf acht Knoten und blieb dort stehen.

»Wie sollen wir Anholt denn sehen können?«, schrie Torben durch den Wind.

»Wenn wir hinkommen.«

Eine andere Antwort gab es nicht. Zwar hatte ich einen einfachen Funkpeiler, aber der konnte uns lediglich helfen, die Insel zu finden, nicht aber eine schmale Hafeneinfahrt. Ich hatte mich gegen Elektronik an Bord immer gewehrt. Einzige Zugeständnisse waren ein Kurzwellenradio für die Zeitsignale zur Astronavigation und ein Funkpeiler. Meine Grundsätze waren aber nicht viel wert, wenn wir vor Anholt sanken. Andererseits gab es fast immer den sicheren Kurs aufs Meer hinaus.

»Im schlimmsten Fall segeln wir einfach an Anholt vorbei«, sagte ich.

Torben nickte ohne erkennbare Enttäuschung. Er traute

meinem Urteil, was mehr war, als mir selbst in dem Moment möglich schien.

»Wir können genauso gut nach unten gehen und uns hinlegen«, sagte ich.

Ich überprüfte den Kompass. Der Wind war stark und stetig, ideale Bedingungen für die Steueranlage, die ich nach einem Freund, der ab und zu mit mir gesegelt war, auf den Namen »Sten« getauft hatte. Wir hatten noch zwanzig Meilen vor uns, und an Deck gab es nichts zu tun; außerdem war es dort spiegelglatt, und jede Bewegung war ausgesprochen gefährlich.

Ich holte die Thermoskanne und goss uns zwei heiße Tassen Kaffee ein. Wir ließen uns auf die Steuerbordkoje fallen, was uns ersparte, das Krängen auszugleichen.

Aber ein jäher Windstoß ließ die *Rustica* bis zur Reling krängen, und Torbens Tasse schwappte über. Ich steckte den Kopf aus der Luke, aber alles war unverändert. Das gereffte Großsegel zog, die Fahne der Steueranlage pendelte hin und her, der Schnee peitschte herunter, Sprühwasser flog um das Vordeck, wo es an der Reling zu Eiszapfen gefror, die ab und zu vom Wind heruntergerissen wurden und klirrend auf Deck fielen. Ich schloss die Luke wieder. Auf eine Art, die ich beim Segeln nicht gewohnt war, empfand ich das alles als unwirklich. Eigentlich hätte ich mich hinlegen sollen, aber mir war, als hätte ich wenig Zeit. Ich wandte mich zu Torben, der das Rollen des Bootes mit wiegenden Bewegungen des Oberkörpers auspendelte.

»Was weißt du über die Kelten?«, fragte ich, auch um ihn und mich vom Heulen des Windes in der Takelage abzulenken.

Er sah mich interessiert an.

»Was weißt du denn? Sonst erzähl ich dir nur, was du schon kennst.«

»Nicht viel. Dass sie ein mächtiges Volk waren, das Nordeuropa einige Jahrhunderte vor Christi Geburt beherrschte. Dass die Druiden, ihre Priester, die wandelnde Bibliotheken und die Lehrer der Kelten zugleich waren, großen Einfluss auf ihr Volk hatten. Dass Cäsar der keltischen Herrlichkeit ein Ende machte, als er Vercingetorix bei Alesia schlug, dass eine Art keltischer Tradition in der Bretagne, in Irland, Wales und Schottland überlebt hat. Und dass die Leute sich wieder für ihr keltisches Erbe interessieren. Ich hab kürzlich was über die Kelten im *National Geographic* gelesen. Außerdem hab ich natürlich von den verschiedenen Varianten der Artuslegende gehört und irische Sagen gelesen.«

»Alle von christlichen Mönchen aufgeschrieben und wahrscheinlich verfälscht«, sagte Torben. Es klang vorwurfsvoll, als hätten die Mönche ihn persönlich der Möglichkeit beraubt, die irischen Sagen im Original zu lesen.

»Das ist nämlich das Problem«, fuhr er fort. »Fast alles, was wir über die frühen Kelten wissen, stammt von den Römern, vor allem von Cäsar, der seine Feinde natürlich für ungebildete Barbaren hielt. Die zweite Quelle ist nicht viel besser, keltische Epen, die von christlichen Mönchen nacherzählt wurden, die alles taten, damit die alten Traditionen irgendwie in die Lehren des Christentums passten. Eine interessante keltische Besonderheit ist, dass sie nie etwas von Bedeutung aufschrieben. Sie hatten eine Schriftsprache, aber alles Wichtige wurde mündlich weitergegeben. Das Einzige, was erhalten ist, sind aus dem Zusammenhang gerissene Wortfragmente auf Münzen und steinerne Inschriften. Vor allem über ihre Riten und Kulte, oder das, was man jetzt als Religion bezeichnen würde, haben sie nie etwas niedergeschrieben. Nach Meinung vieler Gelehrter glaubten die Kelten, dass alles, was niedergeschrieben wurde, das Leben verlor, starb. Und damit hatten sie in mancher Hinsicht recht. Denn wenn sich das gesamte Wissen im Gedächtnis eines Menschen befindet und mündlich weitergegeben wird, dann muss man es am Leben erhalten. Das taten die Druiden – und hatten darum wohl auch so großen Einfluss. Sie waren den Königen ebenbürtig. Die Druiden verfügten ganz einfach über das gesamte Wissen der Kelten zu dieser Zeit. Man geht davon aus, dass die Lehrzeit eines Druiden zwanzig Jahre betrug. Und was lernten sie in der Zeit? Vermutlich alles, was ihren Lehrern bewahrenswert erschien. Sie waren wirklich lebende Bibliotheken und Universitäten zugleich.«

Torben schwieg, und ich sah die Sehnsucht in seinen Augen. Bei seinem Wissensdurst war es kein Wunder, dass er die Vorstellung eines Menschen, der alles Wissen seiner Zeit in sich vereinigte und es lebendig hielt, außerordentlich anziehend fand. Sicher hatte er deshalb auch ein solches Interesse für die Druiden entwickelt.

»Vielleicht haben sie aus dem gleichen Grund auch keine Tempel oder Kirchen gebaut. Heilige Wälder und Quellen waren ihnen genug. Kelten bildeten nie einen Staat oder eine Nation. Anders als die meisten anderen Völker lebten sie in Bündnissen mit vielen ebenbürtigen Oberhäuptern. Jean Markale, eine Autorität auf dem Gebiet der keltischen und vor allem der bretonischen Geschichte, meint, dass die keltische Kultur sogar jede geografische Grenze ablehnte. Begriffe wie ›Staat‹ oder ›Nation‹ seien den Kelten fremd gewesen. Die Bretagne wurde noch bis 1532 von einem Herzog regiert. Keiner wagte es, sich zum König ausrufen zu lassen, aus Furcht, damit das Missfallen des Volkes zu erregen. Im frühen Keltisch gibt es nicht mal ein Wort für Heimatland, nicht so, wie die Franzosen *patrie* benutzen oder die Deutschen *Vaterland*.«

»Und was ist mit den Druiden?«

»Zuerst mal muss man sagen, dass sie die Macht des Geistes über die weltliche Macht stellten. Die Druiden waren den Königen nicht nur ebenbürtig, in gewissem Sinne standen sie sogar über ihnen. Kein König konnte etwas unternehmen, ohne sich vorher mit den Druiden zu beraten. Vielleicht waren die Kelten deshalb auch den Römern unterlegen, obwohl Vercingetorix eine halbe Million Männer unter Waffen hatte. Die keltischen Krieger kämpften angeblich nackt, weil sie den Segen der Druiden hatten und sich für unverwundbar hielten. Das kann aber auch nur symbolisch gemeint gewesen sein. Aber sie glaubten unbeirrbar an ein Leben nach dem Tod, im *Sid,* einem Paradies irgendwo im Westen von Irland, wo es nur Frieden, Jugend und Liebe gab und wo die Zeit stillstand. Cäsar meinte, dass *Sid* der Grund war, weshalb die Kelten den Kampf liebten und gute Krieger waren – sie fürchteten den Tod nicht. Ernst zu nehmende Wissenschaftler vertreten diese Meinung immer noch, Jean Markale zum Beispiel. Aber er und Cäsar haben das Pferd vom Schwanz her aufgezäumt. Für die Kelten könnte es ja auch verlockend gewesen sein, ein bisschen unvorsichtig zu sein, zu sterben und in den *Sid* zu kommen. Nicht, um einem sündigen Leben zu entkommen – sie kannten gar keine Sünde –, sondern weil es einfach nichts Besseres gab, als da zu sein.«

»Hast du mal was von einem Schädelkult und von Menschenopfern bei den Kelten gelesen?«, fragte ich und dachte an die dunklen Andeutungen in Pekkas Logbuch.

Torben nickte.

»Die Keltomanen halten das für üble Nachrede. Aber das glaub ich nicht. Für meinen Geschmack sind die Druiden zu sehr idealisiert und zu friedlichen Männern in weißen Umhängen gemacht worden. Nicht nur Cäsar hat geschrieben, dass die Kelten Menschen opferten und die Köpfe der Toten zur Schau stellten. Wie verbreitet das war, weiß man nicht, und auch nicht, wer geopfert wurde und warum. Geschah es völlig willkürlich, oder tat man es mit Verbrechern? Niemand weiß das. Die neueste Theorie ist offenbar, dass die Druiden sich gegenseitig opferten, wenn ihnen danach war. Zwei Archäologen – sie haben den sogenannten Lindow-Mann untersucht, eine zweitausendjährige, gut erhaltene Leiche, die man in England gefunden hat – behaupten, es handle sich um einen namhaften Druiden, den seine Kollegen drei verschiedenen Göttern geopfert hätten. Jeder Gott hatte Anspruch auf eine eigene Hinrichtungsmethode. Der Lindow-Mann wurde also mit drei Hieben auf den Hinterkopf bewusstlos geschlagen, mit einer Lederschlinge erwürgt und zu guter Letzt ertränkt, damit kein Gott sich vernachlässigt fühlte.«

»Und woher will man das wissen?«

»In einer irischen Sage wird erzählt, wie das Opfer ausgewählt wurde. Man brach ein rundes Brot in kleine Stücke, die man in einen Korb legte. Eines der Brotstücke war verbrannt, und der, der dieses Brotstück bekam, wurde geopfert. Sozusagen russisches Roulette. Und im Magen des Lindow-Mannes hat man ein verbranntes Brotstückchen gefunden. Aber das Interessanteste ist vielleicht, dass man in Dänemark Leichen gefunden hat, die auf die gleiche Weise geopfert wurden, zum Beispiel den Tollund-Mann. Den kennst du doch, oder? Das könnte ein Hinweis darauf sein, dass die Kelten zumindest ihren spirituellen Einfluss auf Nordeuropa ausgedehnt hatten.«

Pekka hatte auch über den Tollund-Mann geschrieben. Ich wollte Torben bitten, mir mehr von ihm zu erzählen, als wir einen harten Schlag gegen den Rumpf hörten.

»Was war das?«, fragte Torben.

»Eis vermutlich.« Ich versuchte, möglichst gelassen zu klingen.

Ich ging an Deck, Torben hinter mir. Im Kielwasser verschwand ein kleinerer Eisklumpen, der nicht viel Schaden angerichtet haben konnte.

»Wir sollten lieber Wache halten, statt Geschichten zu erzählen«, sagte ich.

Torben sah mich nachdenklich an.

»Warum interessierst du dich so für die Kelten? Du hast sogar das Segeln vergessen.«

»Das hat Zeit«, antwortete ich knapp.

Bis wir auf der Nordsee sind, dachte ich, wenn es zu spät ist, kehrtzumachen. Mit zusammengekniffenen Augen starrte ich in den Schnee, um weiteres treibendes Eis rechtzeitig auszumachen. Torben fragte mich nicht weiter, aber er half mir auch nicht, Ausschau zu halten. Er kannte mich lange genug, um zu ahnen, dass ich etwas verheimlichte. Aber er wusste auch, dass ich niemals etwas tun würde, was ihm schaden konnte. Wenn ich ihn mitten im Winter aufs Wasser schleppte, durfte er davon ausgehen, dass ich gute Gründe hatte. Das war die Grundlage unserer Freundschaft. Wie es in allen Freundschaften sein sollte.

Um 15.45 Uhr kam Anholt in Sicht. Eigentlich sahen wir gar keine Insel, sondern nur eine weißliche Masse hinter dem dichten, flirrenden Weiß des Schneegestöbers. Unsere Position war ungefähr eine halbe Meile vor der Südspitze der Insel, und als wir näher kamen, sahen wir, dass die Hügel hinter dem Strand ganz mit Schnee bedeckt waren. Aus der Entfernung erinnerte das eher an einen Eisberg, den das grönländische Inlandeis frisch gekalbt hatte.

Die See war noch immer rau, und ich wusste, dass die Einfahrt in den Hafen, der sich nach Südwesten öffnete, nicht einfach werden würde. Normalerweise wäre ich weitergesegelt oder in Lee der Insel vor Anker gegangen, um auf besseren Wind zu warten. Aber ich war so müde, dass mir alle Knochen schmerzten, und ich beschloss, das Risiko auf mich zu nehmen.

Wir kamen der Hafeneinfahrt, die etwa zwanzig Meter breit war, rasch näher. Ich machte einen Schlag, damit die *Rustica* mit raumem Wind hereinkam. Das brachte Fahrt, und die brauchten wir, um steuerfähig zu bleiben. Das Log zeigte neun Knoten, als das Heck der *Rustica* von einer riesigen Woge angehoben und wir in den äußeren Hafen geworfen wurden. Innerhalb von zwei Sekunden war alles vorüber, und wie etwas Unwirkliches, das eigentlich nicht mehr existierte, senkte sich tiefer Frieden über das Boot. Viele Segler leben nur für diesen Augenblick. Auch ich, aber ich bin lieber einige Hundert Seemeilen gesegelt, bevor ich erlebe, wie sich alle Spannung löst und eine tiefe Befriedigung an ihre Stelle tritt.

Im Außenhafen holten wir das Großsegel ein und starteten den Motor, einen zwanzig Jahre alten norwegischen SABB, der wie ein Traktor klang. Wir tuckerten in den inneren Hafen und machten hinter der *AN 29*, einem Fischkutter der Insel, an der Kaimauer fest – es war das einzige Schiff außer uns in diesem großen Hafen, der im Sommer nicht selten mehrere Hundert Sportboote beherbergte. Ihn jetzt im Licht einzelner Laternen und im zerrissenen Schein des Leuchtturms oben auf dem Hügel zu sehen, war erhebend und erschreckend zugleich. Bei einem Hafen ohne Schiffe muss ich immer an einen Friedhof denken, und Friedhöfe habe ich noch nie gemocht.

Zwei Fischer traten an Deck des Kutters und starrten uns an wie den Fliegenden Holländer in skandinavischer Ausgabe.

»Ich geh runter und leg mich hin. Wir reden dann später.«

»Okay, Käpten. Ich schau mir die Stadt ein bisschen an.«

»Es gibt keine Stadt. Im Winter leben hier einhundertsechzig einsame Seelen. Die meisten wohnen in einem kleinen Dorf in der Inselmitte. Aber es gibt eine Kneipe.«

»Dann geh ich dahin und trink ein Bier.«

Torben zog seine alte Schifferjacke an, kletterte auf den Kai und verschwand zwischen den windzerzausten Kiefern und Wacholderbüschen an der Straße ins Innere. Ich winkte den beiden Fischern zu, kletterte hinunter in die Kajüte, zündete den Ofen an und kroch in die Koje.

Ich erwachte davon, dass jemand aufs Kajütendach klopfte. Ich öffnete die Vorluke und streckte den Kopf hinaus. Auf dem Kai sah ich die dunklen Umrisse eines Menschen.

»Kann ich an Bord kommen?«, fragte eine raue dänische Stimme.

»Natürlich.« Ich antwortete, ohne nachzudenken, und zog schnell die Luke wieder zu. Es war sehr kalt.

Ich stand auf, schlüpfte in meine Hose, machte die Paraffinlampe an und öffnete die Luke. Im Cockpit stand ein Mann, Stiefel, blauer Overall, Wollmütze, zwei Flaschen Bier in der einen Hand. Ich erkannte einen der Fischer vom Fischkutter wieder.

»Kann ich dir ein Bier anbieten?«, sagte er. »Zu dieser Jahreszeit haben wir selten Besuch.«

»Komm rein!«

Er stieg herunter und sah sich um. Langsam kam ich zu mir und fragte mich zu spät, warum ich ihn an Bord gelassen hatte. Die Uhr sagte mir, dass ich zwei Stunden geschlafen hatte. Viel war das nicht, aber ich hatte noch die ganze Nacht vor mir. »Schön warm hier«, sagte der Mann und öffnete die eine Bierflasche mithilfe der anderen.

In meinen vielen Jahren in Dänemark habe ich mich daran gewöhnt, mich über die zahllosen Methoden der Dänen, Bierflaschen zu öffnen, nicht mehr zu wundern.

»Als ihr reingekommen seid, hats ziemlich geblasen. Gute sieben Windstärken, würd ich sagen.«

»Hätte schlimmer kommen können.«

Er schob mir eine Bierflasche hin.

»Das ist leicht gesagt, wenn man im Hafen ist. Skål!«

Die Flaschen klirrten aneinander.

»Wo wollt ihr hin?«

Ich hatte keinen Grund, etwas zu verheimlichen. Torben hatte bestimmt allen, die es hören wollten, erzählt, dass wir nach Norden wollten, und dann über die Nordsee.

Carsten, so hieß der Fischer, schüttelte den Kopf.

»Sind denn dieses Jahr alle Segler verrückt geworden?«, sagte er nach einer Weile wie zu sich selbst.

Ich sah ihn erstaunt an.

»Vorgestern«, fügte er hinzu, »vorgestern ist ein Finne hier angekommen, direkt aus Schottland.«

Im selben Augenblick hörte man Schritte auf Deck. Torben kam zum ungeeignetsten Zeitpunkt zurück. Noch immer hatte ich ihm nichts erzählt. Ich fürchtete, er würde zwei und zwei zusammenzählen, auf fünf kommen und abmustern. Hastig überlegte ich, wie ich die Unterhaltung mit Carsten in andere Bahnen lenken konnte.

Im nächsten Moment tauchte Torbens bärtiges Gesicht in der Luke auf.

»Du wirst es nicht glauben«, sagte er von draußen. »Hier sitzen wir mitten im Schneesturm und sprechen über die Kelten, und dann erfahr ich im Krug, dass es hier auf der Insel in der letzten Zeit eine regelrechte Invasion von Leuten mit Verbindungen nach Schottland gegeben hat. Einer war ein verrückter Finne, der mit einem Katamaran direkt aus Schottland rübergekommen ist. Und in seinem Fahrwasser ist ein richtiger Schotte aufgetaucht, der hinter dem Finnen her war. Und ich erzähl denen ganz stolz, dass wir nach Schottland segeln! Kein Wunder, dass die mich komisch angeguckt haben. Ich hab ja nicht mal erklären können, warum wir ausgerechnet jetzt fahren. Ich konnte ihnen doch nicht die Wahrheit sagen – dass ich mit einem verrückten Skipper mit schrägen Ideen im Kopf unterwegs bin? Oder hast du eine bessere Erklärung? Eine von der glaubwürdigen Art?«

Er schüttelte den Schnee von der Jacke, kam heruntergestiegen, trat in die Kajüte und sah Carsten.

»Oh, Entschuldigung«, sagte er. »Ich wusste nicht, dass du Besuch hast.«

7

Das ist Torben, meine Mannschaft«, erklärte ich Carsten, der mit einigem Erstaunen die Gestalt mit Schnee im Haar und einer Kopflampe betrachtete, die da in die Kajüte kletterte.

Torben klopfte sich den Schnee ab und legte die Lampe auf den Tisch.

»Ihr solltet wirklich mal ein paar Laternen auf eurer Insel aufstellen«, sagte er zu Carsten.

Er setzte sich an den Navigationstisch und legte die Beine auf die Motorhaube.

»Worüber redet ihr?«, fragte er.

»Wir haben gerade erst angefangen, dann bist du gekommen«, sagte ich.

»Du musst zugeben«, sagte Torben an Carsten gewandt, »es ist ein wenig seltsam, dass zur gleichen Zeit so viele Leute hierherkommen, die sich für Schottland interessieren.«

»Allerdings«, sagte Carsten.

»Hast du Pekka, diesen Finnen, kennengelernt?«, fragte Torben.

»Eigentlich nicht«, antwortete Carsten ausweichend.

»Wie war er denn?«

»Wer? Pekka?«

Es war offensichtlich, dass Carsten das Thema vermeiden wollte, aber Torben ließ nicht locker.

»Ja, Pekka«, sagte er. »Nach allem, was ich in der Kneipe gehört habe, ist er ein eigenartiger Bursche.«

»Er hat viel geredet«, sagte Carsten.

»Worüber?«

»Alles Mögliche. Dummes Zeug vor allem. Er hat getrunken.«

»War er allein an Bord?«

Carsten hob die Augenbrauen.

»Keine Ahnung. Ich war nie bei ihm an Bord.«

»Da war einer in der Kneipe, der glaubt, er hätte hier im Hafen eine fremde Frau gesehen. Und er hat von einem Mann von der Radarstation erzählt, der angeblich ein offenes Feuer auf dem Steilufer südlich des Hafens gesehen hat. Mit dem Glas habe er eine Frau erkennen können, die vor dem Feuer stand und die Arme zum Himmel und zum Meer ausstreckte. Wie im Märchen, nicht?«

Carsten antwortete nicht.

»Hast du irgendein Feuer gesehen?«, fragte Torben.

»Nachts schlaf ich meistens.«

»Und der Schotte?«, fragte Torben mit einer Hartnäckigkeit, die mich verblüffte. »MacDuff hieß er. Was war das für einer?«

»Der hat zu viele Fragen gestellt.«

Casten schwieg einen Moment.

»Seid ihr etwa von der Polizei?«, brach es dann plötzlich aus ihm heraus.

Torben verschlug es die Sprache. Es war ein komischer Anblick. Dass ihn jemand für einen Polizisten hielt, war ihm noch nie passiert.

»Glaubst du denn, Polizisten würden im Schneesturm in einem Segelboot herkommen?«, fragte ich ihn.

Carsten zögerte.

»Kaum«, gab er dann zu.

»Ich hab heute zum ersten Mal den Namen Pekka gehört.« Torben hatte die Sprache wiedergefunden.

Er nahm die Füße von der Motorhaube.

»In der Kneipe hat jemand gesagt, Pekka hätte von hier aus Kurs auf den Öresund genommen. Genauer gesagt, auf Dragör. Und ich komm gerade von dort«, sagte Torben dann und sah mich forschend an. »Ein merkwürdiger Zufall. Oder nicht?«

Ich musste jetzt etwas sagen. Aber ich wollte nicht, dass Carsten von den wichtigeren Dingen wie dem Logbuch erfuhr, und beschloss, nur das Nötigste zu sagen, um Torben zu beruhigen.

»Ich bin Pekka in Dragör begegnet«, sagte ich zu Carsten und Torben. »Er kam nachts rein, und ich hab ihm beim Festmachen geholfen.«

Torben gab kein Zeichen der Überraschung. Carstens Neugier hingegen war nicht zu übersehen. Ich begriff, dass er ausführlicher mit Pekka gesprochen haben musste, als er offenbar zugeben wollte.

»Wann war das?«, fragte Carsten.

»Vorgestern.«

»Und wo?«

»Im alten Hafen von Dragör. Pekka kam gegen elf Uhr herein.«

»War er allein?«

»Nein, er war nicht allein.«

Ich wartete einen Augenblick, bevor ich hinzusetzte: »Er hatte eine Frau an Bord.«

»Wo sind sie jetzt?«, fragte Carsten.

»Ich habe nicht die leiseste Ahnung.«

»Und MacDuff?«

Es fiel ihm nicht auf, aber er stellte mir fast die gleichen Fragen wie Torben. Seine nächste Frage würde lauten, ob ich MacDuff gesehen hatte.

»Sie sind sich nie begegnet«, sagte ich, um ihm zuvorzukommen.

Er schien sofort zu verstehen, was ich meinte. Erleichterung zeichnete sich auf seinem Gesicht ab. Er drehte seine Bierflasche auf dem Tisch in den Händen.

»Und was ist passiert?«, fragte er.

Ich berichtete, was geschehen war, ohne aber zu verraten, wie viel ich wusste, und vor allem, ohne Pekkas Logbuch zu erwähnen. Ich wollte wissen, was Carsten gehört hatte.

»Pekka hat mir leidgetan!«, sagte er plötzlich.

»Aber wieso?«, fiel Torben ein. »Ich weiß überhaupt nichts von dieser Geschichte, nur das, was ich in der Kneipe gehört habe und was ihr gerade erzählt habt. Es sieht aber so aus, als ob alle anderen etwas wüssten. Könnten wir dieses Wissen nicht teilen, im Sinne der Demokratie?«

»Warum segelt ihr nach Schottland?«, fragte Carsten gleichzeitig.

»Weil ich Pekka helfen will«, antwortete ich und war selbst von meiner Aufrichtigkeit überrascht.

»Sollten wir in dem Fall nicht besser in die entgegengesetzte Richtung segeln?«, fragte Torben.

»Nein.«

»Ich versteh das nicht«, sagte Torben. »Wie wärs, wenn mir einer das zur Abwechslung so erklärt, dass auch ich es begreifen kann?«

Torben sah mich an. Ich versuchte die Frage weiterzugeben und sah Carsten an. Der senkte den Blick auf den Tisch. Als er wieder aufsah, hatte er offenbar beschlossen, sich uns anzuvertrauen.

»Ich weiß nicht viel mehr als ihr. MacDuff kam am selben Tag hier an, an dem Pekka abgesegelt war. MacDuff hatte kaum festgemacht, als er schon im Hafen rumlief und alle fragte, ob sie einen Katamaran gesehen hätten. Ich glaube, er ist auf allen Booten gewesen und hat gefragt. Es waren ungefähr fünf, sechs Fischer, die hier lagen. Aber von uns hat keiner was sagen wollen. Wir halten uns aus so was lieber raus. Und es war ja auch komisch, dass er nach Anholt gekommen war, nur um Pekka zu suchen. Ein paar von uns dachten, er wär ein englischer Polizist, was die Sache nicht besser gemacht hat. Normalerweise haben wir keine Polizei auf der Insel, und wir brauchen sie auch nicht.«

Carsten drehte nachdenklich sein Bier hin und her und fuhr dann fort.

»Als MacDuff bei uns nichts erreicht hat, ist er in die Kneipe gegangen. Da muss er einem begegnet sein, der ihm im Suff erzählt hat, dass Pekka hier gewesen und am Morgen weitergesegelt ist. Und schon kam MacDuff wieder angerannt. Jetzt wollte er mit aller Gewalt nach Seeland. Einer von uns sollte ihn hinbringen. Er hat uns eine Menge Geld angeboten, aber keiner wollte damit was zu tun haben. Je mehr er geboten hat, desto verdächtiger war die Sache. Als er einsah, dass von uns niemand einen Finger krumm machen würde, um ihm zu helfen, sagte er, er wäre Fischer, und Fischer müssten einander helfen. Das hat ihm keiner abgenommen. Was er dann gemacht hat, weiß ich nicht. In der Kneipe ist er jedenfalls nicht mehr gewesen. Die Fähre ging erst am nächsten Morgen, und wahrscheinlich hat er die genommen oder ein Flugtaxi. Wenn er noch am selben Abend in Dragör war, wie du gesagt hast, muss er geflogen sein.«

»Hat er was gesagt, warum er so hinter Pekka her war?«, fragte ich.

»Er hat behauptet, Pekka hätte ihm was gestohlen.«

»Und was?«

»Hat er nicht gesagt. Zuerst hab ich gedacht, er lügt. Dann

hab ich mir überlegt, dass es was mit der Frau zu tun haben könnte.«

Wir schwiegen.

»Warum hat Pekka dir leidgetan?«, fragte Torben. »Ich mein, es gibt schließlich genug Leute, die einem leidtun können. Was ist an ihm so Besonderes?«

Carsten trank den letzten Schluck Bier aus.

»Pekka hatte Angst«, sagte er. »Ich hab in meinem ganzen Leben noch keinen Menschen gesehen, der solche Angst hatte.«

»Wovor?«, fragte Torben.

»MacDuff. Aber nicht nur. Da war noch was anderes, das ich nicht richtig verstanden hab. Pekka hat wirklich viel getrunken, während er hier war. Irgendwas war passiert, als er in Schottland war. Er hat nicht gesagt, was, aber als er betrunken war, hat er von Mördern gefaselt und von Menschen, die lebendig geopfert werden. Als er wieder nüchtern war, hab ich ihn natürlich danach gefragt, aber er hat mit keiner Silbe geantwortet und wollte mich nur noch so schnell wie möglich loswerden. Er hätte zu viel gesehen, sagte er. Mehr hab ich aus ihm nicht rausbekommen.«

»Und die Frau?«, fragte Torben, der aufmerksam zugehört hatte.

Ich merkte mit einer gewissen Befriedigung, dass Carstens Bericht ihn faszinierte.

»Pekka hat sie auf seinem Boot versteckt, da bin ich sicher«, sagte Carsten. »Oder sie hat sich selbst versteckt gehalten. Vermutlich beides. Ich hab sie nie gesehen. Aber mit wem soll sie sonst hergekommen sein, wenn nicht mit Pekka?«

Er wartete auf eine Reaktion von mir, aber ich sagte nichts.

»Was habt ihr vor?«, fragte Carsten. »Wenn MacDuff ihn erwischt, kann alles Mögliche passieren. Wirklich alles.«

Torben antwortete nicht, sondern sah mich neugierig an.

»Wir segeln nach Schottland und versuchen rauszufinden, warum MacDuff so wild hinter Pekka her war«, sagte ich.

»Er braucht Hilfe«, sagte Carsten. »Hier auf der Insel hat ihn keiner ernst genommen. Alle hielten ihn für verrückt, aber das war er nicht. Da bin ich mir sicher.«

Carsten stand auf.

»Wann segelt ihr?«

»Morgen.«

»Ich würd gern mitsegeln.«

Sein Blick glitt über Torben.

»Ihr braucht noch einen Mann an Bord. Mit der Nordsee ist im Winter nicht zu spaßen.«

»Ich weiß«, sagte ich. »Vielen Dank, aber wir kommen schon zurecht.«

»Das hoff ich auch, für euch«, sagte Carsten.

Er kletterte den Niedergang hinauf. Wir lauschten seinen schweren Schritten auf Deck, dann sprang er an Land. Der Schnee muss alle Geräusche gedämpft haben, denn wir hörten ihn nicht weggehen.

»Warum hat er mich so angesehen?«, sagte Torben. »Hält der mich für eine nutzlose Landratte?«

Ich dachte, ich hätte nicht richtig gehört.

»Wieso? Das bist du doch.«

»Wir werden schon sehen, wozu ich fähig bin, wenn es so weit ist«, sagte er mit verletztem Stolz.

»Du kommst also mit?«, fragte ich.

»Warum hast du nicht gleich gesagt, was los ist?«

»Ich dachte, du würdest das alles für Spinnerei halten.« Ich kroch in die Hundekoje und holte Pekkas Logbuch aus meinem Geheimfach.

»Bevor wir weiterreden, lies das erst mal. Das ist das Logbuch des berühmten Pekka.«

Torben schnappte sich das Buch. Sein gieriger Blick gab zu erkennen, dass er in der nächsten Stunde nicht zu sprechen sein würde. Torben las mit grenzenloser Konzentration. Es war ganz gleich, ob er ein Dokument las oder einen Roman. Torben unterschied nicht wirklich zwischen Fiktion und Wirklichkeit. Wenn für ihn etwas real war, dann am ehesten die Worte der Dichtung.

Ich ließ ihn in Ruhe und machte einen Spaziergang am Strand. Es schneite nicht mehr, aber der Himmel war bewölkt und ohne Sterne, und die Dunkelheit bildete eine kompakte Masse. Es dauerte eine Weile, bis die Augen sich daran gewöhnt hatten, ich verließ mich darum auf mein Gehör, um nicht in die Wellen zu waten, die mit dumpfen Schlägen auf dem nassen Sand explodierten. Hinter mir sah man schwach die Lichter des Hafens und das rote Blinken der Radarstation oben auf dem Berg. Man wusste, dort lag die Insel, aber ihre Umrisse musste man sich vorstellen.

Ich vermied jeden Gedanken an Pekka und MacDuff und versuchte, die letzte Landzunge vor der Packhusbucht zu erkennen. Früher, bevor man den neuen Hafen gebaut hatte, waren dort die Schiffe vor Anker gegangen, und die Fracht wurde mit Ruderbooten auf die Insel gebracht. Bei schweren Stürmen lagen hier manchmal noch immer Schiffe und warteten auf besseres Wetter. Ich hoffte, Ankerlichter und eingeschaltete Decksbeleuchtungen zu sehen, um das Gefühl einer sich ausbreitenden Leere zu vertreiben. Aber da lag natürlich kein Schiff.

Mit langen, raschen Schritten ging ich zum Hafen zurück. Aus den Bullaugen der *Rustica* kam mir ein warmer Lichtschein entgegen. Schnee und Eis auf Deck waren geschmolzen. Die Vorluke quietschte wie üblich, als ich sie aufschob.

Auf jede mögliche Weise hatte ich dieses Geräusch bekämpft, mit Öl, Fett, Vaseline, Stearin, aber nichts hatte geholfen.

Torben saß regungslos auf der Backbordkoje, im Mund eine Pfeife. Vor ihm lagen verschiedene Bücher über die Kelten, Pekkas Logbuch und einige Seekarten. Ich setzte mich ihm gegenüber und wartete.

»Wenn ich Carstens Geschichte nicht gehört hätte«, sagte er schließlich, »würde es mir wahrscheinlich schwerfallen, an das zu glauben, was Pekka hier andeutet. Ich hätte ihn für einen neuen Crowhurst gehalten, du weißt schon, der Einhandsegler, der angeblich um die Welt segelte, aber in Wirklichkeit nur Kreise auf dem Atlantik fuhr und erfundene Positionsmeldungen nach Hause funkte. Aber ich hab Carsten gehört, und ich hab jede Silbe im Logbuch kontrolliert, die sich kontrollieren lässt. Soweit ich sehe, ist alles richtig.«

Mir fiel einer der Buchtitel auf dem Tisch ins Auge, *Ancient Mysteries of Britain,* und Torben folgte meinem Blick.

»Da sind Abbildungen von historischen Monumenten und Funden drin. Pekkas Beschreibungen stimmen damit überein, und es ist klar, dass er sie nicht einfach abgeschrieben hat. Er ist an diesen Orten gewesen. Nur eines versteh ich nicht.«

»Was?«

»Was die Kelten mit dem zu tun haben sollen, was Pekka da schreibt. Die Kelten sind kein Volk. Sie sind keine Nation. Ihre Sprache stirbt aus. Nicht einmal Nordirland wäre keltisch, wenn es unabhängig würde. Das macht doch keinen Sinn. Es bringt auch nichts, dass die Iren den Studenten an der Uni bessere Zensuren geben, wenn sie ihre Arbeiten auf Gälisch schreiben. Das zeigt doch nur, dass das Ganze hoffnungslos ist.«

»Da unterschätzt du vielleicht die Kraft von Mythen und Symbolen. Da wäre ich nicht so sicher«, sagte ich.

»Vielleicht«, gestand er zu. »Aber bei Pekka sieht es eher so aus, als wär da eine mächtige Verschwörung im Gange. Warum sollten die Kelten heute Nationen bilden wollen, wo sie es früher doch auch nie getan haben? Entweder gehts hier um was ganz anderes – politischer Terrorismus oder so was. Oder Pekka ist auf eine fanatische Sekte gestoßen. Von denen gibt es eine ganze Reihe.«

Torben schob mir ein kleines Buch zu, *Teachings of the Druids* hieß es, und es trug den stolzen Untertitel *Light of the Occident,* von einem Autor namens Coarer-Kalondan. Zu meinem Erstaunen sah ich, dass das Buch aus dem Französischen ins Englische übersetzt worden war und dass es sogar eine dänische Ausgabe gab.

»Wo hast du das her?«

»Aus dem Antiquariat. Ich musste es einfach kaufen.«

Ich blätterte darin herum und kam zum Epilog. Eine Passage las ich. Sie lautete:

»Und es wird uns gelingen, diese Kultur in unseren Völkern wieder zu errichten, eine Kultur, die ihnen erlaubt, die Geheimnisse des keltischen Denkens und seiner Weisheit zu verstehen. So wird es ihnen wieder möglich sein, zur Verbreitung von Wissen und Weisheit unter den Menschen zu wirken. Wir werden dieses Ziel erreichen, denn wir sind, wie ich ausgeführt habe, geduldig und hartnäckig – man kann uns nicht auslöschen.«

Ich hatte Torben laut vorgelesen. Er schüttelte nur den Kopf.

»Der Mann ist verrückt. Er bezeichnet sich als Druiden und ist Vorstandsmitglied des Kollegiums der Druiden, Skalden und Ovaten der Bretagne. So steht es in diesem Buch. Er sagt von sich, er sei ein Pazifist, und er versucht auf vielen Seiten nachzuweisen, dass die Kelten den Leuten keineswegs die Köpfe abgeschlagen und Menschen geopfert haben. Seine Argumente sind in all ihrer Schlichtheit fantastisch. Natürlich seien hie und da Menschen geopfert worden, schreibt er. Aber lediglich solche, die bereits zum Tode verurteilt gewesen seien. Er sagt auch, bei den gesetzmäßigen Hinrichtungen sei das Blut der zum Tode Verurteilten nicht vergossen worden. Warum? Weil man die Opfer verbrannt hat.«

»Aber Pekka deutet so was an wie Menschenopfer und den Schädelkult«, sagte ich.

»Ja«, sagte Torben. »So ist es. Das ist ja das Erschreckende. Erinnerst du dich, was ich dir über den Lindow-Mann erzählt habe? Dass er ein einflussreicher Druide gewesen sein soll, der sich freiwillig opferte? Man könnte fast glauben, Pekka hätte das Buch von Ross und Robin gelesen, das voriges Jahr in England erschienen ist. Sie schreiben, der Lindow-Mann hätte sich opfern lassen, um damit den Vormarsch der Römer aufzuhalten. Sie bedrohten den wichtigsten Handelsweg der Kelten, auf dem sie Gold von Irland nach Europa transportierten. Die Druiden hätten den Goldhandel kontrolliert und seien darum in England von den Römern härter verfolgt worden als in Gallien. Die Druiden brachten das Gold von Irland nach Anglesey, das die Römer im Jahre 60 nach Christus dem Erdboden gleichmachten. Von dort ging es weiter auf einer Straße, die keltische Heiligtümer säumten. Das Gold war die Voraussetzung für eine hoch entwickelte keltische Zivilisation, und ›Arisches Gold‹ war in der Römerzeit ein Begriff. Aber jetzt kommt das Seltsame. Pekka schreibt ›der Goldene Weg ist wiedererrichtet‹, als wären Ross' und Robins Theorien über das Altertum in der Gegenwart Wirklichkeit geworden. Als gäbe es Menschen, die insgeheim daran arbeiten, die Bedingungen für ein keltisches Reich wiederzuschaffen. Das ist schwer zu glauben. Und

Pekka schreibt von einem König in der Unterwelt, als gäbe es tatsächlich keltische Führer, die untergetaucht sind und nun darauf warten, die keltischen Völker zu befreien, eben das, was auch viele keltische Sagen behaupten. Das klingt alles zu fantastisch, um wahr zu sein.«

»Aber könnte nicht doch irgendwas dran sein?«, fragte ich.

Torben gab darauf keine Antwort. Stattdessen fragte er, ob ich nach Schottland segeln wollte, um mehr zu erfahren.

»Nicht nur deshalb. Ich hab eigentlich nicht viel verstanden von dem, was Pekka geschrieben hat.«

Ich erzählte ihm von meinen Überlegungen. Vielleicht legte ich zu viel Gewicht auf den Wunsch, das Rätsel zu lösen, meine Neugier zu stillen – für solche Gründe war Torben natürlich empfänglich. Aber sonst war ich vollkommen aufrichtig.

»Ich komm mit«, sagte er nach einer Weile. »Unter der Voraussetzung, dass du mir in Zukunft keine wichtigen Informationen vorenthältst. Wenn wir schon im selben Boot sitzen, müssen wir ein paar Regeln beachten. Du kannst schon mal damit anfangen und mir genau erzählen, was in Dragör passiert ist. Ich will alles wissen.«

Als ich mit meinem Bericht fertig war, schlug die Schiffsuhr acht Glasen, und es war zwölf Uhr nachts. Ich steckte den Kopf hinaus, um mir ein Bild vom Wetter zu machen. Der Wind hatte sich zu einer leichten westlichen Brise abgeschwächt, es war sternenklar. Das Hafenbecken lag glatt und schwarz da.

Torben starrte nachdenklich vor sich hin.

»Mary«, sagte er nach einer Weile, »könnte der Schlüssel sein. Warum ist sie mit Pekka mitten im Winter über die Nordsee gefahren? Wie war sie eigentlich?«

»Wie meinst du das?«

»Irgendwas Besonderes muss doch an ihr sein«, beharrte Torben.

»Das kann ich schwer sagen. Ich hab sie ja kaum gesehen.«

»Aber gesehen hast du sie?«

Aber wie konnte ich sie gesehen haben – da es in ihren Augen kein menschliches Leben zu geben schien? Torben schwieg. Auch ich hatte das Gefühl, dass Mary in der ganzen Geschichte eine bedeutende Rolle spielte. Plötzlich bereute ich, dass ich in jener Nacht nicht mehr zur *Sula* zurückgekehrt war. Jetzt entfernten wir uns von der *Sula* und von Mary.

Torben und ich plauderten bei einem Glas Whisky noch eine halbe Stunde über alles andere als unseren bevorstehenden Törn. Es war, als hätten wir genug von Rätseln, Geheimnissen und bösen Ahnungen. Jetzt wollten wir nichts anderes sein als zwei Segler, die es genossen, nach einer schweren Überfahrt im sicheren Hafen zu liegen. Eine der größten Freuden beim Segeln ist dieses Gefühl, dass wirklich alle Probleme gelöst sind, wenn man im Hafen festmacht. Bei uns war es genau umgekehrt. Im Hafen begannen die Probleme.

8

Am nächsten Morgen wurde mir wieder einmal klar, wie wechselhaft das Wetter im Winter sein kann. Bei kristallklarer Luft, leichtem Ostwind und einigen Minusgraden legten wir ab und ließen Anholt hinter uns versinken. Das Meer hatte einen scharfen Glanz, der in den Augen schmerzte, als segle man auf Glasscherben. Die Sicht schien unendlich, man hatte das Gefühl, als könnte man durch alles hindurchsehen.

Wir hielten Kurs auf das Leuchtfeuer von Hals Barres vor der Mündung des Limfjords, aber ich wusste noch nicht, ob wir um Skagen herumsegeln oder westlich durch den Limfjord und nach Thyborön fahren sollten.

Nachdem ich um zwölf Uhr den Eisbericht gehört hatte, entschied ich mich für den Limfjord. Den Ausschlag gab vermutlich nicht die günstige Eissituation im Fjord allein. Im Grunde wählte ich damit die unwahrscheinlichere der beiden Routen. Im Winter wäre es normal gewesen, nach Norden zu segeln, durchs Kattegat und in die Nordsee. Wenn uns jemand suchte, dann auf diesem Kurs.

Nicht, dass ich wirklich glaubte, wir würden verfolgt. MacDuff konnte nicht wissen, wohin wir verschwunden waren, ja nicht einmal, dass wir überhaupt aufgebrochen waren, und erst recht nicht, dass ich Pekka begegnet war und sein Logbuch hatte. Es sei denn, er war aus irgendeinem Grund nach Dragör zurückgekommen und hatte Pekka gefunden. Vordergründig dachte ich nur an die Eisgefahr, die Kälte und den Wind. Aber in einem anderen Winkel meines Bewusstseins lag dieses »es sei denn« auf der Lauer, und es beeinflusste meine Entscheidung für die Route durch den Limfjord.

Gegen dreizehn Uhr tauchte die charakteristische Silhouette von Hals Barre auf, dick und breitbrüstig wie eine Gans. Bei der klaren Sicht schien der Leuchtturm auf dem Wasser zu schweben.

Dann erreichten wir die beiden schmalen, strengen Leuchttürme, die die Einfahrt kennzeichnen. Ich hatte schon davon gehört, wie schwierig es war, in den Limfjord einzufahren, wenn ein kräftiger Ostwind einen gegen die Strömung drückte. Bei dieser leichten Brise aber konnte die Strömung uns nichts anhaben, auch wenn man sie gleich unter der Wasseroberfläche wahrnahm.

Der kleine Hafen von Hals lag verlassen da. Über einem für den Winter geschlossenen Schiffsausrüstergeschäft flatterten ein paar Fahnen. Die Lotsenschiffe lagen vertäut am Kai, die Segelboote standen aufgebockt und unter Persennings in den Hallen. Die Anlegebrücken waren weiß von Reif, der in der Sonne funkelte. Kein Mensch war zu sehen, keiner sah uns vorüberfahren.

Auf dem Weg nach Aalborg kam uns nur ein Schiff entgegen. Torben, der noch nie hier gewesen war, beklagte sich über die flache, langweilige Landschaft. Dabei würde in Dänemark ständig von der Schönheit des Limfjords geredet. Aber der Sonnenuntergang war eindrucksvoll. Wie eine Kugel geschmolzenen Metalls sank die Sonne vor dem Bug der *Rustica* dem Horizont entgegen. Die Dämmerung im Winter hat etwas Besonderes, man sieht selbst an klaren, sonnigen Tagen schrille, nackte Farben am Himmel, die es im Sommer nicht gibt.

Aalborg kam in Sicht, und die Hafenkräne ragten wie gestochen in den grauschwarzen Himmel, an ihrem Fuß die gebrochene Lichterkette der Stadt. Über uns erhob sich die alte Hängebrücke. Wir mussten lange warten, bis der Brückenwärter uns entdeckte. Ohne Funkverbindung waren wir auf Lichtsignale angewiesen.

Nach zwanzig Minuten wurde der Straßenverkehr angehalten, der Mittelteil der Brücke hob sich, und wir glitten nur unter der Fock hindurch. Der Wärter hatte sein Fenster geöffnet und starrte zu uns herab wie auf zwei außerirdische Wesen. In der Dämmerung konnte ich sein Gesicht nicht erkennen, winkte ihm aber zu, um mich zu bedanken. Er winkte nicht zurück.

Auf der anderen Seite der Brücke mieden wir die beiden weiter im Westen liegenden Sporthäfen und legten an einem leeren Industriekai an. Ich war froh, dass meine Proviantlisten uns unabhängig machten. Ich hatte versprochen zu kochen und versuchte es mit *Chili con Carne,* das ich mit Knoblauch anreicherte, um die Mängel meiner Kunst zu kaschieren. Torben, der ein hervorragender Koch war, schaufelte vor Hunger kommentarlos alles in sich hinein. Aber nach dem Essen fragte er doch, ob er nicht besser in Zukunft den Koch machen sollte und ich die Spülmaschine. Als das geregelt war, sprach Torben ein anderes, wesentliches Problem an.

»Wo ist der Weinkeller?«, fragte er.

Ich sagte ihm etwas lahm, dass gute Weine die Bewegung an Bord schlecht ertrügen.

»Es gibt Weine, die das sehr wohl aushalten. Morgen geh ich in die Stadt und besorg uns das Nötigste.«

Ich hätte es vorgezogen, in der Morgendämmerung weiterzusegeln, bevor wir zu vielen Leuten auffielen. Aber ich wusste, dass mit Torben in der Frage der Weinversorgung nicht zu spaßen war.

Als ich um halb neun aufwachte, war Torben schon ausgeflogen. Ich frühstückte allein und genoss es. In der Aufregung der letzten Tage hatte ich ganz vergessen, dass die *Rustica* mein Zuhause war. Unter normalen Umständen, auf sommerlichen Segeltouren zum Beispiel, wurde ich ständig daran erinnert, dass ich tatsächlich an Bord lebte. Auf Deck und im Cockpit, in der Nähe von Meer und Wellen, war es, als wäre das Boot eine Art temporärer Ferienwohnung. Sobald ich aber in einem Hafen lag und die Kajüte betrat, hatte ich das Gefühl, zu Hause zu sein, wo immer ich mich auch befand. Es war etwas Eigentümliches: Einerseits war ich so weit weg, wie man es nur beim Segeln sein konnte, und im nächsten Augenblick mehr zu Hause, als ich es anderswo je empfinden konnte.

Gegen zehn Uhr hielt auf dem Kai ein Taxi. Torben lud vier Kästen Wein mit je sechs Flaschen aus.

»Ich hab Glück gehabt«, rief er. »Ich hab genau gefunden, was wir brauchen. Hier!«

Widerwillig nahm ich die Pappkästen entgegen. Da die *Rustica* gleichzeitig ein Zuhause und ein Boot war, lag sie bereits zwei Finger zu tief, und Torbens Bücher und Weinflaschen drückten sie noch ein Stück tiefer. Ich tröstete mich damit, dass Wein in Torbens Gesellschaft von selbst wieder verschwand.

Der Ostwind hielt an. Wir setzten die Genua und legten uns ohne Motor direkt vom Kai in den Wind. Einige Passanten drehten sich um und sahen uns nach. War ein Segelboot im Januar im Limfjord wirklich etwas so Seltenes?

Hinter Aalborg wurde die Landschaft noch flacher. Froststarres, braunes Schilf bedeckte beide Ufer, und für Deckspeilungen boten sich keine Punkte an. Wir segelten nach dem Kompasskurs und zurückgelegter Entfernung, weil wir nicht darauf vertrauen konnten, dass die Tonnen da waren, wo sie nach der Seekarte sein sollten. Im Winter leitete immer derselbe lakonische Satz die dänischen Seefahrtsnachrichten ein: »Man kann nicht immer davon ausgehen, dass sich die Seezeichen in den dänischen Gewässern an den angegebenen Orten befinden und in Ordnung sind.«

Vor Logstor erhielten wir die Brückenpassage sofort, als wäre der Brückenwärter bereits über unser Kommen informiert. Wir segelten an Logstor vorbei, das in einen Dämmerschlaf gefallen war, als man 1945 eine neue Fahrrinne ausgebaggert hatte, die an der Stadt vorbeiführte. Hinter Logstor öffneten sich Landschaft und Fjord, als wir Logstor Bredning erreichten, das für seine raue, kabbelige See berüchtigt war. Aber bei leichten östlichen Winden hatten wir keine Schwierigkeiten. Unter Großsegel und ausgestellter Genua machten wir drei Knoten und genossen die Fahrt.

Aber als wir uns der Oddesundbrücke näherten, wurde ich unruhig und wollte schneller vorankommen. Wir warfen den Motor an, um die Brücke vor fünf Uhr zu erreichen, bevor der Brückenwärter nach Hause ging, was uns jedoch nicht gelang. Wie ich mit dem Glas erkennen konnte, schloss er im selben Augenblick, in dem wir unser erstes Signal mit dem Nebelhorn gaben, demonstrativ seinen kleinen Kasten ab.

Wir verwünschten ihn und machten im verlassenen Hafen von Oddesund am nördlichen Brückenkopf fest, wo wir das Hafenbecken mit zwei Wracks und einem uralten Fischkutter teilten, der sich gegen alle Wahrscheinlichkeit über Wasser hielt. Trotz der Verlassenheit und Kälte stank der Hafen nach Fisch. Wir sahen uns an, kletterten in die Kabine hinunter und legten uns schlafen.

Es ging immer noch ein leichter Ostwind, als ich am nächsten Morgen die Luke öffnete und den elenden kleinen Hafen überblickte. Aber selbst wenn wir jetzt Glück mit dem Wetter hatten, konnte das Hochdruckgebiet weiterwandern, und wenn der Wind umschlug, mussten wir entweder warten oder die vierhundert Seemeilen bis Schottland kreuzen. Mit einem trägen Gruß ließ uns der Brückenwärter passieren. Hinter der Brücke öffnete sich das Fahrwasser, wir segelten in die Nissum Bredning, und die Umrisse der Ufer verschwammen in bläulichem Dunst. Es roch nach Meer.

Wir waren beide begeistert vom Wetter und dem günstigen Wind, und wir trimmten die Segel, als nähmen wir an einer Regatta teil. Ich überließ Torben die Navigation, weil er in kürzester Zeit auf diesem Gebiet sicherer geworden war als ich.

Wenn ich ihn kontrollierte, dann nur, weil ich ganz sichergehen wollte und niemand unfehlbar war.

Nach einigen Stunden kamen die Tonnen des Kanals von Thyborön in Sicht. Sie lagen tief geneigt in der starken, ablaufenden Tide. Wir schossen auf unserem Kurs in den riesigen Fischereihafen an ihnen vorbei. Ich wies Torben an, unbeirrbar auf die südliche Mole des Hafeneingangs zuzuhalten, als wollte er sie rammen. Er sah mich verwundert an, begriff dann aber rasch warum, als die Strömung uns mit solcher Kraft auf die gegenüberliegende Mole zuschob, dass uns nur wenige Meter Raum blieben, als wir am Molenkopf vorbei in den äußeren Hafen rauschten. Auf Torbens Stirn standen Schweißperlen.

Auch ich war erleichtert, als wir an der langen Reihe der Fischkutter entlangfuhren, die alle die gleiche hellblaue Farbe hatten, aber meine Erleichterung galt weniger der geglückten Einfahrt als dem Eisproblem, das wir nun hinter uns hatten.

Im Kanal von Thyborön war die Strömung zu stark und die Wassertemperatur zu hoch, er konnte nicht zufrieren. Jetzt konnten wir segeln, wie wir wollten. Uns stand nichts mehr im Wege.

Im westlichen Hafenbecken machten wir fest. Auf einigen Fischkuttern wurde, wenn auch nur für einen Augenblick, die Arbeit unterbrochen, und ein paar verstohlene Blicke folgten uns. Es war hier nichts Ungewöhnliches, im Winter auf See zu sein. Die unauffälligen Blicke galten wahrscheinlich unserem seemännischen Können.

Nachdem wir das Boot verholt, die Segel aufgetucht und vertäut und den Ofen angezündet hatten, gingen wir über den kleinen Sandstrand westlich des Hafens hinaus auf die riesigen Wellenbrecher, um uns das anzusehen, was die Dänen »die westliche See« nennen. Der Wind war ablandig, weit draußen erhoben sich Wellen mit geraden Kämmen. Die Nordsee, »der größte Schiffsfriedhof der Welt«, sah eher einladend als gefährlich aus.

Wir kehrten in die Stadt zurück, die aus zwei Hauptstraßen besteht, von denen die eine zum Hafen hinunter und die andere am Hafen entlangführt. Einige Geschäfte, zwei Kneipen, Wurstbuden und ein Seemannsheim in einem dreistöckigen, gelb verputzten Haus. Da kehrten wir ein. Im Erdgeschoss gab es ein Restaurant und einen kahlen Aufenthaltsraum mit Fernseher. Das Restaurant sah aus wie eine bessere Milchbar, mit einer Glastheke und Stühlen mit blank gewetzten Sitzen.

Torben verzog das Gesicht, als ich das dänische Nationalgericht bestellte: paniertes Schollenfilet mit Pommes frites und Remouladensoße. Er gab auf, als sich herausstellte, dass es keinen Wein gab. »Ich geh lieber duschen«, erklärte er.

Er erwarb eine Duschmünze – ich fand, dass die körperliche Reinigung für dreißig Kronen ausgesprochen teuer war – und verschwand.

Meine Scholle wurde gebracht, aber obwohl sie angeblich eigens für mich gestorben war, schmeckte sie nur nach der Panade. Ich verzichtete darauf, beim Essen zu lesen, was für mich so ungewöhnlich war, wie Kaffee zu trinken ohne eine Zigarette. Aber danach ließ ich mir die *Jyllandsposten* geben und stellte fest, dass nichts geschehen war, was das Leben auf dieser Welt entscheidend erleichtert hätte. Dann schlug ich den Wetterbericht auf. Hochdruck und Ostwind würden anhalten, aber sich abschwächen. Unmittelbar südlich von Kap Farväl auf Grönland befand sich ein kräftiges Tiefdruckgebiet, alles deutete jedoch darauf hin, dass es in Richtung Nordosten über Nordnorwegen hinwegziehen würde, was für südöstliche Winde sprach. Die Prognose für die nächsten fünf Tage kündigte starke Winde aus Südost bis Süd an, nach Südwest drehend. Im dänischen Wetterbericht war Stärke sechs allerdings schon ein Sturm. Draußen auf der Nordsee hatte der Wind zugenommen, aber von Sturm konnte nicht die Rede sein. Wenn wir Glück hatten, würde uns häufiges Kreuzen erspart bleiben. All das war ermutigender, als ich zu hoffen gewagt hatte, und mit diesem Gefühl wollte ich die Zeitung beiseitelegen, als mir ein Artikel am unteren Rand einer Seite auffiel:

BESTIALISCHER MORD AUF SEGELBOOT

Wie die schwedische Küstenwache mitteilt, wurde gestern gegen 17 Uhr vor Falsterbo in Südskåne ein treibendes Segelboot aufgefunden. An Bord befand sich die bislang nicht identifizierte Leiche eines etwa vierzigjährigen Mannes. Der Kopf des Mannes war vom Körper getrennt und offenbar vom Boot entfernt worden. Von den Tätern fehlt bisher jede

Spur. Auch über das Motiv der Tat kann gegenwärtig nur spekuliert werden. Die schwedische Polizei bittet die Öffentlichkeit um sachdienliche Hinweise. Bei dem Segelboot handelt es sich um einen Katamaran mit dem Namen *Sula*.

9

Ist dir nicht gut?«, fragte Torben, als er zurückkam und mich sah. »Du hättest die Scholle nicht essen sollen!«

Ich schob ihm die Zeitung hin und deutete auf die Meldung. Ich hatte Mühe, das Zittern meiner Hände zu unterdrücken.

»Na gut«, sagte Torben lakonisch, als er zu Ende gelesen hatte. »Da gibts nur eins. Zur nächsten Telefonzelle und die schwedische Polizei anrufen.«

Die Ruhe und die deprimierte Endgültigkeit seiner Stimme lösten meine eigene Erstarrung.

»Moment«, sagte ich. »Das müssen wir uns überlegen.«

»Da gibts nicht viel zu überlegen. Das ist nichts mehr für uns.« Ich wusste nicht, was ich sagen sollte. Die letzte halbe Stunde hatte ich schon damit zugebracht, mir auszumalen, was diese Nachricht für uns bedeutete.

»Lass uns erst mal zum Schiff zurück.«

Wir gingen an den großen Fischhallen vorbei. An der letzten löschte ein Trawler seinen Fang. Er war so schwer beladen, dass das Wasser durch die Speigatts überkam, wenn er krängte. Als wir an ihm vorübergingen, hörte ich, wie einer der Fischer etwas über Schottland sagte. Was es war, konnte ich nicht verstehen.

»Dass der überhaupt noch schwimmt«, sagte Torben und deutete auf den tief liegenden Kutter.

Er konnte nicht wissen, dass es schon Fischerboote gegeben hatte, die mit allen Mann an Deck gesunken waren, weil sie zu viel gefangen hatten. Der Bug kam in steileren Wellen einfach nicht mehr hoch. Ein Fischer hatte mir einmal erzählt, dass sein Boot nach einem Fang praktisch nicht festmachen konnte, weil nur die Fahrt es über Wasser hielt. Als sie schließlich hereinkamen, hatten sie nur Sekunden, um so viel Fisch wie möglich an Land zu bekommen, damit der Kutter nicht sank.

Etwas weiter die Kaimauer hinunter lag ein kleineres Fischerboot mit schwarzem Rumpf. Niemand schien an Bord zu sein. Mir fiel ein, dass ich irgendwo gelesen hatte, schottische Trawler hätten meist schwarze Bootsrümpfe. *F 154* stand am Bug, aber ich konnte am Heckspiegel weder einen Namen noch den Heimathafen erkennen. Ich nahm mir vor, später noch einmal vorbeizugehen. Vielleicht konnte mir der Skipper ein paar Tipps zu sicheren Liegeplätzen an der schottischen Ostküste geben.

Diese Gedanken machten mir klar, dass ich den Plan, nach Schottland hinüberzusegeln und herauszufinden, was Pekka gesehen hatte, noch nicht aufgegeben hatte. Jetzt aber war klar, dass es ihn das Leben gekostet hatte. Ich wusste, dass ich einfach nicht umkehren wollte. Aber Torben, dem Rationalisten, würde ich mehr anbieten müssen als diesen bloßen Durchhaltewillen.

»Also, was machen wir jetzt?«, fragte er, sobald wir in der Kajüte der *Rustica* angekommen waren.

Ich antwortete nicht, sondern holte die *British Admiralty Chart* der Nordsee heraus, eine der wenigen Seekarten, auf der sowohl Thyborön als auch Rattray Head, die Ostspitze Schottlands und die natürliche Anlaufstelle im Inverness Firth, erschienen – dazwischen das weite Blau.

»Wir segeln über die Nordsee«, sagte ich, als ich die Karte auf dem Tisch zwischen uns auseinandergefaltet hatte.

»Du bist verrückt«, sagte Torben langsam. »Das war schon immer so, aber jetzt gehst du zu weit. Nach Schottland segeln, nach keltischen Freimaurern und Rotariern suchen und sehen, womit sie sich in ihrer Freizeit beschäftigen – ob sie Schafe auf Steinaltären grillen oder nur Zaubersprüche murmeln und Eichenlaub pflücken –, das ist ja noch in Ordnung. Sogar mitten im Winter. So brauchen wir uns wenigstens nicht in überfüllte Häfen zu drängeln. Aber jetzt ist ein Mord geschehen. Und das verändert alles.«

Ich nahm das lange Lineal und zog mit dem Bleistift einen Strich von Thyborön nach Rattray Head. Nicht einmal einen Winkelmesser brauchte ich: Man sah mit bloßem Auge, dass der Kurs fast genau West war, 275 Grad. Dann musste noch die westliche Missweisung addiert werden, und man erhielt den Kurs, den wir nach dem Kompass steuern mussten. Das Problem war nur, dass die Missweisung an der jütländischen Küste dreißig betrug, wenn wir uns Schottland näherten, aber acht Grad. Nach einigen Rechenoperationen hatte ich den Mittelwert. Der nächste Schritt bestand darin, dass ich den Zirkel nahm, auf der Längenkreisskala eine Distanz in Höhe unseres angenommenen Kurses ausmaß und dann die Gesamtdistanz abgriff, 340 Seemeilen. Was natürlich Wunschdenken war. Alles sprach dafür, dass wir zumindest zeitweise westliche Winde haben und so zum Kreuzen und zu Kursänderungen gezwungen sein würden. Aber die Vorbereitungen waren wichtig, und in der Hoffnung, dass sich Torbens Sicht der Dinge mit der Zeit ändern würde, erledigte ich sie sorgfältiger als üblich.

Und als er nach langem Schweigen noch einmal fragte, warum ich nicht einfach die Polizei anrief, klang es tatsächlich schon versöhnlicher. Einfach alles erzählen, was ich wusste, schlug er vor, und dann alle Kelten und Schottland vergessen.

Was ihn anging, konnte er sich sehr gut vorstellen, den Winter in Thyborön zu verbringen. Bestimmt konnte man hier viel über Fische und Fischer lernen, und vom Meer bekam man nie zu viel.

Aber ich hatte mich entschieden. Und ich hatte ein Argument, das auch Torben ernst nehmen musste.

»Was passiert, wenn wir zur Polizei gehen?«, fragte ich. »Mit Sicherheit werden wir verhört, und schlimmstenfalls, nämlich wenn sie MacDuff kriegen, müssen wir als Zeugen aussagen. Das ist einerseits viel Ärger und andererseits auch gefährlich. Denn wenn sie ihn nicht finden, erfährt er womöglich, dass man uns verhört hat und dass wir wissen, dass er Pekka ermordet hat. Vielleicht sogar, dass wir sein Logbuch haben. Wer sagt uns, dass wir nicht seine nächsten Opfer sind? Ist es nicht besser, nach Schottland zu segeln, ihn aufzusuchen und ihn so unschuldig wie möglich zu fragen, ob er Pekka gefunden hat? Dann glaubt er, wir wüssten von nichts. Und solange wir in Schottland sind, müssen wir auch nichts von einem Mord in Schweden wissen. MacDuff ist gefährlich, wie gefährlich, das wissen wir jetzt. Denk daran, was Pekka in seinem Logbuch schreibt. Ich glaube, wir sind in Schottland sicherer als hier.«

Ich sah, dass der Gedanke einen gewissen Eindruck auf Torben machte.

»Aber was sollen wir denn in Schottland machen?«, wandte er ein.

»Gar nichts, wenn wir nicht wollen. Wir liegen in der Koje und lesen, sehen den Schafen zu und trinken Guinness und Whisky in den Pubs.«

»Keinen Whisky«, sagte Torben.

»Du bekommst bestimmt auch Wein, falls dir das Sorgen macht.«

»Du meinst, man bekommt guten Wein in Schottland?«

Ich war auf dem richtigen Weg.

»Warum denn nicht? Die Schotten sind Gourmets.«

Torben erlaubte sich ein Lächeln, wurde aber gleich wieder ernst.

»Natürlich hat es etwas für sich, MacDuff zu besuchen, damit er sich nicht in den Kopf setzt, dass er uns auch noch umbringen muss. Aber immerhin hat er einem unserer Mitmenschen die Kehle durchgeschnitten und seinen Kopf mitgenommen. Müsste das nicht irgendwie bestraft werden?«

»Doch, natürlich.«

»Ja, ja. Aber ich hab den Verdacht, du hast etwas ganz anderes vor. Du scheinst zu glauben, wir könnten eine große Verschwörung aufdecken und die Helden spielen. Ulf Berntson, der Hornblower seiner Zeit. Aber die Welt hat sich verändert. Du und ich, wir können gar nichts. Wir können nicht schießen, wir können nicht Karate, wir können kein Flugzeug steuern. Hast du überhaupt einen Führerschein?«

»Nein.«

»Na bitte. Wir können uns in Schottland nicht mal ein Auto leihen, wenn es nötig ist.«

Torben hatte recht. Zum Heldentum fehlten uns alle Voraussetzungen. Ich konnte segeln, ich war Tauchlehrer, und weiter? Ich konnte mich ausdrücken, ich konnte Geschichten erzählen, sogar in mehreren Sprachen. Aber das würde einen Mann wie MacDuff kaum sonderlich beeindrucken. Torben war scharfsinnig, belesen, verfügte über ein großes Wissen. Das war immerhin etwas.

»Meine einzige Heldentat wird sein, dass ich uns über die Nordsee bringe«, sagte ich.

»Ist das ein Versprechen?«

»Ja.«

Im nächsten Augenblick bereute ich es. Auf See, in einem kleinen Boot, ist es weiser, nicht übermütig zu sein und etwas zu versprechen, was nicht in der eigenen Macht steht.

Mit einem ganzen Tag Verspätung, laut Logbuch um 10.12 Uhr des übernächsten Tages, ließen wir Thyborön bei leichter südöstlicher Brise, klarem Wetter und ein paar Grad plus hinter uns. Vierundzwanzig Stunden lang hatte es entgegen allen Voraussagen gestürmt, hatte das Meer unbarmherzig auf die flache Küste eingeschlagen. Wir hatten die Zeit mit Büchern über Schottland zugebracht, hatten uns mit den Fischern im Seemannsheim unterhalten und hatten auf das tobende Meer gestarrt.

Wir waren im Hafen herumgegangen und hatten uns die Fischerboote angesehen, die trotz der steifen Brise be- und entladen wurden. Mit einigen Besatzungsmitgliedern hatten wir ein paar Worte gewechselt. Gesprächig waren sie nicht gewesen, aber freundlich.

Mit der Besatzung des schottischen Trawlers *F 154* hatte ich keinen Kontakt aufnehmen können. Mehrmals war ich vorbeigegangen, ohne jedoch eine Menschenseele zu erblicken. Einmal ging ich sogar an Bord und klopfte an, aber es blieb totenstill. Auch die Fischer auf den anderen Trawlern wussten nichts. Die *F 154* war vor einer Woche eingelaufen, man hatte aber niemanden an Bord gesehen.

Als die Ufer an der Mündung des Thyborön-Kanals auseinandertraten, begrüßte uns die Nordsee mit wenig Wind bei einer aufgewühlten, unregelmäßigen Dünung, die die *Rustica* unrhythmisch rollen ließ. Das Großsegel und die Schoten schlugen und rasselten. Erst gegen fünfzehn Uhr versank Thyborön hinter dem Heck. Da Torben zum Kombüsendienst nicht sonderlich aufgelegt schien, war es an mir, hinunterzugehen und zu kochen, etwas mit Kartoffelbrei, wenn ich mich recht entsinne. Wir setzten uns ins Cockpit, um die untergehende Sonne zu genießen, aber Torben nahm nur wenige Bissen zu sich. Er sei nicht hungrig, behauptete er. Ich dachte natürlich, mein Essen sei schuld, aber die wenigen Bissen blieben das Einzige, was Torben in den folgenden drei Tagen zu sich nahm. Er war seekrank, aber er brauchte lange, um es sich einzugestehen.

Gegen sechs Uhr hörte ich ein helles Knacken, und die *Rustica* ging mit schlagenden Segeln in den Wind. Ich dachte, dass eine der Leinen der Selbststeueranlage gerissen sei, aber es war etwas viel Schlimmeres. Die Welle der Anlage zwischen der Windfahne und dem Ruder war gebrochen. Wir mussten der Tatsache ins Auge sehen, dass wir nun bis Schottland mit der Hand steuern mussten.

Wir vereinbarten Dreistundenwachen bei Tag und Nacht. Ich bestand darauf, die erste zu übernehmen, damit Torben sich ausruhen konnte und um die Wache in den frühen Morgenstunden herumkam. Noch schien er mit der Seekrankheit so weit fertigzuwerden, um seine Wache übernehmen zu können, mehr aber auch nicht.

Kurz nachdem er seine Wache angetreten hatte, weckte er mich, um mir zu sagen, dass wir »von einem Fischerboot verfolgt« würden. Unter normalen Umständen hätte ich das achselzuckend abgetan. Fischkutter sind unberechenbar und ändern immer dann ihren Kurs, wenn man es am wenigsten erwartet, als wären sie darauf aus, einen zu einem Ausweichmanöver zu zwingen. Aber in diesem Fall nahm ich Torbens Mitteilung ernst und ging mit dem Glas ins Cockpit. Tatsächlich, einige Seemeilen hinter uns sah ich die Lichter eines Trawlers, grün über weiß. Er lag auf dem gleichen Kurs wie wir.

»Und ich hab zweimal den Kurs geändert«, sagte Torben. »Er scheint jedes Mal das Gleiche getan zu haben.«

»Um wie viel Grad?«

»Weiß ich nicht. Dreißig bis vierzig vielleicht.«

»Das kann man auf dem anderen Boot nicht sehen. Die Seitenlaternen sieht man erst bei mindestens siebenundsechzigeinhalb Grad. Änder den Kurs um fünfundsiebzig Grad. Mal sehen, was passiert.«

Die *Rustica* folgte bereitwillig dem neuen Kurs. Mit dem Glas behielt ich den Kutter im Blick. Anfangs geschah nichts, dann kam der Bug langsam nach Backbord herum. Es sah tatsächlich so aus, als ob er uns folgte.

»Ich weiß nicht«, sagte ich zu Torben. »Vielleicht ist es nur Zufall. Aber lass uns lieber sichergehen. Soweit es sich machen lässt.«

Ich schaltete die Positionslichter aus und nahm den Radarreflektor ab, der am Mast befestigt war.

»Mehr können wir im Augenblick nicht tun. Weck mich, wenn noch etwas ist.«

Eine Stunde später weckte er mich wieder.

»Ich seh ihn nicht mehr«, sagte Torben. »Gleich, nachdem du dich hingelegt hast, sind seine Lichter verschwunden. Aber der Wind hat aufgefrischt. Müssen wir nicht was tun?«

Ich zog meine Jacke an und stieg an Deck. Es hatte nur zu einer kräftigen Brise aufgefrischt, aber wir konnten ebenso gut jetzt reffen, für alle Fälle, dann hatten wir in dieser Nacht keine Probleme mehr. Mit gerefftem Großsegel und der kleinen Fock wurde die *Rustica* mit mittelstarkem Wind fertig.

»Ist das eigentlich seemännisch, beim Reffen lange Unterhosen zu tragen?«, fragte Torben.

»Käpten Hornblower wär das völlig gleichgültig gewesen. Er hats mal nackt gemacht. Hauptsache, richtig.«

»Tut mir leid, dass ich dich wecken musste.«

»Macht nichts.«

Als ich aber nach zwanzig Minuten zum dritten Mal geweckt wurde, dieses Mal, um meine Wache zu übernehmen, tat ich mir selbst doch ein wenig leid. Der Kaffee in der Thermosflasche war lauwarm, die Zigaretten waren feucht und schmeckten fade, es war dunkel und kalt. Nach einer halben Stunde aber hatte ich in den Rhythmus des Nachtsegelns gefunden, hatte diese besondere Empfindung des leeren Raums ringsum, während alle Sinne sich mit höchster Konzentration nach außen richten. Mein Blick ruhte nur auf der Kompassmarkierung, die ein leichter, rötlicher Schein erhellte, der die Sicht in der Dunkelheit nicht behinderte. Im Gesicht und in der Hand, die auf der Ruderpinne lag, fühlte ich den Wind, und mein Körper, der den Bootsbewegungen folgte, spürte die Wellen. Ab und zu versuchte ich dennoch, nach vorn zu sehen und die Schwärze zu durchdringen. Warum, weiß ich nicht. Wenn die Nacht nicht sternenklar ist oder der Mond am Himmel steht, ist das völlig sinnlos.

Während meiner ganzen Wache sah ich das Fischerboot nicht. Wenn es uns auf seinem Radarschirm hatte, konnte es uns allerdings sehr wohl folgen, ohne selbst sichtbar zu sein. Als ich Torben um drei Uhr weckte und die Kajütenlampe anzündete, hatte die Seekrankheit ihn bereits stärker im Griff.

»Wirds auch gehen?«, fragte ich, obwohl ich vollkommen durchgefroren und quälend müde war. Meine Finger waren taub, und die letzte halbe Stunde hatte ich im Stehen gesteuert.

»Warum denn nicht«, gab er verbissen zurück. In Windeseile legte er seine Kleiderschichten an, um nach oben an die frische Luft zu kommen.

»Halte 250 Grad, bis ich einen neuen Kurs berechnet habe.«

Der Wind hatte sich auf zwölf bis dreizehn Meter in der Sekunde verstärkt und auf Nordwest gedreht, sodass wir nicht mehr genau auf Rattray Head zuhalten konnten. Wir waren sechzig Meilen vor der Küste auf der Position 6°30′ O – 56°40′ W unmittelbar nördlich der Monkey Bank, mit Kurs auf das Ekofisk-Ölfeld.

Als ich erwachte, war es ein strahlender Morgen auf See. Ich war nicht völlig ausgeruht, aber erfrischt. Ich stand auf und kochte Kaffee, füllte zwei Thermosflaschen, aß einige belegte Brote und rollte mir ein paar Zigaretten. Die *Rustica* krängte bis zur Reling, aber sie lag gut und bewegte sich leicht und zielbewusst durch die eindrucksvollen Wogen. Torben wirkte sehr müde, als ich das Ruder übernahm. Jedes Mal wenn er sich hinlegte, hoffte ich, dass er endlich ohne Seekrankheit aufstehen würde, aber es wurde immer noch schlimmer statt besser.

»Alles in Ordnung«, sagte er und verschwand.

Trotz des hohen Seegangs lief die *Rustica* den ganzen Tag wie ein Traum. Mit einer Fahrt von fünf bis sechs Knoten bewältigte sie elegant die intensiv grünen, manchmal durchsichtigen Wassermassen. Schneeweißes Sprühwasser stob um ihren Bug auf.

Im Morgengrauen des nächsten Tages sichtete ich einen Fischkutter, der an Backbord auf Parallelkurs lief. Natürlich war nicht zu erkennen, ob es sich um unseren nächtlichen Verfolger handelte. Aber selbst, als er noch weit entfernt war, konnte ich sehen, dass der Rumpf schwarz war. Dann waren wir nahe genug, um durch das Glas die Nummer lesen zu können: Es war das Boot, das in Thyborön gelegen hatte. Ich winkte, als es in zweihundert Metern Entfernung langsam an uns vorbeistampfte, aber niemand an Bord reagierte. Vermutlich war die Selbststeueranlage eingeschaltet, und die Besatzung war unter Deck gegangen.

Erst als das Boot an uns vorbeigezogen war, empfand ich eine unerklärliche Unruhe. Zwar sagte ich mir, dass nichts natürlicher war, als auf dem Weg nach Schottland einem schottischen Fischkutter zu begegnen. Dänen und Schotten setzten ihren Fang häufig beieinander ab, um günstigere Preise zu erzielen. Aber der Kutter war zu klein, er war kein Hochseefischer. Und warum hatte er keinen Namen und keinen Heimathafen? Lange starrte ich ihm nach, während er in der Ferne in den Wellen verschwand und wieder auftauchte, bis ich ihn nicht mehr sehen konnte.

Der Kutter war das letzte Schiff, das wir auf den folgenden zweihundert Seemeilen sahen. Vierundzwanzig Stunden blieb alles unverändert: steifer Wind, klarer Himmel, Kälte und gute Fahrt hart am Wind. Torben kämpfte weiter mit der Seekrankheit. Er aß nichts, er steuerte und schlief, steuerte und schlief. Er litt, aber er hielt aus.

Erst am Morgen des dritten Tages schwächte sich der Wind ein wenig ab. Wir waren an Ekofisk vorbeigesegelt, ohne das hohe Rig zu sehen. Torbens Seekrankheit ließ nach. Als ich gegen Mittag übernahm, überwand er seinen Stolz und übergab sich zweimal, nahm zwei Tabletten gegen Seekrankheit und legte sich hin. Als er wieder aufwachte, war das Ärgste vorüber, wenn die Tabletten ihn auch müde und träge gemacht hatten. Später – er glaubte vermutlich, dass ich schlief – hörte ich, wie er zu sich selbst und zu den Mächten des Meeres sagte, Segeln sei wohl nur etwas für Masochisten. Ich nahm es als Zeichen seiner Gesundung.

Ich hatte die Geißel der Seekrankheit nie kennengelernt, aber ich wusste, wie elend einem zumute war, wenn man ihr zum Opfer fiel. Der englische Einhandsegler Ian Nicholson, der selbst sein ganzes Leben lang die Seekrankheit nie überwand, schrieb einmal dazu, es gebe zwei Stadien der Krankheit. Im ersten glaubt man zu sterben, und im zweiten, dem schlimmeren, begreift man, dass man nicht sterben wird.

Um neunzehn Uhr segelten wir bei einem leichten Nordost in sehr viel ruhigerem Wasser. Wir sprachen schon davon, bald Land sehen zu können, obwohl wir nach meinen Berechnungen noch neunzig Seemeilen vor uns hatten.

Es war eine unruhige Nacht. Zum ersten Mal nach seiner allerersten Nachtwache weckte mich Torben.

»Was ist denn?«, fragte ich aus der Tiefe meines Schlafsacks.

»Am besten kommst du mit rauf.«

Erst musste ich mich anziehen. Die vielen Kleiderschichten sind einer der größten Nachteile beim Wintersegeln: Unterwäsche, Thermalunterwäsche, Faserpelz und gefüttertes Ölzeug, Mütze, zwei Paar Handschuhe, zwei Paar Socken und zu große Stiefel, damit die Füße Platz haben. Alles muss angezogen werden und möglichst in der richtigen Reihenfolge. Ich hoffte nur, dass Torben mich nicht ohne guten Grund geweckt hatte. Als ich hinaufkam, sah ich vor uns Lichtpunkte, die sich aneinanderreihten wie die Beleuchtung einer Landebahn. Und in der Mitte dieser Bahn befand sich ein gigantisches Gebilde aus Licht, das an einen geschmückten Weihnachtsbaum erinnerte.

»Hier muss es eine starke Strömung geben«, sagte Torben. »Ich hab versucht, von dem Ding wegzuhalten. Aber was ich auch tu, es kommt immer näher.«

Ich traute meinen Augen nicht und begriff nichts. Hier draußen gab es keinen Gezeitenstrom, und auf der Seekarte waren auch keine Ölfelder verzeichnet. Ich war so verwirrt, dass es mir überhaupt nicht in den Sinn kam, nach dem Glas zu greifen. Sekunden später, in denen uns das Ungeheuer anzusaugen schien, gab Torben die erlösenden Worte von sich:

»Vielleicht bewegt es sich? In unsere Richtung?«

Jetzt löste sich meine Erstarrung, und ich griff zum Glas. Zwei große Schleppkähne schleppten eine fünfzig Meter hohe Ölbohrinsel genau durch unseren Kurs. Die anderen Positionslichter gehörten vermutlich zu Fischerbooten. Augenblicklich schlug unsere Stimmung um. Aber an Schlaf war nun nicht mehr zu denken, auch weil der leichte Wind das Großsegel nicht füllte und es klatschend hin und her schlug.

Als ich morgens um vier Uhr das Ruder übernahm, waren die Fischerboote verschwunden. Wir hatten den Nullmeridian von Greenwich überquert. Der Wind hatte sich gedreht und war aufgefrischt. Er kam jetzt von achtern. Ich bildete mir ein, ich sei ausgeschlafen, und war entschlossen, mehr als meine üblichen drei Stunden am Ruder zu stehen.

Mit Sonnenschein und noch mehr Wind kam der Morgen. Vom Bug der *Rustica* kam jetzt ein hissendes Geräusch, wenn sie eine Woge hinunterzog. Dann schien sie mit einem Seufzen kurz innezuhalten, bis die nächste Welle das Heck hob und sie wieder Fahrt aufnahm. Ich war dicht davor, sie laut anzufeuern, weil wir dann schneller Land in Sicht bekommen würden. Ich saß im Cockpit und bekämpfte immer wieder den Drang, aufzustehen und zum Horizont zu blicken. Es ist ein sonderbares und chronisches Leiden aller Segler, dass sie zu früh nach Land ausschauen, als könnten sie es herbeiziehen.

Als Torben endlich aufwachte, hatte ich sechs Stunden lang gesteuert, der Wind hatte zugenommen und sich der Grenze genähert, jenseits derer es kein unbeschwertes Segeln mehr gibt. Und er verstärkte sich weiter. Wir holten die Fock ein und legten ein Reff ins Großsegel. Hinter uns türmten sich die Wellen immer höher. Um zehn Uhr schätzte ich die Windgeschwindigkeit auf achtzehn bis zwanzig Meter in der Sekunde, sieben oder acht Windstärken, und die Höhe der größten Wellen auf etwa vier Meter. Obwohl die *Rustica* einen langen Kiel hatte und sieben Tonnen wog, kam sie ins Gleiten. Ab und zu kam Wasser über, bis hinten ins Cockpit. Der Logzeiger stand wie festgeklebt auf zehn Knoten. Die Ruderpinne in meiner Hand bebte, der Druck auf das Ruder war so groß, dass ich nicht wusste, wie lange es noch halten würde. Nie zuvor hatte ich so steile und chaotische Seen gesehen. Hätte ich damals gewusst, was ich heute weiß, nämlich, dass die Gewässer vor Rattray Head berüchtigt sind und dort schon zwei Rettungsboote aus Fraserburgh untergegangen waren, hätte ich mich bestimmt für einen nördlicheren Kurs entschieden.

Torben stand auf dem Niedergang und sah zu, wie die Wellenberge sich heranwälzten. Um ihn abzulenken, bat ich ihn, Fotos zu machen. Ich selbst sah lieber nicht nach achtern. Eigentlich ging es ihm schlechter als mir, und manchmal sah ich ihn auch zusammenzucken, wenn der Kamm einer besonders großen Woge brach und auf uns zustürzte. Aber das Heck der *Rustica* wurde jedes Mal wieder wie von unsichtbarer Hand gehoben, und die Wassermassen schossen an uns vorbei. Jedes Mal, von einem Mal abgesehen. An Torbens Gesichtsausdruck erkannte ich, dass etwas nicht in Ordnung war, und sah rasch nach achtern. Dort erhoben sich in dichter Folge drei riesige Seen. Es gelang mir, die erste und die zweite zu parieren, die dritte aber erwischte uns voll, schaumiges Wasser schlug in das Cockpit und klatschte gegen das Plexiglas der Kajütenluke. Als das Wasser ablief, wurden auch Torbens erstarrte Gesichtszüge sichtbar. Ich machte ihm ein Zeichen – keine Gefahr –, war davon aber selbst nicht mehr ganz überzeugt.

Dann, als uns wieder eine Woge auf ihren Kamm hob, sah ich in einer Entfernung von wenigen Seemeilen Land. Der Bug der *Rustica* wies genau auf das Leuchtfeuer von Rattray Head. Nach 380 Seemeilen und zwölf Kursänderungen hatten wir unser Ziel haargenau getroffen, als hätten wir nur die acht Seemeilen zwischen Limhamn und Dragör zurückgelegt. Die Befriedigung hielt jedoch nur einen kurzen Augenblick an, denn mit dem Leuchtfeuer als Richtmarke erkannte ich, dass die starke Strömung uns schnell nach Süden versetzte. Damit wir die Landspitze umrunden konnten, würden wir halsen müssen, also das Großsegel bei starkem achterlichem Wind auf die andere Seite schiften. Das war bei Windstärke sieben kein ungefährliches Manöver, aber ich tat mein Bestes, um Torben meine Besorgnis nicht sehen zu lassen. Er freute sich offensichtlich sehr, bald wieder festen Boden unter den Füßen zu haben.

Ich wartete, bis die *Rustica* auf einer riesigen Welle Fahrt aufnahm. Als das Tempo am höchsten war und der Druck auf die Segel am geringsten, legte ich das Ruder vorsichtig um. Der Großbaum schwang mit einem Schlag, der klang wie ein Peitschenknall, herum, und ich legte Gegenruder, um dem Drehmoment des Bootes nach Luv entgegenzuwirken. Es war nicht so schlimm, wie ich geglaubt hatte. Ich luvte an, und die Situation war wieder unter Kontrolle.

Als ich Torben sagte, dass wir bei dieser See und auflandigem Wind kaum eine Chance hätten, nach Fraserburgh hineinzukommen, zeichnete sich die Enttäuschung auf seinem Gesicht deutlich ab. Bei dem Gedanken an eine weitere Nacht auf See und sechzig Seemeilen bis zum nächsten Hafen verschwand die Freude aus seinen Augen. Wenn er allein gesegelt wäre, hätte er wahrscheinlich das Leben riskiert, um in den Hafen zu kommen.

Aber wir hatten Glück. Als wir um Rattray Head herum waren, schützte uns die Landzunge vor dem Wind, und um 14.30 Uhr segelten wir zwischen den vier Meter hohen Molenköpfen von Fraserburgh hindurch. Wie auf Bestellung senkte sich gleichzeitig dichter Nebel über uns, und es begann zu nieseln. Kein Zweifel, wir waren in Schottland.

Seit drei Uhr morgens hatte ich ununterbrochen am Ruder gestanden, es flimmerte mir vor den Augen. Während die Spannung nachließ, musste ich meine letzten Kräfte aufbieten, um uns in das nördliche, innere Hafenbecken zu steuern. Wir gingen am erstbesten Fischerboot, das nicht den Anschein erweckte, dass es am nächsten Morgen hinausfahren würde, längsseits und machten fest.

Beim Einholen und Auftuchen der Segel zitterten mir vor Müdigkeit die Beine. Aber wir waren angekommen, und in diesem Augenblick schien alles andere gleichgültig. Es kostete uns sicher eine halbe Stunde, die Segel in Ordnung zu bringen, und eine weitere, bis wir das Ölzeug ausgezogen hatten. Dann kochten wir Kaffee, gaben einander wortlos die Hand und setzten uns ins Cockpit, um die grauen tristen Fassaden von Fraserburgh zu betrachten, die sich in unseren müden Augen ausnahmen wie ein farbenprächtiges Idyll. Ich empfand eine grenzenlose Zufriedenheit und Dankbarkeit, dass ich dies erleben durfte, und wusste sicher, dass er dasselbe fühlte. Auch das kann das Segeln bewirken: Es kann die Einsamkeit zweier Menschen überwinden.

Wie lange wir da saßen und dieses Gefühl auskosteten, weiß ich nicht. Ich weiß aber, wann es endete. Torben deutete über meine Schulter auf einen Fischkutter mit schwarzem Rumpf. Ich las die Nummer: *F 154*.

10

Ich mochte es mir einbilden, aber ich hatte das Gefühl, die Zollbeamten begegneten uns mit einem gewissen Misstrauen. Sie waren mürrisch, hoben die Hellegattbeplankung an und öffneten sogar die Deckel der Wassertanks. Für eine Routinekontrolle suchten sie mir viel zu systematisch. Kritisch wurde es, als einer der beiden im Stauraum unter der Schlafbank zu wühlen begann. Mein Geheimfach lag unter der Isolierung und war kaum zu entdecken, es sei denn, man wusste, wo es sich befand. Die Beamten fanden nichts, aber bevor sie wieder an Land gingen, ergriffen sie die Gelegenheit, uns zu sagen, dass wir gegen das Gesetz verstoßen hätten, wenn wir ohne Zollerklärung an Land gegangen wären. Ihr Misstrauen konnte sich natürlich aus einer gewissen Überraschung erklären. Eine Segeltour über die winterliche Nordsee konnte kaum dem reinen Vergnügen dienen und war schon deshalb erklärungsbedürftig.

Im selben Augenblick, als wir das ruhige Wasser des Hafens von Fraserburgh erreicht hatten, waren auch die Reste von Torbens Seekrankheit verschwunden. Wir gingen in ein Pub im Hafen. Beim ersten Glas Wein war er noch wortkarg, ein sicheres Zeichen dafür, dass er hungrig war. Ich hatte bereits beschlossen, dass er zulasten der Schiffskasse so viel essen durfte, wie er wollte. Er hatte es sich verdient, hatte sich dreieinhalb Tage verbissen durch die Wachen gequält, obwohl er sicherlich zwei Tage lang überhaupt nichts zu sich genommen hatte.

Vom Pub aus gingen wir in das erstbeste Restaurant an der Hauptstraße, ein Etablissement mit staubigen Kronleuchtern und geblümten Tapeten, wo ältere Damen ihren High Tea einnahmen, ein Zwischending zwischen einem Nachmittagstee mit Kuchen und einem richtigen Abendessen, eine erst vor Kurzem wiederbelebte schottische Sitte, wie wir später erfahren sollten. An dieses Abendessen erinnere ich mich kaum, abgesehen davon, dass ich ein großes Glas Bier trank und so müde wurde, dass wir vor dem Dessert aufbrechen mussten. Wie ich auch dagegen ankämpfte, mein Kopf sank immer wieder der Tischplatte entgegen.

Torben brachte mich auf die *Rustica* zurück, wo ich in tiefe Betäubung versank. Am nächsten Morgen weckte mich der Duft von Kaffee und frischem Brot. Torben erzählte, ich müsse sehr tief geschlafen haben, denn wenn ich mir die Mühe machen wollte hinauszusehen, könnte ich feststellen, dass wir jetzt neben einem uralten rostigen Stahlkutter lagen. Gegen vier Uhr hatten ihn merkwürdige Geräusche an Deck geweckt. Im Glauben, er sei mit der Wache an der Reihe, war er hinaufgeklettert, hatte aber nur entdeckt, dass die Besatzung des neben uns liegenden Kutters dabei war, die *Rustica* woanders festzumachen, weil sie auslaufen wollten. Die Fischer hatten Torben mit ablehnenden Handbewegungen verscheucht. »Go back to sleep!«, hatten sie nur gesagt, offenbar mit sich selbst unzufrieden, weil sie nicht leise genug gewesen waren. In Dänemark oder in Schweden hätten die Fischer uns erst geweckt und dann ordentlich beschimpft, weil wir im Weg waren.

Außerdem, erzählte Torben, habe er sich die *F 154* angesehen. »Sie scheint seit Jahren nicht mehr gefischt zu haben. Und an Bord ist keine Menschenseele.«

»Woher weißt du das?«, fragte ich erstaunt.

»Ich hab geklopft.«

So wie er es sagte, schien es die natürlichste Sache der Welt.

»Und warum?«, fragte ich nur.

»Warum nicht?«

»Hatten wir nicht ausgemacht, dass wir uns raushalten wollen?«

»Ja. Aber aus was? Du glaubst doch nicht, dass der Kutter was mit MacDuff zu tun hat?«

In dem Augenblick klopfte jemand auf das Dach unserer Kabine.

»Da will wohl einer deinen Besuch erwidern«, sagte ich zu Torben und öffnete die Luke.

Auf dem rostigen Deck des Kutters neben uns stand ein etwa vierzigjähriger Mann. Er grüßte und stellte sich als John, Eigner des Stahlkutters, vor.

»Ich wollte euch in Fraserburgh willkommen heißen, falls das noch keiner getan hat«, sagte er auf Englisch. »Ich bin Taucher hier im Hafen, aber im Winter gibt es nicht viel zu tun. Ihr könnt also ruhig ein paar Tage hierbleiben, wenn euch der Rost nichts ausmacht.«

Was eine gute Nachricht war, denn so blieb uns erspart, ständig die Vertäuung nach der Tide zu ändern. John sah nach der Flagge am Heck der *Rustica.*

»Ihr seid doch jetzt nicht aus Schweden rübergekommen?«, fragte er.

»Doch«, antwortete ich. »Von Schweden über Dänemark.«

»Im Winter!«

Er sah mich nachdenklich, aber freundlich an.

»Weißt du«, fuhr er fort, »ich hab jetzt einiges zu erledigen, aber wollen wir heute Nachmittag nicht ein Bier trinken?«

Ich nickte.

»Gut, um fünf hol ich euch ab.«

Er tippte sich grüßend an die Stirn und kletterte über die glatte, algengrüne Eisenleiter auf den Kai. Wir hatten Ebbe, und der Kai lag ungefähr fünf Meter über Deckshöhe. Daran würden wir uns nach der tidenlosen Ostsee gewöhnen müssen. Die Fischkutter ringsum waren an langen Leinen vertäut, die bei Flut schlaff waren und die Boote bei Wind im Hafenbecken herumtreiben ließen. Und wir waren das kleinste Schiff.

»Wir sind eingeladen«, sagte ich zu Torben. »Von einem, der John heißt.«

»Ich habs gehört.«

»Er sieht ganz sympathisch aus.«

»Warum auch nicht? Die Schotten sind bekannt für ihre Gastfreundschaft. Falls man nicht zufällig zum falschen Clan gehört. Hat er gefragt, wie viele wir an Bord sind?«

»Nein. Warum?«

»Um zu wissen, wie viele er zum Bier einlädt. Wir könnten ja auch zu sechst sein.«

Daran hatte ich nicht gedacht. Vor allem begriff ich, dass auch Torben seine Zweifel mit sich herumschleppte. Wir saßen in vieler Hinsicht im selben Boot.

Kurz vor fünf Uhr tauchte John wieder auf. Er hatte ein Auto dabei und fuhr uns durch die Stadt, zeigte uns alles, was es zu sehen gab. Währenddessen erzählte er, dass er einige Jahre lang als Lehrer in den USA gewesen war, aber erkannt hatte, dass kein Geld der Welt ein Bier in einem schottischen Pub oder einen Herbstspaziergang an der nebligen Nordseeküste aufwiegen konnte. Dann brachte er uns zur Oyster Bar, deren Wirt, Robert, kürzlich von einem vierjährigen Australienaufenthalt zurückgekehrt war.

»Schotten gibt es auf der ganzen Welt«, sagte Robert. »Wir sind ein fahrendes Volk.«

»Mit chronischem Heimweh«, fügte John hinzu.

»Das hat etwas mit den Wurzeln zu tun. Wenn man Schottland verlässt, verliert man etwas, das es nirgendwo sonst gibt. Vier Jahre lang war ich nie wirklich ich selbst.«

Beiläufig wollte ich wissen, ob ihnen ihr keltisches Erbe etwas bedeutete. Sie schienen auszuweichen.

»Ich bin oft in der Bretagne gewesen«, sagte ich zur Erklärung, »und dort scheint das Keltische wieder zum Leben zu erwachen. Es gibt dort sogar einen keltischen Fernsehsender.«

»Fernsehen kann kein keltisches Erbe vermitteln«, sagte Robert. John warf ihm einen Blick zu, der eine Mahnung zu enthalten schien. Dann fragten sie nach unserer Überfahrt. Die meiste Zeit überließ ich Torben die Beantwortung ihrer Fragen. Er redete, als wäre er schon seit Jahrzehnten auf den sieben Meeren unterwegs, vermied aber sorgfältig jede Erklärung, warum wir zu dieser unüblichen Jahreszeit unterwegs waren.

Die Gläser auf dem kleinen runden Tisch wurden ständig nachgefüllt, ohne dass wir gemerkt hätten, wann sie bestellt wurden oder wer sie bezahlte. Es war nicht leicht, beim Trinken maßzuhalten, und noch schwerer war es, mal eine eigene Bestellung unterzubringen. Als wir schließlich aufbrachen, hatten wir gegen alle unsere guten Vorsätze verstoßen. Später sollten wir lernen, dass die Gastfreundschaft der Schotten keinen Widerspruch duldete. Wollte man jemanden einladen, musste man listig den Augenblick nutzen, wenn er gerade mal auf der Toilette war, oder lange bevor die eine Runde geleert war, die nächste bestellen.

Als John uns am Hafen absetzte, ermahnte er uns, wir sollten beim Hinunterklettern auf der Leiter vorsichtig sein. Wieder war Ebbe, und nur der Mast der *Rustica* ragte über die Kaimauer. Er schlug uns vor, am folgenden Tag zur Seenotrettungsstation von Fraserburgh zu kommen, da der Herzog von Kent das neue Rettungsboot taufen würde. Das alte war vor zwanzig Jahren mit Mann und Maus untergegangen, als es dem russischen Frachter *Inian* zu Hilfe kommen wollte. Zum zweiten Mal sei die Stadt von einem solchen Unglück getroffen worden, und darum habe es so lange gedauert, bis man ein neues Seenotrettungsboot bekommen hatte.

»Die Zeremonie wird wunderbar«, sagte John. »Ihr müsst unbedingt kommen.«

»Eine wunderbare Zeremonie!«, sagte Torben, als wir vom Kai hinunterstiegen. »Typisch englisch!«

»Wir sind in Schottland.«

»Das ist offenbar das Gleiche. Ein paar Dudelsäcke und ein Herzog auf einem roten Teppich und eine Besatzung aus Freiwilligen, die ihr Leben riskiert, um andere vor dem nassen Tod zu retten. Das ist verrückt!«

»Du brauchst ja nicht mitzukommen«, sagte ich, als wir an Bord waren.

»Selbstverständlich komm ich mit. Das ist doch interessant.«

Ich stand im Cockpit und ließ den Blick über die Umrisse der Schiffsrümpfe und Masten schweifen. Das fahle Licht der Lampen auf dem Kai beleuchtete die Decks der Boote. Ich versuchte, die *F 154* zu finden. Sie war fort.

Ich ging in die Kajüte und erzählte es Torben, der das ziemlich gleichmütig aufnahm. Dann zog ich die Schublade auf, um den Tag im Logbuch festzuhalten. Aber das Logbuch war nicht da.

»Hast du das Logbuch irgendwo?«, fragte ich Torben.

»Nein.« Er blickte gar nicht von seinem Buch auf.

»Dann ist jemand an Bord gewesen«, sagte ich.

Er sah mich verständnislos an.

»Was willst du damit sagen?«

»Genau das, was ich gesagt habe. Es ist jemand an Bord gewesen. Das Logbuch ist weg.«

»Hast du auch richtig nachgesehen?«

»Da gibt es nichts nachzusehen. Es ist weg.«

Torben stand auf und öffnete verschiedene Schubladen.

»Hier ist es doch!«, sagte er triumphierend.

Er hatte es auf dem Navigationstisch auf der Seekarte gefunden.

»Du hast es nur verlegt.« Er kehrte zu seinem Buch zurück.

Ich schwieg. Aber ich wusste, dass ich es nicht verlegt hatte. Seit ich die *Rustica* besaß, lag das Logbuch immer in der Navigationsschublade an Steuerbord. Nur so war es immer sofort zur Hand. Unter keinen Umständen würde ich vergessen, es wieder an seinen Platz zu legen. Während wir in der Oyster Bar gesessen und Bier getrunken hatten, war jemand an Bord gewesen. Ich sah mich um. Alles außer dem Logbuch schien an seinem Platz zu sein. Natürlich hatten sie Torbens Bücher über die Kelten gesehen. Das Logbuch enthielt nichts Wichtiges. Kein Wort über Pekka. Plötzlich wurde mir heiß. Pekkas Logbuch! Ich stürzte mich auf die Schlafbank, riss alle Segel aus dem Stauraum und steckte die Hand in den Spalt zwischen Innen- und Außendeck. Das Schloss zu meinem Geheimfach war aufgebrochen. Aber Pekkas Logbuch war noch da. Verschwunden waren das Geld im Wert von tausend Kronen in verschiedenen Währungen und mein Ersatzpass. Was hatte das zu bedeuten? Ein simpler Einbruch? Aber wie hatten sie mein Geheimfach gefunden?

Mit großen Augen sah Torben mich an, als ich wieder auftauchte.

»Wir haben Besuch gehabt«, sagte ich. »Das waren Experten. Ich hätte nie geglaubt, dass jemand mein Geheimfach finden könnte. Gewöhnliche Diebe können das nicht gewesen sein. Sonst hätten sie die Geräte geklaut. Aber wenn sie hinter Pekkas Logbuch her waren, warum haben sie es nicht mitgenommen?«

Ich verstummte. Torben kratzte sich den Bart, wie immer, wenn er nicht genau wusste, was er glauben oder sagen sollte.

»Eine Erklärung könnte sein«, sagte er schließlich, »dass sie nur wissen wollten, ob wir Pekkas Logbuch kennen, dass sie es aber hiergelassen haben, um keinen Verdacht zu wecken. Das Logbuch der *Rustica* haben sie gelesen, um rauszufinden, was wir wissen und vorhaben. Und das Geld haben sie mitgenommen, damit das Ganze wie ein normaler Einbruch aussieht. Profis können das nicht gewesen sein, denn die hätten das ganze Boot auf den Kopf gestellt und alles mitgenommen, was sich versilbern lässt.«

»Und der Pass?«

»Brauchen sie vielleicht für Fälschungen. Oder weil sie dachten, das ist dein einziger Pass. Und wenn das stimmt, können wir bald mit dem Besuch eines Zollbeamten rechnen, echt oder verkleidet.«

»Aber wir sind schon durch den Zoll.«

»In Fraserburgh, ja. Aber woher soll das beispielsweise der Zoll in Inverness wissen?«

Das alles war möglich. Aber es ergab keinen Sinn und beantwortete keine Fragen, sondern warf nur weitere auf: Hatte John uns bewusst von der *Rustica* weggelockt? Hatte es irgendeine Bedeutung, dass die *F 154* am selben Abend ausgelaufen war? Was genau machte uns zur Gefahr für sie, wenn wir denn eine Gefahr darstellten?

Bis tief in die Nacht sprachen wir verschiedene Möglichkeiten durch – auch die, Segel zu setzen und wieder in Richtung Heimat zu fahren. Aber selbst Torben zeigte wenig Lust, umzukehren. Vermutlich ließ ihn der Gedanke an drei weitere Tage Seekrankheit alle anderen Möglichkeiten sehr wohlwollend in Erwägung ziehen. Zu einer Entscheidung kamen wir nicht, wir beschlossen nur, den Einbruch bei der Polizei anzuzeigen, ohne jedoch etwas von dem Pass zu sagen.

II

Wir erwachten an einem klaren, windstillen Morgen. Die Stille wurde von gellenden Dudelsacktönen zerfetzt.

»Ich glaub, ich werd wieder seekrank«, sagte Torben und setzte sich mit einem Ruck auf.

Ich sah durch das Bullauge. Der Kai wimmelte von Menschen in Sonntagskleidern. Unter ihnen, unsichtbar für uns, mussten mindestens ein Dutzend dudelsackblasender Schotten sein.

»Die Schiffstaufe«, sagte ich.

Wir frühstückten hastig, zogen unsere normale, etwas schäbige Seemannsbekleidung an und mischten uns unter die Menge. Nach einer halben Stunde bahnten zwei Polizisten sich einen Weg durch die Versammelten. Hinter den Polizisten kamen die Honoratioren von Fraserburgh: Damen in geblümten Röcken und Tweedjacken, auf dem Kopf seltsame Hüte mit Seidenbändern, Herren in dunklen Anzügen, Ordensspangen auf der Brust. Sie mussten im scharfen Wind frieren, andererseits wären die Auszeichnungen unter einem Wintermantel nicht sichtbar gewesen. Vor den Stuhlreihen der Tribüne machten sie halt, »God save the Queen« ertönte. Auf den Bänken wurde mitgesungen, aber da, wo wir standen, blieb es geradezu demonstrativ still. Im nächsten Augenblick tauchte aus dem Nichts der Herzog von Kent auf – in seiner Eigenschaft als Vorsitzender der Seenotrettungsgesellschaft von Großbritannien. Er dankte jenen, deren Spenden zu dem neuen Rettungskreuzer beigetragen hatten. Auf Deck stand die Besatzung stramm. Der Herzog erwähnte noch mit einigen Worten die tiefe Verbundenheit, die die Bevölkerung von Großbritannien den Einwohnern Fraserburghs gegenüber empfinde. Es war solche »Freigiebigkeit, welche die Völker aneinanderbinde«, sagte er.

»Blödsinn!«, hörte ich eine Stimme hinter mir. »Das Öl gehört Schottland!«

Dies war, erinnerte ich mich, der Slogan der SNP gewesen, der Partei der schottischen Nationalisten. In den Siebzigerjahren hatten Nationalisten mehrere Sprengstoffanschläge auf Ölanlagen und Pipelines verübt. Ich entsann mich, dass die Anschläge in den Zeitungen mit der IRA in Verbindung gebracht worden waren. Die schottischen Nationalisten hatten bei einer Wahl Mitte der Siebzigerjahre immerhin dreißig Prozent der Stimmen bekommen. Damals waren viele Kommentatoren im Ausland der Meinung gewesen, es sei nur eine Frage der Zeit, bis die Einheit Großbritanniens zerfallen würde. Die Labour Party machte ein paar Zugeständnisse. Dann war Margaret Thatcher an die Macht gekommen und hatte erklärt, jede Form einer schottischen Unabhängigkeit sei undenkbar.

Ich drehte mich um, um zu sehen, wer da protestiert hatte. Hinter mir stand einer der Fischer vom Hafen, neben ihm John. Als er Torben und mich erkannte, trat ein breites Grinsen auf sein Gesicht.

»War nett von euch, dass ihr gestern Abend mitgekommen seid«, sagte er ein wenig übertrieben, denn eigentlich hätten wir uns bei ihm bedanken müssen, da er uns eingeladen hatte. »Seid ihr gut nach Hause gekommen?«

»Wie mans nimmt.« Ich beschloss, keine Umschweife zu machen. »Während wir weg waren, ist jemand in unser Boot eingebrochen. Wir müssen noch zur Polizei.«

»Eingebrochen?«, sagte John. Er wirkte sehr erstaunt.

»Das muss ein Missverständnis gewesen sein«, sagte er. »Ihr seid meine Gäste gewesen. Der Sache geh ich sofort nach. Unternehmt nichts, ehe ich zurück bin. Und geht nicht zur Polizei.«

Er entfernte sich eilig.

Die Zeremonie ging ihrem Ende zu. Unter dem Beifall der Menge wurde der neue Rettungskreuzer vom Stapel gelassen. Rasch zerstreuten sich die festlich Gekleideten in Richtung der Restaurants und der Bars.

»Was machen wir jetzt?«, fragte Torben.

»Segeln«, antwortete ich spontan. »Wir müssen uns Klarheit verschaffen.«

»Was willst du damit sagen?«

»Ich mag die Stimmung hier nicht. Wenn man auf See Probleme hat, weiß man wenigstens, woran es liegt. Mit Menschen weiß man nie, woran man ist.«

»Aber das ist doch gerade der Reiz, oder?«, sagte Torben. »Könnte man seine Mitmenschen berechnen, wäre unser Dasein nicht gerade spannend.«

»Es kann auch zu spannend werden.«

Wir gingen zur *Rustica* zurück und machten sie segelklar. Das Logbuch und die anderen Dinge kamen wieder an ihren Platz. Als wir so weit waren, klopfte jemand kräftig auf das Kajütendach. Draußen stand John. Er gab mir einen Umschlag.

»Hier ist euer Geld«, sagte er. »Das waren ein paar Typen, die nichts Besseres zu tun hatten. Wär aber schade um sie gewesen, wenn ihr sie bei der Polizei angezeigt hättet. In Schottland achten wir unsere Gäste. Jetzt wissen sies. Ich hoffe, ihr drückt ein Auge zu.«

»Natürlich«, antworteten Torben und ich wie aus einem Mund.

»Kann ich euch zur Entschädigung zum Lunch einladen?«

Er hätte uns bestimmt zu einem guten Essen verholfen. Aber etwas in seinem Ton war nicht ganz überzeugend.

»Vielen Dank«, antwortete Torben. »Aber wir legen in einer halben Stunde ab, wenn die Flut einsetzt.«

»Ach ja?«, antwortete John interessiert. »Und wohin wollt ihr?«

»Das wissen wir noch nicht«, antwortete ich ehrlich.

Aber dann hatte ich einen Einfall.

»Vielleicht segeln wir durch den Pentland Firth.«

John zuckte zusammen.

»Tut das nicht«, sagte er. »Das ist lebensgefährlich.«

»Viel schlimmer als die Nordsee kann es nicht sein«, sagte ich.

John schwieg. Dann holte er Papier und einen Stift heraus und schrieb etwas auf.

»Eh ihr was Unüberlegtes tut«, sagte er, »macht in John O'Groates Harbour südlich von Stroma fest. Fragt nach Brian Coogan und lasst euch von ihm beraten. Er ist ein alter Fischer und weiß alles, was man über den Pentland Firth wissen muss. Aber sagt ihm nicht, dass ihr von mir kommt. Das müsst ihr mir versprechen!«

»Natürlich«, antwortete ich und fragte mich gleichzeitig, ob John erwartete, dass wir dieses Versprechen hielten.

Er verabschiedete sich und ging.

»Das meinst du doch nicht ernst?«, fragte Torben, als wir allein waren.

»Nein. Ich wollte nur sehen, wie er reagiert. Ich denke immer noch, dass wir nach Inverness segeln sollten, wie geplant, aber es ist bestimmt kein Fehler, erst mal nördlichen Kurs zu halten, bis wir außer Sicht sind.«

Eine Viertelstunde später machten wir los und liefen unter

Motor aus dem Hafen. Mitten in der engen Einfahrt, zwischen den vier Meter hohen Molen auf jeder Seite, kam uns ein großer Fischkutter entgegen. Ich erwartete einen Wutanfall des Skippers, aber er winkte nur, wünschte uns gute Fahrt und wich uns so großzügig aus, dass sein Boot auf der anderen Seite kaum noch ein paar Zentimeter Platz haben konnte. Diese Freundlichkeit war erfrischend, und ich dachte daran, wie anders es in Skandinavien und in Schweden ist, wo die Schotten zwischen Fischern und Seglern sozusagen wasserdicht sind.

Um vierzehn Uhr setzten wir unmittelbar vor der Hafeneinfahrt von Fraserburgh das Großsegel und die Leichtwindgenua.

Wir hatten eine schwache südliche Brise, und Torben brauchte bei diesem Wetter die Qualen der Seekrankheit nicht zu fürchten. In der ersten Stunde genossen wir nur die Sonne und das Glitzern des Meeres. Unser einziger Kummer war die allzu gute Sicht. Der Wetterbericht sprach von über dreißig Seemeilen, als wäre das ganz alltäglich. Bei einer Fahrt von fünf Knoten würden wir mindestens sechs Stunden lang nach Norden segeln müssen, bis man uns von den Hügeln um Fraserburgh mit Sicherheit nicht mehr sehen konnte.

Aber zwei Stunden später lösten sich die Umrisse des Festlands fast unmerklich in einem leuchtenden, silberblauen Sonnendunst auf, und kurz darauf brach die Dämmerung an. Wir überlegten, ob wir mit gelöschten Positionslichtern segeln sollten, entschieden aber nach kurzem Nachdenken, nicht gegen die seemännischen Tugenden zu verstoßen. Unser Kurs war sowieso auf dem Radar der Küstenwache auszumachen, sodass wir nur hoffen konnten, dass sie – wer immer sie sein mochten – keinen Kontakt zur Küstenwache hatten.

Die Abenddämmerung war schön, und bald segelten wir

abgeschirmt vom Rest der Welt dahin. In manchen Augenblicken hatte ich Lust, den Kurs noch einmal zu ändern und nördlich der Orkneys spurlos im Atlantik zu verschwinden.

Aber die Diskussion über die Positionslampen hatte uns wieder an John erinnert. Wir öffneten den Umschlag, den er uns gegeben hatte, und fanden darin das Geld, jedoch nicht meinen Pass. Ich konzentrierte mich aufs Segeln und überließ es Torben, seine Schlüsse zu ziehen.

»Sie haben den Pass behalten, damit sie etwas gegen uns in der Hand haben«, schlug er nach einer Weile vor. »Wenn sie deinen Pass haben, können sie dich jederzeit ausweisen lassen. Außerdem wollen sie offenbar nicht, dass wir zur Polizei gehen. Das könnte bedeuten, dass sie keinerlei Aufsehen wollen. Jedenfalls vorläufig.«

»Und John?«, fragte ich.

»John hatte den Auftrag, dafür zu sorgen, dass wir nicht auf dem Boot sind. Aber vielleicht wusste er nicht, warum. Sein gut gemeinter Rat über den Pentland Firth könnte auch darauf hindeuten, dass er keine besondere Lust hat, uns absaufen zu lassen. Seine Auftraggeber sehen das möglicherweise anders.«

»Vielleicht bilden wir uns das alles nur ein«, sagte ich und zündete mir eine Zigarette an.

»Pekkas Logbuch ist real«, antwortete Torben. »Und Pekkas Tod auch.«

Im selben Augenblick fiel mir etwas ein.

»Wo ist der Zeitungsartikel?«

»Den hast du aufgehoben?«, fragte er. »War das nicht etwas unvorsichtig?«

»Übernimm mal das Ruder!«, sagte ich zu ihm.

Ich ging in die Kajüte und öffnete den Schrank auf der Steuerbordseite. Unschuldig zusammengerollt lag die Zeitung dort, wo ich sie hingelegt hatte. Im nächsten Augenblick lachte ich vor Erleichterung laut auf.

»Was ist denn so lustig?«, rief Torben aus dem Cockpit.

Ich kletterte mit der Zeitung wieder nach oben.

»Was glaubst du, wie viele Schotten Dänisch können?«

»Viele wohl nicht«, sagte er, nahm mir die Zeitung aus der Hand und blickte auf den kurzen Artikel.

»Aber ›Polizei‹ und ›Sula‹ begreift auch ein Schotte. Gehen wir sicherheitshalber lieber davon aus, dass sie wissen, was wir wissen.«

»Aber es ist doch unwahrscheinlich.«

»Vielleicht. Aber leider nicht unmöglich.«

In der Morgendämmerung kam der Kirchturm von Lossiemouth in Sicht. Im Hafen war alles ruhig. Sieben große Nordseekutter lagen im östlichen Hafenbecken, wo wir festmachten. Wir hatten Niedrigwasser, und Torben musste vier Meter auf einer rostigen Leiter nach oben klettern, um die Leinen festzumachen. Wir schlossen die *Rustica* ab und gingen in die Stadt, um uns die Beine zu vertreten.

Die erste Person, auf die wir stießen, war ein älterer Mann, der sein Auto wusch. Er sprach uns mit einem fröhlichen »Hello« an und fragte, woher wir kämen. Und wie gefiel uns Schottland? Er war Fischer und stolz darauf, dass wir so große Anstrengungen unternommen hatten, um seine Heimat zu besuchen. Wenig später kam uns ein Paar mit einem Kinderwagen entgegen. Kaum waren wir auf Hörweite herangekommen, als sie grüßten und einen Kommentar zum Wetter abgaben. Bevor wir uns verabschiedeten, hatten sie ihre älteste Tochter bereits fast mit Torben verheiratet. Er sollte sie beim Mittagessen kennenlernen. Mit größter Mühe konnten wir uns der Einladung entziehen.

Beschwingt gingen wir zurück. Solch einfache Freundlichkeit war ein gesundes Gegengewicht zu allem, was wir seit Dragör erlebt hatten. Auf diese Freundlichkeit sollten wir in Schottland immer wieder stoßen.

Wieder an Bord, erschien uns alles leichter. Mit der Flut liefen wir aus und machten mithilfe der Strömung in drei Stunden zweiundzwanzig Seemeilen. Bald lagen Burghead, Findhorn und Nairn hinter uns, einladende Küstenstädtchen, die sich an tiefgrüne Hänge klammerten. Hinter Nairn kehrte der Sonnendunst zurück, und wir mussten uns Log und Kompass anvertrauen, um die beiden Untiefen im Moray Firth zu umschiffen. Nach einiger Ungewissheit fanden wir die Boje, die den östlichen Punkt von Riff Blanks bezeichnete. Wir spürten Land auf beiden Seiten, und bald kamen Chanonry Point und die Mündung des Inverness Firth in Sicht. Während Torben in der Kajüte Kaffee kochte, saß ich an Deck und wunderte mich über das eigenartige grünliche Licht am Himmel. An Back- und Steuerbord sah ich weiße Strandstreifen, die sich im Grün verloren. Dann entdeckte ich, dass das, was ich für einen Teil des Himmels gehalten hatte, waldbedeckte Berge waren, die sich gleich hinter dem Strand erhoben. Ich sah wieder auf das Wasser vor uns, und mein Blick blieb an einem grauen runden Gegenstand hängen.

»Komm rauf!«, rief ich Torben zu. »Da ist was Merkwürdiges im Wasser.« Aber als wir näher kamen, sah ich einen Seehund, der uns mit ebenso großen Augen anglotzte wie wir ihn, während wir vorüberglitten. Gleich danach tauchte ein halbes Dutzend Delfine auf und schwamm vergnügt um die *Rustica* herum. Torben packte mich beim Arm.

»Ob dus glaubst oder nicht«, sagte er. »Ich fange an zu verstehen, warum Segeln notwendig ist.«

Die Delfine verließen uns bald, um sich einem entgegenkommenden Frachter anzuschließen. Ich sah sie in der Bugwelle des Schiffes surfen. Da konnte die *Rustica* nicht mithalten. Dann machten wir Kersock Bridge aus, das Tor zu den Highlands. Wir überlegten, ob wir in Inverness anlegen oder sofort in die Schleusen des Caledonian Canal fahren sollten. Wir entschieden uns für den Kanal. Genau um sechzehn Uhr öffneten sich die Schleusentore wieder und entließen uns ins Muirtown Basin. Den ganzen Tag über hatten wir kein Wort über die Kelten, MacDuff oder Pekka gesagt, aber wir wussten beide, dass wir den Hafen von Inverness mieden, um noch eine Frist zu haben, in der wir uns mit MacDuff nicht befassen mussten.

12

Am nächsten Morgen schliefen wir lange, aber beim Aufwachen war es noch immer kalt. Das Thermometer zeigte minus sechs Grad, und über Deck wehte ein grimmiger nördlicher Wind und riss einen Teil der Ofenwärme mit sich. Ich stopfte einen Lappen in den Lufteinlass im Dach, heizte den Ofen und stellte die Paraffinlampe an den Eingang, wo kalte Luft über den Boden kroch.

Das Frühstück aßen wir schweigend. Torben las in einem Buch über die IRA, mit einem grünen Kleeblatt auf dem Einband. Ich selbst starrte in die Luft und versuchte, Ordnung in die Ereignisse der letzten Zeit zu bringen. Es gelang mir nicht, denn wenn ich abzog, was wir nicht mit Sicherheit wussten, blieb nur wenig übrig.

Ich überließ Torben seinem Buch und ging an Deck, um mir die Schleusen von Muirtown mit ihren schiefen und baufälligen Holztoren anzusehen. Schon mehrmals hatten die alten Schleusentore nachgegeben, was mir natürlich erschien. Der Kanal war über hundert Jahre alt, und das sah man ihm an.

Am Schleusenvorhafen fand ich einen kleinen Laden. Hier kaufte ich Zigaretten und eine Dose Tennent's Lager und dazu eine Karte von Inverness. Mit der Karte und dem Bier ließ ich mich oberhalb der Schleusen auf einer Bank nieder. Im Sommer lagen hier offenbar Boote, die man chartern konnte. Nach einigem Suchen fand ich die Anderson Street auf der Karte. MacDuff wohnte auf der Westseite des River Ness, nicht weit vom Hafen.

Als ich mich auf den Weg in die Stadt machte, war ich mir noch keineswegs sicher, ob ich MacDuff wirklich aufsuchen wollte. Eher wollte ich wohl feststellen, wie weit ich gehen würde. Nach einer halben Stunde erreichte ich die Waterloo Bridge, die die beiden Stadtteile von Inverness trennt. MacDuff wohnte in einem heruntergekommenen Viertel, das aus verrußten zweistöckigen Ziegelhäusern bestand. Zwei Pubs, einen Tabakladen, eine Wäscherei gab es in der Anderson Street. Dazu einen Lebensmittelladen, der mit vergilbten Plakaten und ein paar Konservendosen in der Auslage warb.

Nummer 15 machte einen weder besseren noch schlechteren Eindruck als die übrigen Häuser. Ich zögerte. Nichts passte hier zu meinem Bild von MacDuff. Ich hatte mir vorgestellt, dass er in einem stattlichen Haus mit Blick auf die See wohnte.

Ein Passant sah mich neugierig an, was mich veranlasste, das Haus zu betreten. Im Halbdunkel auf der Treppe überprüfte ich die Adresse noch einmal. Es war kein Irrtum: MacDuff wohnte im zweiten Stock links. Auf dem Treppenabsatz gab es nur eine Tür, mit abgeblättertem grünen Anstrich und ohne Namensschild. Wieder zögerte ich, aber wenn jemand zu Hause war, musste er meine Schritte auf der Treppe bereits gehört und sich gefragt haben, zu wem ich wollte. Jeden Augenblick konnte die Tür aufgehen, und ich stünde als verdächtiges Individuum da, das auf einem Treppenabsatz herumlungerte.

Ich klopfte. Zuerst blieb alles still, aber nach einer Weile hörte ich das Geräusch schlurfender Schritte. Die Tür öffnete sich einen Spaltbreit. Ich erkannte eine alte Frau mit weißem Haar, die mich mit ungewöhnlich blauen Augen von Kopf bis Fuß musterte.

»Zu wem wollen Sie?«, fragte die Frau dumpf. Ihre Stimme war leise, aber klar. Sie schien einer viel jüngeren Frau zu gehören.

»Ich suche MacDuff.«

»Der wohnt hier nicht. Nicht mehr.«

Die Antwort kam rasch. Und sie sagte sie förmlich auf, wie etwas, das man ihr aufgetragen hatte.

»Sie wissen nicht zufällig, wo ich ihn finden kann?«, fragte ich.

»Nein.«

Auch gut, dachte ich. In gewisser Hinsicht war ich erleichtert. MacDuff war aus der Welt. Ich würde ihn nicht finden. Gerade wollte ich gehen, als die Alte eine Hand durch den Türspalt streckte, als wollte sie mich zurückhalten.

»Vergessen Sie MacDuff«, sagte sie fast flehend, bevor sie die Tür schloss.

Ich ging wieder hinunter, trat auf die Straße hinaus und sah zu den Fenstern auf, entdeckte aber kein Lebenszeichen. Ich drehte mich um und ging nach Muirtown und zur *Rustica* zurück. Wer war das gewesen? Seine Haushälterin? Ich konnte mir nicht vorstellen, dass er Hausangestellte beschäftigte. Seine Mutter? Sie sahen einander nicht ähnlich. Ich konnte das Gefühl nicht abschütteln, dass ich die Frau schon einmal gesehen hatte.

Als ich zurückkam, lag Torben noch immer lesend auf seiner Koje. Als ich mich gesetzt und mir ein Bier aufgemacht hatte, legte er das Buch weg und sagte: »Wir haben Besuch gehabt.«

»Von wem? Von MacDuff?«

Torben sah mich neugierig, vielleicht auch amüsiert an.

»Wie kommst du denn darauf?«

»Ist mir nur so eingefallen.«

»Nein, es war ein pflichtbewusster Zollbeamter. Ich habe ihm die Zollerklärung aus Fraserburgh gezeigt, sie schien ihn aber nicht im Mindesten zu interessieren. Unsere Pässe wollte er sehen. Ich hab sie ihm gezeigt. Möglich, dass ich mich täusche, aber ich bin fast sicher, dass er enttäuscht war. Ich bat ihn, sie zu stempeln, aber er hat nur etwas gemurmelt und ist verschwunden. Meine Annahme war also doch nicht so übel.«

Torben schien mit sich und seinem Tag zufrieden. Offensichtlich hatte er an all den ungeklärten Fragen Geschmack gefunden.

»Wo bist du gewesen?«, fragte er.

»Ich dachte, ich guck mal bei MacDuff vorbei«, antwortete ich beiläufig. Es war eine gelungene Überraschung. »Er war nicht zu Hause«, fügte ich hinzu.

Mit knappen Worten erzählte ich, was ich gesehen und erlebt hatte.

»Du hättest nicht allein dort hingehen dürfen«, sagte Torben, als ich fertig war.

»Warum nicht?«

»Das weißt du so gut wie ich.«

Wirklich? War es nicht genau das, was ich nicht wusste? Ich kam nicht mehr dazu, mir diese Frage zu beantworten, weil im nächsten Augenblick der Schleusenwärter auftauchte und uns anbot, uns zusammen mit der *Scot II* durchzuschleusen, einem umgebauten Schlepper, der im Sommer Touristen zum Loch Ness beförderte und im Winter als Eisbrecher eingesetzt wurde. Eine halbe Stunde später waren wir unter Motor auf dem Weg durch den Kanal. Ab und zu tauchte zwischen Fichten der River Ness auf, der parallel zum Kanal fließt. Der Wald wurde dichter, je mehr wir uns Loch Ness näherten, und die Sonne brach durch.

Dann öffnete sich die Landschaft, und Loch Ness breitete

sich vor uns aus: Ein sich lang hinstreckender dunkler Spiegel, umschlossen von steilen Hängen, die auf halber Höhe ihr Grün verloren und in kahle, karge Kuppen und schneebedeckte Bergkämme übergingen. Wir waren überwältigt und staunten über das ölschwarze Wasser des Loch Ness. Weder vorher noch nachher habe ich Wasser von dieser Farbe gesehen, die an geheimnisumwitterte Seeungeheuer denken lässt und an den Grund des Sees gemahnt statt an seine Oberfläche.

In der Ferne, östlich der Bucht, in der wir über Nacht vor Anker gehen wollten, sahen wir Urquhart Castle. Es schien nicht mehr weit, aber eine Stunde später war die Bucht noch ebenso fern – wir hatten die Distanz völlig falsch eingeschätzt.

Es sollte lange dauern, bis wir in der glasklaren schottischen Luft ein Gefühl für Entfernungen bekamen.

Erst gegen sechs Uhr warfen wir den Anker ins stille, spiegelnde Wasser der Bucht. Am gegenüberliegenden Ufer, hoch oben an einem Felshang, sahen wir ein erleuchtetes Fenster, sonst herrschte völlige Dunkelheit. Wir zündeten eine Kerze an und tranken eine Flasche Wein in andächtigem Schweigen, das nur von Torbens Bemerkungen zu Bouquet, Farbe und Geschmack gebrochen wurde.

Wenig später ging der Mond auf und legte einen breiten Silberstreifen in die Bucht.

»Ich glaub, ich ruder an Land und seh mir mal die Burg an«, sagte Torben.

Ich half ihm, das Dingi der *Rustica* herunterzufieren, eine alte kleine Optimistenjolle, die ich von einem dänischen Segelclub gekauft hatte, weil die Kinder mit dem schweren Ding nicht mehr segeln mochten. Ich folgte Torben mit dem Blick, als er durch das Mondlicht davonruderte. Unter Land wurde er von der Dunkelheit verschluckt.

Ich legte mich auf meine Koje und schlief ein. Zwei Stunden später wurde ich von einem Platschen an Land geweckt. Hastig stieg ich ins Cockpit und entdeckte Torben, der wie gehetzt durch knietiefes Wasser watete, das Dingi hinter sich. Hinter ihm sah man nur die schwarzen Umrisse der Bäume und der Schlossruine. Dann verschwand er im Dunkeln, und wenig später hörte ich das Knirschen der Ruder.

Die *Sussi* prallte gegen den Rumpf der *Rustica,* Torben stand zu früh auf, und hätte ich ihn nicht am Arm gepackt, wäre er über Bord gefallen. Ich half ihm unter Deck und holte einen Whisky.

»Was flößt du mir denn da ein, verflucht noch mal?«, seine Stimme klang angespannt.

»Was ist denn passiert?« Ich versuchte, meine Unruhe zu verbergen.

Er hob erschöpft die Schultern und sah mich an, als wollte er mich um Entschuldigung bitten.

»Ich wurde verfolgt.«

»Verfolgt? Von wem?«

»Nicht von wem«, korrigierte er. »Von was.«

Ich verstand nicht.

»Ein Schafsbock. Ein amoklaufender Schafsbock.«

Ich dachte, ich hätte nicht richtig gehört.

»Als ich zur Burg raufging, war alles still«, erklärte Torben. »Eine schöne Ruine. Aber von Pekka oder irgendwelchen Kelten keine Spur. Auf dem Rückweg bin ich ein Stück an einem Zaun entlanggegangen. Ich wollte einen Weg zum See finden. Stattdessen fand ich ein Warnschild mit einem dicken Schafskopf! Ich bin zur Burg zurückgegangen und auf einem anderen Weg hinunter ans Wasser – muss dabei diese Absperrung umgangen haben. Plötzlich hör ich Schnauben und stampfende Hufe und bin ins Wasser gerannt, aber dieser Schafsbock hat mich weiterverfolgt. Ich dachte, mein letztes Stündchen hätte geschlagen.«

Matt lächelte Torben mich an.

»Aber offenbar leb ich noch.«

»Wieso hast du Angst vor einem Schaf?«

»Ich habe nun mal Angst vor Schafen. Ist das ein Charakterfehler?«

»Vergiss es.«

Am nächsten Morgen hatten wir starken Nordostwind. Wir liefen nur mit der Sturmfock aus und schienen zwischen den Berghängen dahinzufliegen. In Fort Augustus öffnete sich das untere Schleusentor wie auf Bestellung, und eine dreiviertel Stunde später hatten wir alle fünf Schleusen hinter uns. So zufrieden waren wir mit unserer schnellen Fahrt, dass wir an einer der hölzernen Anlegebrücken festmachten und in den einzigen Pub von Fort Augustus gingen. Er hieß natürlich »Loch Inn«.

Als Torben und ich den Pub betraten, schien die Wirklichkeit plötzlich zu einer Fotografie zu erstarren. Alle Gesichter wandten sich uns schlagartig zu, und es wurde still. Auch Torben und ich blieben nun stehen. Erst als der Barmann zum Gruß kurz nickte, gingen wir an die Theke und bestellten. Aber Bewegung kam erst wieder in das Stillleben, als ich ein Glas vom besten Single Malt des Hauses orderte.

Die Szene in dem Pub blieb aber ein wenig unwirklich. Die Stimmung war angespannt, und die Leute schienen sehr reserviert, wenn auch nicht feindselig. Nach einer Weile flüsterte Torben mir zu: »Der Große da in der Ecke am Fenster. Ist das nicht der Fischer aus Fraserburgh, der was gegen den Herzog von Kent hat?«

Ich sah ihn mir an. Der Mann hatte uns als Einziger den

Rücken zugekehrt, aber in der Spiegelung des dunklen Fensters konnte ich sein Gesicht erkennen.

»Das ist er. Wir gehen.«

»Warum?«

»Später.«

Ich trank meinen Whisky aus, Torben seinen Wein. Auf dem Weg zur Tür mussten wir am Tisch des Mannes vorbei. Ich blieb hinter ihm stehen und legte ihm eine Hand auf die Schulter.

»Haben wir uns nicht schon mal gesehen?«, fragte ich freundlich.

Er fuhr herum, hielt aber inne, als er Torben und mich sah.

»Nein«, sagte er dann mit ruhiger Stimme, »ich glaube nicht.«

»Tut mir leid, dann hab ich Sie verwechselt.« Ich machte auf dem Absatz kehrt.

»Du hast Einfälle!«, sagte Torben, als wir ins Freie kamen.

»Und was wolltest du gestern Abend am Urquhart Castle?«, fragte ich zurück. »Ich wollte nur sehen, wie der Mann aussieht. Weiter nichts.«

Schweigend gingen wir zur *Rustica* zurück. Ohne ein Wort zu wechseln, legten wir ab und setzten unsere Fahrt nach Westen fort.

»Wir müssen mal ein paar Dinge klären«, sagte Torben, als er seine Pfeife angesteckt hatte.

»Es sieht so aus.«

»Vor allem wäre es besser, wenn wir gemeinsam vorgingen statt jeder für sich. Und wenn wir aufhörten, so zu tun, als ginge hier nichts Merkwürdiges vor.«

»Auch wenn es bedeutet, Risiken auf sich zu nehmen?«

»Neugier ist kein Verbrechen. Und wir wissen viel zu wenig, um gefährlich zu sein.«

Er vergaß dabei, dachte ich, dass andere vielleicht nicht wussten, wie wenig wir wussten.

»Das ist doch das Eigenartige«, fuhr er fort. »Wir wissen nichts, und uns ist nichts passiert, von dem Einbruch abgesehen. Und doch scheint es immer schlimmer zu werden. Wir sollten jetzt langsam etwas unternehmen.«

Ich dachte daran, was er in Thyborön über sein und mein Talent zum Heldentum gesagt hatte.

»Hast du einen Vorschlag?«, fragte ich.

»Wir hören damit auf, uns zu verstellen. In einem Boot mit schwedischer Flagge mitten im Winter sind wir sowieso keine gewöhnlichen Touristen, ganz gleich, wie wir uns benehmen. Und wir können ruhig zeigen, dass uns die keltische Geschichte interessiert. Da ist doch nichts dabei. Wenn wir Antworten wollen, müssen wir Fragen stellen. Und dann schlag ich vor, dass wir ab jetzt Pekkas Route folgen. Was er gefunden hat, können wir auch finden.«

»Mit anderen Worten, du meinst, wir sollten nach Irland segeln?«

»Ja, zum Beispiel.«

»Und durch den Pentland Firth?«

»Nein, nicht, wenn wir nicht müssen«, sagte er. »Ich glaube, Pekka wollte eigentlich gar nicht durch den Pentland Firth. Er musste es tun, es war die einzige Chance, seine Haut zu retten.«

»Das geht uns vielleicht nicht anders.«

»Wenn das so sein sollte, müssen wir da auch durchsegeln. Aber so weit ist es ja noch nicht.«

Offensichtlich hatte Torben trotz der Nordsee und seiner Seekrankheit noch nicht genug Respekt vor dem Meer. Sein Tonfall war ziemlich unbekümmert, während ich schon über Buchten und Reeden an der irischen Nordwestküste nachdachte, wo die Dünung und die Stürme des Atlantiks ungebremst und mit unwiderstehlicher Kraft hereinkamen. Und ich überlegte, wie wir um Corryvreckan, einen Sund, fast ebenso berüchtigt und gefürchtet wie der Pentland Firth, herumkommen sollten. Diese Sorgen überließ Torben natürlich mir.

»Ich hab über Nordirland nachgedacht«, fuhr er fort, als wir uns Invergarry Lock, der letzten Schleuse vor Loch Oich, näherten. »Der Waffenschmuggel, von dem Pekka spricht, riecht schon von Weitem nach IRA. Also hab ich neulich dieses Buch von Coogan gelesen. Ich wollte wissen, ob die IRA was mit dem keltischen Nationalismus zu tun hat.«

»Und – hast du was gefunden?«

»Ja und nein. Ein bekannter Slogan der IRA lautet: Irland soll nicht nur frei sein, sondern auch keltisch, und nicht nur keltisch, sondern auch frei. Außerdem gibt es konkrete Beweise für eine Zusammenarbeit verschiedener keltischer Unabhängigkeitsbewegungen. Beispielsweise hatte die IRA Anfang der Sechzigerjahre praktisch keine Waffen mehr. Und weißt du warum?«

Ich sah ihn an.

»Weil die IRA ihre Bestände an walisische Nationalisten verkauft hatte! Und Wales ist natürlich in höchstem Maße keltisch. Nach Coogan geben die Engländer Nordirland vor allem deshalb nicht frei, weil sie die Unabhängigkeitsbewegungen in Schottland und Wales nicht ermutigen wollen. Gut möglich! Dann wäre aber auch denkbar, dass manche schottischen und walisischen Kelten die IRA unterstützen. Schließlich steht in den Statuten der IRA die Forderung nach einem keltischen Irland.«

»Aber was ist mit dem König in der Unterwelt, der Goldstraße, dem Schädelkult und dem Rest? Die IRA hat nicht gerade den Ruf, zur Mystik zu neigen.«

»Ich versuche noch gar nicht, irgendwas zu erklären. Ich ziehe nur ein paar Linien.«

Torbens Gedanken nahmen mich so in Anspruch, dass ich gar nicht bemerkte, dass wir dem Schleusentor von Invergarry Lock beunruhigend nahe gekommen waren. Ich stellte den Motor auf volle Kraft zurück, und wir hatten ein paar spannungsvolle Augenblicke auszustehen, bis wir sicher sein durften, dass wir das Schleusentor nicht rammen würden. Danach verstand ich die Schilder besser, die an jedem Schleusentor hängen: TRAUEN SIE IHREM RÜCKWÄRTSGANG NICHT!

Bevor wir aber alle Fahrt verloren, öffneten sich wie von Geisterhand die Schleusentore. Vermutlich benachrichtigten die Schleusenwärter einander. Allerdings sahen wir keinen Menschen – nur einen schwarzen Labrador, der freudig bellend auf der Kaimauer hin und her rannte.

»Was jetzt?«, fragte Torben.

Die Poller lagen so hoch, dass wir sie nicht erreichen konnten.

»Wirf einfach die Leinen rauf. Irgendjemand muss ja kommen.«

Torben warf die Leinen eine nach der anderen hinauf. Zu unserer Überraschung packte der Labrador zuerst eine Schlinge und legte sie geschickt über einen Poller, dann die zweite. Erst als das getan war, kam der Schleusenwärter angeschlendert, schloss die Tore hinter uns und ließ das Wasser einströmen. Der Labrador wartete wedelnd darauf, dass wir mit der *Rustica* hoch genug gehoben wurden, um ihm einen Leckerbissen zuzuwerfen. Wir gaben ihm das beste Stück Wurst, das zu finden war – den Augen eines Labradors kann niemand widerstehen.

Wir bedankten uns beim Schleusenwärter. Ich rief hinüber: »Wussten Sie, dass wir kommen? Oder geht das immer so glatt?«

»Im Sommer nicht. Aber meine Kollegen haben angerufen und mir gesagt, dass ihr kommt. Ich glaub, im Moment seid ihr das einzige Schiff im Kanal. Von der *Scot II* abgesehen, dem Passagierschiff, aber das ist immer hier. Und dann ist gestern noch ein Kutter aus Fraserburgh durchgekommen. Aber sonst haben wir um diese Jahreszeit nicht viel zu tun, der Hund und ich. Für ihn ist das schlimmer. Er hat sich an die Belohnung gewöhnt, und im Sommer kriegt er viel. Ich bin auch noch Postmeister hier, dadurch hab ich was zu tun.«

»Ein Kutter?«, fragte Torben. »Erinnern Sie sich an die Nummer? Als wir in Fraserburgh waren, haben wir ein paar Fischer kennengelernt. Sie wollten in diese Richtung.«

»Ich glaub, 154«, antwortete der Schleusenwärter.

»Und wohin sie wollten, haben sie nicht gesagt?«

»Nein, da war anscheinend nur ein Mann an Bord, und besonders gesprächig ist der nicht gewesen. Aber wenn ihr zwei Minuten Zeit habt, kann ich die Schleuse in Corpach anrufen und fragen, ob er da durchgekommen ist.«

Er war bald zurück.

»Sonderbar«, sagte er. »In Corpach ist er nicht durchgekommen. Ich hab die Schleuse auf der anderen Seite angerufen, aber da ist er auch nicht durchgekommen. Er muss irgendwo in Loch Oich liegen. Ich möchte wissen, was ein Fischer mitten im Winter da zu suchen hat.«

»Danke für die Hilfe«, rief ich, als wir ablegten. »Wir finden ihn bestimmt.«

»Falls wir das wollen«, sagte Torben leise.

Loch Oich ist der höchstgelegene, der flachste und der kleinste der drei Seen, die durch den Kaledonischen Kanal miteinander verbunden werden. Wie Loch Ness und Loch Lochy ist er von Bergen umgeben, aber sie sind weniger hoch und mächtig. Loch Oich ist außerdem enger, nur etwa vierhundert Meter breit, und seine Ufer sind dichter bewachsen. Für mich hat er etwas Skandinavisches.

Mitten im See liegt eine kleine Insel, nicht größer als ein Tennisplatz. Nach der Seekarte mussten wir sie an Steuerbord liegen lassen, um nicht auf felsige Untiefen zu laufen. Hinter dieser kleinen Insel entdeckten wir die *F 154*. Sie lag vor Anker und schien verlassen. An Bord bemerkten wir keine Spur von Leben.

Etwas weiter weg sah man durch die Bäume die Ruinen von Invergarry Castle, wo wir die Nacht über liegen wollten. Nach der Seekarte gab es in der Nähe der Burg einen Anlegekai.

Bei unserer Ankunft war es schon fast dunkel, wir mussten uns an den Kai herantasten, der wenig mehr als ein kleiner Ponton war. Torben stand am Bug und rief Kommandos wie ein erfahrener Lotgänger. Die Stille, die sich einstellte, als er zugleich mit dem Motor verstummte, war beinahe unheimlich. Nur ein Wasserfall war in der Ferne zu hören, und über uns erhoben sich über den Baumkronen undeutlich die Umrisse der Burgruine. Invergarry Castle war im achtzehnten Jahrhundert bei einer der unzähligen Fehden zwischen den Clans niedergebrannt worden. Seitdem war sie unbewohnt.

Nach einem kurzen, aber ausgezeichneten Dinner trat Torben auf den Kai hinaus, um frische Luft zu schnappen. Mit dem Ofen und den beiden Paraffinlampen wurde es in der Kajüte der *Rustica* häufig zu warm, zumindest in Kopfhöhe. Im Winter, wenn im Freien Minusgrade herrschten, gab es immer einen deutlichen Temperaturunterschied zwischen Boden und Kajütdecke.

Einige Minuten später hörte ich das Platschen von Rudern. Dann Stimmen. Torbens Gesicht tauchte in der Eingangsluke auf.

»Hier ist ein junger Mann aus der Gegend, er fragt, ob wir ihm einen Spinner leihen können. Er will fischen und hat seinen vergessen.«

»Klar.«

Ich holte meine Plastikbox mit Angelzeug heraus.

»Und er fragt, ob ich mitkommen will.«

Torben bemerkte mein Zögern.

»Er scheint in Ordnung zu sein.«

»Sei trotzdem vorsichtig. Man kann nie wissen.«

»Hast du eine Trillerpfeife?«, fragte Torben, als er die Angeln entgegennahm.

»Sie liegt in der Schublade mit dem Fernglas. Was willst du damit?«

»Ich pfeif, wenn was ist.«

Ganz ruhig war ich nicht, als sie in der Dunkelheit verschwanden. Schon nach einer Stunde waren sie wieder da.

»Es hat keiner angebissen«, berichtete Torben, als er wiederkam. »Wir sind an der *F 154* vorbeigerudert, aber da war kein Licht. Soll ich unseren Angelfreund auf ein Glas einladen?«

»Klar.«

Torben kam mit einem schlaksigen jungen Mann in den Zwanzigern mit Dufflecoat und Schirmmütze zurück. Er sah sich neugierig um und setzte sich unaufgefordert neben den Ofen. Schüchtern war er nicht.

Ohne Umschweife begann er von seinem Leben zu erzählen. Er wohnte nicht weit entfernt in einem kleinen Dorf und angelte oft im See. Meist nachts, weil er kein Geld hatte, um sich eine Angelkarte zu kaufen. Er war arbeitslos, hatte also viel Zeit zum Angeln und auch, mit seinen Freunden im Pub Bier zu trinken. Sein einziges Problem war seine Frau, ein Mädchen, das im letzten Jahr schwanger geworden war und das er deshalb geheiratet hatte. Sie nörgelte praktisch unablässig an ihm herum, weil er immer so spät nach Hause kam. Dreimal hatte sie ihn nachts überhaupt nicht ins Haus gelassen. Aber das war alles nicht so schlimm. Schottland war ein schönes Land. Ein Land, in dem es sich gut leben ließ.

Dann breitete er mit großer Begeisterung die Geschichte dieser Gegend in den letzten Jahrhunderten aus. Er wusste erstaunlich viel. Hatte er sich all das angelesen?

»Nein«, sagte er. »Ich nehm kein Buch in die Hand.«

»Aber woher weißt du das alles?«

»Das weiß man einfach. Jeder weiß das.«

Wenig später unterhielten wir uns über Invergarry Castle. Torben bedauerte, dass es niedergebrannt war.

»Da gibts nichts zu bedauern!«, sagte Tom, so hieß er, mit deutlicher Verachtung. »Die MacLeods haben es gebaut. Die hatten hier gar nichts zu suchen – sie sind keiner von unseren Clans. Man sollte es dem Erdboden gleichmachen.«

Torben und ich tauschten amüsierte Blicke über seine Empörung, die angesichts der Tatsache, dass die Untaten der MacLeods Jahrhunderte zurücklagen, doch ein wenig überzogen schien. Aber sein Zorn war echt. Um das Thema zu wechseln, fragte ich, ob viele Touristen hierherkämen.

»Im Sommer wimmelt es von Ausländern. Amerikaner. Verbieten sollte man das verdammte Pack. Fast wie die Franzosen und die anderen Südländer. Ich war mal in Paris zu einem Fußballspiel. Teufel, was für ein scheußliches Land. Die sollen bloß wegbleiben. Sonst knallts.«

Nun ging er all die Völker durch, die bei ihm in Ungnade gefallen waren. Ab und zu blitzten in seinen Urteilen durchaus ein wenig Humor und Ironie auf, aber im Grunde war ihm das alles völlig ernst. Die Deutschen – was von denen zu halten war, wusste doch jeder. Die Engländer und vor allem

Mrs. Thatcher! Wussten wir beispielsweise, dass sie schottische Regimenter nach Nordirland schickte? Aber sie würde mit so was nicht mehr lange durchkommen. Er habe geweint, als er hörte, dass sie das Attentat in Brighton überlebt hatte.

Nach den Engländern kamen die Lowlanders an die Reihe, die hatten Schottland an die Engländer verkauft. Und am Ende, von einigen Clans im Hochland abgesehen, die ebenfalls ihr Existenzrecht verwirkt hatten, auch noch das Nachbardorf. Aber das sei nicht so ernst. Ab und zu eine Schlägerei, das brauchte man, um in Form zu bleiben. Übrig blieben Toms eigenes Dorf und ein paar Ausländer, die geduldet wurden, wenn sie sich wie Menschen betrugen, wie Schotten also. Als Tom mit seinem Wortschwall zu Ende war, fragte ich ihn, ob denn nicht zumindest ein paar andere Völker annehmbar seien.

»Die Iren«, sagte er prompt.

Die seien echt, wie die Schotten. Was echt war, erfuhren wir nie – übrigens auch nicht, was er von den Skandinaviern hielt, die er vermutlich aus Rücksicht übergangen hatte.

»Und die Kelten?«, fragte Torben. »Bist du ein Kelte?«

Zum ersten Mal zögerte Tom.

»Ich bin Schotte«, antwortete er schließlich. »Aber es gibt einen im Dorf, der sagt, wir sind zuerst Kelten und dann Schotten.«

»Warum?«, fragte Torben.

»Warum?« Tom machte einen erstaunten Eindruck.

»Ja«, versuchte Torben zu erklären, »reicht es denn nicht aus, dass man Schotte ist?«

»Das hab ich auch gedacht«, sagte Tom, »aber der im Dorf sagt, dass Schottland unabhängig werden muss. Aber wir sollten eine Föderation bilden mit Irland, Wales, der Bretagne, und ich glaub auch noch mit Galicien in Spanien. Aber ich begreif nicht, warum die dabei sein sollen. Da unten spricht doch gar keiner mehr Keltisch.«

»Aber mit anderen würdest du das machen?«, fragte Torben.

»Ja, warum nicht? Solange wir unter uns sind. Ich will nicht, dass uns ein Haufen Ausländer sagt, was wir tun sollen und was nicht.«

»Gibt es noch andere, die von einer keltischen Föderation sprechen? Der Mann in deinem Dorf hat sich das doch bestimmt nicht allein ausgedacht? Ist das eine politische Partei?«

»Das glaub ich nicht«, sagte Tom. »Es hat ein paar Versammlungen gegeben, aber wer dahintersteckt, weiß ich nicht. Die Nationalisten jedenfalls nicht. Die haben wir schon lange, aber die reden vor allem vom Öl und tun nichts. Nein, das sind andere. Sie sagen, wir sollen es genauso machen wie die Länder in Osteuropa. Uns befreien.«

»Hast du mal einen kennengelernt, der MacDuff heißt?«, fragte ich.

Tom schüttelte den Kopf.

»Er ist ein Freund von uns«, fuhr ich fort. »Ich hab gedacht, dass er vielleicht bei einer dieser Versammlungen dabei gewesen ist.«

»Soviel ich weiß, nicht«, antwortete Tom. »Aber ich bin nicht auf allen gewesen. Ich geh lieber zum See und angle.«

Er sah auf die Uhr und stand auf.

»Ich muss nach Hause. Vielen Dank für den Spinner und den Whisky«, sagte er. »Wenn ihr mal wieder vorbeikommt, zeig ich euch ein paar gute Angelstellen. Fragt nach Tom. Hier kennen mich alle.«

»Kann man sich denn als Ausländer in euer Dorf trauen?«, fragte Torben lächelnd.

»Warum nicht? Ihr seid meine Gäste. Man muss sich nur anständig aufführen.«

»Und was heißt das?«

»Das fängt damit an, dass man einen Schotten einen Schotten nennt und nicht einen Engländer. Damit kommt man schon weit. Und dann geb ich euch einen guten Rat: Wenn ihr im Pub seid, redet nicht über Politik oder Religion oder über irgendwas, was richtig oder falsch ist. Das sind heikle Themen.«

Als Tom gegangen war, sahen wir einander zweifelnd an. Was war das für eine skurrile Mischung aus Herzlichkeit, Gastfreundschaft und verbitterter Ablehnung alles Fremden!

»Was hältst du davon?«, fragte ich Torben.

»Es klingt unglaublich, aber offenbar glauben die, dass hier dasselbe geschehen kann wie in Osteuropa«, sagte Torben.

»Warum auch nicht? Wenn Litauen seine Unabhängigkeit erklären kann, warum nicht auch Wales, Schottland und die Bretagne?«

»Unmöglich ist es nicht«, sagte er. »Vielleicht wäre es gar nicht schlecht. Je kleiner die einzelnen Nationen sind, umso weniger Schaden können sie anrichten. Ich glaube nur nicht, dass die Kelten sich als ein Volk sehen. Und was werden die westlichen Demokratien sagen, wenn die keltischen Völker wirklich Anspruch auf Unabhängigkeit erheben – wenn sie eigene Parlamente wählen und keine Steuern mehr an London oder Paris zahlen wollen? Oder wenn die Bretagne sich plötzlich zum Staat erklärt? Andererseits, wenn man den Osteuropäern die Selbstbestimmung gewährt, wäre es nicht einfach, den Schotten oder Walisern zu erklären, dass das für sie nicht infrage kommt. Aber dass die Kelten das überhaupt wollen, das glaub ich nicht. Die meisten sehen sich selbst doch gar nicht als Kelten. Jedenfalls noch nicht.«

»Vielleicht liegt darin die Aufgabe des Keltischen Rings – Kelten aus ihnen zu machen.«

»Vielleicht. Aber der Keltische Ring scheint ja eine Art Geheimgesellschaft mit Ritualen und Zeremonien zu sein. Wie soll die das denn schaffen, die Kelten vereinigen? Mit Mythen und Traditionen?«

Ich widersprach nicht, aber ich wies darauf hin, welche Sprengkraft in Toms seltsam lebendigem historischen Bewusstsein lag. »Denk daran, wie leidenschaftlich er reagiert hat, als wir nach der Burg gefragt haben.«

»Ja«, nickte Torben. »Aber das ist schottisch, nicht keltisch. Übrigens sollten wir uns die Burg mal ansehen.«

»Heute Abend noch?«

»Warum nicht? Wenn wir morgen nach Corpach kommen wollen, müssen wir wahrscheinlich früh los. Und heute Abend haben wir die Burg sicher für uns allein.«

Es reizte mich wenig, mitten in der Nacht in einer alten Ruine herumzulaufen, auch wenn Torben wahrscheinlich recht hatte und niemand uns stören würde. Mit der *F 154* in der Nähe wollte ich außerdem die *Rustica* nicht gern allein lassen. Aber ich ließ mich überreden, und wir brachen auf.

Invergarry Castle sah gespenstisch aus, als wir unterhalb der Mauern standen und die Lichtkegel unserer Taschenlampen über die Außenseite des Turms wandern ließen. Ein Zaun umgab das Gemäuer, das Tor war mit einem Vorhängeschloss verschlossen. Aber ein Schild informierte uns, dass der Zutritt zur Burg auf eigene Gefahr erfolgte. Das Risiko nahmen wir auf uns und kletterten über den Zaun. Im Inneren der Ruine sahen wir dann, dass nur noch die Außenmauern erhalten waren. Es war keine große Burg gewesen. Der Raum, in dem wir standen, maß in Länge und Breite vielleicht dreißig Meter, und nach den klaffenden Löchern zu urteilen, die die Deckenbalken hinterlassen hatten, hatte der Turm vier Stockwerke gehabt. Nur die Überreste des Außenturms, der auf der Seite von Loch Oich stand, überragten die vier Außenwände.

Wir verließen die Burg wieder und gingen rechter Hand eine verfallene Treppe hinunter, die an einer Art Anbau am Fuß des Außenturms begann. Als wir auf die Seeseite kamen, blieben wir stehen. Der Turm erhob sich über einer Klippe, die in glatter Senkrechte bis zum Wasser abfiel. Irgendwo unter uns lag die *Rustica,* die Bäume und Büsche, die sich in die Steilküste gekrallt hatten, verhinderten aber, dass wir das Licht aus ihren Bullaugen sehen konnten.

Torben ließ den Lichtkegel seiner Taschenlampe unruhig hin und her gehen. Er meinte, dass die Treppe, die offenbar manchmal benutzt wurde, irgendwohin führen musste.

»Hier gehts«, sagte er zu meiner Überraschung, »wir können von Baum zu Baum runter.«

Ohne eine Antwort abzuwarten, fing er an zu klettern. Widerstrebend folgte ich ihm.

Wir klammerten uns an Zweige und Wurzeln, während wir langsam die Mauer hinunterkrochen. Idiotisch!, dachte ich. Diesen Weg konnte Pekka nicht genommen haben. Aber nach einigen Minuten deutete Torben auf ein wenige Meter entferntes schwarzes Loch.

»Hier ist ein Durchgang«, sagte er. »Sieht aus, als würde er irgendwohin führen.«

Wir krochen durch die Öffnung, konnten aber bald wieder aufrecht stehen. Wir befanden uns unter dem Turm, in einem Tunnel, der nicht ganz so verfallen aussah wie das übrige Gemäuer. Der Gang fiel stark ab. Nach zwanzig Metern wurde er eben und endete an einer Eisentür, die gut und gerne dreihundert Jahre alt sein mochte.

»Das ist wohl das Verlies«, sagte Torben. »Wahrscheinlich hatte so etwas jeder Clanhäuptling, der etwas auf sich hielt. Vermutlich gab es oben in der Burg eine Falltür.«

Torben drückte den Türgriff nieder, und die Tür öffnete sich lautlos. Vorsichtig machten wir einige Schritte in den Raum hinein. Das Licht meiner Taschenlampe beleuchtete einen Tisch und zwei Stühle, auf dem Tisch standen zwei halb volle Gläser und Bierflaschen, als sei jemand in aller Eile aufgebrochen.

»Das wird für irgendwas benutzt«, sagte Torben und ging noch einige Schritte in den Raum hinein.

Im selben Augenblick schlug die Eisentür zu. Das metallische Echo hallte zwischen den Steinmauern endlos wider und verklang dann irgendwo in der Unterwelt. Licht überflutete den Raum. Ich drehte mich um. Links neben der Tür stand MacDuff und neben ihm, unmittelbar unter dem Lichtkegel der Deckenlampe, zwei Männer. Der eine war unser Bekannter aus Fraserburgh und Fort Augustus. Den anderen hatte ich noch nie gesehen. Der Anblick der beiden war nicht erfreulich, schon deshalb nicht, weil der Mann aus Fraserburgh eine Maschinenpistole an der Hüfte hielt.

»Willkommen in Invergarry Castle«, sagte MacDuff. »Die Welt ist klein, Captain!«

13

»Was für eine Überraschung«, fuhr MacDuff mit barscher Herzlichkeit fort, als wären wir alte Freunde, die sich zufällig im Pub getroffen haben. »Ich hätte nicht gedacht, dass du meiner Einladung so bald folgen würdest und dass wir die gute *Rustica* in diesen Gewässern begrüßen dürften.«

Ich suchte fieberhaft nach einer Antwort. Nach einem Schweigen, das mir endlos vorkam, aber vermutlich nur wenige Sekunden anhielt, fand ich die Sprache wieder.

»Dann ist das also dein Schiff, das da hinter der Insel liegt.«

Wahrscheinlich hatte ich MacDuff damit überraschen wollen, aber seine Antwort war gelassen.

»Ja, das ist mein Schiff. Aber das weißt du doch. Du hast dich doch schon am Invergarry Lock danach erkundigt.«

Ich gab keine Antwort.

»Warum?«

Fragte er, weil er es wirklich nicht wusste, oder wollte er nur herausfinden, ob wir etwas verheimlichen wollten? Ich entschied mich für Letzteres. Da er wusste, dass wir nach der *F 154* gefragt hatten, konnte man annehmen, dass er auch andere Dinge wusste.

»Wir hatten den Eindruck, dass uns jemand verfolgte«, sagte ich. »Das Schiff war auf der Nordsee lange Zeit hinter uns. Dann haben wir es in Fraserburgh gesehen. Und als der Schleusenwärter sagte, es wäre ein Kutter durchgekommen, haben wir natürlich gefragt, obs die *F 154* war.«

Das beeindruckte ihn nicht. »Viele Fischerboote fahren von Thyborön nach Fraserburgh rüber, von einem großen Hafen auf einer Seite der Nordsee zu einem anderen großen Hafen auf der anderen Seite. Da liegen sie zwei Tage lang und gehen dann durch den Kaledonischen Kanal, um an der Westküste zu fischen. Daran ist doch nichts merkwürdig, oder?«

Das war schwer zu widerlegen. Torben kam mir zu Hilfe. »Aber du musst schon zugeben«, sagte er mit der zweideutigen Ironie, die für ihn so bezeichnend war, »dass unser Misstrauen nicht ganz unbegründet war. Schließlich stimmte es ja: Das Boot gehört dir.«

MacDuffs Blick glitt von Torben zu mir.

»Ist das auch deine Meinung, Skipper?«

Mir war nicht klar, warum er immer nur mit mir sprechen wollte. Entweder er unterschätzte Torben, oder aber er glaubte, für die Entscheidungen und Pläne sei ich als »Kapitän« allein verantwortlich. Der typische Blickwinkel eines Menschen, der Macht ausübt – er spricht nur mit anderen Machthabern. Uns hatte sich die Frage niemals gestellt, wer für Entscheidungen verantwortlich war, und dass MacDuff andere Vorstellungen darüber hatte, konnte ein kleiner Vorteil für uns sein.

»In gewisser Hinsicht, ja«, antwortete ich nach einigem vorgetäuschten Nachdenken. »Offenbar hatten wir damit ja auch recht, die *F 154* ist nicht irgendein Fischkutter. Vielleicht warst du auf der Nordsee sogar selbst an Bord?«

»Vielleicht war ich das.«

»Und in Fraserburgh?«

»Das ist möglich.«

»Aber in deiner Wohnung warst du nicht?«

»Nein.«

MacDuff wusste also, dass ich der Anderson Street einen Besuch abgestattet hatte. Es war eine kleine Genugtuung, ihn dazu gebracht zu haben, dass er das eingestand. Ich bildete mir ein, es könnte meine Position verbessern. Aber so einfach war es nicht.

»Du hast mit meiner Haushälterin gesprochen«, sagte er ungerührt.

»Sie hat gesagt, du wohnst nicht mehr da.«

»Das stimmt. Es ist jetzt ihre Wohnung. Aber sie nimmt meine Post entgegen und leitet Nachrichten weiter.«

»Wenn sie dazu da ist, macht sie das etwas merkwürdig«, wandte ich ein. »Sie hat mir gesagt, ich sollte dich vergessen, was immer sie damit gemeint haben mag.«

Zum ersten Mal spürte ich eine gewisse Unsicherheit bei MacDuff. Er warf einen kurzen Seitenblick auf seine Begleiter.

»Das ist natürlich Unsinn«, sagte er. »Ich werde mit ihr sprechen. MacDuff vergisst man nicht so einfach.«

»Eine schöne alte Dame«, fügte ich spontan hinzu. »Für ihr Alter wirkte sie sehr jung.«

Jetzt war ich mir sicher, dass ich MacDuff in die Ecke gedrängt hatte. Aber ich wusste nicht, wieso.

»Das Seltsame ist nur, dass ich sie irgendwo schon mal gesehen haben muss.«

Eine Sekunde lang glaubte ich, MacDuff würde die Fassung verlieren. Aber er beherrschte sich.

»Jetzt sag mir mal lieber, was ihr hier zu suchen habt?«

»Wir gucken uns die Burg an. Wir sind Touristen. Aber manche Leute hätten es offenbar lieber, wir wären etwas anderes.«

»Touristen klettern normalerweise nicht ohne besonderen Grund mitten in der Nacht in Steilwänden herum. Das ist lebensgefährlich.«

»Gegen eine Maschinenpistole ist das gar nichts.«

»Warum hast du gesagt, dass ihr durch den Pentland Firth segeln wollt?«

»Wahrscheinlich, weil wirs nicht besser wussten. Das ist jetzt anders. Wir haben es uns noch mal überlegt.«

John oder ein anderer hatte MacDuff also Bericht erstattet. Er schien über einen ganzen Stab von Informanten zu verfügen. Torben hatte mir erzählt, dass bei den Kelten wie bei den Grönländern Wettkämpfe im Dichten ausgefochten wurden. Man forderte sich gegenseitig heraus und kämpfte mit Worten: schreiend, schwitzend und weinend. Kein Spiel für die Galerie, sondern blutiger Ernst, der durchaus schon mal zum Selbstmord des Verlierers führen konnte. Der Gewinner errang Macht und Einfluss, der gedemütigte Verlierer erntete Verachtung. Womöglich trugen MacDuff und ich in diesem Augenblick einen solchen Zweikampf aus. Aber es war schwer, die Maschinenpistole in meinem Rücken zu vergessen.

»Ist das hier eine Art Verhör?«, fragte ich.

MacDuff schien den nächsten Schritt zu erwägen. Offenbar wollte er vor allem herauskriegen, was ich über Pekka wusste.

»Was macht der Mann eigentlich mit seiner Maschinenpistole? Ich dachte, die Schotten wären gastfreundliche Leute.«

»Sind wir auch«, sagte MacDuff, »aber nicht, wenn ihr die Nase in Dinge steckt, die euch nichts angehen.«

»Mit anderen Worten, es gibt Dinge, in die man die Nase stecken kann. Was sind denn das für Dinge?«

»Dinge, die euch nichts angehen. In eurem eigenen Interesse.«

Die Männer hinter uns hatten sich nicht bewegt und verrieten mit keiner Miene, dass unsere Unterhaltung irgendeinen Eindruck auf sie machte.

»Hör zu«, sagte MacDuff zu mir. »Ich mag dich. Ich glaube sogar, dass wir uns ähnlich sind. Deshalb will ich auch nicht, dass euch was passiert. Aber letztlich liegt das bei euch.«

Er machte eine Pause. Dann fuhr er ruhig fort: »Jeder hat das Recht, über sein Schicksal selbst zu entscheiden. Es ist dir ja wohl klar, dass Dick nicht aus Spaß mit einer Maschinenpistole rumläuft. Und wir nicht zum Vergnügen in einem alten Verlies sitzen und Bier trinken. Aber das ist unsere Sache. Mit euch hat das gar nichts zu tun. Absolut nichts. Und das ist alles, was ihr wissen müsst. Es ist schade, dass ihr so neugierig gewesen seid. Es wäre einfacher gewesen, wenn wir uns hier nicht begegnet wären. Ihr müsst das vergessen. Und hört auf, herumzuschnüffeln.«

Ich atmete vorsichtig auf. Ich dachte daran, dass er gesagt hatte, wir seien einander ähnlich. Aber MacDuff hatte sehr wahrscheinlich einen Menschen umgebracht, vielleicht auch mehrere.

»Und Pekka?«, fragte ich plötzlich. »Gab es da auch etwas, was er vergessen sollte? Warst du deshalb hinter ihm her? Um ihm dasselbe zu sagen wie uns?«

»Pekka ist tot«, sagte MacDuff lakonisch. »Er konnte nicht vergessen.«

War das ein Geständnis? Zu meiner Bestürzung entdeckte ich, dass ich die Wahrheit gar nicht hören wollte. Ich wollte nicht glauben, dass MacDuff Pekka ermordet hatte. Ich brachte es nicht über mich, ihm die Frage zu stellen, die jetzt folgen musste: Wie war Pekka umgekommen? Ich sagte überhaupt nichts, auch wenn sich das so deuten ließ, als hätte ich schon gewusst, dass er tot war. Ich dachte nicht mehr taktisch. Torben machte dem Schweigen ein Ende.

»Und Mary?«, fragte er. »Was ist aus ihr geworden? Konnte sie auch nicht vergessen?«

Die Frage hing in der Luft.

»Wer? Von wem redest du?« MacDuffs Stimme hallte zwischen den Wänden.

»Mary. Die Frau, die mit Pekka gesegelt ist«, sagte Torben mit unnatürlicher Ruhe.

Er hatte sich nicht täuschen lassen. Er hatte aufmerksam zugehört, hatte nachgedacht und schließlich MacDuffs Schwachstelle entdeckt. Aber war es klug, die Karte in diesem Moment auszuspielen? MacDuffs großer Körper schien zu erstarren, wie der einer Katze vor dem tödlichen Sprung. Eine Sekunde nur, aber doch lange genug, um die beiden Männer hinter uns aufmerksam werden zu lassen. Ich spürte die Spannung im Raum körperlich.

»Sie ist nicht mehr da«, sagte MacDuff. Er hatte sich wieder in der Gewalt.

Das klang endgültig. Nicht einmal Torben wagte jetzt noch etwas einzuwenden. MacDuff gab seinen Helfern ein Zeichen.

»Wartet draußen!«

Der Mann mit der Maschinenpistole brummte missmutig, aber ein Blick von MacDuff brachte ihn zum Schweigen. Er war es gewohnt, dass seine Befehle befolgt wurden. Die Eisentür schlug erneut mit dumpfem Echo zu.

»Ihr begreift das sicher nicht«, sagte MacDuff, als alles wieder still war, »aber ich hab euch heute das Leben gerettet. Wär ich nicht zufällig hier gewesen, als ihr reinkamt, wärt ihr jetzt tot.«

»Zufällig?«, unterbrach ihn Torben. »Du hast doch gewusst, dass wir hier in der Gegend sind.«

»Ja, aber nicht, dass ihr nachts in den Klippen herumklettert. Ich geb euch ein paar Tage Zeit. Ihr segelt morgen nach Corpach und von da nach England, zur Isle of Man oder woandershin. Weg aus Schottland und nicht nach Irland.«

Keiner von uns sagte etwas.

»Ich will euch hier nicht wiedersehen, versteht ihr das?«

Er stand auf.

»Ihr könnt jetzt gehen.«

Er öffnete eine Tür hinter sich, die ich bis dahin nicht bemerkt hatte.

»Es gibt keinen Grund, euer Leben aufs Spiel zu setzen. Mit einem Leben, das einem zum zweiten Mal geschenkt wird, muss man sorgfältig umgehen. Das ist nicht vielen vergönnt.« Er lächelte.

»Ganz in der Nähe liegt noch eine Burg, Glengarry, wenn ihr dem Gang folgt, kommt ihr da in einem Schuppen wieder raus. Da sind immer viele Hotelgäste, ihr werdet also nicht auffallen.«

An der Tür hielt MacDuff uns noch einmal auf.

»Noch etwas«, sagte er leise. »Ich sag es nicht um meinetwillen, aber erwähnt nie wieder den Namen Mary!«

Er sah Torben durchdringend an.

»Nie mehr! Wenn ich je erfahre, dass du auch nur ihren Namen genannt hast, geb ich sofort den Befehl, dich endgültig zu beseitigen. Wenn nötig, sorg ich persönlich dafür.«

Er trat zur Seite.

»Gentlemen«, sagte er höflich und deutete mit einer Handbewegung an, dass wir gehen konnten.

Wir sahen zu, dass wir wegkamen. Nachdem wir eine Weile durch den Gang gelaufen waren, drangen laute, streitende Stimmen zu uns, eine davon war MacDuffs. Ein Zeichen dafür, dass MacDuff die Wahrheit gesagt hatte. Es war möglich und sogar wahrscheinlich, dass er in dieser Nacht nicht mit uns gerechnet hatte. Ebenso möglich und wahrscheinlich war es, dass er uns das Leben gerettet hatte. Noch immer wussten wir nicht, was wir nicht erfahren sollten. Jetzt aber hatten wir etwas, das wir vergessen mussten, wie MacDuff es ausgedrückt hatte. Wenn wir das konnten.

14

Als wir auf die *Rustica* zurückkamen, war es schon nach ein Uhr. Der Schein der Paraffinlampen drang warm durch die Dunkelheit. Ich zog die Vorhänge zu. »Das hätte schiefgehen können«, sagte ich, als wir uns setzten. Ich schwitzte unter den Achseln, und meine Muskeln waren gespannt wie die Wanten der Takelage. Ich tat mein Bestes, um wieder ruhig zu atmen, aber ich brauchte Zeit, um mich in die Gewalt zu bekommen. Torben dagegen machte einen geradezu gut gelaunten Eindruck. Es schien ihm gar nicht bewusst, welcher Gefahr wir entgangen waren.

»Eins wissen wir jetzt jedenfalls«, fuhr ich fort. »Der Keltische Ring besteht nicht aus friedlichen Druiden in weißen Umhängen mit Goldsicheln am Gürtel. Die haben sie gegen Maschinenpistolen eingetauscht.«

»Ich frage mich«, sagte Torben, als sei dies eine abstrakte intellektuelle Frage, »warum MacDuff uns gehen gelassen hat.«

»Er ist im Grunde ein anständiger Mann«, sagte ich, obwohl es wie ein Witz klang.

»Weißt du«, sagte Torben im selben analysierenden Tonfall, »damit könntest du sogar recht haben. Alles deutet darauf hin, dass er uns hätte umbringen sollen.«

»Er hatte doch gar keine Alternative. Hätte er uns erschießen lassen sollen?«

»Warum nicht? Skrupel scheint er keine zu haben. Es gibt

ja wohl keinen Zweifel mehr, dass MacDuff in irgendeiner Weise in Pekkas Tod verwickelt ist.«

»Er muss das nicht selbst getan haben«, sagte ich lahm.

Torben sah auf.

»Du verteidigst ihn?«, fragte er verwundert.

»Nein«, sagte ich, hörte aber sofort selbst, wie hohl das klang.

Ich sagte nichts mehr. Als hätte die Erinnerung an die Maschinenpistole mir die Sprache verschlagen. Solange unser Überleben davon abhing, dass ich sprach, hatte ich die Worte problemlos über die Lippen bekommen. Aber jetzt? Gab es denn etwas zu sagen, wenn man wusste, dass die Antwort aus der Mündung einer Maschinenpistole kommen konnte?

»Hat es überhaupt noch Sinn weiterzumachen?«, fragte ich schließlich.

Er sah mich erstaunt an, als hätte er die Frage nicht verstanden.

»MacDuff wird uns kein Haar krümmen«, erklärte er dann selbstsicher. »Wir müssen nur tun, was er gesagt hat. Und dürfen Marys Namen nicht erwähnen.«

»Und die anderen?«

»Die gehorchen MacDuff. Außerdem müssen wir ja sowieso Pekkas Route folgen, bis wir nach Oban kommen. Wenn ich das richtig verstanden habe, gibt es bis dahin keinen anderen Kurs. In ein paar Tagen kann viel passieren.«

Genau davor hatte ich Angst. Ich ließ Torben allein und ging zu Bett. Diese unbeteiligte Art, an unsere Probleme heranzugehen, reizte mich. Das klang alles, als gehe es gar nicht um uns.

Am nächsten Morgen ließen wir nach einem eiligen Frühstück Invergarry Castle und Loch Oich hinter uns. Wir hätten um die Insel herumsegeln und in Erfahrung bringen können, ob MacDuff noch dort lag, aber diesen Vorschlag machte keiner von uns.

Von Loch Oich war es nur eine kurze Kanalstrecke, bis wir hinter der Logganschleuse auf Loch Lochy hinaussegelten. In der Ferne erhob sich Ben Nevis mit seinem kahlen schneebedeckten Scheitel, und vor dem Bug der *Rustica* lagen zehn Seemeilen. Der Wald an den Hängen hatte große Wunden, Rodungen in länglichen Streifen.

Bei auffrischendem Wind machten wir gute Fahrt. Zerstreut warf Torben den Lachmöwen, die über unserem Kielwasser kreisten, Brotkrümel zu. Und bald brachten uns ihre akrobatischen Kunststücke auf andere Gedanken. Es war unvergleichlich, wie sie schwebten, elegant in den Sturzflug übergingen, nach Brot schnappten, ohne an Tempo zu verlieren. Immer höher warf Torben Brotstückchen, und jedes von ihnen verschwand im Magen einer Möwe, bevor es wieder herabzufallen begann. Zuletzt machte er sich nicht einmal mehr die Mühe, zu werfen. Er hielt ein Stück Brot zwischen Daumen und Zeigefinger, und es dauerte nicht lange, bis die Möwen es ihm behutsam aus der Hand nahmen. Ich fotografierte eine Möwe gerade in dem Moment, als sie sich das Brot schnappte. Das Bild klebte ich ins Logbuch, um eine Erinnerung daran zu haben, dass es auf der Reise auch leichtere Momente gab, allem anderen zum Trotz.

Das Spiel fand ein Ende, als wir die Westspitze von Loch Lochy erreichten. Wir hatten kein Brot mehr, und ehe wir in den letzten Teil des Kaledonischen Kanals einfuhren, mussten die Segel heruntergeholt und aufgetucht werden.

»In zwei Stunden sind wir auf dem Atlantik«, sagte ich, als wir fertig waren. »Dann haben wir freies Wasser bis in die Karibik.«

Das war ein verschleierter Vorschlag, aber ich war mir sicher, dass Torben diesen Handschuh nicht aufheben würde. Ich behielt recht.

»Gestern Abend«, sagte er, als hätte er gar nicht zugehört, »hab ich darüber nachgedacht, warum MacDuff die beiden anderen rausgeschickt hat, als die Rede auf Mary kam. MacDuff scheint es gewohnt zu sein, den beiden Befehle zu geben. Aber es war deutlich, dass er ihnen etwas verheimlicht. Hat er nicht sogar gesagt, er hätte uns lieber allein getroffen? Warum? Ich glaube, es gibt da etwas, das er wirklich verheimlichen *muss*. Und wir können uns ausrechnen, was es ist, denn MacDuff glaubt, wir könnten es verraten, bewusst oder unbewusst. Mit anderen Worten: Wir haben etwas gegen ihn in der Hand.«

»Vielleicht«, wandte ich ein, »aber wir wissen nicht, was es ist oder was es wert ist. Und in gewisser Weise hat er auch etwas gegen uns in der Hand. Er hat uns das Leben gerettet.«

»Na und?«

»Das kannst du doch nicht einfach ignorieren!«

Torben stopfte seine Pfeife und zündete sie umständlich an. Er tat es mit der gleichen Sorgfalt, mit der er Bücher las und Wein trank.

»Offenbar bist du der Meinung, wir müssten MacDuff dankbar sein«, sagte er, als er fertig war. »Ich verstehe das nicht. Es war seine verdammte Pflicht, uns das Leben zu retten. Wenn er nicht gewesen wäre, wären wir überhaupt nie in eine Situation geraten, in der unser Leben gefährdet war.«

»Aber er hätte es auch sein lassen können.«

»Eben«, sagte Torben. »Jetzt denkst du so wie ich. MacDuff ist ein Risiko eingegangen, als er uns laufen ließ.«

»Wieso?«

»Zumindest der Streit, den wir gehört haben, weist darauf hin.«

»Zumindest? Was denn noch?«

»Was hast du über seine Haushälterin gesagt? Dass sie jung aussah für ihr Alter? Dass du ihr Alter schwer einschätzen konntest? Und dass du glaubst, du hättest sie schon mal gesehen?«

»Etwas in der Art, ja.«

»Ich glaube, dass du sie wirklich schon mal gesehen hast.«

Ich versuchte, ihm zu folgen, aber ich verstand nicht und starrte ihn nur an.

»Mary«, sagte er fast beiläufig.

Ich sah wieder ihre leeren Augen an Bord der *Sula,* und im nächsten Augenblick starrte mich MacDuffs Haushälterin mit ihrem unerträglich intensiven Blick an. Es waren die selben Augen, aber die Leere und Leblosigkeit hatten sich in ihr Gegenteil verkehrt.

»Ja«, sagte ich. »Du hast recht.«

»Ich habe eine Theorie«, sagte Torben, wurde aber unterbrochen, weil wir in diesem Augenblick Moy Bridge erreichten.

Wir machten an einem Poller fest, und nach ein paar Minuten glitt der Flügel der Brücke zur Seite. Dahinter lag die Schleuse. Während die Tore sich langsam öffneten, fuhr Torben fort, als hätte er keine Pause gemacht: »Ich bin bis jetzt davon ausgegangen, MacDuff hätte Pekka aus dem Weg geräumt, weil Pekka zu viel wusste. Aber worüber? Das wissen wir nicht. Über die IRA? Der Waffenschmuggel deutet darauf hin – Lough Swilly ist von der nordirischen Grenze nicht weit entfernt. Über den Keltischen Ring? Bestimmt. Aber was ist das? Ein Haufen verrückter Druiden? Ein Deckname für die IRA, den Pekka selbst erfunden hat? Oder ein neuer, noch unbekannter Arm des Terrorismus? Da gibts viele Möglichkeiten. Und es ist mit Sicherheit gefährlich, da rumzuschnüffeln. Pekka hat die Sache zu leicht genommen. Das hat ihn das Leben gekostet. Aber wie viel wusste er wirklich und woher? Das Wichtigste und für ihn vielleicht Gefährlichste könnte er von Mary erfahren haben. Ich glaube allerdings, dass Pekka auch dann gestorben wäre, wenn er überhaupt nichts über den Keltischen Ring erfahren hätte, ob nun von Mary oder durch eigene Nachforschungen.«

»Du meinst, MacDuff hätte ihn aus Eifersucht getötet? Das glaub ich einfach nicht. Das sieht MacDuff nicht ähnlich.«

»Ich glaube das auch nicht«, sagte Torben. »Wenn es aber richtig ist, was Pekka im Logbuch schreibt, dann sollte Mary sterben. Sie war verurteilt. Von wem und warum, das wissen wir nicht, aber dass es mit Verrat zu tun hatte, ist zumindest wahrscheinlich. Über sie stand nichts in dem Artikel. Vergiss nicht, Pekka hat geschrieben, dass MacDuff sie liebte. Ich bin sicher, dass MacDuff auch ihr das Leben gerettet hat. MacDuffs heroische Rettungen werden allmählich inflationär.«

»Na ja«, sagte ich, »wenn er Mary liebt, ist es doch nichts Besonderes, dass er sie verschont hat.«

»Nein«, antwortete Torben, »aber ich glaube, dass MacDuff gegen seine Befehle gehandelt hat.«

»Wie meinst du das?«

»MacDuff hatte wahrscheinlich Befehl, beide zu beseitigen. Aber er konnte Mary nicht umbringen. Also hat er sie versteckt. Früher oder später wird die Organisation – welche auch immer – dahinterkommen. Und dann ist es aus mit MacDuff. Und mit Mary wahrscheinlich auch.«

»Und was passiert mit uns, wenn wir sagen, was wir wissen?«

»Hängt davon ab, wer dann zuerst wen schnappt, MacDuff uns oder die IRA MacDuff. Aber er hat bestimmt nicht mehr viel Zeit. Die IRA arbeitet sehr effektiv. Coogan schreibt in seinem Buch, dass er einen IRA-Führer gefragt hat, warum sie ihre eigenen Leute bei Misserfolg oder Verrat in die Kniescheibe schießen. ›Ist gut für die Disziplin‹ war die Antwort.«

»Du sprichst jetzt von der IRA.«

»Sie muss damit zu tun haben. Ich kann mir nicht vorstellen, dass hier Platz ist für zwei Organisationen vom gleichen Kaliber. Die IRA würde Konkurrenz nicht dulden. MacDuff ist ein ziemlich mutiger Mann. Er weiß, mit wem er sich da einlässt.«

»Und wissen wir das auch?«, wieder irritierte mich Torbens Gleichmut. Wir waren doch keine Schachfiguren.

»Nein«, sagte er, »wir haben das bisher auch nicht ernst genug genommen.«

»Willst du sterben?«, fragte ich ihn.

»Die Frage lässt sich nicht beantworten.«

»Warum nicht? Frag mich doch mal: Ich will nicht sterben.«

»Was du meinst«, sagte Torben, »ist, dass du leben willst. Wer will das nicht? Die richtige Frage ist natürlich, wofür man leben möchte.«

Er deutete über den Bug nach vorne. »Wenn man nicht gerade an praktischere Dinge zu denken hat.«

Ich sah auf. Torben hatte am Ruder gestanden, und ich hatte weder auf das vorübergleitende Ufer geachtet noch darauf, wo wir uns befanden. Das Durchfahren eines Kanals ist einfach. Es gibt keine Gefahren. Wir waren gerade um eine Biegung gekommen, und vor uns lag »Neptun's Staircase«, die vorletzte Schleusenanlage vor dem Atlantik, eine Schleusentreppe, die aus acht aufeinanderfolgenden Kammern bestand. Am Ende befand sich eine Drehbrücke.

Ich folgte Torbens Zeigefinger und sah einen Mann, der sich umdrehte und fortlief, als er uns näher kommen sah.

»Hast du den gemeint?«, fragte ich.

»Wen?«

Wir sahen uns an.

»Ich wollte nur sagen, dass wir bald an die Schleuse kommen.«

Gleich darauf hatte ich den Mann vergessen und beschäftigte mich mit Leinen und Fendern. Von Neptun's Staircase war es nur noch eine halbe Seemeile bis Corpach und zu den letzten beiden Schleusen vor Loch Linnhe und dem Atlantik. Mit den grauen schweren Wolken, die an den Bergen hängen blieben, kam uns ein feuchter Westwind entgegen, der den weichen Salzgeruch des Meeres mitbrachte. Vom höchsten Gipfel dieser Gegend, Ben Nevis, sah man jetzt nur noch den breiten, massiven Fuß. Unser Glück mit dem Wetter war anscheinend zu Ende.

»Die Tore sind offen«, sagte Torben.

»Gut. Je eher wir rauskommen, desto besser. Dann können wir endlich wieder segeln.«

Ich sprang an Deck, um unsere Leinen vorzubereiten, zwanzig Meter lange, einen halben Zoll dicke Polyesterleinen, von denen jede sieben Tonnen aushielt. Wir hätten die *Rustica* mit ihnen hochheben können. Ich hatte zu viele Schreckensgeschichten über Strömungen in Schleusen gehört und wollte kein Risiko eingehen.

Aber es war alles so ruhig, dass wir das Boot mit einem um den Finger gelegten Bindfaden hätten halten können. Wir standen auf der Kaimauer, jeder mit einer Leine. Die *Rustica* war mit alten Autoreifen gut abgefedert. Als die Tore sich öffneten, verholten wir sie per Hand in die nächste Schleusenkammer, wo die Prozedur von vorn begann. Nur die

Schleusentore machten mir Sorgen. Viele waren neu, sie waren mit der Automatisierung des Kanals in den Sechzigerjahren eingebaut worden. Andere jedoch, die hier seit Eröffnung des Kanals ihren Dienst versahen, knackten, knirschten und quietschten, wenn sie sich endlich schlossen.

In Neptun's Staircase gab es zwei solcher Schleusen, die zweite und die vorletzte. Aber vermutlich hatten uns die Erlebnisse der letzten Zeit so abgehärtet, dass ich für das Stöhnen und Rumoren der Schleusentore keinen Gedanken übrig hatte.

Vor der letzten Schleuse gingen wir wieder an Bord, nachdem wir die Leinen so um die Poller gelegt hatten, dass wir die Länge leicht verändern konnten, wenn der Wasserspiegel sank. Kurze Zeit hielt ich zwei Leinen in der Hand, während Torben unten Kaffee holte. Er kam im selben Augenblick zurück, als sich das letzte Tor öffnete. Ich hatte mich gerade gebückt und wollte den Motor starten. Die Leinen hatte ich schon eingeholt und hatte uns die letzte Minute per Hand an einer Leiter in der Spundwand festgehalten.

Ich richtete mich wieder auf. Im selben Moment ließ Torben die Kaffeetassen fallen und deutete hinter mich.

»Die Tore«, sagte er kaum hörbar. »Sie geben nach.«

Ich drehte mich um. Niemals werde ich diesen Anblick vergessen. Unendlich langsam wurden die mächtigen Tore von den dahinterliegenden Wassermassen aufgedrückt. Ein Schleusenwärter stürzte auf der Kaimauer heran und gestikulierte wild mit den Armen.

»Macht, dass ihr wegkommt!«, schrie er. »Ich muss die Tore aufmachen, sonst bricht alles zusammen.«

Es war der längste Augenblick meines Lebens. Statt eines Rückwärtsgangs hat die *Rustica* einen drehbaren Propeller, der die volle Schubkraft nicht sofort entwickelt. Es war, als versuchten wir, auf Treibsand vorwärtszukommen.

Wir hatten die geöffneten Schleusentore erreicht, als wir von achtern ein Donnern hörten, das Geräusch von splitterndem Holz und das Dröhnen der herabstürzenden Wassermassen. »Niedergang zu!«, schrie ich.

Jetzt war ich dankbar für alle Vorkehrungen, die ich getroffen hatte, um die *Rustica* seetüchtig zu machen. Ich wusste, sie blieb auch dann dicht, wenn der riesige Schwall über uns hinwegging. Ein paar Liter würden durch den Lufteinlass des Motors laufen, das war alles.

Torben zog die Luke mit einem Knall zu, aber als er sich umdrehte, sah ich seinen Blick.

»Die Brücke!«, schrie er.

Etwa fünfzig Meter vor uns versperrte die Drehbrücke den Weg. Sie war so niedrig, dass die *Rustica* sie nicht einmal mit umgelegtem Mast hätte passieren können. Sicher hatte der Schleusenwärter den Knopf gedrückt, aber die Brücke würde sich niemals rechtzeitig öffnen. Trotzdem … es gab nur eine Möglichkeit: Volle Fahrt voraus!

»Bist du verrückt!«, schrie Torben.

»Es ist unsere einzige Chance«, rief ich zurück. »Ich muss sie steuern können.«

Das Wasser kam als brodelnde, zerstörerische, wirbelnde Masse auf uns herunter. Wir nahmen ein paar Hundert Liter auf, aber danach hob sich die *Rustica* wieder und gewann Fahrt. Das meiste Wasser war von oben gekommen, das war unser Glück, die Woge war nicht so steil, dass wir ins Gleiten kamen wie ein Surfbrett. Ich spürte, dass die *Rustica* dem Ruder folgte. Aber was half uns das?

Die Entfernung zur Brücke schien sich viel rascher zu verringern, als die Öffnung zwischen Brückenkopf und Kanalmauer sich vergrößerte. Die Brücke schwang aber zu unserem Glück nach außen – sonst hätten wir gar keine Chance gehabt. So gab es eine Möglichkeit in tausend, uns und das Boot zu retten. Ich steuerte auf die Brückenmitte zu, nicht auf die inzwischen etwa einen halben Meter breite Öffnung am rechten Rand des Kanalbetts.

»Was machst du denn!«, brüllte Torben.

»Wir müssen mit einer Kursänderung da durch!«

Ich hatte keine Zeit, das zu erklären – ich musste Zeit gewinnen und dann die *Rustica* scharf durch die Lücke zwischen Kaimauer und Drehbrücke hindurchbringen, denn nur im gekrängten Zustand war der Mast vor der über uns stehenden Brücke zu retten. Ein paar Sekunden später, wir waren noch etwa fünfzehn Schritt von der Brücke entfernt, legte ich das Ruder herum. Der Druck des Wassers war enorm, aber sie kam herum, langsam, aber sie tat es. Wir schossen fast parallel zur Brücke auf die Lücke zu. Jetzt ragte die Kaimauer drohend vor uns auf. Es war unmöglich zu sehen, ob die Öffnung schon groß genug war. Das Wissen hätte auch nichts genützt – dies war unsere einzige Chance.

»Halt dich fest«, schrie ich Torben zu.

Er starrte wie hypnotisiert auf die Lücke. Als wir das Ende der Brücke erreichten, legte ich das Ruder so hart wie möglich nach Backbord herum und steuerte buchstäblich im letzten Moment in die Lücke hinein. Und die *Rustica* krängte! Nicht stark, nicht so wie ein Motorboot in einer schnellen Kurve, aber es reichte, wir gewannen die paar Zoll, die wir brauchten, um die Mastspitze am Brückenkopf vorbeizumanövrieren.

Im nächsten Moment war alles vorbei. Zwei Relingstützen wurden aus ihren Halterungen gerissen, aber bei unserer Geschwindigkeit und unserem Gewicht konnte uns das nicht bremsen oder das Boot drehen. Es können nur Zentimeter zwischen der Steuerbordseite und der Kaimauer gewesen sein. Ich hatte nur eines im Sinn, nämlich so nahe wie möglich an der Brückenseite zu bleiben.

Ich gebe zu, dass wir hinterher den Tränen nahe waren, vor Freude und reiner Erleichterung. Torben umarmte mich so wild, dass wir vom Kurs abkamen, was fast doch noch zu einem Zusammenstoß mit der Kanalmauer geführt hätte. Außerdem waren wir immer noch viel zu schnell. Der Wasserspiegel war etwas gesunken, weil ein Teil der Wassermassen über die Kanalmauern geströmt sein musste, aber bis zur nächsten Schleuse in Corpach war es höchstens eine halbe Meile, und wir mussten unbedingt unsere Fahrt verlangsamen.

Ich stellte also den Propeller auf Rückwärtsfahrt und gab kurz Vollgas. Ein langkieliges Boot wie die *Rustica* lässt sich nicht steuern, wenn es rückwärts läuft, entweder zieht es nach Backbord oder es läuft in den Wind – wenn Wind da ist. Was so vorhersehbar ist, dass ich das Ruder losließ.

Der Vorteil dabei war, dass ich mich auf anderes konzentrieren konnte. Als wir uns der nächsten Schleuse näherten, sah ich einen rothaarigen Mann, der auf einem Segelschiff stand und winkte. Das Boot hatte einen karottenfarbenen Stahlrumpf, und den Rumpf und die roten Haare sah man schon von Weitem.

»Wir legen uns neben ihn«, rief ich Torben zu. »Kannst du die Leinen übernehmen?«

»Von jetzt an kann ich alles. Sag mir nur, was ich tun soll.«

Als wir auf der Höhe des Stahlbootes lagen, einem typischen Maurice-Griffiths-Design, gab ich für einen kurzen Moment Vollgas. Das Heck der *Rustica* schwang nach Backbord, und Torben konnte einen Tampen um den Poller des Nachbarboots legen, ohne sich besonders strecken zu müssen.

»Gut gemacht«, sagte der Rothaarige.

»Der Mann ist wie aus dem Bilderbuch«, sagte Torben auf Schwedisch, »mit Sommersprossen und allem. Der hat sicher einen Dudelsack an Bord.«

»Was war gut gemacht?«, fragte ich unseren Nachbarn.

»Das Manöver eben. War das Zufall oder Geschick?«

»Das Boot. Manchmal macht sies wie von allein.« Ich spürte große Zärtlichkeit für die *Rustica.* Während der fünf Jahre, die ich sie jetzt hatte, war ich noch nie so dicht daran gewesen, sie zu verlieren.

»Ich könnte so was mit meinem Schiff nie«, sagte er. »Aber ich bin auch kein großer Segler.« Dann wies er zu Neptun's Staircase hinauf. »Da habt ihr wirklich Pech gehabt«, sagte er teilnahmsvoll.

»Pech?«, fragte Torben höhnisch. »Wenn ein Schleusentor über meinem Kopf aufbricht, nenn ich das eine Katastrophe.«

»Na, dann könnt ihr doch wirklich einen Tropfen gebrauchen.«

»Ein Schluck Whisky wäre nicht schlecht«, sagte ich lächelnd. »Aber meinen Freund musst du entschuldigen.«

»Wieso?«

»Er mag keinen Whisky.«

Unser Nachbar sah Torben an, als zweifelte er an seinem Verstand.

»Ich weiß, dass Whisky ein lebensrettender Saft ist, aber ich trink lieber Wein«, sagte Torben.

»Ich hab aber leider keinen an Bord.«

»Oh, das macht nichts«, sagte Torben freundlich. »Ich hab immer meinen eigenen dabei.« Er ging hinunter, um eine Flasche deutschen Weißwein zu holen. Dann stiegen wir auf das Schiff unseres Nachbarn hinüber.

»Mein Name ist Junior«, sagte er.

Torben stellte uns vor und fragte, ob Junior tatsächlich auf den Namen Junior getauft worden sei.

»Das nicht. Ich trag denselben Namen wie mein Vater, Hugh McNair. Wir sehen uns auch ziemlich ähnlich. Um uns auseinanderzuhalten, haben sie mich Junior genannt, und der werd ich wohl auch bleiben, wenn ich Rentner bin.«

Er füllte zwei Gläser bis zum Rand mit Whisky und beobachtete Torben, der mit Flasche und Glas umging, als wäre er zugleich Gast und Kellner. Es erinnerte an ein Ritual in einem Pariser Gourmetrestaurant.

»Skål«, sagte er schließlich, als er wohl meinte, Torbens Vorstellung sei nun zu Ende. »Wenns schon kein Pech war, dass die Schleuse zusammengebrochen ist, dann wars jedenfalls riesiges Glück, dass ihr davongekommen seid.«

»Nicht mal das«, sagte Torben. »Das ist voll und ganz das Verdienst des Skippers.«

Erst jetzt spürte ich eine körperliche Reaktion, eine Art verspäteter Panik. Meine Hände zitterten, ich versuchte aufzustehen, aber meine Knie bebten.

»Ist dir schlecht?«, fragte Torben.

»Geht gleich vorbei.«

Ich verschüttete etwas Whisky, als ich das Glas abstellte.

»Es ist nur eine Art Reflex«, sagte ich.

»Es tut mir wirklich leid.« Junior machte ein Gesicht, als wäre es seine Schuld.

Wir hörten Laufschritte auf der Kaimauer. Von oben, von Neptun's Staircase, kam ein Mann herunter. Ich wollte mich zusammennehmen, aber es fiel mir schwer, den Blick zu fixieren.

»Das ist der Schleusenwärter«, sagte Torben.

Als er uns erreicht hatte, erkannte ich den Mann wieder,

der die Schleuse bedient und die unglückseligen Tore geschlossen hatte.

»Sorry, sorry!«, rief er schon aus einiger Entfernung.

Torben schüttelte wütend den Kopf.

»Mehr haben Sie nicht zu sagen? Wir hätten dabei draufgehen können.«

»Aber es tut mir wirklich leid«, sagte der Mann. »Und ich bin froh, dass Sie davongekommen sind. Gott sei Dank.« Er sah mich mit großer Anerkennung an.

»Es hätte anders ausgehen sollen«, fügte er hinzu.

»Was?«, fragte Torben. »Was wollen Sie damit sagen?«

»Es hätte anders ausgehen sollen. Sie sollten jetzt nicht wohlbehalten hier auf dem Schiff sitzen. Ich weiß nicht, warum und wie, aber es war Sabotage. Irgendjemand hat dafür gesorgt, dass die Tore nicht halten würden.«

»Sabotage?« Junior sah den Schleusenwärter und uns der Reihe nach ungläubig an. »Aber wer würde denn so was tun wollen?«

15

Genau das war die Frage. Es war recht unwahrscheinlich, dass MacDuff es sich plötzlich anders überlegt haben sollte. Also konnten es nur seine Helfer gewesen sein. Dann mussten sie gute Gründe haben, sich über MacDuffs Befehl hinwegzusetzen. Oder gehorchten sie einem direkten Befehl von oben, dem auch MacDuff unterstand?

Der Schleusenwärter blieb nur kurz, um sich zu versichern, dass wir wirklich keinen Schaden genommen hatten. Ob er eigentlich auf das Gegenteil gehofft hatte, ließ sich nicht sagen, aber seine Erleichterung schien aufrichtig zu sein. Junior war natürlich über jeden Verdacht erhaben, weil er selbst der Gefahr ausgesetzt gewesen war. Er erzählte, er habe das Glück gehabt, auf Deck gewesen zu sein. Also habe er das Getöse gehört, die Luken geschlossen und alles gesichert, soweit er konnte.

»Ich hab mich an den Mast geklammert«, sagte er und deutete auf seine Hose, die bis zu den Knien nass war. »Ich war überzeugt, dass die Leinen reißen würden, aber sie haben gehalten. Das Heck wurde unter Wasser gedrückt, bis das halbe Deck unter der Oberfläche war. Das war schon was. Aber bei euch muss es ja ganz was anderes gewesen sein.«

»Es ging alles ganz schnell«, sagte ich. »Ich konnte gar nicht nachdenken.«

»Aber ich«, sagte Torben. »Ich hatte ja nichts zu tun, außer Angst zu haben. Und die hatte ich.«

Wir unterhielten uns eine Weile über Sorge und Angst auf See. Torben erzählte von seiner Seekrankheit auf der Nordsee. Er erklärte, dass sie so schlimm gewesen sei, dass er gar nicht dazu gekommen sei, vor etwas anderem Angst zu haben. Erst als wir wieder unter Land waren, sei die Angst zurückgekommen, zum Beispiel hier in der Schleuse.

»Angst hab ich eigentlich nicht«, lachte Junior. »Aber wenn ich auf See bin, mach ich mir über alles Sorgen.«

Er war nicht viel gesegelt, eigentlich nur einen richtigen Törn allein, von Nairn, wo er das Boot gebaut hatte, die sechzig Meilen nach Wiek im Norden und zurück. Er wusste auch gar nicht genau, wohin er jetzt wollte. Vielleicht nach Portugal. Aber es genügte ihm auch, wenn er mit heiler Haut nach Glasgow kam, wo er einen guten Freund hatte. Er hatte ein Jahr als Schweißer auf einer Ölbohrinsel gearbeitet, da habe es dann nur noch eines gegeben: frei herumfahren, kommen und gehen können, wie es ihm gefiel. Er hatte Klaustrophobie bekommen auf der Plattform. Nie hatte er begriffen, dass manche lieber dort als auf dem Festland lebten. Aber manche Hunde holten ja auch selbst die Leine, wenn es hinausging.

Eine halbe Stunde später kam der Schleusenwärter wieder vorbei und fragte höflich, ob wir jetzt die nächste Schleuse passieren wollten, um nach Corpach zu fahren.

»Haben Sie geprüft, ob die Tore halten?«, fragte Torben.

»Sie glauben doch nicht …?« Der Schleusenwärter verschwand eilig zur Schleuse, der vorletzten vor Loch Linnhe und dem Atlantik.

Als er fort war, fragte Junior, ob wir denn wirklich glaubten, dass die Sabotage etwas mit uns zu tun gehabt habe. Noch nie habe er gehört, dass jemand etwas gegen Skandinavier hätte.

»Gegen Engländer vielleicht. Aber gegen euch doch nicht.«

»Wie auch immer«, meinte Torben, »entweder waren wir nur zufällig zur richtigen Zeit am falschen Ort, oder jemand hat es auf uns abgesehen. Wenn das Ganze nicht dir galt, natürlich.«

»Mir!«, rief Junior erstaunt.

»Ja, du warst doch auch in Gefahr.«

»Nein«, sagte Junior, »unmöglich.«

Der Schleusenwärter kam zurück und berichtete, er habe die Tore persönlich überprüft, sie seien in Ordnung. Torben brummte etwas Unverständliches, machte aber die Leinen los. Mit Junior im Kielwasser fuhren wir in die nächste Schleusenkammer. Eine Viertelstunde später lagen wir gut vertäut in Corpach, dem einzigen sicheren Hafen nördlich von Kintyre und südlich von Ullapool. Wir hatten gehört, dass sogar die Fischerboote von der Westküste nach Corpach gingen und sich durch den Kanal schleusen ließen, wenn die Winterstürme am heftigsten wüteten.

Solange wir im Kanal gewesen waren, hatten wir uns für das Wetter nicht interessiert. Jetzt merkten wir erstaunt, dass starker bis stürmischer Wind ging.

»Wollen wir gleich weiter durch die Schleuse?«, fragte Torben.

»Lass uns noch ein bisschen warten«, sagte ich unentschlossen. »Wir sollten erst mal überlegen, wohin wir als Nächstes wollen.«

Junior kam längsseits. Er wollte gleich weiterfahren. Er stehe unter Dampf, sagte er. Wir halfen ihm beim Durchschleusen mit den Leinen, wünschten ihm eine gute Reise und empfahlen ihm, Kurs auf Fort William zu halten. Er hatte ein viel zu kleines Großsegel gesetzt und eine Fock, die für sein Boot nicht gemacht schien.

»Schade, dass er weg ist«, sagte Torben, als wir zur *Rustica* zurückgingen. »Das war der Erste, dem ich über den Weg getraut hab.«

»Geht mir auch so.«

Die nächste halbe Stunde verbrachten wir mit Putzen und dem Verstauen der Sachen für den bevorstehenden Atlantiktörn. Das Pfeifen im Rigg war nicht lauter, als es auch in Dragör sein konnte, aber der Gedanke daran, dass der Wind hier von Neufundland bis Corpach freie Bahn hatte, hinterließ einen gewissen Eindruck.

Ich hatte gerade die Seekarte von Loch Linnhe auf den Tisch gelegt, als es an der Kanzel klopfte.

»Dass man nie seine Ruhe hat«, sagte Torben.

Ich öffnete die Luke. Auf dem Kai stand Junior und lächelte breit.

»Zu viel Wind«, sagte er. »Stör ich?«

»Überhaupt nicht«, rief Torben. »Komm an Bord!«

Den Abend verbrachten wir mit Seglergeschichten. Ich erzählte von meinen Segeltouren nach St. Malo in der Bretagne mit meinem früheren Boot *Moana.* Torben erzählte, was er über die See gelesen hatte, von Ove Allanssons Beschreibungen des Lebens auf modernen Frachtschiffen bis zu den dunklen Zwischendecks von Joseph Conrad. Und er gab Abschnitte aus dem Logbuch des Juan Sebastian Elcano wieder, jenes spanischen Navigators, der mit neunzehn Mann auf der *Victoria* zurückgekehrt war, um zu berichten, dass Magellan tot, es aber möglich sei, um die Erde zu segeln. Junior erzählte eine wahre Geschichte von einem Segelboot, das in der Nordsee gekentert war und von der Besatzung aufgegeben wurde, nachdem ein Mann über Bord gegangen war. Eine Woche später fand man das Boot wieder, es trieb als Geisterschiff vor der nordnorwegischen Küste.

»Und wisst ihr, wo genau man es fand? Vor einer Insel, die denselben Namen trug wie das Schiff. Es liegt noch immer im Hafen von Bergen, aber keiner, der die Geschichte kennt, will etwas damit zu tun haben.«

»Keine sehr amüsante Geschichte«, sagte Torben.

»Aber wahr.«

»Du hättest sie uns lieber nicht erzählen sollen«, sagte ich. »Wir müssen über die Nordsee nach Hause.«

»Tut mir leid«, sagte Junior ehrlich zerknirscht.

»Nach Hause kommen wir immer«, sagte Torben zuversichtlich. »Und wenn wir rund um die Erde fahren.«

Aber ich überlegte mir zum ersten Mal, ob wir überhaupt wieder »nach Hause« kommen würden. Vielleicht ging es mehr darum, einfach zu überleben.

Am nächsten Tag war der Wind immer noch zu stark, und wir schliefen lange. Torben und ich frühstückten auf unsere übliche ungesellige Weise, jeder mit einem Buch und ohne ein Wort zu sprechen. Gegen ein Uhr erschien Junior und teilte uns mit, dass er noch bis zum nächsten Tag warten wollte. Er fragte, ob es uns sehr eilig sei, auf den Atlantik zu kommen. Es sei da draußen wirklich ungemütlich, fügte er hinzu und hoffte ganz offensichtlich, dass wir ihm noch Gesellschaft leisteten.

Ich sah Torben an.

»Ich habe nichts dagegen, dass wir noch einen Tag bleiben«, sagte er.

Der Nachmittag war ruhig. Da die Schleuse repariert werden musste, kamen keine weiteren Schiffe durch. Ich hoffte, dass MacDuff noch im Loch Oich lag und nicht hinauskonnte. Aber ich glaubte selbst nicht daran und erhielt einige Stunden später vom Schleusenwärter die Bestätigung. Die

F 154 war zwei Stunden vor uns durchgekommen. Torben und ich drehten eine Runde durch Corpach, was schnell getan war. Ein Schlachter, ein Pub, zwei Lebensmittelläden und ein Friseur bemühten sich vergeblich, einem Einkaufszentrum zu gleichen.

Um zwei Uhr ging ich ins Hafenkontor, um die Kanalgebühr zu bezahlen, aber davon wollte der Schleusenwärter nichts hören. Ich fragte, ob er über den Vorfall noch etwas erfahren habe.

»Nein«, sagte er, »aber es ist eindeutig Sabotage gewesen. Die Bolzen am Riegel können sich nicht von selbst lösen. Die Tore waren alt, aber die Mechanik ist neu. Wir haben schon Anzeige bei der Polizei erstattet. Gut möglich, dass ihr bald Besuch bekommt.«

»Wir wissen über die Tore ja auch nicht mehr als Sie«, sagte ich.

Die Polizei war das Letzte, was ich an Bord haben wollte. Wenn MacDuff davon erfuhr, glaubte er womöglich, wir hätten denen auch von anderen Dingen erzählt.

Ich dankte dem Schleusenwärter und bat ihn, uns im Lauf der nächsten Stunde durchzuschleusen.

»Wenn die Polizei mit uns reden will, sagen Sie ihr doch bitte, wir segeln nach Norden, durch den Sound of Mull. In ein paar Tagen sind wir in Ullapool.«

»Geht in Ordnung, Sir. In einer Stunde mach ich Ihnen auf.« Auf dem Rückweg wurde mir klar, wie ziellos wir uns verhielten. Torben und ich hatten uns noch nicht einmal über unser weiteres Verfahren verständigt, und jetzt mussten wir nach Süden segeln, um auf keinen Fall der Polizei in Ullapool in die Arme zu laufen. Unsere Möglichkeiten verminderten sich. Als ich zurückkam, war die *Rustica* leer und unverschlossen. Als Torben sich nach einer Viertelstunde noch immer nicht blicken ließ, ging ich hinüber zu Junior, aber auch er hatte ihn nicht gesehen. Als ich ihm sagte, dass ich mich durchschleusen lassen wollte, sah er tief enttäuscht aus.

»Ich ertrag diesen Kanal nicht länger«, sagte ich. »Ich werd hinter der Insel auf der anderen Seite des Fjords ankern. Dann segeln wir morgen, wenn der Wind sich etwas gelegt hat. Kannst du Torben Bescheid sagen, dass ich rüberkomme und ihn mit dem Dingi abhole, wenn er noch nicht aufgetaucht ist, bis die Schleuse aufmacht?«

»Natürlich.«

»Sag ihm, wir treffen uns im Pub. Ich komme, wenn es dunkel ist.«

Junior machte ein erstauntes Gesicht.

»Ist das nicht gefährlich? Im Fjord gibt es einen starken Gezeitenstrom.«

»Eben deshalb«, sagte ich. »Ich will abwarten, bis die Flut anfängt, damit ich sicher bin, dass der Anker hält.«

Ich wartete nicht auf Juniors Antwort, sondern ging so schnell wie möglich zur *Rustica* zurück. Ich konnte nur hoffen, dass er nicht in der Gezeitentafel nachsah.

Um vier Uhr öffneten sich die Schleusentore zum letzten Mal, ohne dass Torben zurückgekommen wäre. Ich machte mir Sorgen, war aber zu beschäftigt, um weiter nachzudenken. Die Dämmerung kam rasch, bis zu meiner Ankunft würde es dunkel sein. Ein besonders gutes Versteck hatte ich mir nicht ausgesucht. Am nächsten Morgen würde man von Corpach aus den Mast über der Insel sehen können, aber wenn ich Glück hatte, würde zumindest der Schleusenwärter glauben, ich wäre weitergesegelt.

Vor der Schleuse lagen an Steuerbord ungefähr zehn Segelboote. Ich war gar nicht überrascht, als ich hinter den anderen versteckt MacDuffs Boot entdeckte. Er musste in der Morgendämmerung von Invergarry Castle abgefahren sein. Ich hoffte leidenschaftlich, dass sich niemand an Bord befand, denn eine Möglichkeit, mich oder die *Rustica* zu verstecken, gab es nicht.

Zehn Minuten später hatte ich den Fjord überquert. Ich fuhr so dicht unter Land wie möglich, weil da die Strömung immer schwächer ist. Aber die Tide war immer noch stärker als der Wind, denn als die Ankerkette ausgelaufen war, legte sich das Boot mit dem Heck in den Wind. Ich peilte ein paar Punkte an Land an, machte mir aber nicht die Mühe, den Anker mit Motorhilfe festzuziehen. Das besorgte die Strömung mindestens ebenso gut. Es war jedoch ungewohnt zu hören, wie das Wasser am Rumpf vorbeiströmte, und zu sehen, wie das Log ausschlug, obwohl wir stilllagen.

Voraus, drei Seemeilen entfernt, sah ich die Lichter von Fort William am Fuß des Ben Nevis. Achtern war alles dunkel. An Steuerbord erhob sich ein waldbedeckter Hang, der Windschutz bot. An Backbord konnte man die Umrisse der kahlen, flachen Insel ahnen, die zwischen der *Rustica* und Corpach lag. Ich war wieder allein, zum ersten Mal seit Aalborg, als Torben verschwunden war, um Wein zu kaufen. Mir kam ein Gedanke. Ich ging in die Kajüte und öffnete die Weinkiste. Sie war leer.

Vermutlich hatte Torben den Bus nach Fort William genommen, um seinen Vorrat aufzufüllen. Junior würde ihm sagen, wo ich steckte, wenn er zurückkam. Da musste ich mir keine Sorgen machen, redete ich mir ein. In ein, zwei Stunden würde er wieder in Corpach sein, und bis dahin hätte ich die *Sussi* geriggt und wäre auf die andere Seite gesegelt.

Eine halbe Stunde später lag die kleine Jolle klar achtern

der *Rustica.* Als ich mit einer Taschenlampe und einem Peilkompass an Bord ging, war es stockfinster. Den Peilkompass befestigte ich am Fuß des Mastes und legte mich auf den Boden, damit ich mich nicht jedes Mal ducken musste, wenn ich über Stag ging. So ein Optimist ist eigentlich für Zwölfjährige gebaut, und unter dem Baum ist nicht viel Platz. Aber ich hatte mich daran gewöhnt, liegend und mit dem Kopf knapp über der Wasseroberfläche zu segeln.

Der Wind war noch immer ziemlich kräftig, und ich streckte mich auf der Backbordseite aus, um ein Gegengewicht zu haben. Ich hatte nicht die geringste Lust, zu kentern und in das eiskalte Wasser zu fallen.

Ich steuerte, indem ich den Winkel, den Wellen und Wind gegen das Boot bildeten, möglichst genau beibehielt, und verzichtete darauf, den Kompass mit der Taschenlampe anzuleuchten. Jeder Lichtblitz störte für Minuten meine Fähigkeit, im Dunkeln zu sehen. Um die Navigation brauchte ich mich nicht zu sorgen. Auf die andere Seite kam ich auf jeden Fall.

So war es auch, aber erst sehr viel später. Plötzlich tauchten die Umrisse eines dunklen Bootsrumpfes vor dem Bug der *Sussi* auf. Ich machte eine schnelle Wende, aber es war zu spät, die *Sussi* kollidierte mit den schwarz gestrichenen Planken. Ein dumpfer Knall, dann tiefe Stille. Ich verfluchte meine Unbesonnenheit. Ich hatte die *F 154*, MacDuffs Fischerboot, gerammt.

Mein erster Gedanke war, mich abzustoßen, in die Dunkelheit zu segeln und mich in Luft aufzulösen. Aber dann sah ich ein, dass ich nicht weit kommen würde, sollte wirklich jemand an Bord sein. Mit einem Suchscheinwerfer, und den gab es auf allen Fischerbooten, würde man mich schnell entdecken. Also schob ich mich vorsichtig um den Heckspiegel herum, holte das Segel der *Sussi* ein und wartete. Aber niemand kam an Deck, kein Licht wurde eingeschaltet, alles blieb still. Schließlich fühlte ich mich sicher. Ich vertäute die *Sussi* achtern, nahm die Taschenlampe und kletterte an Bord der *F 154*.

Auf Deck blieb ich unschlüssig stehen und lauschte. Vor mir hatte ich das Steuerhaus, das ich auf der Steuerbordseite passierte. Die Tür ließ sich ohne Quietschen leicht öffnen. Ich wollte nicht sofort die Taschenlampe einschalten, sondern tastete mich an den Navigationstisch, wo vermutlich das Logbuch oder irgendwelche Aufzeichnungen lagen. Was ich mir genau erhoffte, weiß ich nicht. Einmal glaubte ich, einen leisen Schritt zu hören, und schlich zur Tür zurück. Das Geräusch verklang. Das Deck lag leer.

Ich setzte meine Suche fort und fand schließlich das Logbuch. Ich setzte mich auf den Boden, damit der Lichtkegel der Taschenlampe von außen nicht zu sehen war. Das Logbuch gab über fast sechs Monate Fahrt Auskunft; eine lange Zeit, sodass es nicht mehr enthalten konnte als die Angaben über Position, Kurs, Entfernungen und Wetter. Ich nahm die herumliegenden Seekarten dazu und konzentrierte mich auf die Positionen, um festzustellen, ob es irgendein Muster in den Fahrten der *F 154* gab.

Bald wurde deutlich, dass MacDuff vor allem zwischen Schottland und Irland unterwegs gewesen war und dass er Häfen anlief, die sich in der Regel nicht weit von der nordirischen Grenze befanden. Für jeden Hafen war genau verzeichnet, wie viele Kisten Fisch gelöscht worden waren. Aber wann war dieser Fisch eigentlich gefangen worden? MacDuff hätte ein märchenhaftes Glück beim Fischen haben müssen, wenn er solche Fänge machte – manchmal an einem einzigen Tag. Die Erklärung folgte auf einigen eingelegten Seiten, wo jemand, vermutlich war es MacDuff selbst, notiert hatte, wie viel Fisch er an Bord genommen hatte. So sollte wohl der Anschein erweckt werden, die *F 154* diene als kleineres Kühlfahrzeug, das Fisch nicht fing, sondern nur transportierte. Und noch etwas fiel mir auf. Der gesamte »Fisch«, den man an Bord nahm, wurde in keltischsprachigen Ländern, in Schottland, Wales, der Bretagne und Irland, gelöscht. Einige Fahrten waren sogar bis ins Baskenland und nach Galizien gegangen.

Ich dachte an das, was Tom über eine keltische Föderation gehört und was er über Galizien gesagt hatte. Torben zufolge war es einer der Streitpunkte zwischen den über ganz Europa verstreuten modernen Druidenorden, ob auch nichtkeltischsprachige Personen zu Druiden geweiht werden konnten oder ob sie überhaupt zu den Kelten zu zählen seien. Das musste auch für die spanischen Galizier gelten. Und was war mit den Basken? Das Baskische ist keine keltische Sprache. Aber dass baskische Terroristen oder Freiheitskämpfer, je nachdem, von welcher Seite man es betrachtete, Kontakte zur IRA hatten, war Torben zufolge eine Tatsache.

Plötzlich meinte ich wieder, leichte Schritte zu hören. Ich legte Logbuch und Seekarten zurück, ging leise an Deck und kauerte mich am Heck auf den Boden. Aber alles blieb still. Ich musste es mir eingebildet haben.

Ich wartete minutenlang. Dann nahm ich meinen Mut zusammen und schlich nach vorne zum Bug. Hier ging es zur Kajüte hinunter. Ein typischer Niedergang auf Fischerbooten: eine Tür mit abfallendem Halbdach auf der Rückseite. Ich drückte die Klinke. Die Tür war verschlossen. Was jedenfalls bewies, dass sich niemand an Bord befand, aber auch, dass es etwas gab, das eingeschlossen werden musste. Ich hatte keine Übung im Knacken von Schlössern. Da fiel mir ein, dass ich einen Schlüsselbund gesehen oder besser gefühlt hatte, als ich mich durch das Steuerhaus getastet hatte. Ich ging wieder übers Deck und holte ihn. Der dritte Schlüssel passte, die Tür öffnete sich ebenso leicht und lautlos wie die des Steuerhauses.

Zögernd blieb ich stehen und sah mich um. Wie viel Zeit hatte ich, bis die Besatzung zurückkam? Die Gelegenheit war günstig, um endlich so viel wie möglich herauszufinden. Schnell trat ich in die Kajüte.

16

Ich hatte gerade den Fuß auf den Boden gesetzt, als ich von der Seite eine Stimme hörte: »Wenn Sie noch einen Schritt weitergehen, schieße ich.«

Ich wandte mich um. Die Stimme kannte ich. Es war Mary. Sie saß auf einem Stuhl hinter einem Tisch. Auf dem Tisch lag eine Pistole.

»Man muss die Pistole in der Hand halten, wenn man schießen will«, sagte ich.

Sie nahm sie in die Hand, richtete sie aber auf sich selbst. »Keinen Schritt weiter!«, sagte sie ruhig.

Drohte sie wirklich damit, sich selbst zu erschießen? Es war absurd, und ich machte einen Schritt vorwärts. Ihr Finger am Abzug spannte sich.

»Nicht schießen!«, sagte ich schnell. »Ich bin nicht Ihretwegen hier. Ich dachte, es war niemand an Bord.«

Lockerte ihr Finger den Druck? Sie sah mich unverändert an, kalt, ruhig und sicher.

»Bitte glauben Sie mir«, fuhr ich schnell fort, »ich wäre nie an Bord gekommen, wenn ich gewusst hätte, dass hier jemand ist.«

»Was wollen Sie?«, fragte sie. »Was haben Sie hier zu suchen?«

»Das weiß ich selber nicht«, antwortete ich ehrlich. »Wirklich nicht. Ich hatte keine Ahnung, dass Sie hier sind.«

»Was soll das heißen? Ihr habt MacDuff und mich doch seit Dragör verfolgt!«

»Was?«, rief ich nur.

Hatte MacDuff ihr etwa erzählt, ich verfolge sie? Oder war ihr das selbst eingefallen?

»Das ist doch Unsinn.«

Mary sah mich verächtlich an. »Wären Sie sonst hier?«

»Warum sollten wir nicht hier sein?«, fragte ich zurück. »Vor ein paar Tagen habe ich MacDuff gesprochen. Und er schien nicht zu glauben, dass wir ihn verfolgen. Oder Sie.«

»Wann haben Sie MacDuff gesehen?«

»Am Loch Oich.« Ich ging nicht näher auf die Umstände ein.

»Was hat er gesagt?«

»Hat er das nicht erzählt?«

»Was hat er gesagt?«, wiederholte sie scharf.

Wollte sie nur herausfinden, ob ich die Wahrheit sagte? Oder wollte sie selbst wissen, was MacDuff gesagt hatte? Ich entschied mich für die zweite, kompliziertere Möglichkeit. Es wäre einfacher gewesen, wenn sie gewusst hätte, was in Invergarry Castle geschehen war, und mich nur kontrollieren wollte. Jetzt musste ich einen weiteren Faktor berücksichtigen: MacDuff hatte Mary nicht erzählt, dass wir uns begegnet waren. Vielleicht wollte er sie nicht erschrecken? Dann war es das einzig Richtige, sie zu beruhigen.

»Er hat gesagt, dass er sich freut, uns zu sehen«, sagte ich. »Und dass mein Schiff ihm gefällt und dass er hofft, er und ich könnten eines Tages zusammen segeln.«

»Das heißt gar nichts.«

»Doch«, sagte ich. »Für mich schon. Ich würde niemals aus bloßer Höflichkeit einem anderen den Vorschlag machen, mit mir zu segeln. Und MacDuff auch nicht.«

»Er hat euch gesagt, ihr sollt aufhören, uns zu verfolgen«, behauptete Mary.

»Nein!«

Und das hatte er tatsächlich nicht gesagt.

»Er hat gesagt, wir sollten nach Hause segeln«, fuhr ich fort, »in unserem eigenen Interesse.«

Mary zweifelte noch immer.

»Das war keine Drohung«, fügte ich erklärend hinzu. »Er wollte uns warnen. Es könnte gefährlich für uns werden, wenn wir hierbleiben. Mehr nicht. MacDuff hat keine Angst vor uns.«

»MacDuff hat niemals Angst«, sagte Mary.

»Nicht um sich. Aber vielleicht um andere.«

Mary legte endlich die Pistole weg, und ich hatte den Eindruck, dass sie mir glaubte und meine Erklärungen hören wollte. Das beruhigte mich etwas.

»Bevor wir gegangen sind«, fuhr ich fort, »sagte er noch, dass er uns mit eigenen Händen umbringen würde, falls wir jemals erzählen, dass Sie am Leben sind.«

Wenn ich geglaubt hatte, das werde Mary überraschen, dann hatte ich mich geirrt. Ich sah den flüchtigen Anflug eines Lächelns, der sofort wieder verschwand.

»Warum sollte er so was sagen?«, fragte sie. »Ihr konntet doch gar nicht wissen, ob ich am Leben bin. Oder tot.«

»Das wussten wir nicht, das ist richtig. Ich habe Sie aber in Inverness in der Anderson Street gesehen. Ich war mir in dem Moment nicht sicher und hab erst später begriffen, dass Sie es waren. Es waren Ihre Augen.«

Mary hob den Blick und sah mich an. Ich wollte den Blick erwidern, aber ich hatte sofort das Gefühl, den Boden unter den Füßen zu verlieren, zu ertrinken. Ich muss sehr unsicher und verwirrt gewirkt haben, doch entweder war sie es gewohnt, diesen Eindruck hervorzurufen, oder sie bemerkte ihn nicht. Vielleicht war ich ihr auch völlig unwichtig.

»MacDuff hat recht«, sagte sie nach einer Weile. »Fahrt nach Hause! Warum solltet ihr dasselbe Risiko eingehen wie Pekka?«

»Das denk ich auch«, bestätigte ich. »Aber ich frage mich auch, warum sollte einer wie ich überhaupt in Gefahr sein? Es gibt ja gar keinen Grund, mir etwas zu tun.«

»Manche Leute glauben, dass Töten sie frei macht«, antwortete Mary. »Dagegen kann auch MacDuff nichts tun. Wenn ihr bleibt, müssen noch mehr sterben. Wollt ihr das?«

Ich schwieg. Auf eine solche Frage gab es nur eine Antwort. Ich wollte ganz andere Fragen stellen. Sie hatte recht, Torben und ich waren machtlos. Aber warum konnte MacDuff dem kein Ende machen? Es schien, als setzten sich Mary und MacDuff absichtlich einer Lebensgefahr aus. Ich hätte noch viele Fragen stellen wollen, aber die Zeit war knapp. Jeden Augenblick konnte MacDuff zurückkommen, und ich war mir keineswegs sicher, dass ich erklären konnte, was ich hier an Bord zu suchen hatte.

»Wie kann man leben und zugleich tot sein?«, fragte ich. »Pekka hat geschrieben, Sie wären tot.«

»Fragen Sie nicht.«

»Doch, ich frage. Ich habs satt, nicht zu begreifen, was ich angeblich schon weiß und was so gefährlich sein soll.«

»Sie sollten MacDuff trauen«, sagte Mary beinahe freundlich. »Je weniger Sie wissen, desto besser.«

»Darf ich das nicht selbst entscheiden?«

»Spielt das eine Rolle?«

»Vielleicht wissen Sie das nicht, aber es hat schon einer versucht, Torben und mich umzubringen. Das konnte MacDuff auch nicht verhindern.«

Ich erzählte ihr, was in Neptun's Staircase geschehen war.

»Darf ich denn nicht wissen, warum mich jemand umbringen will?«

Ich sah Mary an. Einen Augenblick schienen ihre Augen wieder so leblos wie damals in Dragör.

»Dann ist unsere Frist abgelaufen«, sagte sie.

»Welche Frist?«

Sie schwieg.

»Warum sind Sie hier eingesperrt?«, fragte ich. »Ich kann Sie hier wegbringen. Ich hab ein Boot.«

»Nein. Das ist unmöglich.«

»Hat Pekka versucht, Ihnen zu helfen?«, fragte ich. »Ist er deshalb gestorben?«

Sie antwortete nicht, aber ich war mir ziemlich sicher, richtig geraten zu haben.

»Und ist MacDuff der Nächste? Muss er auch sterben? Oder ist er es, der die anderen umbringt?«

Mary machte eine Bewegung, als wolle sie nach der Pistole greifen. Aber dann hielt sie inne.

»MacDuff hat mir das Leben gerettet.«

»Sie meinen, er hat darauf verzichtet, Sie umzubringen?«

»Nein, er hat mir das Leben gerettet. Ich sollte sterben. Ich soll immer noch sterben. Jeden Tag, jede Stunde, jede Sekunde rettet MacDuff mir das Leben.«

»Und warum hat er Pekka nicht das Leben gerettet? Wissen Sie überhaupt, dass Pekka ermordet wurde?«

»Ja«, sagte sie ruhig. »Ich war dabei.«

»Aber warum?«, fragte ich. »Es muss doch einen anderen Ausweg gegeben haben.«

»Er musste sich entscheiden. Mein Leben oder Pekkas. Er hat sich für mich entschieden. Hätte er es nicht getan, wären drei Menschen gestorben statt einem. Hätten Sie anders gehandelt?«

»Wer zwingt ihn, sich zu entscheiden?«

Wieder schwieg Mary. Als hätte sie bereits zu viel gesagt. Sie schien zu lauschen.

»Ist es der Keltische Ring?«, fragte ich ungeduldig. »Habt ihr vor ihm solche Angst? Bringt er die Leute um?«

»Sie wissen schon zu viel«, sagte sie abwesend.

»Zu wenig«, widersprach ich. »Als Pekka nach Dragör kam, hatte er Angst. Er hatte Todesangst. Und er hatte Angst um das Leben anderer. Als er mir sein Logbuch gab und nicht der Polizei, sagte er, er müsse mir vertrauen. Ich habe ihm geglaubt. Vielleicht war es naiv, aber ich dachte, ich könnte was tun, wenn ich herausfand, wovor er solche Angst hatte.«

Mary lauschte, aber nicht mir.

»Aber ich konnte Pekkas Leben nicht retten«, sagte ich. »Und nun will ich wissen, warum er sterben musste. Und warum Sie sterben sollten?«

»Ich kann Ihnen nichts sagen.« Mary sah mich mit einem Mitleid an, das ich nicht verstand.

»Was haben Sie zu verlieren, wenn Sie ebenso gut tot sein könnten?«

»MacDuff«, antwortete sie. »Sonst nichts.«

Im selben Augenblick hörte ich ein Geräusch. Das konnten Ruder sein. Auch Mary hatte es gehört.

»Und der Kopf?«, fragte ich.

Sie schien mich nicht zu verstehen.

»Warum musste Pekka der Kopf abgetrennt werden?«

»Das war der Beweis.«

»Der Beweis wofür?«

Mary schüttelte den Kopf. Das Geräusch der Ruder war jetzt deutlicher zu hören.

»Gehen Sie jetzt!«, sagte sie, und ich war sicher, sie wollte wirklich, dass ich ging, bevor es zu spät war.

Ich sah sie noch ein letztes Mal an, dann ging ich an Deck, lief leise zum Heck und ließ mich in die *Sussi* hinuntergleiten. Ich machte los, legte mich auf die Bodenbretter des kleinen Bootes und ließ es einfach mit dem Wind treiben. Ich war noch nicht weit, als ich hörte, wie ein Ruderboot längsseits der *F 154* ging. Ich war gerade noch davongekommen. Aber dann kam mir ein furchtbarer Gedanke. Ich griff in die Hosentasche. Da waren sie: MacDuffs Schlüssel, darunter der zur Kajüte, in der sich Mary befand.

17

Im Pub von Corpach saßen Torben und Junior beim Bier. Torben warf mir einen erleichterten und fragenden Blick zu, aber es dauerte noch einige Zeit, bis ich berichten konnte, was geschehen war, und ich hatte auch nicht die geringste Lust, die *Sussi* zu nehmen und wieder hinauszusegeln, an MacDuff und Mary vorbei, nur um mit Torben allein zu sein.

Sollte MacDuff die *Rustica* entdeckt haben, würden wir Besuch bekommen, das wusste ich sicher. Hatte er sie aber nicht entdeckt oder glaubte, wir wären weitergesegelt, hatten wir zumindest eine Chance, uns davonzumachen. Wahrscheinlich hatte MacDuff sich beim Schleusenwärter erkundigt, warum wir nicht mehr im Kanal lagen. Und wenn er in der Annahme, wir wären weitergesegelt, unmittelbar aufbrach, dann würde die *F 154* sehr wahrscheinlich östlich an der Insel vorbeifahren, denn das war der direkte Kurs, und von der *Rustica* würde er in der Dunkelheit nichts sehen. Aber was sollten wir tun, wenn er am nächsten Morgen noch hier war?

Torben fragte betont beiläufig, warum ich nicht auf ihn gewartet hatte.

»Du warst so lange weg«, antwortete ich im selben Ton. »Wo bist du eigentlich gewesen?«

Es war Torben anzumerken, dass er schon verstanden hatte, dass etwas passiert sein musste. »In Fort William«, sagte er. »Wir hatten keinen Wein mehr. Und dann wollte ich noch was besorgen.«

»Ach, was denn?«

»Zwei Flugscheine nach Hause.«

Junior reagierte als Erster.

»Ihr wollt nach Hause?«

Ich war genauso überrumpelt. War das ein Scherz?

»Du willst nach Hause?«, fragte ich.

»Noch nicht. Aber vielleicht ist es ganz gut, wenn man die Tickets hat. Sie sind harte Währung, nicht schlechter als Reiseschecks.«

»Hättest du nicht auch die Reiseschecks behalten können?«, wandte Junior ein.

»Ich hatte keine Reiseschecks, nur Bargeld.«

»Aber warum Flugtickets?«, fragte ich.

Torbens Blick war unmissverständlich. Ich sollte mit der Fragerei aufhören.

»Das macht einen guten Eindruck«, antwortete er. »Es gibt immer welche, die neugierig werden, wenn man in ein Reisebüro geht. Manchmal frag ich mich, ob sich nicht manche Menschen wünschen, dass wir abreisen.«

Junior sah Torben verständnislos an, aber mir war klar geworden, dass auch Torben einen Wink bekommen hatte, dass es das Beste für uns sei, zu verschwinden. Aber von wem?

»Was machen wir jetzt?«, fragte Torben.

»Wann geht denn die Maschine?«, fragte ich witzelnd.

»Wir wollten doch segeln«, sagte Junior. »Ich dachte, wir hätten ausgemacht, dass ich von euch ein bisschen Hilfe bekomme, damit ich lerne, auf eigenen Beinen zu stehen.«

Er sah uns an.

»Wir machen das auch.« Ich sagte es aufrichtig und widerwillig zugleich. »Wir segeln morgen früh«, fügte ich hinzu. »Wenn du nichts dagegen hast!«

»Je früher, desto besser«, sagte Junior.

Ich sah Torben an. Hatte er Einwände? Aber er machte einen etwas abwesenden Eindruck. Ich hatte eine Idee.

»Was meinst du, Junior, können wir heute Nacht bei dir schlafen, auf der *Fortuna?* Dann können wir dir in der Schleuse helfen. Und müssen heute Nacht nicht mehr zur *Rustica* raus.«

Torbens Blick gab mir zu verstehen, dass er begriffen hatte. Ohne triftigen Grund würde ich die *Rustica* nicht unbeaufsichtigt vor Anker liegen lassen.

»Aber klar«, sagte Junior. »Gute Idee.«

Corpach lag leer und verlassen da, als wir nach einigen weiteren Pints Lager zu Juniors Schiff gingen. Durch das nächtliche Dunkel wirbelten ein paar Schneeflocken, wie um uns daran zu erinnern, dass wir noch immer Winter hatten. Und alles war ruhig.

In der Morgendämmerung tuckerten wir los, die *Sussi* im Schlepptau. Der Schleusenwärter wünschte uns gute Fahrt. Er war erstaunt, uns auf Juniors Boot zu sehen. Mit einem Blick auf Junior sagte er lächelnd: »In zwanzig Minuten sehen wir uns wieder.«

»Nein«, sagte Junior und grinste breit zurück. »Aber in ein paar Jahren vielleicht.«

Als wir uns der Bucht näherten, in der am Abend zuvor MacDuffs Boot gelegen hatte, zog ich Torben unter einem Vorwand in die Kajüte. Durch die Bullaugen sahen wir, dass die *F 154* fort war. Umso besser.

»Was willst du denn?«, fragte Torben.

»Nur vermeiden, dass uns einer sieht.«

»Wer?«

»Dreimal darfst du raten. Aber keine Sorge. Er ist schon weg.«

»Was macht ihr denn da unten?«, rief Junior.

»Wir kommen«, rief ich zurück.

Die *Rustica* lag noch genau so da, wie ich sie verlassen hatte. Junior ging längsseits, und wir machten provisorisch fest, um die *Sussi* hinüberzuschaffen. Das Vorhängeschloss war unversehrt. Endlich hatte ich das Gefühl, einen kleinen Sieg errungen zu haben. Zum ersten Mal seit Thyborön wusste MacDuff nicht, wo wir uns befanden. Er konnte nach uns suchen, aber die ganze Westküste Schottlands besteht aus Fjorden und kleinen Buchten, in denen man ankern kann, ohne vom Fahrwasser aus gesehen zu werden. Aber war das genug? Und was nutzte es, uns zu verstecken? Da konnten wir uns auch ins Flugzeug setzen und für immer verschwinden. Ich sah Torben zu, der Juniors Leinen hinüberwarf. Ob er wirklich Flugtickets gekauft hatte?

»Alles klar?«, rief ich laut, um Juniors alten Diesel zu übertönen.

Junior hielt den Daumen nach oben.

»Ich warte auf euch, und dann fahr ich hinter euch her«, schrie er zurück.

»Lismore Island«, brüllte ich. »Da gibts einen guten Ankerplatz.«

»Gut!«

Junior ließ die *Fortuna* abtreiben. Ich startete den Motor und fuhr langsam ein Stück mit dem Gezeitenstrom – so war es leichter, den Anker zu lichten. Dann fiel mir ein, dass ich vergessen hatte, in der Gezeitentafel nachzusehen. Ein wenig südlich von uns lag Corran Narrows, eine schmale Passage, in der die Strömung bis zu sechs Knoten betragen konnte, mehr als die *Rustica* unter Motor schaffte. Bei Gegenströmung würden wir kaum durchkommen.

Torben vertäute den Anker und gab Gas. Langsam nahmen wir Fahrt auf.

»Wir fahren gegen die Tide«, sagte Torben und lachte. »Aber du scheinst ja ganz andere Sachen im Kopf zu haben. Sollen wir Segel setzen?«

Wir hatten westlichen bis nordwestlichen Wind. Auf den schottischen »Lochs« gibt es nur zwei Windrichtungen – platt vorm Laken oder direkt von vorn. Loch Linnhe verlief in Nord-Süd-Richtung, und mit ein wenig Glück konnten wir günstigen Wind bekommen.

»Ja, setz die Segel. Aber leg ein Reff ins große, damit wir der *Fortuna* nicht weglaufen.«

Ich sah nach achtern. Auch Junior hatte seine nicht zusammenpassenden Segel gesetzt. Geld war auf Juniors Boot Mangelware, sein einziger Luxus bestand aus einem Schwarz-Weiß-Fernseher und einer Selbststeueranlage. Junior stand auf dem Vordeck und winkte. Achtern schleppte er zwei Leinen hinter sich her, die mit der Steueranlage verbunden waren. Daran wollte er sich festhalten, falls er über Bord fiel. »Ich mach mir dauernd Sorgen über alles«, hatte er gesagt. Kein schlechtes Prinzip auf See, wenn man es aushält.

Zerstreut grüßte Torben zurück, dann ließ er sich im Cockpit nieder.

»Und jetzt erzähl«, sagte er. »Warum bist du durch die Schleuse gefahren, ohne auf mich zu warten?«

»Kannst du nicht erst mal den Gezeitenkalender holen?«

»Nein. Das hat Zeit. Jetzt können wir endlich reden.«

Ich bestand nicht darauf. Früher oder später würden wir ohnehin bemerken, wie weit wir vom auflaufenden Wasser zurückgesetzt wurden. Außerdem war ich mindestens ebenso neugierig auf seine Geschichte wie er auf meine.

Ich begann damit, dass der Schleusenwärter mich darauf aufmerksam machte, die Polizei könne sich für uns interessieren, und dass ich dem aus dem Weg gehen wollte. Torben unterbrach mich.

»Wegen der Polizei hättest du dir keine Sorgen zu machen brauchen«, sagte er.

»Warum nicht?«

»Weil ich mit der schon gesprochen hab. Sag nichts, ich weiß. Aber es war nicht zu vermeiden. Sie gingen gerade auf die *Rustica* zu, ich konnte mich schlecht verstecken.«

»Was hast du ihnen gesagt?«

»Na ja, sie wollten wissen, ob ich eine Ahnung hätte, wer hinter der Sache mit dem Schleusentor stecken könnte. Hatte ich natürlich nicht. Sie wollten wissen, ob ich denn meine, dass der Anschlag uns gegolten habe. Was ich natürlich nicht meinte. Im Übrigen, hab ich ihnen gesagt, sei ich auf dem Weg nach Fort William und wolle Flugtickets nach Hause besorgen. Ob sie mich nicht fahren könnten. Wir sind dann im Polizeiwagen vor einem Reisebüro vorgefahren. Es gab dort den entsprechenden Wirbel. Wenn einer daran interessiert ist zu wissen, was wir als Nächstes tun wollen, dann weiß ers jetzt auf jeden Fall. Ich hab zwei Tickets von Glasgow nach Kopenhagen gekauft, mit Zwischenlandung in London. Hier sind sie!«

Er zeigte mir die Flugscheine.

»Was meinst du?«, fragte er leichthin. »Sollen wir nach Hause fliegen?«

»Willst du das?«, fragte ich.

»Nein«, sagte er. »Jetzt doch nicht, wos anfängt, spannend zu werden.«

»War es das nicht schon die ganze Zeit? Wenn ich mich recht erinnere, wolltest du doch schon in Thyborön die Polizei rufen.«

»Du erinnerst dich ganz richtig. Aber da wusste ich noch

nichts. Da hatten wir doch nur spekuliert. Wir hatten noch nichts erfahren und darum auch nichts zu verlieren. Jetzt glaube ich, dass ich allmählich verstehe, was hier gespielt wird. Und ich hab ein paar neue interessante Sachen entdeckt, wenn ich das so sagen darf.«

»In Fort William?«

»Ich hab einen Rundgang durch die Buchhandlungen der Stadt gemacht.«

»Sieht dir ähnlich.«

»Wir sind nun mal keine Druiden«, sagte Torben. »Du bist auf Gedrucktes genauso angewiesen wie ich. Wenn du keine Tafel hättest, wüsstest du beispielsweise nicht, wie die Gezeiten sind. Aber ich sag jetzt nichts mehr, bis du mir erzählt hast, was du gemacht hast, während ich mit Junior im Pub rumsaß.«

»Ich habe mit Mary geplaudert«, sagte ich zur Einleitung, was die befriedigende Wirkung hatte, dass Torben den Mund aufriss. Die Pfeife fiel zu Boden, und erst als ich, so genau und detailliert ich konnte, alles erzählt hatte, machte er sich die Mühe, sie wieder aufzuheben.

Als ich meinen Bericht beendete, lag Fort William hinter uns und wir näherten uns rasch den Corran Narrows. An Steuerbord lag der Fährhafen auf einer flachen, lang gestreckten Halbinsel, und an der Spitze der Landzunge stand ein einsamer weißer Leuchtturm. Man sah keine lebende Seele. Alles war still. Der Wind hatte sich gelegt, aber den Motor brauchten wir nicht. Die Tide hatte sich umgekehrt und trieb uns nun mit einer Geschwindigkeit von fünf Knoten auf den schmalen Sund vor uns zu.

Die fernen Landmassen schienen sich langsam aus ihrem Zustand der Erstarrung zu befreien und uns ihre Zungen auszustrecken, als wir näher kamen. Bei dieser starken Strömung konnten wir uns nur geradeaus treiben lassen. Wenden wäre unmöglich gewesen, was auch immer auf der anderen Seite des Sunds auf uns warten mochte.

Doch hinter der Landspitze zeigte sich nur freies Wasser. Mit Junior in unserem Heckwasser glitten wir hinaus auf die spiegelblanke Fläche des Loch Linnhe. Ein leichter bläulicher Dunst verschleierte alles; Wasser, Himmel und Land. Sogar auf den Höhenzügen lag ein stahlblauer Schimmer. Andächtig saßen wir da, und ich hatte das Gefühl, als schwebten wir. Das Wasser spiegelte die Berge mit solcher Klarheit, dass man keinen Unterschied zwischen Wirklichkeit und ihrem Abbild feststellen konnte. In unserem Kielwasser wurde die Spiegelung aufgebrochen, und sie zerfloss in viele Teile, bis sie sich wieder glatt zusammensetzte, um dann vom Bug der *Fortuna* erneut zerschnitten zu werden.

Erst als wir Kap Rubha Mor vor dem Bug hatten, begannen wir wieder zu reden. Eine leichte westliche Brise füllte die Segel, und unter dem Eindruck der Landschaft sprachen wir leise. Torben stellte mir sehr genaue Fragen über mein Gespräch mit Mary und zu MacDuffs Logbuch. Ich versuchte, mir die »Fänge« und die Namen der verschiedenen Häfen in Erinnerung zu rufen. Er nickte, als sei er eigentlich nicht überrascht, und notierte, was ich sagte, in einem kleinen Notizbuch.

»Also«, fragte ich, »was machst du daraus?«

»Es würde mich wundern, wenn das, was MacDuff da geladen und gelöscht hat, Fisch war.«

»So weit bin ich auch gekommen. Die Frage ist nur, was war es dann? Waffen?«

»Vermutlich. Aber Waffen, hinter denen eine Idee steckt.«

»Eine Idee?«

»Natürlich. Die grandiose Idee eines keltischen Nationalstaates. So was hats noch nie gegeben. Oder vom Keltischen Ring, einer Föderation keltischer Staaten, die ein vieltausendjähriges Kulturerbe verbindet, das nie ganz ausgestorben ist. Oder von einer neuen Bedeutung der Druiden, die ihre geistige Macht in irgendeiner Form zurückerobern wollen – eine Macht, die sie innehatten, bis Cäsar sie zwang, in den Untergrund zu gehen. Wo sie bis heute im Verborgenen gewirkt haben.«

Ich sah ihn an, aber er schien jedes Wort ernst zu meinen.

»Druiden? Du meinst doch nicht, dass der Keltische Ring bloß aus einer Ansammlung von Neudruiden besteht, oder? Könnten die denn irgendwas erreichen?«

»Keine Ahnung. Aber versuchen könnten sies.«

Torben ging in die Kabine hinunter und kam mit einem Buch zurück, das ich bis dahin noch nicht gesehen hatte.

»Das hab ich in Fort William in einem Antiquariat gefunden. Nicht, dass das Buch antiquarisch ist. Es ist erst 1983 erschienen. Das Antiquariat hat eine besondere Abteilung für diese Art Bücher. Eine ganz besondere sogar.«

Seine Begeisterung war nicht zu übersehen.

»Der Zutritt ist streng beschränkt. Da kommt nicht jeder rein.«

»Aber du, was?«

»Für kurze Zeit ja. Eine Viertelstunde lang war ich Mitglied des offenbar äußerst exklusiven Keltischen Rings.«

»Unentschieden«, sagte ich. »Ich hab mit Mary gesprochen, und du bist in den Keltischen Ring aufgenommen worden.«

»Nicht ganz, aber fast. Nachdem ich im Reisebüro war, habe ich nach Buchhandlungen und Antiquariaten gesucht. Ich war seit Kopenhagen in keiner einzigen Buchhandlung – ich hatte schon richtig Entzugserscheinungen. Ich dachte eigentlich, ich würde massenweise Bücher über Kelten finden, die man in Dänemark nicht bekommt. In den ersten beiden Buchhandlungen war das auch so. Dann war ich in einem kleinen Laden in einer Seitenstraße, und da war nicht ein einziges Buch über die Kelten. Ich wollte schon die Buchhändlerin fragen, warum. Aber da fiel mir ein Antiquariat am Rådhuspladsen in Kopenhagen ein, das eine Spezialabteilung hat, die für die Freimaurerloge reserviert ist. Um da reingelassen zu werden, muss man nachweisen, dass man Mitglied der Loge ist. Ob sie Mitgliedskarten haben oder Losungsworte, weiß ich nicht, jedenfalls muss man sich irgendwie ausweisen. Ich dachte mir, das würde wahrscheinlich in Fort William genauso sein. Oder war es vielleicht nicht eigenartig, dass in den Regalen nicht ein einziges keltisches Buch stand?«

Ich nickte.

»Das Problem war nur, welchen Nachweis ich hätte haben müssen. Und Nachweis wofür? Bei wem oder was muss ich Mitglied sein, wenn überhaupt Bücher da waren? Das ganze Problem löste sich dann von selbst, als die Buchhändlerin mich fragte, ob ich etwas Besonderes suchte. Ich sagte ja, ich suche nach dem Keltischen Ring. Es war nur ein Versuch, aber die Buchhändlerin zeigte mir sofort den Weg zu einem Hinterzimmer, randvoll mit Celtiana. Ich hatte das Zimmer nicht bemerkt, und das hatte seinen Grund. Die Tür bestand aus einem Regal, das man zur Seite schieben konnte. Der Raum dahinter war schmal und lang. Die Buchhändlerin ließ mich allein, und die Regaltür schloss sich hinter mir.«

Ich entdeckte plötzlich, dass ich ganz gedankenlos segelte, was schon fast zu einer schlechten Angewohnheit geworden war. Ich warf einen Blick auf die Seekarte. Am vorhergehenden Abend, bevor wir zu Bett gegangen waren, hatte ich in Juniors Seekarte gesehen und verschiedene Pläne gemacht.

Auf jeden Fall mussten wir die Nacht an einem nicht zu auffälligen Ort verbringen. »Lismore Island« hatte ich Junior zugerufen, als wir lossegelten, dort gab es mehrere Ankerplätze auf der Westseite, aber die beiden Boote wären vom Hauptfahrwasser zwischen Fort William und Oban deutlich zu sehen. Auf der Ostseite gab es ebenfalls mehrere Möglichkeiten, aber auch dort lag eine verhältnismäßig stark befahrene Fahrrinne. Ein sicheres Versteck wäre Loch Creran gewesen, wo es in der Einfahrt tückische Wirbel und Strömungen, im Fjordinneren aber versteckte Ankerplätze gab. Was sich natürlich auch als Sackgasse erweisen konnte, falls MacDuff auf die Idee kam, dort nach uns zu suchen. Und was würde Junior dazu sagen?

Nach einigem Zögern entschied ich, dass wir nach Kerrera segeln und dort an der Westseite der Oban Bay ankern sollten. Zwar lag die Reede der Stadt genau gegenüber, aber sie war so weit entfernt, dass man die Schiffe von Oban aus vermutlich nicht identifizieren konnte. Außerdem redete ich mir ein, dass MacDuff uns im Norden suchen werde, wo es von versteckten Fjorden und Buchten nur so wimmelte. Es würde ihn Tage kosten, dort alles abzusuchen. Und falls er dann ahnen sollte, dass wir nicht nach Norden gesegelt waren, und zurückkam, würden wir ihn in Kerrera zumindest kommen sehen. Eine kurze Klettertour auf die höchste Erhebung der Insel, und wir könnten den Sound of Mull überblicken, die natürliche Route für alle Schiffe, die von Norden kamen. Außerdem war Ardentraive Bay auf Kerrera keine Sackgasse. Von dort gab es zwei Fluchtwege.

»Wir segeln nach Kerrera«, sagte ich zu Torben und zeigte auf die Karte.

Er sah kaum hin.

»Durch den Shuna Sound.«

»Aha.«

Das klang uninteressiert. Die Verantwortung für die *Rustica* und für Junior lag sowieso bei mir. Im Handbuch hieß es mit einer typisch englischen Formulierung: »Schwierig genug, um interessant zu sein.« So etwas würde man in einem schwedischen Handbuch nie finden. Am wichtigsten aber war, dass es eine etwas verstecktere innere Fahrrinne als die westlich von Lismore Island gab. Als die Entscheidung irgendwo westlich der kleinen Insel Eilean Balnagowan einmal gefallen war, wurde ich ruhiger und konnte Torben wieder zuhören.

»Ganz unbesorgt war ich natürlich nicht«, setzte er seine Erzählung fort, als wäre er gar nicht unterbrochen worden. »Wie sollte ich zum Beispiel signalisieren, dass ich wieder hinauswollte? Vielleicht gab es auch dafür ein Losungswort. Außerdem wusste ich nicht, ob die Bücher zu kaufen waren. Viele waren in mehreren Exemplaren vorhanden, also suchte ich mir ein paar aus. Ich wollte nicht lange da drin bleiben, denn es war immerhin möglich, dass andere Mitglieder dieses Vereins auftauchen würden. Ich fand keine Möglichkeit, mich bemerkbar zu machen, weder einen Klingelknopf noch etwas anderes. Ich dachte schon, ich wäre in einer Falle gelandet.«

»Aber offensichtlich bist du ja rausgekommen.«

»Ich hab geklopft. Was hätte ich denn machen sollen? Ich tat so, als wäre ich von einem Buch völlig in Anspruch genommen, was nicht schwer war. Aber ich bekam eine Standpauke, weil ich etwas nicht getan hatte, was ich hätte tun sollen – keine Ahnung, was das war. Und hatte damit auch den Beweis, dass es sich hier weder um eine normale Buchhandlung noch um einen Zufall handelte, dass ich hineingekommen war.«

»Hatten sie Bücher über die IRA?«

»Ich habe nicht nachgesehen«, sagte Torben bestürzt. »Daran hätte ich denken müssen.«

Dann hatten wir den Sound of Shuna erreicht, und ich überließ Torben sich selbst, um mich auf die Durchfahrt zu konzentrieren. Torben schien wieder einmal vergessen zu haben, dass wir uns an Bord eines Segelboots befanden.

Shuna war so flach, dass man die Fahrt besser verringerte. Ich lief nach vorn und holte die Fock ein. Junior gab ich zu verstehen, er solle in unserem Kielwasser bleiben, was er nur allzu gerne tat. Der Grund war in dem klaren Wasser deutlich zu sehen. Ich wies Torben an, sich an den Bug zu setzen und nach Felsen und Untiefen Ausschau zu halten. Ich wollte nicht im Schlick stecken bleiben, weil wir dann Hilfe gebraucht hätten und aufgefallen wären: Die Tatsache, dass wir Flut hatten, beruhigte mich etwas, bei ablaufendem Wasser auf Grund zu sitzen wäre besonders idiotisch gewesen.

Aber meine Sorgen waren unbegründet. Nur einmal streiften wir kurz den Grund – was ausreichte, dass Torben in seinem abwesenden Zustand fast über Bord gefallen wäre. Dann hatten wir den Sound passiert. An Backbord erhob sich Stalker Castle, eine viereckige, massive Burg von der gleichen Bauart wie Invergarry Castle. Bei Flut lag sie auf einer Insel, bei Ebbe am äußersten Ende einer Landzunge. Stalker Castle war keine verfallene Ruine, und später habe ich gelesen, dass es vor nicht sehr langer Zeit von einem unbekannten Schotten gekauft und renoviert worden war.

Hinter dem Sound of Shuna waren keine Untiefen mehr zu befürchten. Ich rief Torben, der noch immer am Bug stand, zurück ins Cockpit.

»Du hast doch gesagt, du hättest interessante Entdeckungen gemacht?«, sagte ich.

»Glaubt man diesem Buch«, sagte Torben, »dann sind

heute in Europa eine Million Menschen Mitglieder in Druidenorden! Hört sich unglaublich an. Aber alles spricht dafür, dass es stimmt.«

Torben übernahm das Ruder. Es war ein französisches Buch, eine Doktorarbeit, die an der Universität Rennes in der Bretagne vorgelegt worden war. Der Verfasser, Michel Raoult, war selbst Druide und Doktor der Philosophie, keine alltägliche Kombination. Der Titel des Buches lautete: *Les Druides: Les sociétés initiatiques celtiques contemporaines.*

»Ist das ernst zu nehmen? Oder ist es so ein Zeug wie *Licht des Westens,* das du mir damals gezeigt hast?«

»Nein. Das ist kein Vergleich. Raoult ist sehr genau, das ist eine akademische Abhandlung. Seine Argumentation entspricht durchaus wissenschaftlichem Standard. Er versucht nicht, irgendwelche persönlichen Spekulationen zu verteidigen. Es ist sogar schwer zu erkennen, welchem Druidenorden er angehört, obwohl ich denke, dass er eine gewisse Vorliebe für die nichtchristlichen Gesellschaften hat. Über die sagt er sehr wenig. Vielleicht hat er bei seiner Initiation ein Schweigegelübde abgelegt.«

»Kann das sein, dass es heute tatsächlich eine Million Druiden gibt?«

»Ja. Zumindest wenn eine Mitgliedschaft genügt, um den Status des Druiden zu bekommen. Raoult behandelt über fünfzig Druidenorden der unterschiedlichsten Art. Er beschreibt ihre Riten und Symbole, ihre Aufnahmebedingungen und -zeremonien, ihre Entstehung, die Mitgliederzahlen. Und sogar die Adressen der Sekretariate gibt er an, wenn sie eins haben. Es gibt auf der ganzen Welt Druidenorden. Sogar Schweden hat einen mit immerhin viertausend Mitgliedern, die Hauptverwaltung liegt in Malmö. Das ist allerdings eher eine Variante der Freimaurerloge. Die meisten und die größten Druidengesellschaften gibt es natürlich in den keltischen Ländern.«

Torben überließ mir wieder die Pinne. Er schlug das Buch in der hinteren Hälfte auf.

»*Ancient Order of Druid,* mehrere Tausend Mitglieder, die *Internationale Große Druidenloge,* mehrere Hunderttausend Mitglieder mit Sektionen in mehreren Ländern. Es gibt einen Mönchsorden der heiligen Insel der Kelten Avalon, auf der König Artus darauf wartete, die Kelten von den Angelsachsen zu befreien. Die *Isis Society* in Irland hat ungefähr tausend Mitglieder. In Wales, in der Bretagne und in Irland gibt es *Gorsedd,* eine lockere Vereinigung von Druiden und Barden, den alten keltischen Poeten. Und so weiter. Die bemerkenswerteste Gesellschaft aber ist wohl *Les Communautés druidiques et celtiques* in Frankreich. Das sind Druiden-Kommunen, deren insgesamt 540000 Mitglieder über das ganze Land verteilt sind. Jedes Mitglied zahlt als freiwilligen Mitgliedsbeitrag zwei Prozent seines Einkommens. Der Hauptsitz ist in Rennes. Die Gesellschaft verfügt allein über 174 Sekretäre. *Les Communautés* berufen sich auf eine direkte historische Ableitung von den ersten Druiden und feiern die überlieferten Festtage, *Samain,* den 1. November, *Beltaine,* den 4. Mai, und die Sonnenwenden. Die Tradition wird mündlich weitergegeben, es gibt aber auch sogenannte schreibende Zeugen, deren Schriften an geheimen Orten aufbewahrt werden. Die Existenz dieser Gesellschaft ist überhaupt erst seit wenigen Jahren bekannt.«

Torben schwieg einen Moment und betrachtete nachdenklich das Buch in seiner Hand.

»Das reicht alles viel weiter, als wir uns vorstellen konnten«, sagte er nach einer Weile. »Da gibt es unterschiedliche Richtungen. Manche haben Sektionen in den verschiedenen keltischen Ländern, andere gibt es nur in einem Land. Manche arbeiten zusammen, andere wollen nichts voneinander wissen. Und wieder andere halten sich für orthodoxer als die anderen. Sie sind ausgesprochen nichtchristlich, halten alle Zeremonien in keltischer Sprache ab, und ihre Mitglieder müssen mindestens einen keltischen Ahnen aufweisen. Es gibt auch eine scharfe Abgrenzung zwischen den Pazifisten und denen, die um der Sache willen auch Gewalt anwenden. Auf der anderen Seite gibts eine Menge Gemeinsamkeiten: Fast alle halten ihre Zusammenkünfte im Freien ab, in einem Hain, einer Schlucht oder bei einem historischen Monument wie Stonehenge. Allen gelten Wissen, Dichtung und Kunst als hohe oder höchste Werte. Viele feiern die gleichen Feste wie die alten keltischen Druiden. Und am wichtigsten ist eigentlich: Fast alle sprechen oder träumen von einem neuen keltischen Reich. Es geht nicht nur darum, alte Traditionen zu pflegen oder eine aussterbende Kultur zu bewahren. Nimmt man alles zusammen, was in und zwischen den Zeilen steht, dann arbeiten starke Kräfte an der Wiedergeburt unabhängiger keltischer Nationen. Man kann über sie denken, was man will, aber sie sind ein ernst zu nehmender Faktor. Das geht aus diesem Buch einwandfrei hervor.«

Dazu war wenig zu sagen. Es klang überzeugend.

»Auch wenn das alles schwer zu schlucken ist«, fuhr Torben fort. »Nimm die Sage um König Artus, die mit allen Anstrengungen am Leben erhalten wird. Er ist natürlich Pekkas ›König der Unterwelt‹. Artus ist aber für manche nicht nur das Symbol eines künftigen keltischen Vaterlands. Sie glauben in vollem Ernst, er werde – in welcher Gestalt auch immer – wiederauferstehen und die keltischen Länder von ihren Besatzern befreien. Besonders in Cornwall ist die Sage von König Artus und seinem Schwert Excalibur sehr lebendig. Wenn zum Beispiel ein Druide aus der Bretagne Gleichgesinnte in Wales trifft, feiert man die ›Zeremonie des zerbrochenen Schwertes‹. Sie symbolisiert die Einheit des keltischen Volkes und die Oberhoheit von König Artus über die Bretagne, die heutige französische Bretagne, und Großbritannien. Das ist kein Witz!«

Torben sah mich an, aber ich sagte nichts.

»Im Vorwort macht Raoult eine sonderbare Andeutung«, fuhr er fort. »Er unterscheidet geheime *Organisationen* wie die Bretonische Freiheitsfront oder die IRA und initiierte Gesellschaften wie die Druidenorden, in die man mit einer Zeremonie aufgenommen wird, indem man ein Gelöbnis ablegt und so weiter. Was aber nicht dagegen spricht, dass auch die politischen Organisationen initiiert sein können und dass der politische Kampf nur eine Erscheinungsform desselben Denkens und Glaubens ist, die man in den reinen Druidengesellschaften findet. An anderer Stelle erwähnt Raoult, dass die *Gallic Freedom Front,* die erst 1979 in Wales gegründet wurde, sich zu den Lehren der *Gallic Druids' Society* bekennt und dass sie beide parallel arbeiten. Als wollte er andeuten, dass das Druidentum die Grundlagen für Organisationen wie die IRA geschaffen hat und sie auch weiterhin bestimmt.«

»Hört sich verrückt an«, sagte ich spontan. Aber es war auch eine erschreckende Perspektive.

»Das ist wahr«, sagte er. »Aber ich sehe einfach keinen Grund, warum es unmöglich sein sollte. Wenn die Druidengesellschaften weltweit über eine Million Mitglieder haben, oder sagen wir auch nur die Hälfte davon, dann wäre es doch seltsam, wenn darunter nicht Leute wären, die an eine Vereinigung aller keltischen Kräfte glauben. Es wäre sogar überraschend, wenn es das nicht gäbe. Widerstandsbewegungen wie die IRA oder der FLB in der Bretagne unterstützen sich gegenseitig, um die keltischen Länder zu befreien. Die Druidenorden und die nationalistischen Parteien in den verschiedenen Ländern streben nach Selbstständigkeit. Zusammengenommen wird daraus doch eine Kraft, die die Kelten insgesamt mobilisieren könnte.«

»Etwas in dieser Richtung muss Pekka entdeckt haben«, sagte ich.

»Bestimmt. Wer weiß, vielleicht hat er Raoults Buch auch gelesen, hat eigene Nachforschungen angestellt und ist zum gleichen Ergebnis gekommen wie wir.«

»Was ist mit dem Kopfkult und den Menschenopfern?«, fragte ich. »Schreibt Raoult etwas darüber?«

»Ja, aber er spielt es herunter. Er meint – im Unterschied zu den meisten anderen Verfassern –, von Menschenopfern sei nur in einem einzigen von über tausend überlieferten irischen Epen die Rede, und auch das sei kein eindeutiger Fall. Er berücksichtigt nicht, was in den römischen Quellen steht. Woher Pekka das hatte – keine Ahnung. Wir müssen davon ausgehen, dass er etwas Entsetzliches, Grauenhaftes gesehen hat. Wenn sich nicht rausstellt, dass das alles wilde Fantasterei ist. Sagen wir, er wurde auf irgendeine Weise Zeuge einer der geheimen Gerichtsverhandlungen der IRA gegen Verräter und einer Hinrichtung. Vielleicht hat er da geglaubt, es handele sich um ein rituelles Opfer.«

»Und was hat MacDuff damit zu tun?«, fragte ich. »Und Mary? Das ist doch die nächstliegende Frage.«

»Keine Ahnung«, sagte Torben.

»MacDuff wirkt nun wirklich nicht wie ein Druide«, behauptete ich.

»Sag das nicht! Historisch gesehen sind die Druiden durchaus kriegerisch gewesen. Wenn man genau hinsieht, haben alle keltischen Länder eine bewaffnete Befreiungsbewegung, nicht nur Nordirland. In der Bretagne ist es die *Front de Liberation de la Bretagne.* Auch Wales hat eine. Dorthin hat die IRA Ende der Sechzigerjahre nachweislich Waffen verkauft. Und 1979 ist die *Gallic Freedom Front* dazugekommen, die ich schon erwähnt habe.«

»Und Schottland?«

»Da braucht man kaum eine besondere Befreiungsbewegung. Das hat dieser junge Mann, der mich zum Angeln mitgenommen hat, doch deutlich gemacht. Die Schottische Nationalpartei hat ja auch auf demokratischem Weg fast die Mehrheit im Land. Aber auch in Schottland gibt es ein paar seltsame Organisationen. MacDiarmid, der Lyriker, hat eine gegründet. Die nannte sich *Clann Albain,* die Kinder Schottlands. Ihr Ziel war es, die schottische Unabhängigkeit zu erkämpfen. Und noch 1979 ist eine weitere Organisation gegründet worden, die *Siol Nann Gaidheal* oder Saat von Gael, eine ziemlich militante, aber zugleich mystische Geheimgesellschaft, die tatsächlich Bomben gelegt und Attentate ausgeführt hat.

Es kann sein, dass die Schotten zunächst mal Schotten und erst in zweiter Linie Kelten sind, aber sie stehen den alten keltischen Symbolen bestimmt nicht gleichgültig gegenüber. Nur ein Beispiel: Nach den irischen Volkssagen gab es einen Stein, Lia Fál, auf dem jeder König von Irland sitzen musste, damit seine Macht anerkannt wurde. Dieser Stein soll von Nachkommen der Göttin Dana nach Irland gebracht worden sein. Während der irischen Völkerwanderung nach Schottland nahmen die Iren ihn mit. Eine Zeit lang befand er sich auf der Insel Iona, nicht weit von hier, glaube ich, wo der heilige Columban auf ihm die Könige von Schottland krönte. Danach landete er im Kloster Scone. Edward der Erste brachte ihn 1291 nach London, wo er buchstäblich in den britischen Thron eingebaut wurde, um den Anspruch auf Irland und Schottland zu symbolisieren. Da blieb er über sechshundert Jahre – bis 1950, als er am Heiligen Abend von einem schottischen Kommando geraubt wurde! Stell dir vor, welche Bedeutung er haben muss, wenn man dafür in die Westminster Abbey einbricht. Ganz zu schweigen davon, dass er über dreihundert Pfund wiegt. Man kann sich doch ohne Weiteres vorstellen, dass auf diesem Stein ein neuer keltischer König gekrönt werden soll.«

»Daran glaubst du im Ernst?«

»Woran? Der Stein existiert. Die Geschichte ist wahr.«

»Aber glaubst du an eine keltische Machtergreifung, angeführt von einer Prozession von Druiden?«

»Ich weiß nicht mehr, was ich glauben soll. Wissen wir, ob unsere westlichen Demokratien für immer in ihren Grenzen leben werden? Wir haben doch gerade in Osteuropa gesehen, wie schnell das gehen kann. Aber nach bald tausend Jahren kann es den Kelten auch egal sein, ob es noch zehn oder hundert Jahre dauert. Hast du gewusst, dass ein und dieselbe Familie, der MacLeod-Clan, seit siebenhundert Jahren ohne Unterbrechung auf Dunvegan Castle auf der Insel Skye lebt? In einem solchen Land vergisst man nicht so schnell.«

»Ja, ja. Aber jetzt? Warum musste Pekka gerade jetzt aus dem Weg geräumt werden? Oder wir?«

»Das müssen wir rausfinden. Aber wenn meine Hypothese richtig ist, wird es wenigstens leichter.«

Er sagte das mit großer Entschlossenheit. Jetzt war ich der Zweifler, während er darauf drängte, unsere Suche fortzusetzen.

Vor uns öffnete sich langsam der Sund zwischen Kerrera und dem Festland. Wir passierten Maiden Island dicht unter Land, machten eine Wende nach Backbord, dann nach Steuerbord und lagen bald im ruhigen Wasser der Ardentraive Bay. Die Ankerkette rasselte über Bord, und wir holten die Segel ein. Gleich danach kam Junior herein und wiederholte unser Manöver. Alles war friedlich. Es sah so aus, als wären wir allein.

18

Zwei Tage später verabschiedeten wir uns von Junior. Die *Fortuna* setzte ihre ungleichen sonnengebleichten Segel und nahm Kurs Richtung Süden. Vorher fuhr Junior einmal um uns herum und winkte uns zu. Wir lächelten, aber wir waren traurig über die Trennung. Beim Segeln in fremden Gewässern trifft man öfter auf Leute wie Junior, Menschen, die man gern immer um sich hätte. Aber zugleich drängt einen stets etwas, weiterzusegeln, und dieser Impuls ist stärker als jede Freundschaft. Wahrscheinlich ist es dieser Konflikt, der solche flüchtigen Begegnungen so kostbar macht. Man weiß von Anfang an, dass man sich bald wieder trennen und sich wahrscheinlich nie wiedersehen wird.

Sobald die *Fortuna* außer Sicht war, es war der 15. Februar, begannen wir zu beraten, was wir nun unternehmen sollten. Torben hatte fieberhaft gelesen, und es war klar, was er wollte.

»Wir müssen herausfinden, ob es einen Keltischen Ring wirklich gibt«, sagte er.

»Und wie sollen wir das deiner Meinung nach machen?«, fragte ich.

»Ich möchte dir was zeigen!«, sagte Torben und zog mich in die Kajüte.

Er holte die Imrays-Seekarten von Schottland und Nordirland heraus.

»Bis jetzt sind wir im Großen und Ganzen Pekkas Route gefolgt. Darum sind wir durch den Kaledonischen Kanal gefahren und haben vor Urquhart Castle und Invergarry Castle geankert. In Oban hat Pekka seine sogenannten Bücherkisten an Bord genommen. Leider wissen wir nicht, wo Pekka etwas Interessantes gefunden hat. Aber sieh mal hier!«

Torben deutete auf die Seekarte. An manchen Stellen hatte er kleine Kreuze und Ringe eingetragen, manche Buchten waren sowohl mit einem Ring als auch mit einem Kreuz markiert.

»Was bedeutet das?«

»Die Kreuze bezeichnen die Orte, die Pekka besucht hat. Die Ringe die Orte, die du in MacDuffs Logbuch gefunden hast. Wenn wir irgendwo anfangen wollen, dann doch am besten an den Orten, an denen beides steht, ein Kreuz und ein Ring. Hier in Oban zum Beispiel. Oder hier?«

Torben deutete auf die Südspitze von Kerrera.

»Und was ist da?«

»Noch eine Burg. Gylen Castle. Der Name bedeutet ›Quelle‹ – vermutlich wurden die Türme über zwei Quellen gebaut. So wie alle Burgen hier hat sie eine ziemlich gewalttätige Geschichte, sie brannte 1647 ab. Heute ist es eine Ruine, wie Invergarry Castle.«

»Und du glaubst, da ist etwas?«

»Wir können zumindest mal hinfahren und nachsehen.«

In dem Moment hörten wir einen kräftigen Dieselmotor, der sich rasch näherte.

»Das wird vielleicht nicht nötig sein«, sagte ich. »Und wir werden stattdessen abgeholt.«

Wo hätten wir uns verstecken sollen? Auf einem Dreißig-Fuß-Boot gibt es nicht viele Möglichkeiten. Ich sah hinaus.

»Das ist das Hafenmeisterboot«, sagte ich erleichtert.

»*Rustica* ahoi!«, rief eine Stimme.

Ich kletterte hinauf und wurde freundlich begrüßt.

»Ich komme längsseits«, sagte der Mann am Ruder.

Mit einem geschickten Manöver legte er sich neben die *Rustica.*

»Mein Name ist Campell«, stellte er sich vor. »Ich bin der Hafenmeister. Kann ich was für Sie tun?«

Ich suchte automatisch in meinen Taschen nach Geld, um die Hafengebühr zu bezahlen. Er machte eine abwehrende Handbewegung.

»Betrachten Sie sich als unsere Gäste«, sagte er. »In dieser Jahreszeit haben wir selten Besuch, der von so weit her kommt. Ich soll auch einen Gruß ausrichten vom Vorsitzenden des Jachtclubs von Oban. Er würde Sie gerne heute Abend zu einem Essen einladen und lässt fragen, ob Sie nicht von Ihrem Törn über die Nordsee berichten können.«

»Augenblick, da muss ich meine Besatzung fragen.«

Ich steckte den Kopf durch die Luke.

»Torben, wir sind zum Essen eingeladen, was meinst du?«

Er hatte zugehört.

»Nichts dagegen«, sagte er.

»Wir kommen«, rief ich hinüber. »Bitte richten Sie unsere Grüße und unseren Dank aus.«

»Sie beide?«

»Ja, natürlich.«

»Wunderbar.«

»Und wo ist es?«

»Der Commodore holt Sie mit dem Boot ab. Kann ich sonst noch was für Sie tun?«

Torben steckte den Kopf aus der Luke.

»Hallo«, sagte er. »Vielleicht können Sie uns eine Auskunft geben. In Fraserburgh haben wir ein paar nette Männer auf einem Fischkutter kennengelernt. Ich glaube, der Kapitän hieß MacDuff. Vielleicht haben Sie sein Boot gesehen. Sein Heimathafen war Oban, wenn ich mich nicht irre.«

»MacDuff, der Lotse, den kennen Sie?«

»Nicht so gut, wie wir gern möchten«, log Torben.

»Ein guter Mann, MacDuff. Hervorragender Seemann. Wenn Sie irgendetwas über die Gewässer hier oder in ganz Schottland und Irland wissen wollen, dann müssen Sie ihn fragen. Hier gibts kein Gewässer, das MacDuff nicht kennt. Ich hab ihn eine Weile nicht gesehen. Aber einer der Fährkapitäne soll mit ihm Funkkontakt gehabt haben. Da war er auf dem Weg nach Norden. Übrigens, jetzt wo Sies sagen, er soll nach einem schwedischen Boot gefragt haben. Lustiger Zufall. Ich werde die Fährkapitäne bitten, sie sollen MacDuff sagen, wo Sie stecken. Das tu ich gern. MacDuff tut man gern einen Gefallen.«

»Vielen Dank«, sagte Torben. »Das ist nett.«

»Keine Ursache!«

Er legte zwei Finger an den Schirm seiner Kapitänsmütze, startete den Motor, machte los und verschwand in Richtung Oban.

»Netter Mensch«, sagte Torben. »Sehr hilfsbereit.«

»Musstest du unbedingt nach MacDuff fragen?«

»Ich wollte rauskriegen, ob der Hafenmeister etwas mit MacDuff zu tun hat. Das ist offenbar nicht der Fall. Und außerdem haben wir erfahren, dass MacDuff nach Norden unterwegs ist, also können wir in aller Ruhe zu Abend essen. Aber MacDuff kennt hier anscheinend alle, zu Wasser und zu Lande. Es wird nicht einfach sein, sich vor ihm zu verstecken, schon gar nicht mit einem zehn Meter hohen Mast. Den können wir wohl nicht ein bisschen kappen?«

»Bist du verrückt?«

»Ich hab nur Spaß gemacht. Aber leicht wird es nicht, die *Rustica* im Notfall zu verstecken.«

Mir fiel ein Artikel über den Corryvreckan, den tückischen Sund zwischen den Inseln Jura und Scarba ein, den ich einmal aus einer Segelzeitschrift ausgeschnitten hatte. Da wurden die gefährlichen Strömungsverhältnisse des Sundes beschrieben, aber es hieß auch, dass es dort einen versteckten Ankerplatz gab, der schwer zu erreichen war. Da würde uns MacDuff kaum vermuten – so wie er nicht geglaubt hatte, dass Pekka den Pentland Firth überleben würde. Ich versuchte, mir vorzustellen, wie verzweifelt er gewesen sein musste, als er merkte, dass er die *Sula* mit Pekka und Mary an Bord nicht einholen konnte. So verzweifelt würde er in unserem Fall kaum sein.

Zwei Stunden später, gegen sieben Uhr, hörten wir wieder Motorengeräusche, die näher kamen. Es war schon seit zwei Stunden dunkel, und wir hatten die Ankerlaternen eingeschaltet, damit der Vorsitzende des Jachtclubs uns auch fand. Vor Sonnenuntergang hatte es so ausgesehen, als ziehe von Westen ein Unwetter herauf. Wolkenfetzen fegten über die Bergkämme von Mull, und bald waren die Täler des Festlands von Grau erfüllt. Die letzten Tage waren mild gewesen, aber jetzt stand die Quecksilbersäule nur noch knapp über null. Noch ging nur eine frische Brise, aber sollte sich eine Kaltfront nähern, würde es in weniger als einer Stunde auffrischen. Besorgt dachte ich an Junior und seine *Fortuna.* Zwar war er in geschützten Gewässern, nicht sehr weit entfernt vom Crinan Canal, aber auf dem Weg lagen einige tückische Passagen. Er fehlte mir bereits. Ehe er losgesegelt war, hatte er uns zwei Adressen gegeben, die seines Jachtclubs in Findhorn und die eines guten Freundes in Glasgow. Ich hatte ihm keine Adresse geben können, und ausnahmsweise hatte ich das als Nachteil empfunden.

Das Pochen des Dieselmotors kam näher. Torben und ich gingen hinaus, um beim Längsseitsgehen behilflich zu sein.

Am Ruder stand ein älterer Mann mit gut gepflegtem kreideweißem Bart, der in der Dunkelheit zu leuchten schien. Er war mit den vollzähligen Requisiten eines Seebären versehen: orangefarbenes Ölzeug, Kapitänsmütze, Pfeife.

»Hallo Jungs«, rief er. »Ich bin Duncan MacDougall. Und ich möchte Sie in Oban willkommen heißen. Auch im Namen des Lorn-Jachtclubs.«

Wir dankten und stellten uns vor.

»Fertig? Dann kommen Sie an Bord!«

Ich schloss die *Rustica* und sah mich noch einmal auf Deck um. Wenn wir sie verließen, hatte ich mittlerweile immer das Gefühl, es könnte das letzte Mal sein. Mein und Pekkas Logbuch hatte ich an einer Stelle versteckt, die sehr schwer zu finden war, es sei denn, man riss das ganze Deck auf. Ich sprang auf MacDougalls Schaluppe.

Wir legten sofort ab und hielten Kurs in Richtung Süden statt nach Oban, wie ich angenommen hatte. Torben und ich wechselten einen Blick, der MacDougall nicht entging.

»Sie fragen sich natürlich, wohin wir fahren. Ja, das will ich Ihnen sagen. Zum neuen Clubhaus des Jachtclubs, oder besser, zu dem, was einmal das Clubhaus werden wird. Sie werden staunen. Und Sie werden sozusagen eine Premiere erleben. Es ist das erste Mal, dass wir Gäste in den neuen Räumen haben.«

Er war unverkennbar stolz, auch wenn wir sein Gesicht in der Dunkelheit nicht sehen konnten.

»Es ist auch nicht irgendein Clubhaus«, fuhr er fort. »Wir haben praktisch eine ganze Burg für uns allein. Gylen Castle heißt sie. Vielleicht haben Sie sie schon mal gesehen. Sie liegt an der Südspitze Kerreras.«

Ich packte Torbens Arm. Es war die Burg, von der wir gesprochen hatten. Ich wusste genau, er hoffte auf eine Gelegenheit, sich da umzusehen. Der Commodore plauderte unbekümmert weiter.

»Ja, eine ganze Burg voller Erinnerungen an das Mittelalter. Früher war sie für uns ein Ausflugsziel. Wir wussten nicht, dass ein paar Clubmitglieder sie gekauft hatten und dabei waren, sie zu renovieren. Neulich auf einer Mitgliederversammlung haben sie dem Club Räumlichkeiten angeboten, und wir haben natürlich dankend angenommen. Wir haben noch nicht alles fertig, aber es ist ein idealer Rahmen, und für mich ist es natürlich etwas ganz Besonderes. Die Burg wurde nämlich 1587 vom MacDougall-Clan gebaut und 1647 von General Leslie niedergebrannt. Seither war sie eine Ruine. Früher gab es einmal zwei Türme, heute ist nur noch einer erhalten. Wir haben bisher zwei Räume einigermaßen eingerichtet, aber der Club hat sich verpflichtet, beim Renovieren der restlichen zu helfen. Es ist noch alles ziemlich primitiv, aber was macht das? Es ist ein Anfang.«

Ab und zu flammte die Glut in MacDougalls Pfeife auf und warf konturlose, flüchtige Schatten an die Wände des Steuerhauses. Die Kompassbeleuchtung war zu schwach, um das Steuerhaus zu beleuchten. Auf Kerrera war alles dunkel, nicht einmal eine Silhouette zeichnete sich gegen den Himmel ab. Hinter uns glommen die Lichter von Oban, doch flackernd und vage, als verschlechtere sich die Sicht bereits. Nach welcher Peilung MacDougall steuerte, ließ sich nicht erkennen, aber dann verringerte er ohne Vorwarnung die Drehzahl.

»Hier muss man ein bisschen vorsichtig sein«, sagte er. »Mitten in der Einfahrt der Bucht gibt es eine hässliche Untiefe. Bei Ebbe kann man sie sehen, aber bei Flut ist es tückisch. Da ist schon mancher aufgelaufen.«

Ich versuchte, mich an meine Seekarte zu erinnern. Wir

mussten die Little Horseshoe Bay erreicht haben, aber in der tiefen Dunkelheit war ich mir über nichts mehr sicher. MacDougall öffnete die Tür des Steuerhauses und ging hinaus. Einen Augenblick später ließ er den Anker fallen. Er kam zurück und schaltete einen Scheinwerfer ein, den er über ein Strandstück streifen ließ, das auf beiden Seiten von Klippen gesäumt war.

»Um ihnen zu sagen, dass wir hier sind«, erklärte er.

»Wem?«, fragte Torben.

»Dem Vorstand des Jachtclubs und den Mitgliedern, die uns erwarten. Wir hatten vorhin schon eine Vorstandssitzung. Die erste in den neuen Räumen.«

»Wie sind die denn hierhergekommen?«, fragte Torben. »Ich sehe keine Boote.«

»Stimmt«, antwortete MacDougall. »Wir nehmen immer diese Schaluppe und fahren ein paar Mal hin und her.«

Mit anderen Worten, wir waren vom Land abgeschnitten, wenn etwas passierte. Und wir waren vom Wohlwollen anderer abhängig. Nicht einmal die *Rustica* konnten wir erreichen, obwohl sie keine Kabellänge von Kerrera entfernt lag. Zum Schwimmen war das Wasser viel zu kalt, und die *Sussi* lag wie üblich gut verzurrt auf dem Kabinendach der *Rustica*. Wenn das eine Falle war, dann waren wir wie Anfänger hineingetappt.

Nach einigen Minuten glitt ein großes Ruderboot in den Lichtkegel des Scheinwerfers. Ich musste an die gespenstische Ankunft von Pekkas Katamaran auf einem schimmernden Streifen Mondlicht in Dragör denken.

Das Ruderboot näherte sich rasch. Ein Mann in MacDougalls Alter saß darin.

»Guten Abend, Sir«, sagte er. »Sie haben die Gäste mitgebracht?«

»Das habe ich.«

MacDougall wandte sich zu uns und nannte unsere Namen.

»Das ist Bill, unser Bootsmann.«

»Willkommen auf Gylen Castle«, sagte Bill höflich. »Ich hoffe, Sie werden sich bei uns wohlfühlen.«

»Ist alles vorbereitet?«, fragte MacDougall.

»Keinerlei Probleme, Sir«, antwortete Bill und bat uns, ins Boot zu steigen, was ich mit einem gewissen Unbehagen tat. Was erwartete uns? Torben dagegen sah sich neugierig um und schien die Warnsignale nicht zu bemerken oder nicht bemerken zu wollen.

Aber sobald wir an Land standen, wandte er sich an MacDougall.

»Ist MacDuff hier?«

»Nein«, antwortete MacDougall, ohne zu zögern. »Er konnte heute Abend nicht kommen. Er ist auf See.«

»Wie schade«, sagte Torben. »Wir hatten gehofft, ihn einmal wiederzusehen.«

MacDougall blieb stehen.

»Woher kennen Sie MacDuff eigentlich?«, fragte er, als fiele es ihm plötzlich ein, danach zu fragen.

Unklar blieb, ob er wissen wollte, wann wir MacDuff kennengelernt hatten, oder ob er sich nur darüber wunderte, dass wir ihn überhaupt kannten.

»Ich habe ihn vor einiger Zeit kennengelernt«, sagte ich. »In Dänemark.«

»In Dänemark?«, fragte MacDougall verblüfft zurück und schwieg.

Der nächtliche Spaziergang zur Burg nahm ungefähr zwanzig Minuten in Anspruch. Bill ging mit einer Taschenlampe voraus und leuchtete uns. Der Weg ging auf und ab und wand sich durch Hügel, die man nur erahnen konnte.

»Wer benutzt diesen Pfad sonst noch?«, fragte Torben.

»Im Winter niemand«, antwortete MacDougall. »Auf der Insel gibt es ein paar Häuser, aber die meisten stehen leer.«

Wir erreichten die Kuppe eines Hügels und sahen jetzt den einsamen Turm, dessen Kontur sich kaum wahrnehmbar vor dem Himmel abzeichnete. Bill bog auf einen kleinen Pfad ein, der abwärts führte. Der Wind hatte schon fast Sturmstärke, und alles deutete darauf hin, dass es bald noch schlimmer werden würde. Zumindest konnte MacDuff bei dem Wetter nicht so ohne Weiteres nach Oban zurückkommen.

»Verfluchtes Mistwetter!«, rief Bill, der Bootsmann, als könnte er Gedanken lesen. Noch ein paar Minuten, und wir standen vor einer hohen Burgmauer.

»Das ist die rückwärtige Wand der Burg«, erklärte MacDougall und lotste uns nach rechts. »Sie blickt zum Inselinneren. Fenster gibt es keine, nur ein paar Schießscharten. Die Landseite war am schwersten zu verteidigen. Von See her war die Burg praktisch uneinnehmbar.«

Als wir um die Ecke traten, traf uns die volle Kraft des Windes, eisig und schneidend. Trotz dicker Wollpullover und Ölzeug drang er sofort bis auf die Haut vor. Wir gingen auf einer Art Absatz, wenige Meter rechts von uns fielen die Klippen zum Meer hin ab.

»Ist das Wetter hier oft so?«, fragte ich Bill.

»Auch noch schlimmer. In Schottland haben wir immer viel Wetter.«

Wind und Wellen explodierten an den Felsen unter uns, und seine Worte waren kaum zu verstehen. Wir gingen um eine weitere Ecke und sahen Licht, das aus zwei kleinen Öffnungen in die Nacht strömte. Es war gespenstisch, aber als die Tür aufging, sahen wir in ein gemütliches, wenn auch etwas primitives Vereinslokal. An den Wänden hingen Seekarten und Plakate der Lebensrettungsgesellschaft. An der einen Stirnseite gab es eine Tür, ein Zeitschriftenregal und eine Kochnische. Das Einzige, was den Raum von anderen Vereinsräumen unterschied, war eine Art Galerie an der Längsseite. Sie wurde teilweise von Vorhängen verdeckt und lag im Halbdunkel. Mitten im Raum hatte man an einem schlichten Holztisch für acht Personen gedeckt.

»Wie nett von Ihnen, dass Sie heute Abend zu uns in den Lorn-Jachtclub gekommen sind«, sagte eine weibliche Stimme irgendwo hinter mir.

Wir drehten uns um. MacDougall stellte uns die Sekretärin des Clubs vor, Margret Hathwood hieß sie, wenn ich mich richtig erinnere, eine hochgewachsene blonde Frau, die nicht in diese Umgebung passte. Mit ihren hochhackigen roten Schuhen, schwarzen Nylonstrümpfen, einem engen Rock und einer Seidenbluse, deren Farben zu Lippenstift und Lidschatten passten, erinnerte sie eher an ein Model als an die Sekretärin eines Jachtclubs.

»Bill, unseren Bootsmann, haben Sie schon kennengelernt«, fuhr MacDougall fort. »Dann haben wir hier noch O'Connell, unseren Schatzmeister. Ihm verdanken wir, dass wir hier sein können.«

Ein wettergegerbter Mann in mittleren Jahren trat aus dem Halbdunkel der Galerie. Wir begrüßten ihn.

»Mike ist auch für unsere internationalen Kontakte zuständig«, erklärte MacDougall. »Er ist von Haus aus Ire, aber andererseits sind so viele Iren Schotten und umgekehrt, dass das ziemlich unwichtig ist. Nicht so einfach ist es mit unserem Engländer, dem einzigen in unserem Club, der hat es nicht leicht.«

»Das bin ich«, sagte eine gutmütige Stimme, die einem Gentleman im doppelreihigen blauen Blazer gehörte. »Tim Johnson. Aber ich kann nichts dafür. Ich wurde auf der Isle of Wight geboren, ohne dass man mich vorher gefragt hätte. Meine Eltern wussten nicht, dass ich mein Leben in Schottland verbringen würde.«

»Du bist unschuldig«, sagte MacDougall wohlwollend. »Wir sehen es dir nach.«

Es war offenbar ein stehender Witz. MacDougall, die Sekretärin und Tim lachten. Bill und Mike verzogen den Mund, wenn auch eher aus Höflichkeit gegenüber ihrem Commodore.

»Tim ist sogar stellvertretender Vorsitzender«, sagte MacDougall. »Für einen Engländer eine große Ehre. Tüchtig auf See sind sie ja, das muss man ihnen lassen. Genau wie ihr Skandinavier. Man muss ein echter Seemann sein, um mitten im Winter über die Nordsee zu segeln.«

»Keineswegs«, fiel ihm Torben ins Wort. »Es genügt, wenn man so dumm und unerfahren ist wie ich. Ich war fast auf der ganzen Fahrt seekrank, hatte Angst und hab ständig gefroren.«

Das rief ungläubige Heiterkeit hervor.

»Wollen wir uns nicht setzen?«, fragte MacDougall und zog sein Ölzeug aus.

Ich traute meinen Augen nicht, als ich sah, was er darunter trug: Clubblazer, Schlips, weißes Hemd, graue Flanellhose.

»Wo ist Dick?« Er sah sich suchend um, während uns unsere Plätze angewiesen wurden.

»Eben war er noch hier«, sagte Tim.

Mir fiel auf, dass Bill und O'Connell einen Blick zur Galerie warfen. Ich folgte diesem Blick und meinte fast sicher, ein Gesicht zu sehen, das sich schnell zurückzog. Es kam mir bekannt vor. War es der Mann bei der Zeremonie in Fraserburgh, der Mann im Pub in Fort Augustus oder einer der Männer mit der Maschinenpistole in Invergarry Castle – vielleicht auch die Person, die ich an der Einfahrt zu Neptune's Staircase gesehen hatte? Aber wenn er es war, was hatte er hier zu suchen? War er einfach Mitglied des Jachtclubs? Oder hatte seine Anwesenheit etwas mit Torbens Kreuzen und Ringen auf der Seekarte zu tun? Vielleicht hatte auch Gylen Castle einen unterirdischen Keller. Torben war nichts aufgefallen. Er tauschte Höflichkeiten oder tiefsinnige Gedanken mit Margret.

»Dick ist unser Materialverwalter, aber auch ein großer Segler«, sagte MacDougall. »Der könnte auch auf die Idee kommen, im Winter über die Nordsee zu segeln. Er und Mike haben uns zu den Räumen hier verholfen. Und zu vielem anderen.«

»Einen Materialverwalter brauchen wir nämlich wirklich«, fügte Margret hinzu. »Wir haben neuerdings eine Menge wertvoller Sachen im Club.«

»Was denn zum Beispiel?«, fragte Torben.

»Die Funkausrüstung. Zwei schnelle Motorboote mit Neunzig-PS-Außenbordmotoren. Ich weiß nicht, wie das passiert ist, früher waren wir völlig von Mitgliedsbeiträgen abhängig. Jetzt kommt eine Firma nach der anderen und schenkt uns hochwertige Ausrüstung. Das ist vor allem Mikes Verdienst. Er ist unser Schatzmeister und hat viele Kontakte. Wir könnten wenn nötig schon fast der Lebensrettungsgesellschaft oder dem Zoll Konkurrenz machen.«

»Oder den Schmugglern«, schlug Torben vor.

Die Sekretärin schenkte ihm ein unwiderstehliches Lächeln. »Das auch.«

»Das wäre kein Geschäft«, sagte O'Connell. »Whisky nach Schottland zu schmuggeln ist keine gute Idee, scheint mir.«

»Kommt, wir fangen an«, sagte Tim. »Dick hat ein Schiff

im Wasser, und vielleicht war ihm der Wind unheimlich, und er sieht mal nach dem Rechten.«

»Dick hat eine kleine Reparaturwerft auf Kerrera«, erklärte MacDougall. »Die haben Sie bestimmt gesehen. Auf der Südseite von Ardentraive Bay, wo Ihr Schiff liegt.«

»Ach, eine Werft ist das?«, fragte Torben. »Wir haben sie gesehen, aber sie wirkte so verlassen. Vom Stacheldraht abgesehen. Der war neu.«

»Da ist kürzlich eingebrochen worden«, sagte MacDougall. »Im Winter ist er selten dort. Im Winter gibts nicht viel zu tun.«

»Tja«, versuchte Torben zu scherzen. »Dann gibts hier ja doch ein paar trübe Gestalten. Wir müssen uns doch hoffentlich keine Sorgen machen, dass unserem Schiff was passiert? Einmal ist bei uns nämlich schon eingebrochen worden, gleich in unserem ersten schottischen Hafen. Traurig! Aber das war wahrscheinlich ein Irrtum.«

»Ein Irrtum!«, rief Tim aus. »Wie kann denn ein Einbruch ein Irrtum sein?«

Alle sahen Torben fragend an, von O'Connell abgesehen. Der starrte ihn einfach an.

»Ja. Wir haben das Gestohlene zurückbekommen. Es war offenbar jemand, der nicht wusste, dass wir als Gäste nach Schottland gekommen sind.«

»Tut mir leid, dass Sie so was erleben mussten«, sagte MacDougall. »Schottland ist auch nicht mehr das, was es einmal war. Früher war man hier als Gast sicherer als im eigenen Heim. Heute ist das anders. Es gibt zu viele, die unsere Traditionen nicht mehr achten.«

»Solche wie ich«, sagte Tim grinsend.

»Wir haben viele freundliche, hilfsbereite Menschen kennengelernt«, sagte ich. »Mehr als zu Hause.«

»Na, das klingt ja beruhigend«, sagte MacDougall. »Darauf wollen wir trinken. Und dann lassen Sie uns bitte hören, wie es ist, im Januar über die Nordsee zu segeln. Von Anfang an. Wir haben viel Zeit.«

Während wir aßen, erzählte ich, so genau und lebendig ich konnte, von unserem Törn. Ab und zu fügte Torben seine Kommentare über das Elend und die Mühsal des Seglerlebens im Allgemeinen und des seinen im Besonderen hinzu. Über die Schwierigkeiten der Weinlagerung an Bord, über Fischerboote, die friedliche Sportsegler verfolgten, über Bohrinseln, die plötzlich den Kurs kreuzten.

Alle hörten aufmerksam zu. Sie stellten Fragen, und wir antworteten. Als wir zu Ende waren, brachte MacDougall einen Toast auf uns aus.

»Wenn ich noch einmal fragen darf«, sagte MacDougall dann. »Ich habe noch immer nicht ganz verstanden, was Sie dazu gebracht hat, zu dieser Jahreszeit hierherzusegeln?«

Die Frage klang unschuldig, aber alle Blicke waren auf mich gerichtet.

»Wissen Sie, ich habe immer davon geträumt, nach Schottland zu segeln. Ich habe viel von Schottland gehört, vor allem von der Gastfreundschaft der Schotten.«

»Das hören wir gern«, sagte MacDougall. »Aber ist das ein ausreichender Grund, um mitten im Winter in See zu stechen?«

War es nur Einbildung, oder klang MacDougalls Stimme plötzlich scharf? Ich sah Torben an, aber der schien nichts bemerkt zu haben.

»Gucken Sie mich nicht an!«, sagte Torben nur. »Ich bin nur aus Dummheit dabei. Fragen Sie den Skipper, der sollte es zumindest wissen, obwohl ich da meine Zweifel habe. Er und Ihr Materialverwalter, Dick heißt er wohl, würden sich bestimmt gut verstehen. Beiden scheint ein Stück Selbsterhaltungstrieb zu fehlen.«

Wieder richteten sich die Blicke auf mich.

»Das Wintersegeln hat seine Vorteile«, sagte ich. Etwas Besseres wollte mir nicht einfallen. »Es gibt keine Touristen, und man wird besser aufgenommen als sonst. Hätten Sie uns zum Beispiel eingeladen, wenn wir im Sommer gekommen wären?«

Es dauerte einen Moment, bis jemand antwortete.

»Warum nicht?«, sagte schließlich Tim. »Auch im Sommer kommen nicht besonders viele Skandinavier über die Nordsee zu uns.«

»Weil Sie es gerade erwähnen«, sagte Torben plötzlich. »Woher wussten Sie eigentlich, dass wir über die Nordsee gesegelt sind? Verwenden Sie Ihre Dudelsäcke als Buschtrommeln?«

»Das ist nichts Besonderes«, sagte MacDougall, ohne eine Miene zu verziehen. »Sie haben doch MacDuff getroffen. Der Vorschlag, Sie einzuladen, stammt von ihm. Er sagte, Sie hätten viel Interessantes zu erzählen, und damit hatte er ja ganz recht. Aber ich meine, Sie haben uns noch nicht beantwortet, warum Sie mitten im Winter segeln. Wir sind selbst harte Verhältnisse gewohnt, aber ich glaube nicht, dass jemand von uns im Januar über die Nordsee segeln würde. Ich erinnere mich, dass MacDuff sagte, Sie interessierten sich für keltische Geschichte. Geht es Ihnen da um etwas Bestimmtes?«

Jetzt ist es so weit, dachte ich. Jetzt kommt es. Ich sah mich um, konnte in ihren Blicken und dem Ausdruck ihrer Gesichter aber nach wie vor nichts Besonderes feststellen. Und doch war ich jetzt überzeugt, dass ich hier nicht nur den Vorstand eines Jachtclubs vor mir hatte.

»Es ist richtig«, fuhr ich fort, ohne eigentlich zu wissen,

was ich sagen wollte, »… dass es in gewisser Hinsicht MacDuffs Schuld, oder besser, sein Verdienst ist, dass wir uns heute Abend hier befinden. Ich hab ihn vor fast einem Monat in Dänemark kennengelernt.«

»In Dänemark?«, fragte Mike O'Connell ebenso erstaunt wie zuvor MacDougall, als ich ihm dasselbe erzählt hatte.

»Ja«, sagte ich in heiterem Ton. »Er hat mich eingeladen, mal nach Schottland zu kommen. Und kurz darauf hab ich einen Segler kennengelernt, der direkt aus Schottland kam und ganz begeistert davon erzählte. Und wenn der im Winter segeln konnte, warum nicht auch wir? Vielleicht kennen Sie ihn ja. Wenn ich mich recht entsinne, ist er auch in Oban gewesen. Ein Finne, Pekka hieß er.«

Tiefe Stille hatte sich über den Raum gelegt.

19

Wann war das?«, fragte O'Connell nach einer Weile, als wäre ich Zeuge in einem Gerichtsverfahren.

»Ich weiß es nicht mehr genau. Jedenfalls nachdem ich MacDuff kennengelernt hatte. Das muss irgendwann Mitte Januar gewesen sein.«

»Und Mary?«, fragte O'Connell wieder in seinem Verhörton.

»Wer ist Mary?«, fragte ich unschuldig.

»Es tut mir leid, dass wir auf dieses Thema gekommen sind«, sagte MacDougall. »Dahinter steckt eine ziemlich unangenehme Geschichte, die Sie natürlich nicht kennen können.«

Er zögerte.

»Wir haben angenommen, Pekka wäre tot.«

Ich sah ihn an. »Als ich ihn kennenlernte, war er jedenfalls nicht tot. Aber er sah müde und erschöpft aus.«

»Haben Sie mit Pekka gesprochen?«, fragte O'Connell. »Hat er etwas über MacDuff und Mary gesagt?«

»Nun mal langsam, Mike«, mahnte MacDougall. »Unsere Gäste haben mit der Geschichte nichts zu tun.«

»Oh, ich hab nichts dagegen, Fragen zu beantworten«, sagte ich. »Pekka kam auf seinem Katamaran nach Dragör in Dänemark. Wir verbrachten einen netten Abend zusammen und unterhielten uns über alles Mögliche. MacDuffs Namen hat er, glaube ich, nicht erwähnt. Ich konnte ja auch nicht wissen, dass die beiden einander kennen.«

»War Pekka allein?«, fragte O'Connell.

»Ich vermute ja. Jedenfalls hab ich niemand sonst gesehen. Aber wir waren die meiste Zeit auf meinem Schiff.«

MacDougall räusperte sich.

»Ich meine, wir sind unseren skandinavischen Freunden eine Erklärung schuldig«, sagte er.

»Nein«, protestierte O'Connell entschieden.

»Was spielt es denn für eine Rolle?«, warf Margret ein. »In Oban ist es doch schon allgemein bekannt. Da gibt es nichts mehr zu verheimlichen.«

Margret übernahm MacDougalls Rolle als Geschichtenerzähler.

»Mary«, erklärte sie, »ist seit vielen Jahren MacDuffs Freundin. Eines Tages war sie plötzlich verschwunden. Keiner wusste wohin, und wir glaubten alle, dass ihr was Ernstes zugestoßen wäre. MacDuff war verzweifelt, aber, wenn ich das so sagen darf, nicht auf die Art, wie man das hätte erwarten können. Zum Beispiel hat er sich zuerst an der Suchaktion nicht beteiligt. Obwohl er die Gewässer hier wie seine Westentasche kennt! Das sah ihm überhaupt nicht ähnlich. Vor allem, weil ich sicher bin, dass Mary MacDuff nicht freiwillig verlassen hatte. Ich weiß es, denn ich habe einen Tag vor ihrem Verschwinden mit ihr gesprochen. Eines Tages aber kam MacDuff und sagte, er wüsste, wo Mary sei, Pekka, dieser Finne, habe sie gekidnappt. Wir kannten Pekka, und natürlich machte der einen etwas verrückten Eindruck, mein Typ war er jedenfalls nicht, aber dass er Mary gekidnappt haben sollte, erschien mir trotzdem unwahrscheinlich. MacDuff hat Pekka jedenfalls mit seinem Boot verfolgt. Bei MacDuffs Kontakten auf See und in allen Häfen war es nicht schwer für ihn, die beiden ausfindig zu machen. Die Polizei wollte er da raushalten. Die würden niemals glauben, dass Mary von Pekka gezwungen worden sei, mit ihm zu fahren, meinte er. Und damit hatte er wahrscheinlich recht. Ich wusste ja auch nicht, was ich glauben sollte. Drei Tage später kam MacDuff zurück. Und dieses Mal war er wirklich verzweifelt. Er hätte sie fast eingeholt, sagte er, aber Pekka sei in den Pentland Firth gesegelt, bei Wind in Sturmstärke gegen die Strömung. Sie hatten in seinen Augen keine Chance gehabt, das zu überleben. Pekka nicht und Mary auch nicht. MacDuff hat behauptet, Pekkas Leiche sei auf einer der Orkneyinseln an Land gespült worden, Mary hätte man nicht gefunden.«

Margret schwieg, dann sagte sie: »Sie werden also verstehen, dass wir sehr überrascht waren zu hören, dass Pekka doch noch lebt.«

Ich sah Torben an. Sollten wir ihnen sagen, dass sie statt »lebt« besser »lebte«, sagen sollten? Aber sein Gesichtsausdruck machte mir klar, dass es besser war, nicht noch mehr zu verraten.

»Sind Sie wirklich sicher, dass keine Frau an Bord war?«, fragte MacDougall Torben.

»Ich weiß gar nichts«, wiederholte Torben. »Ulf hat Pekka alleine getroffen.«

»Ich war nur zehn Minuten auf Pekkas Boot«, sagte ich. »Ich hab keine Frau gesehen.«

»Ich kannte Mary ganz gut«, sagte Margret.

»Und MacDuff?«, unterbrach O'Connell. »Was hat der da gemacht?«

»Keine Ahnung. Wir haben uns auf der Fähre zwischen Malmö und Kopenhagen kennengelernt. Und dann haben wir, wie gesagt, den Abend auf meinem Boot verbracht.«

Ich erzählte von der sonderbaren Überfahrt, auf der wir beide die einzigen Passagiere waren, und ein bisschen von unserer Unterhaltung in der Kajüte der *Rustica*.

»Aber nach dem, was Sie mir jetzt erzählt haben, ist es natürlich möglich, dass er auf der Suche nach Pekka war«, fuhr ich fort. »Er hat sich ein paarmal nach Winterseglern erkundigt. Vielleicht hatte er erfahren, dass Pekka doch überlebt hat. Ich weiß es nicht.«

O'Connell schien in tiefe Nachdenklichkeit verfallen zu sein. Falls er Pekka und Mary für tot gehalten, nun aber erfahren hatte, dass sie am Leben waren, konnte sich sein Zorn nur gegen einen richten: MacDuff. Aber auch das passte nicht zusammen. Mary hatte gesagt, der abgeschlagene Kopf Pekkas habe als Beweis gedient. Hatte ich unfreiwillig preisgegeben, dass Mary am Leben war? Das war es, wofür MacDuff uns den Tod angedroht hatte.

»Wie Sie vielleicht verstehen, ist es für uns ein Schock, dass Pekka den Pentland Firth überlebt hat«, sagte Margret, wie um meine Ahnungen zu bestätigen. »Denn dann ist Mary vielleicht noch am Leben.«

Beiläufig hatte sie das gesagt, viel zu beiläufig, um natürlich zu klingen, auch wenn ich mir einzureden versuchte, dass Natürlichkeit in dieser Runde sowieso nicht zu erwarten war. Aber mir fiel auf, dass keiner sagte, MacDuff müsse sofort unterrichtet werden.

»Ich fürchte, das ist eine ziemlich traurige Geschichte«, sagte MacDougall zu uns.

Und an die anderen gewandt, fuhr er fort: »Die wir im Interesse unserer Gäste, die sich wohl kaum für unsere lokalen Liebesdramen interessieren, vielleicht vertagen sollten. Wie wäre es, wenn wir ihnen stattdessen ein paar Ratschläge und Tipps zu den Gewässern hier in der Gegend geben?«

Woran niemand sonderlich interessiert zu sein schien, nicht einmal Tim und Margret, die ansonsten sehr viel guten Willen zeigten.

»Ich geh los und such Dick«, sagte O'Connell.

MacDougall sah ihm nach. Er machte einen unzufriedenen Eindruck, aber ob Dicks Ungastlichkeit der Grund war, ließ sich nicht erkennen.

»Ich stehe gern zur Verfügung mit dem wenigen, was ich weiß. Aber leider muss ich nach Oban zurück. Können Sie nicht morgen Abend zu mir kommen? Bringen Sie Ihre Seekarten mit! Bill, fährst du mich rüber, damit es nicht zu spät wird?«

»Ja, natürlich. Wann du willst.«

MacDougall sah von einem zum anderen.

»Gut. Ich bleibe hier und kümmere mich um unsere Gäste, bis du wieder da bist, Bill.«

»Es wird wohl ein wenig dauern«, sagte Bill. »Der Wind ist stärker geworden, und er hat sich gedreht. Auf dem Rückweg haben wir Gegenwind.«

»Natürlich«, sagte MacDougall, »nimm dir so viel Zeit, wie du brauchst.«

Bill, Tim und Margret verabschiedeten sich.

»Südwestwind!«, rief Bill von der Tür. Der Wind fegte herein, ehe er mit der Schulter die Tür zudrücken konnte.

Offensichtlich war der Wind jetzt südlicher als vor ein paar Stunden. Bei unserer Ankunft hatte die Tür in Lee gelegen. Mir kam der Gedanke, dass es eine weitere Tür geben musste. O'Connell hatte nicht den Haupteingang benutzt. Das hätte man am Luftzug bemerkt.

»Tja«, sagte MacDougall, als die Tür wieder zu war. »Schade, dass der Abend so enden musste. Dass aber auch die Sache mit MacDuff wieder hochkommen musste. Es tut mir aufrichtig leid, dass Ihnen das nicht erspart geblieben ist. Das ist schon viel zu oft durchgekaut worden, ohne dass einer schlau daraus geworden wäre. MacDuff ist ein guter Mann.

Warum lässt man ihn nicht in Frieden? Wir machen alle mal einen Fehler.«

»Was war denn MacDuffs Fehler«, sagte Torben, »falls ich mir die Frage erlauben darf?«

»Dass er sich in die falsche Frau verliebt hat«, antwortete MacDougall. »Nichts Außergewöhnliches. Das ist jedem schon mal passiert.«

»Die falsche Frau, wieso?«, fragte Torben. Er wirkte zerstreut und schien nur aus Höflichkeit zu fragen.

»Sie ist so mystisch, so rätselhaft. Jedenfalls wollte sie so wirken. Ob sie es wirklich war, weiß ich nicht. Sie hat gern von alten keltischen Riten und Zeremonien gesprochen, als wäre das die Lösung aller unserer Probleme. Für das Christentum hatte sie nichts übrig. Wie ich gehört habe, soll sie Mitglied eines Druidenordens gewesen sein. Man sollte es nicht glauben, aber so etwas gibt es noch.«

»Und MacDuff ist natürlich das genaue Gegenteil und überhaupt nicht mystisch und rätselhaft?«

»Zumindest nicht in allem. Er ist offen und aufrichtig. Natürlich hat er politische Ansichten, die man nicht unbedingt teilen muss. Aber vor allem ist er ein guter Mann.«

»Hab ich das richtig verstanden«, fragte Torben. »Dick – so heißt er doch – hat eine Bootswerft an der Ardentraive Bay, wo unser Schiff liegt?«

»Ja, das ist richtig. Er macht hauptsächlich Reparaturen für die Fischer aus der Gegend.«

»Dann hat er doch bestimmt ein Ruderboot?«

»Sicher. Warum fragen Sie?«

»Ich hab gedacht, vielleicht können wir ihn bitten, uns zur *Rustica* rauszubringen. Dann braucht Bill nicht in die Bucht zurück und kann direkt nach Oban fahren.«

»Das ist für ihn keine Mühe. Absolut nicht.«

Doch es war unverkennbar, dass MacDougall so bald wie möglich zurückwollte. Wieder fühlte ich deutlich, dass Torben und ich nur noch Nebenrollen spielten, wenn wir auch nicht wussten, in welchem Stück. Man ließ uns bewusst im Dunkeln. Unsere eigenen Pläne interessierten nicht länger, und zwar genau seit jenem Augenblick, als O'Connell oder auch Dick, der irgendwo in den Kulissen stand, erfahren hatten, dass Pekka und möglicherweise auch Mary noch am Leben waren. Und dass sie es erfuhren, war mein Fehler gewesen.

»Ich bin überzeugt, Bill würde uns bis ans Ende der Welt bringen, wenn wir ihn darum bitten«, sagte Torben höflich. »Die Hilfsbereitschaft der Schotten kennt keine Grenzen, das wissen wir.«

MacDougall strahlte.

»Aber die Sache ist die«, fuhr Torben fort, »für uns wäre es einfach ein Erlebnis, uns in einer Februarnacht bei stürmischem Wetter auf einer Insel wie Kerrera umzusehen. Das tobende Meer muss man vom Land aus beobachten. In einem Boot, das jeden Augenblick sinken kann, ist das etwas schwierig.«

»Ich verstehe«, sagte MacDougall, obwohl er das offensichtlich nicht tat.

»Entschuldigen Sie«, sagte Torben, »aber das glaube ich kaum. Für Menschen wie Sie und Ulf ist fester Boden unter den Füßen nicht so wichtig.«

Wir traten in eine längere Diskussion über Landratten und Seebären ein, und am Ende wurde beschlossen, wir sollten warten, bis Bill zurückkam. Dann konnten wir quer über die Insel zu unserer Bucht gehen.

»Wenn Dick Sie dann nicht finden sollte, können Sie immer noch zurückkommen und hier übernachten«, bot MacDougall an und zeigte uns, wo der Schlüssel lag.

Dann holte er Seekarten heraus und zeigte uns ein paar gute Ankerplätze, die im Handbuch der Clydes Cruising Association, der Bibel für alle, die an der schottischen Westküste segeln, nicht aufgeführt waren. Zuletzt legte MacDougall den Finger auf einen Punkt unmittelbar westlich des Sunds zwischen den Inseln Jura und Scarba. Ich wusste, was jetzt kam.

»Das hier ist der Gulf of Corryvreckan. Meiden Sie ihn wie die Pest! Wenn es eine Hölle für tote Seeleute gibt, dann sieht sie aus wie Corryvreckan, davon bin ich überzeugt. Und wenn wir starken Westwind haben, kann der Teufel selbst noch was lernen, wenn er durch diesen Sund segeln will.«

»Ich hab davon gelesen«, sagte ich. »Und ich hab irgendwo gehört, dass es im Inneren des Sundes Ankerplätze geben soll.«

»Ja, ich weiß. Ich habe mal mit einem Segler gesprochen, der eine Nacht dort gelegen hat. Aber für mich ist das eher eine Falle. Wenn der Wind umschlägt, muss man da sofort raus. Dann ist die Frage, wohin? Etwa in den Corryvreckan?«

Das leise Heulen des Windes schien seinen Worten Nachdruck zu verleihen. Draußen war der Wind anscheinend noch stärker geworden, vermutlich hatten wir Sturmstärke. Im Innern der Burg aber war es vergleichsweise ruhig. Die meterdicken Steinmauern machten das Tosen des Windes fast unhörbar. Nur wenn alle schwiegen, drang es ins Bewusstsein wie ein ständiger Kommentar.

»Es ist wohl am besten, ich geh zum Strand runter«, sagte MacDougall. »Dann muss Bill nicht erst ankern. Bei Südwest kann die See sogar in der Bucht ziemlich unangenehm werden.«

Seine untadelige Kleidung verschwand wieder Stück für Stück unter dem Ölzeug.

»Ich hoffe sehr, dass es trotz allem für Sie ein interessanter

Abend war«, sagte er, nachdem er sich verabschiedet hatte, die Hand schon am Türgriff.

»Sehr interessant«, antwortete Torben.

»Ich möchte erfahrenen Nordseeseglern wie Ihnen natürlich keine Ratschläge erteilen, aber ich bitte Sie trotzdem, vorsichtig zu sein.«

»In einer bestimmten Hinsicht?«, fragte Torben.

Zögerte MacDougall?

»Nein«, sagte er schließlich. »Nicht in einer bestimmten Hinsicht. Aber die Gewässer hier sind tückisch. Man weiß nie, was da an Untiefen auftauchen kann.«

Er ging. Wieder strömte für einen Augenblick eisige Luft herein. Ich dachte an die gemütliche Kabine der *Rustica,* wo der Ofen behagliche Wärme erzeugte und die Paraffinlampen ihr gelbliches Licht verbreiteten. Aber ein Blick auf Torben reichte aus, und ich wusste, dass er gar nicht daran dachte, mit einem guten Buch in der Koje zu liegen und dem Pfeifen des Windes um den Mast zu lauschen.

»Also, was meinst du dazu?«, fragte ich.

»Ich weiß nicht. Ich werde aus dem allen nicht mehr schlau. Sobald man glaubt, man weiß was, kommt einer oder es geschieht etwas, und schon ist alles wieder anders. Besser wir sehen uns um, statt Hypothesen und Erklärungen zu entwickeln, die doch nichts taugen.«

»Glaubst du, MacDougall hat uns eben warnen wollen?«

»Vielleicht. Aber das ist egal. Wir wissen doch schon, worum es geht.«

»Eins weißt du noch nicht.«

Ich erzählte ihm, dass ich glaubte, Dick wiedererkannt zu haben.

»Umso besser.« Torben rieb sich die Hände. Ich selbst sah keinen Grund für so viel Erwartungsfreude.

»Was ist?«, fragte ich.

»Man hat uns sozusagen einen Aufschub gewährt. Guter Einfall, Pekka zu erwähnen. Natürlich haben er und sein Katamaran Aufmerksamkeit erregt, als er hierhergekommen ist. Aber an ihm waren sie gar nicht so interessiert. O'Connell hat sich viel mehr für Mary interessiert, er war wie elektrisiert, als er hörte, dass sie vielleicht noch am Leben ist. Aber warum ist Mary so wichtig? Und warum muss MacDuff sie verstecken? Oder hält er sie gefangen? Vielleicht war es wirklich ernst gemeint, als sie sagte, sie müsse sterben. Vielleicht hat man sie wegen Verrats zum Tode verurteilt, wie Pekka. Auf alle Fälle hat MacDuff keine Beweise für ihren Tod vorlegen können, so viel ist sicher. Wenn man aber daran denkt, was MacDougall über Marys Interesse an keltischen Riten und Zeremonien angedeutet hat, warum sollte man sie dann töten wollen? Ich finde einfach keine Erklärung, in der alles an seinen Platz fällt.«

»Eines wissen wir jedenfalls«, sagte ich. »O'Connell und Dick sind jetzt hinter MacDuff her. Und das ist mein Fehler. Wir müssen ihn warnen.«

»Müssen wir das?«

In Torbens Stimme lag eine Andeutung von Ironie. Das überraschte mich.

»Ja«, sagte ich. »Immerhin hat sich MacDuff in Gefahr begeben – erst, um Mary zu schützen, und dann auch, um uns davonkommen zu lassen. Er ist ziemliche Risiken eingegangen.«

»Du vergisst die Kleinigkeit, dass er gedroht hat, uns umzubringen.«

»Nur wenn wir verbreiten, dass Mary noch lebt. Wir haben das nicht behauptet, wir haben höchstens Zweifel gesät.«

»Glaubst du wirklich, ein Mann wie MacDuff gibt was auf so feine Unterschiede?«

»Wenn es uns gelingt, ihn vor Dick und O'Connell zu warnen, muss er doch merken, dass wir ihm oder Mary nicht schaden wollen.«

»Vielleicht«, sagte Torben nach kurzem Schweigen. »Aber was hätten wir davon? Hast du deine Meinung über MacDuff geändert? Oder womöglich über Mary?«

War da wieder dieser ironische Ton?

»Nein«, sagte ich, »ich hab meine Meinung nicht geändert. Aber erstens will ich nicht, dass MacDuff und Mary unseretwegen umgebracht werden. Und zweitens erfahren wir nun vielleicht endlich, worum es hier eigentlich geht. Wen sollen wir denn sonst fragen?«

Was ich mir außerdem dachte, verschwieg ich: Was wollten wir denn eigentlich mit dem machen, was wir vielleicht erfahren würden? Wollten wir die Geschichte einer riesigen keltischen Verschwörung an eine Zeitung verkaufen und einen Haufen Geld machen? Wollten wir die Helden spielen? Aber das bezog sich eher auf mich. Torbens Motive waren immer dieselben: Ihm ging es um Wissen und Aufklärung. Seine Neugier war unstillbar. Aber wenn es um Menschenleben ging, war mir das nicht genug.

»Also gut«, sagte Torben. »Ich kann dich nicht daran hindern, MacDuff zu suchen. Obwohl das nicht einfach werden wird. Er kann überall im Norden sein. Aber wir sind jetzt hier und sollten uns ein bisschen umschauen.«

Wir begannen mit einer Durchsuchung des Clubraums, die jedoch nichts erbrachte. Im Gegenteil, in den Schubladen und Schränken herrschte eine auffällige Leere. Kein Aktenordner, keine Papiere. Nichts. Als habe man nur hergebracht, was nötig war, um uns zum Essen einzuladen. Hinter dem Vorhang, in der Galerie, das Gleiche. Alles war kahl und leer.

»Hier muss irgendwo eine Tür sein«, sagte ich. »Dick kann schließlich nicht durch die Wand verschwunden sein.«

»Oder eine Falltür im Boden«, sagte Torben.

Nach kurzer Suche fanden wir sie in einer Mauernische.

»Hier ist sie, die Frage ist nur, wie sie sich öffnen lässt. Vielleicht muss man ein Losungswort in ein verstecktes Mikrofon flüstern. Das ist doch sonst ihr Stil.«

»Oder man muss klopfen«, schlug ich vor. »Neulich hat das doch funktioniert. Übrigens können wir nicht sicher sein, dass Dick und O'Connell auf der Werft sind. Sie können genauso gut mit Maschinenpistolen da unten im Keller sitzen. Das ist auch ihr Stil.«

»Das glaub ich kaum«, sagte Torben, während er sich nach einer Methode umsah, wie sich die Falltür öffnen ließ. »Die interessieren sich nicht für uns. Im Augenblick nicht.«

Er gab auf.

»Wir versuchen es von außen. Es muss noch einen anderen Eingang geben.«

»Und wie sollen wir den finden? Wir haben nicht einmal eine Taschenlampe. Draußen ist es stockdunkel.«

»Verdammt, Ulf!«, brach es abrupt aus Torben heraus. »Wir müssen es versuchen, wir müssen was rauskriegen. Mach jetzt nicht schlapp!«

Der Wind draußen war so stark, dass man das Gesicht abwenden musste, um zu atmen. Es klingt merkwürdig, aber es ist tatsächlich schwer, bei starkem Sturm zu atmen. Wir gingen vornübergebeugt, um das Gleichgewicht zu halten. Mehrmals stolperte ich und wäre fast gestürzt. Einmal riss mich der Wind zurück, ehe ich mit dem Fuß Halt fand, und obwohl ich den Sturz mit den Händen abfangen konnte, schlug ich mir den Kopf an etwas Hartem. Ich spürte, wie mir Blut übers Gesicht lief, aber es tat nicht weh. Steif vor

Kälte, drückte ich mich an die Felswand, um einen Moment auszuruhen. Einige Minuten vergingen, in denen ich nur den Wind und mein eigenes Keuchen hörte.

Plötzlich hörte ich etwas wie einen Schrei. Ich fuhr herum. Torben war nicht mehr hinter mir.

20

Vorsichtig tastete ich mich auf dem Weg zurück. Es ging langsam, und an manchen Stellen musste ich auf allen vieren kriechen. Falls Torben in eine Schlucht gestürzt war, drohte mir das Gleiche. Ich rief mehrmals seinen Namen, erhielt jedoch keine Antwort. Die Minuten vergingen. Ich musste ihn finden. Er konnte erfrieren, wenn er bewusstlos oder mit einem gebrochenen Bein irgendwo lag. Aber was sollte ich tun, wenn er verletzt war? Ich musste Hilfe holen. Aber wie? Denn inzwischen wusste ich nicht einmal mehr mit Sicherheit, in welcher Richtung die Burg lag. Ich hatte keine Ahnung, wie weit wir gegangen waren, und dachte mit Grauen daran, dass ich unter Umständen zu Dicks Werft gehen und ihn um Hilfe bitten musste. Eine andere Möglichkeit sah ich nicht.

Ich rief noch einmal und lauschte. Nichts. Plötzlich hörte ich eine Stimme, die von irgendwo unter mir zu kommen schien.

»Keine Bewegung!«

Ich fühlte, wie mir der kalte Schweiß auf die Stirn trat. In mein Schicksal ergeben, wartete ich darauf, dass man mir eine Pistolenmündung in den Rücken presste, hörte stattdessen aber wieder diese dumpfe Stimme.

»Bleib stehen, wo du bist!«

Es war Torben.

»Noch zwei Schritte, und du fällst in dasselbe Loch wie ich«, rief er herauf. »Tut weh, das kann ich dir sagen. Aber wenn man erst mal unten ist, ist es gar nicht so schlecht. Hier unten ist es fast windstill. Und außerdem ist hier so was wie ein Pfad.«

»Wie komm ich da runter?«, fragte ich in die Dunkelheit.

»Leg dich auf den Bauch und taste dich mit den Händen vorwärts. Aber vorsichtig!«

Ich tat, was er sagte. Nach nur einem halben Meter schien sich der Weg in Luft aufzulösen. Ich ertastete den Rand.

»Das muss ein Felsspalt sein«, sagte Torben. »Hier unten ist er nur einen halben Meter breit. Wie es oben aussieht, weiß ich nicht. Aber mehr als drei Meter tief kann er nicht sein, sonst wäre ich wahrscheinlich tot. Wenn du dich mit den Beinen voran runtergleiten lässt, versuch ich, dich aufzufangen.«

Langsam schob ich die Beine ins Nichts. Im selben Augenblick, in dem die Schwerkraft zu wirken begann, spürte ich Torbens Hände unter den Füßen, und gleich darauf standen wir nebeneinander.

»Hast du eine Zigarette?«, fragte er.

Wir zündeten uns beide eine Zigarette an. Ich hatte es mindestens so nötig wie Torben. Nach einer Weile hatte ich mich vom Schreck erholt und konnte wieder normal atmen. Im Schein des Feuerzeugs erkannten wir, dass die Spalte wirklich etwa so groß war, wie Torben geschätzt hatte. Erstaunlich, dass er mit ein paar blauen Flecken, einer kleinen Wunde am Bein und im Übrigen mit dem Schrecken davongekommen war.

»Woher hast du gewusst, wo ich war, als du gerufen hast?«, fragte ich Torben.

»Ich hab es nicht gewusst. Ich hab gehofft, du rufst. Und als es sich so anhörte, als wärst du nah genug, hab ich gebrüllt.«

»Musste das so dramatisch sein? Ich dachte, O'Connell oder Dick stehen hinter mir.«

»Das war die Absicht. Ich musste ja dafür sorgen, dass du absolut still stehen bleibst. Was auch geklappt hat.«

Er war sehr zufrieden mit sich und seinen Berechnungen.

»Nach rechts oder nach links?«, fragte ich. Ich wollte weiter.

Wir entschieden uns für rechts. Anfangs tasteten wir uns an den Felswänden zu beiden Seiten entlang. Dann traten wir ins Offene, und der Wind fiel uns wieder an. Unter uns tobte ohrenbetäubend das Meer. Wir näherten uns der Südwestseite von Kerrera. Schließlich wurde das Tosen der Wellen so stark, dass wir ganz dicht nebeneinanderbleiben mussten, um uns zu verständigen. Bald standen wir oberhalb einer kleinen Bucht, in deren Mitte eine Felsinsel lag. Die Wogen brachen sich an ihr, und der Schaum glänzte knochenweiß zu uns herauf. Die Insel hielt die stärksten Brecher ab, sodass an ihrer Leeseite ein Schiff hätte ankern können. Wenn man sich verstecken wollte, ein perfekter Platz, denn wer kam schon auf die Idee, dass man auf dieser dem Meer zugewandten Seite von Kerrera ankern könnte. Als wir zum Strand heruntergestiegen waren, sahen wir, dass an den Felsen eiserne Ringe angebracht waren. Sogar ein kleiner Pier war in den Stein gehauen worden.

»Nicht schlecht«, sagte ich zu Torben. »Hier würde wirklich niemand einen Anleger vermuten.«

Er nickte, aber ich wusste, dass er nicht verstand, was ich meinte. Er konnte nicht sehen, wie gut gewählt dieser Platz war und wie geschickt man sein musste, um bei rauer See und starkem Wind zwischen dieser kleinen Insel und den Klippen von Kerrera durchzusteuern. MacDuff würde es schaffen, aber wie viele außer ihm? Ich sah ihn vor mir, am

Ruder, mit Kurs auf die Bucht, ein Fingerbreit Backbord die kleine Insel, auf eine geeignete Woge wartend, dann volle Kraft voraus, und hinter der Insel sofort hart Backbord und dann volle Kraft zurück, als legte er das Boot in ein Nest. Es war schwierig, aber man konnte es schaffen, selbst unter erschwerten Bedingungen.

Wir machten uns auf den Rückweg. Jetzt wurde es etwas leichter. Die Dunkelheit war nicht mehr so dicht, und wir erkannten die Umrisse kantiger, scharfer Klippenformationen. Nahm der Wind ab? Wie bei der Morgendämmerung auf See wusste man so etwas erst dann mit Sicherheit, wenn es eine unumstößliche Tatsache war. Bei hartem Wind gibt es einen Übergang, in dem Hoffnung und unverminderte Anspannung sich die Waage halten, dann, wenn die stärksten Windstöße vielleicht eine Spur seltener kommen und wenn der eiserne Griff des Windes die Takelage nicht ganz so laut jaulen, den Mast nicht mehr so stark beben, das Segelliek nicht mehr so flattern lässt.

Rechts von uns erkannte ich undeutlich einen riesigen Felsblock, der auf einen unförmigen Haufen kleinerer und unregelmäßigerer Steine ruhte. Mein Blick wurde von etwas Schwarzem angezogen; das schien ein Loch zu sein. Als wir näher kamen, stellte sich heraus, dass es eine Grotte war, deren Dach der riesige Felsblock bildete. Die eigentliche Öffnung war nicht mehr zu sehen, als wir ganz nah davorstanden, aber als wir über einige kleinere Felsen geklettert waren, kam sie wieder in Sicht, und wir betraten das Innere. Ich machte das Feuerzeug an.

Ich würde nicht sagen, dass ich überrascht war. Eine Wand entlang standen, mit einer steifen Plane bedeckt, aufeinandergestapelte Holzkisten. Es stank nach Fisch, und genau den enthielten die Kisten unter einer Schicht von zerstampftem

Eis, das bei diesen Temperaturen kaum schmolz. Wir hoben einige der Kisten an, alle schienen mit Fisch gefüllt. Ich fuhr mit der Hand hinein, kam aber nur etwa bis zur halben Tiefe. Wir entfernten Fische und Eis und fanden darunter eine weitere Schicht, die wiederum mit einer Plane bedeckt war.

Torben und ich sind keine Experten, aber zweifellos hatten wir es hier mit Munition zu tun. Im flackernden Schein meines Feuerzeugs sahen wir uns an und hatten es plötzlich recht eilig, den ursprünglichen Zustand wiederherzustellen. Jeden Augenblick konnte jemand kommen. Wir waren nicht allein auf Kerrera.

»Wir müssen schleunigst weg«, sagte ich, sobald wir die Grotte wieder verlassen hatten.

»Aber erst, wenn wir wissen, wohin der Pfad in der anderen Richtung führt«, sagte er.

»Bist du verrückt? Wenn die kommen, dann von da.«

»Gut, dann verfolgen wir ihn von oben, vom Klippenrand. Wenn jemand kommt, hat er bestimmt eine Lampe. Dann verstecken wir uns und lassen ihn vorbeigehen.«

Wir waren noch nicht weit gekommen, als wir einen Lichtkegel sahen, der abwechselnd über den Boden und die Felswände strich. Der Wind hatte sich tatsächlich etwas gelegt, denn ich konnte sogar das Gemurmel von Stimmen hören. Wir legten uns hinter einen von niedrigem Gesträuch umstandenen Felsen. Kein ideales Versteck, aber wir hatten keine Zeit, etwas Besseres zu suchen.

Der Lichtkegel und die Stimmen kamen näher. Es waren zwei Männer, und ein paar Meter von uns entfernt blieben sie stehen, um auf die Bucht hinauszusehen. Dies war der höchste Punkt der Uferlinie, und sie schienen da draußen irgendetwas zu suchen. Ich erkannte die Stimme O'Connells.

»Meinst du, er kommt rein?«, fragte er.

»Ziemlich rau heute Nacht.«

Das war vermutlich Dick.

»Ich versteh einfach nicht«, fuhr er fort, »dass er so was macht. Er weiß doch, was das für Folgen hat.«

»Wir wissen doch noch gar nichts Genaues«, sagte O'Connell. »Den Finnen hat er erledigt.«

»Und Mary?«, fragte Dick. »Schade, dass diese Schweden sie nicht lebend gesehen haben. Dann hätten wir Sicherheit. Aber MacDuff ist zu schwach. Wenn du glaubst, die springt ins Wasser und ertränkt sich vor seinen Augen, dann irrst du dich.«

»Das glaub ich auch nicht«, sagte O'Connell rasch. »Aber trotzdem wissen wir noch nichts. Es kann ein Unglück gewesen sein. Der Pentland Firth ist kein Picknick. Wir müssen uns ganz sicher sein, bevor wir was unternehmen können.«

»Das kriegen wir raus. Sobald er hier ist.«

Für einige Augenblicke wurde es still.

»Und die beiden?«, fragte O'Connell. »Was machen wir mit denen?«

»Kein Grund zur Eile. Dass sie hierhergekommen sind, zeigt nur, wie beschränkt die sind.«

Im selben Augenblick sahen wir ein Lichtsignal auf See, dem drei kürzere folgten.

»Er kommt nicht rein«, sagte der, der wahrscheinlich Dick war. »Heute Nacht jedenfalls nicht. Wir müssen bis morgen Nacht warten.«

»Und der Fisch?«, fragte O'Connell.

»Der bleibt da liegen. Du bleibst hier und passt auf, dass niemand den Kisten zu nahe kommt. Du weißt, worum es geht.«

»Das musst du mir nicht erklären«, antwortete O'Connell mürrisch.

Eine weitere Taschenlampe wurde eingeschaltet. O'Connell ging in Richtung auf die Grotte weiter. Dick blieb stehen, bis O'Connell dort angekommen war, dann ging er auf demselben Weg zurück, den beide gekommen waren. Erst als sein Lichtkegel verschwunden war, wagten wir wieder zu atmen.

Kriechend bewegten wir uns landeinwärts. Als wir die erste Hügelkuppe über der Steilküste hinter uns hatten, merkte ich, dass ich von zwei Arten Schweiß bedeckt war, dem üblichen und einem kalten, der mich frösteln ließ. Torben schien weniger beeindruckt.

»Den Pfad willst du doch jetzt nicht mehr untersuchen wollen, oder?«, fragte ich, als ich fast wieder normal atmete.

»Nein, lieber nicht. Aber es wäre keine schlechte Idee, die *Rustica* woandershin zu legen.«

»Und wie sollen wir zur *Rustica* kommen?«

»Wir müssen an Dicks Werft ein Ruderboot klauen. Oder hast du eine bessere Idee?«

»Und wenn er morgen früh aufwacht, ist das Boot weg. Dann weiß er Bescheid. Das geht so nicht.«

»Ich weiß«, sagte Torben. »Wir müssen es mit der *Sussi* zurückbringen.«

»Das heißt drei Fahrten. Und praktisch unter seinem Fenster.«

»Es ist dunkel.«

»Nicht dunkel genug. Und auf dieser Seite von Kerrera müssen wir außerdem an die Lichter von Oban denken.«

»Hast du einen besseren Vorschlag?«

»Ja«, sagte ich. »Wir klopfen und fragen, ob wir uns ein Boot leihen können. So werden wir wenigstens nicht auf frischer Tat ertappt. MacDougall kann bestätigen, dass unsere Geschichte stimmt.«

»Aber für ein paar Stunden haben wir kein Alibi, hast du das vergessen? Ganz sicher fragt er MacDougall, wann der sich von uns getrennt hat.«

»Wir haben im Clubraum gewartet, bis der Wind nachgelassen hat.«

»Deine Geschichte ist auch nicht besser als meine. Wenn man uns auf frischer Tat ertappt, können wir sagen, dass wir ihn nicht mitten in der Nacht wecken wollten und dass wir dachten, er hätte nichts dagegen, wenn wir uns sein Ruderboot leihen. Aber im Grunde ist es gleich. Sie verdächtigen uns sowieso. Du hast ja gehört, was er gesagt hat. Wir wissen zu viel, sie haben es nur nicht besonders eilig, uns umzulegen.«

»Dann können wir das Boot auch klauen und dann treiben lassen«, sagte ich. »Oder, noch besser, wir können es versenken.«

»Gute Idee«, sagte Torben. »Auge um Auge, Boot um Boot.«

Wenn meine Peilung richtig war, mussten wir der Ardentraive Bay ziemlich nahe sein. Ich orientierte mich am Leuchtfeuer an der Einfahrt in die Oban Bay. Wir gingen das letzte Stück am Weststrand von Kerrera entlang, da Dick wahrscheinlich den direkten Weg über Land zu seiner Werft eingeschlagen hatte. Es war wenig wahrscheinlich, dass es auf derselben Insel mehrere Schmugglerhöhlen gab.

Selbst wenn wir ein Ruderboot fanden, wo sollten wir hin? Daran hatte ich noch keinen Gedanken verschwendet. Flüsternd versuchten wir Klarheit in das zu bringen, was wir gehört hatten. Dass Dick und O'Connell Verbindungen zum Keltischen Ring hatten, schien klar. Wir wussten – und damit wussten wir mehr als Dick und O'Connell –, dass Mary noch am Leben war und dass MacDuff ein riskantes Spiel spielte. Ihretwegen hatte Pekka sterben müssen. Stand MacDuff das Gleiche bevor? Vielleicht war das kein Zufall. Anfangs wagte ich diesen Gedanken nicht auszusprechen, es konnte aber sehr wohl sein, dass Marys Aufgabe, ja Marys Mission darin bestand, Pekka und MacDuff zu Fall zu bringen.

Schließlich kamen wir auf die Munition und die Waffen, die Pekka in seiner Naivität nach Irland transportiert hatte. Selbstverständlich lag der Gedanke nahe, dass sie für die IRA bestimmt waren. Andererseits waren die nordirischen Häfen in MacDuffs Logbuch nicht übermäßig vertreten.

Ich erinnerte mich plötzlich an einen Namen, der ein paarmal kommentarlos oder aber im Zusammenhang mit dem Wort »gewartet« wiederholt worden war. »Bagh Gleann nam Muc.« Konnte es sich dabei um eine Art Zufluchtsort handeln, den nur MacDuff kannte? Wenn ja, dann lag er in dieser Nacht ganz sicher dort. Warum dieses »Bagh Gleann nam Muc« mir damals im Gedächtnis haften geblieben war, wusste ich nicht, aber dass es sich mir heute für alle Zeiten eingeprägt hat, ist nicht schwer zu verstehen.

Als wir eine Hügelkuppe auf der anderen Seite von Kerrera erreicht hatten und hinunter auf Ardentraive Bay sahen, die im Windschatten der Insel lag, war dort alles ruhig. Die *Rustica* lag da, wie wir sie verlassen hatten. Von der Werft drang kein Lichtschein herüber, aber Dick hatte natürlich auch keinen Grund zu zeigen, dass er noch nicht schlief. Wir schlichen uns hinunter zum Wasser und folgten dem Ufersaum bis zum Pier. Dicks Ruderboot war wegen der Gezeiten oben auf den Strand gezogen worden, vom Haus aus war die Stelle nicht einzusehen. Die Riemen lagen zu unserem Glück im Boot.

Wir schleppten das schwere Boot zum Wasser hinunter.

Ich zog die Socken aus und wickelte sie an der Stelle um die Riemen, wo sie in den Dollen lagen. Torben sah mit erstaunten Augen zu.

»Was guckst du so?«, sagte ich. »Wenn ich einmal die Chance habe, meine Hornblower-Lektüre zu nutzen, muss ich das auch machen. So haben die immer die Riemen zum Schweigen gebracht.«

Torben schüttelte den Kopf. Aber man hörte wirklich nichts, als wir uns langsam auf die *Rustica* zubewegten.

Torben kletterte an Bord. Ich reichte ihm die Riemen, und dann hielt er mich vom Deck aus fest, während ich auf dem Bootsrand stand und ihn unter die Oberfläche drückte. Das Ruderboot bestand aus massivem Plastik, und als es vollgelaufen war, sank es rasch. Mit Torbens Hilfe zog ich mich an Deck.

Etwas überrascht stellten wir fest, dass in unserer Abwesenheit offenbar niemand an Bord gewesen war. Alles war genau so, wie wir es verlassen hatten.

Ich hatte mich entschieden. Wir mussten MacDuff suchen, in gewissem Sinne hatten wir auf seine Kosten eine Art Gnadenfrist erhalten. Nachdem wir uns halbwegs aufgewärmt hatten, breitete ich die Seekarte aus und suchte nach Bagh Gleann nam Muc. Bald hatte ich gefunden, was ich suchte. Bagh Gleann nam Muc war die Bucht im Inneren des Gulf of Corryvreckan!

Wo sonst hätte MacDuff sich sicher fühlen können? Niemand würde sich bei schlechtem Wetter dorthin wagen. Niemand, dachte ich, außer mir und der *Rustica.* Im Handbuch der Clyde Cruising Association schlug ich Corryvreckan nach. An einen Satz erinnere ich mich noch wörtlich: »Corryvreckan ist am gefährlichsten, wenn eine von westlichen Winden aufgebaute Atlantikdünung auf ablaufendes Wasser trifft. Unter solchen Bedingungen ist eine Durchfahrt nicht möglich.«

»Was meinst du?«, fragte ich Torben. »Wollen wir?«

»Aber sicher. Jederzeit.«

Er dachte, wir machten uns einfach davon. Aber ich wusste, was uns bevorstand.

21

Wir setzten die Sturmfock und legten zwei Reffs ins Großsegel. Dass das mehr als genug Tuch war, merkten wir, sobald wir Rubh a Bhearnaig, die Nordspitze Kerreras, umrundet hatten. Draußen im Firth of Lorn, zwischen Mull und dem Festland, stießen wir auf raue, kabbelige See, was umso schlimmer war, als wir mit dem Ebbstrom fuhren. Das Gefährlichste für Segler ist Wind gegen Strom. Der Ebbstrom verlangsamt die entgegenkommenden Wogen und verlängert die Wellentäler, und er baut Wellen auf, die so steil werden, dass sie schließlich brechen. Das ist, als segelte man in einer unendlichen Brandung. Es gibt Tabellen, aus denen man leicht ersehen kann, dass es nicht mal eines starken Windes und eines großen Tidenhubs bedarf, um die Höhe der Wellen zu verdoppeln oder zu verdreifachen.

Der Firth of Lorn war dem Südwestwind schutzlos ausgesetzt, also mussten wir zwischen Kerrera und dem Festland kreuzen, eine sehr nasse Angelegenheit. Die *Rustica* nahm harte Schläge, aber auch jetzt stampfte sie nicht, wenn sie in die Wogen hineinlief. Mit leicht aufgefierten Segeln schnitt sie in die Wellen, glatt und würdevoll.

Am schlimmsten war es für Torben. Den größten Teil der dunklen Stunden bis zum Einsetzen der Morgendämmerung saß er am Ruder. Ich musste navigieren. Viele Landmarken hatten wir nicht, und bei dem Gezeitenstrom und der Abdrift durch den starken Wind musste man auf vieles gleichzeitig achten. Die einzigen Deckpeilungen waren die Leuchtfeuer Duart Point an der Südostspitze von Mull, die Südmarkierung Bogha Nuadh und die Leuchtfeuer an der Einfahrt in den Sound of Luing. Andererseits hatten wir fast überall tiefes Wasser, abgesehen von einer Stelle unmittelbar nördlich der Insel Insh, wo es zwei dicht unter der Oberfläche liegende Felsen gab. Man sah aber die brechenden Wellen über ihnen deutlich, und ich nutzte sie sogar als Vordermarken. Der weiß leuchtende Streifen der Brandung war in der Dunkelheit das einzige Anzeichen dafür, wo das Wasser endete und das Land begann.

Bis nach Corryvreckan waren es ungefähr fünfzehn Seemeilen, was man normalerweise in drei Stunden segelt. Ich wusste nicht genau, mit welcher Geschwindigkeit die Strömung setzte, aber ich ging davon aus, dass die Wirkung des Gezeitenstroms und der Abdrift sich ausgleichen würden. Als ich in der Gezeitentabelle nachsah, stellte ich indessen fest, dass wir nur zwei Stunden mit der Strömung segeln würden – das hieß, dass wir in Corryvreckan östlichen Strom haben würden, also Wind und Strömung in dieselbe Richtung. Das war nicht schlecht. Damit wurde uns auch die Entscheidung abgenommen, aus welcher Richtung wir nach Corryvreckan hineinlaufen sollten, denn es gab nur die eine Möglichkeit. Vermutlich war ohnehin nicht daran zu denken, bei hartem Gegenwind durch den Sound of Luing zu kreuzen. Der Sound war schmal, an seinem südlichen Ende wies die Seekarte Wellenlinien mit »Races« und »Overfalls« auf, die auf Gebiete mit gefährlichen Grundseen und Strömungswirbeln hinwiesen. Wir mussten weiter durch den Firth of Lorn, vorbei an den Isles of the Sea, die den keltischen Namen Garvellachs trugen. Dort hatte Pekka das Feuer gesehen und Mary gerettet, aber sie bei so schwerem Wetter anzulaufen war unmöglich.

Nach zwei Stunden kenterte der Gezeitenstrom. Während des eigentlichen Übergangs von Ebbe zu Flut in der ersten Stunde mussten wir nur gegen den Wind und die Wogen kämpfen. Es war mühsam, aber das Schlimmste kam, als der Strom gegen uns setzte. Gegen fünf Uhr sahen wir das erste Blinken der Leuchtfeuer auf Eileach an Naoimh, der südlichsten Garvellachsinsel. An der Deckpeilung war klar abzulesen, wie wenig Fahrt wir machten. Die Winkelveränderung war kaum messbar, und wir schienen stillzustehen. Aber diesmal frustrierte mich das weniger als sonst.

Bei hartem Wind und gegen den Tidenstrom unter Land zu kreuzen gehört zum Mühsamsten, was man sich vorstellen kann. Man hat ständig vor Augen, wie langsam es vorangeht. Auf offener See hat man keine Landmarken, und das Wissen, dass man nur wenig Fahrt macht, ist viel zu abstrakt, um wirklich beunruhigend zu sein. Die Gischt am Bug und das vorbeischießende Wasser – alles deutet daraufhin, dass man viel Fahrt macht.

Als die Morgendämmerung zwei Seemeilen südlich von Eileach an Naoimh den Kokon der Nacht zerriss, dachte ich nicht, sondern zitterte. Obwohl ich ahnte, was dieses bleiche, kränkliche Licht uns offenbaren würde, überstieg das, was wir sahen, meine schlimmsten Befürchtungen. Es heißt, die größte Furcht habe man vor unbekannten Gefahren, aber das trifft nicht zu, wenn die Morgendämmerung auf See enthüllt, was vor einem liegt. Die Seen waren sehr hoch, wie hoch genau, lässt sich schwer schätzen, aber als die Sonne aufgegangen war und sich ab und zu als Scheibe mit dunklem Ring hinter den Wolken am Horizont zeigte, verschwand sie ganz aus dem Blickfeld, wenn wir in ein Wellental fielen. Die Wogen trugen lange, zerfetzte Schaumstreifen, ein Anzeichen dafür, dass der Wind wieder Sturmstärke erreichte. Die *Rustica* krängte ständig bis zur Reling, Wasser strömte über das Deck. Aber wir segelten noch, und ich dachte nicht daran umzukehren, solange wir Fahrt machten. Es war beißend kalt, und ich wusste, ich würde das Ruder übernehmen müssen, bis wir am Ziel waren. Torben hatte seine Sache großartig gemacht, aber jetzt wirkte er müde, und das Schlimmste lag vor uns.

Wir konnten es bereits hören. Durch das Heulen und Kreischen des Windes, das Knallen der Segel und das Zischen und Singen der Wogen hörten wir ein dumpfes, mächtiges, durchdringendes Grollen wie Donner, der sich nach einem nahen Blitzeinschlag nicht mehr legen will. Es war das Getöse der sich unaufhörlich brechenden und wieder aufbauenden Wasserwand von Corryvreckan. Es war wirklich ein Wall aus tobendem Wasser, und wir würden nicht über ihn hinwegsegeln können, sondern mussten mithilfe der Strömung *durch ihn hindurch.*

Vor dem Wachwechsel setzte ich mich an den Navigationstisch, um mir den Kurs einzuprägen. Wenn wir im Sund waren, musste das Boot hermetisch verschlossen sein. Eine Zeit lang konnte ich mich für keinen der möglichen Kurse entscheiden, dann beschloss ich, weit draußen im Firth of Lorne zu bleiben und zu versuchen, die unangenehmsten Racesymbole auf der Seekarte zu umsegeln, bei der Insel Jura dicht unter Land zu bleiben und dann auf der Nordseite von Jura in die Bucht zu schlüpfen. Auf allzu nahe Bekanntschaft mit den Klippen wollte ich bei dem starken Seegang verzichten, zudem gab es in Landnähe eine schwache gegenläufige Strömung. Irgendjemand hat einmal behauptet, man könne bei gegenläufiger Strömung durch Corryvreckan segeln, indem man der Uferlinie »im Abstand eines Bootshakens«, folgte. Wir liefen dagegen Gefahr, auf eine Gegenströmung zu stoßen, wenn wir allzu dicht unter Land blieben und so den Wind gegen den Strom bekamen. Eine wirkliche Alternative gab es also nicht. Wenn wir die Bucht erreichen wollten, mussten wir uns in den »Great Race« begeben, wie die Seekarte es nannte, mit einer Bemerkung in Klammern: *Dangerous tidal streams.*

Als ich den Kurs festgelegt hatte, zog ich meinen Neoprenanzug an, der noch aus meiner Sporttaucherzeit stammte und den ich bei extremen Verhältnissen trage. So bleibt mir eine unförmige Schwimmweste erspart, denn der Nassanzug besitzt selbst Auftrieb und schützt außerdem vor Wärmeverlust, wenn man stark durchnässt ist, während Ölzeug das Umgekehrte unternimmt: den Segler warmzuhalten, indem es ihn trocken hält. Alle Segler wissen, dass das bei schwerem Wetter unmöglich ist.

Dann holte ich die Sturmluken, einen halben Zentimeter dicke Platten aus rostfreiem Stahl, und brachte sie über den Bullaugen und dem Niedergang an. Ich schloss die Ventilatoren an Deck vollständig und legte dann ein Sicherheitsgeschirr an. Nun war ich etwas ruhiger. Wenn die *Rustica* nicht von den Wogen zerschlagen oder auf die Klippen geworfen wurde, waren wir fast jeder Lage gewachsen.

Torben sah allerdings besorgt aus, das fiel mir trotz meiner Müdigkeit auf, die mir immer eine gewisse Gelassenheit schenkte. Während er mit dem Ruder kämpfte, verfolgte er meine Vorbereitungen.

»Wirds noch schlimmer?«, fragte er.

Ich nickte. Um uns zu verständigen, mussten wir einander in die Ohren schreien, und nicht einmal bei Rückenwind trug der Schall weiter als einen Meter. Der Sturm riss ihn praktisch fort. Ich setzte mich zu Torben ins Cockpit auf die Leeseite und beugte mich vor, damit er auch wirklich mitbekam, was ich sagte.

»Ja, es wird wahrscheinlich verdammt hart. Aber nur kurze Zeit, höchstens eine halbe Stunde. Dann sind wir in ruhigem Wasser. Geh runter und leg dich jetzt hin, aber wenn ich rufe, musst du bereit sein. Entweder kommst du an einer Sicherheitsleine an Deck oder du schließt dich in der Kabine ein und hältst dich fest.«

»Ich komm rauf.«

Rasch näherten wir uns den Klippen von Jura, sie waren schaumbedeckt, tauchten nur hin und wieder hinter meterhohen weißen Wellenkaskaden auf. Die *Rustica* jagte voran. Nach einer Wende in Richtung Land machten wir bei raumem Wind acht Knoten. Einige Male kamen wir ins Gleiten, und das Log schlug bis zum Rand aus, so wie damals, als wir uns Fraserburgh näherten. Und so wie damals hätten wir die Segelfläche verkleinern müssen, um die Fahrt zu verringern, denn es gibt immer das Risiko, dass man schneller als die Welle wird und mit dem Bug in die voranlaufende See gerät und gebremst wird, wobei sich der Druck aufs Rigg so stark vergrößern kann, dass das Schiff seine Stabilität verliert. Es kann dann querschlagen oder sogar kentern und unter dem sich heranwälzenden nächsten Wellenberg begraben werden. Man muss versuchen, die Wellen schräg abzulaufen.

Aber ich konnte nicht mehr auf Deck herumturnen, um zu reffen. Bereits zweimal waren so schwere Seen übergekommen, dass sich das Cockpit mit Wasser füllte. Was zu einem ebenso komischen wie gefährlichen Phänomen führte! Durch den Auftrieb meines Neoprenanzugs schwamm ich im Cockpit auf, bis das Wasser abgelaufen war. Was für ein Wahnsinn! Aber da betrug die Entfernung von Jura schon nicht mehr als eine Seemeile, also höchstens noch zehn Minuten, und dann würde ich alle Fahrt brauchen, um durch den »Great Race« zu kommen.

Der »Great Race« war ein langer hochschießender, wild bewegter Wellenkamm an Backbord. Ich hatte alle Hände voll zu tun, die *Rustica* auf Kurs zu halten und sie heil über die steilen Seen zu bringen, und ich konnte nur ab und zu aus den Augenwinkeln nach links gucken. Dort sah ich die riesige Wellenformation, die trotz ständig brechender Kämme stillzustehen schien wie eine Wand. Die Beschreibung im Lotsenhandbuch, die von einer lang gezogenen, brechenden, vertikalen Wasserwand sprach, war keine Übertreibung.

Der Bug der *Rustica* wies jetzt auf die kleine Insel Eilean Mor, unmittelbar westlich der Einfahrt nach Bagh Gleann nam Muc. Einen Augenblick erwog ich, zwischen Eilean Mor und Jura durchzulaufen, bis mir einfiel, dass die Seekarte auch für diese Passage ein »Race«-Symbol und ein verdecktes Felsenriff verzeichnete, auf einem Fahrwasser von höchstens dreihundert Meter Breite. Ich blieb bei meinem ursprünglichen Plan, durch die Wasserwand des »Great Race« hindurchzustoßen.

Einige Kabellängen westlich von Eilean Mor fierte ich auf und rief Torben nach oben. Er kam und hakte seine Sicherheitsleine ein. Dann richtete er sich auf und sah nach vorn. Als er sich wieder zu mir wandte, war sein Blick völlig leer. Ich bin mir sicher, dass er in diesem Augenblick überzeugt war, wir würden nicht lebend davonkommen. Und im selben Moment begriff ich, dass meine Entscheidung, hierherzukommen, um MacDuff und Mary zu warnen und zwei Leben zu retten, zwei andere Leben kosten konnte – unsere.

Ich luvte an und schoss mit der *Rustica* auf den donnernden »Great Race« zu. Sie brach mit dem Bug in den schäumenden Strudel und erbebte unter den auseinanderstrebenden wilden Kräften, die sie auseinanderzureißen suchten. Wirbel warfen uns mit erschütternden Schlägen herum, sodass ich das Ruder nur unter Aufbietung aller Kräfte halten konnte. Mit beiden Händen hielt ich es gepackt und versuchte zugleich, eine ungefähre Deckpeilung zu nehmen, bevor die Sicht ganz in schäumendem Wasser verschwand. Wir durften nicht zu weit nach Norden gedrückt werden. Der Strom versetzte uns ohnehin nach Nordosten, und auf der Seite der Insel Scarba lagen Untiefen, die einen starken Wirbel erzeugten. Einmal davon erfasst, wären wir nicht in der Lage gewesen, uns da wieder herauszuziehen. Wir würden jede Fahrt verlieren und von den Brechern in Stücke geschlagen werden. Die Gischt erfüllte die Luft wie Rauch, und meine Augen brannten vom Salz. Das Getöse war ohrenbetäubend.

Es war ein Kampf ums Überleben. Wir trieben unser Schiff direkt durch eine wild bewegte Wand aus Wasser. Ich bekam einen harten Schlag auf die Brust und landete auf dem kleinen Achterdeck hinter dem Ruder. Nur meine Sicherheitsleine hielt mich an Bord. Einige Sekunden lang war die *Rustica* völlig unter Wasser. Und bevor die Furcht kam, trat ein Moment des Friedens ein, weil unter der Oberfläche das Tosen schwächer war.

Aber dann kam die Atemnot. Im nächsten Moment schnappte ich keuchend nach Luft, und da war plötzlich wieder Luft, und ich konnte mich ins Cockpit zurückziehen und bekam das Ruder wieder in die Hand. Ich riss es herum und versuchte, die *Rustica* wieder auf Kurs zu bringen, nur nach dem Gefühl. Langsam richtete sie sich auf und schien das Wasser abzuschütteln. Torben war noch im Cockpit, hinter der Kabine zusammengekauert. Keuchend und spuckend versuchte er, Luft in die Lunge zu bekommen, aber er lebte. Wasser aus dem Hauptsegel stürzte auf uns herunter, was bedeutete, dass wir mindestens fünf Fuß Wasser über unseren Köpfen gehabt haben mussten.

Dann war es ebenso plötzlich vorüber. Wir waren zwischen Eilean Mor und Eilean Beag, die an der Mündung der Bucht lag, durch die Wasserwand hindurchgestoßen. Eilean Beag war jetzt etwa eine Kabellänge voraus. Ich legte das Ruder hart Steuerbord, holte die Großschot dicht und ließ die *Rustica* in die Bucht hineinschießen.

Torben brach in ein wildes Gelächter aus, als er sah, dass wir es geschafft hatten. Auch ich grinste, obwohl ich noch nicht den Überlebenstaumel empfand, der ihn anscheinend erfasst hatte. Ich wusste zu genau, wie nahe wir dem Tod gewesen waren. Aber wir hatten ruhiges Wasser vor uns, und das allein zählte in diesem Moment. Alles andere war bedeutungslos, auch das Fischerboot, auf dessen Vordeck MacDuff stand und zu uns herüberstarrte.

22

Ich starrte auf die Pistole, die neben ihm auf dem Tisch lag.

»Ihr könnt froh sein, dass ihr noch lebt«, sagte MacDuff, als er meinen Blick bemerkte. »Und ich meine den Corryvreckan.«

»Sind wir auch«, sagte Torben. »In meinem ganzen Leben bin ich noch nie so froh gewesen. Das Schießeisen kannst du weglegen. Das könnte die Freude ein wenig stören.«

MacDuff machte keine Anstalten, die Waffe wegzustecken. »Das hat doch Zeit«, fügte Torben hinzu.

»Was hat Zeit?«, fragte MacDuff.

»Solange der Wind sich nicht in ein laues Lüftchen verwandelt hat, geh ich hier nicht wieder weg. Wenn du uns erschießen willst, kannst du genauso gut warten, bis der Sturm vorbei ist. Wir laufen dir bestimmt nicht weg.«

Torben war wieder der Alte. MacDuff sah uns an, halb bewundernd, halb misstrauisch, dann steckte er seine Schusswaffe so selbstverständlich ein, als wäre sie ein Kamm oder ein Schlüsselbund.

»Das war erstklassig«, sagte er und sah mich an.

»Wieso?«, fragte Torben. »Könnte man nicht auch sagen, dass es dumm und unvorsichtig war und dass wir Glück gehabt haben?«

MacDuff erlaubte sich fast ein Lächeln.

Als wir in der *Sussi* zu ihm hinübergerudert waren und an Bord der *F 154* kletterten, lag bei aller Höflichkeit ein harter

Zug um seinen Mund. Wir gingen in die Kajüte hinunter, und da lag wie zufällig die Pistole auf dem Tisch. Ich kämpfte aus Leibeskräften gegen den Impuls, mich nach Mary umzusehen. Ich hatte ihm sofort angedeutet, dass ich etwas Wichtiges zu berichten hätte. Er aber hatte mir sofort zu verstehen gegeben, das habe keine Eile. Erst mal der Corryvreckan.

»Darauf braucht man nicht stolz zu sein«, beharrte Torben. »Wir könnten jetzt ebenso gut auf dem Meeresgrund liegen.«

»Ja«, antwortete MacDuff. »Tut ihr aber nicht. Es ist keine Kleinigkeit, in diesem Wetter durch Corryvreckan zu segeln. Du hast fast immer den richtigen Kurs genommen. Der einzige Fehler war, zwischen Eilean Mor und Eilean Beag reinzukommen. Da ist es härter. Es wäre besser gewesen, um Eilean Beag herumzusegeln.«

»Dann hätten wir in die Bucht reinkreuzen müssen«, wandte ich ein.

»Oder unter Motor fahren müssen. Um Corryvreckan zu überleben, ist alles gestattet. Aber wenn ich das sagen darf, Skipper, ich habe nicht geglaubt, dass du das schaffst. Oder es auch nur versuchst.«

Er hielt mir die Hand hin, und ich drückte sie ohne Zögern. Ich war kindlich stolz und warf Torben einen schnellen Blick zu, um festzustellen, ob er die Bedeutung des Lobs, das mir da zuteilwurde, auch verstand. Lotsen habe ich stets bewundert, und nun hatte einer der vermutlich besten schottischen Lotsen meine Seemannschaft ausdrücklich anerkannt. Wahrscheinlich errötete ich sogar, was mir im Allgemeinen völlig fremd ist. Torben schien allerdings nichts zu bemerken. Er war immer noch voller Freude, am Leben zu sein, und etwas anderes interessierte ihn im Moment nicht.

»Also, warum seid ihr hier?«, fragte MacDuff. Die Freundlichkeiten lagen hinter uns.

»Wir haben dich gesucht«, sagte ich, und mir wurde plötzlich klar, dass seine nächste Frage nicht so einfach zu beantworten sein würde.

»Woher wusstest du, dass ich hier bin?« Natürlich. Das musste er ja fragen.

»Wir haben es vermutet«, antwortete ich.

»Versuchs noch mal«, sagte er. »Das reicht nicht. Auf die Idee ist noch keiner gekommen, und nun wollt ausgerechnet ihr vermutet haben, dass ich hier bin? Übrigens hätte ich gern meine Schlüssel zurück. Ich hab nämlich gemerkt, dass ich ein bisschen darauf achten muss, abzuschließen. Unter uns Seeleuten hier oben muss man sich da sonst keine Sorgen machen.«

Die Schlüssel! Ich hatte sie völlig vergessen.

»Ja, natürlich«, antwortete ich automatisch. »Ich wollte sie nicht behalten.«

Die Schlüssel befanden sich noch immer in meiner Tasche, und ich legte sie auf den Tisch.

»Ich kann das erklären.« Aber MacDuff unterbrach mich.

»Ich bin gar nicht sicher, ob ich eine Erklärung brauche. Wozu auch?«

Ich sah Torben etwas hilflos an.

»Ich habe euch erlaubt, Invergarry Castle zu verlassen, weil ich dachte, ich könnte euch trauen. Aber offenbar hab ich mich geirrt.«

»Nicht ganz.«

Endlich griff Torben ein.

»Was willst du damit sagen?«, fragte MacDuff.

»Dass du dich jedenfalls auf den Skipper der *Rustica* verlassen kannst.«

»Obwohl er mir meine Schlüssel gestohlen hat?«

»Ich hab sie vergessen«, protestierte ich, aber niemand hörte hin.

»*Weil* er sie gestohlen hat«, sagte Torben. »Wenn Ulf in Corpach nicht auf deinem Boot gewesen wäre, hätten wir dich nie gefunden.«

»Aber ich hätte euch gefunden«, antwortete MacDuff, »da könnt ihr ganz beruhigt sein.«

»Sind wir auch. Aber da wärs wohl schon zu spät gewesen.«

»Zu spät?«

Zum ersten Mal, seit wir an Bord gekommen waren, ließ MacDuff etwas wie Unsicherheit oder zumindest Erstaunen erkennen. Mich hatte er mundtot gemacht, Torben aber hatte mit wenigen Sätzen den Notausgang gefunden. Jetzt beherrschte er das Gespräch, und MacDuff begann in den Bahnen zu denken, die Torben ihm unmerklich vorgab.

»Wozu zu spät?«, wiederholte MacDuff.

Torben ließ sich mit der Antwort Zeit.

»Zu spät, um dich vor deinen Kumpanen O'Connell und Dick zu warnen. Sie glauben dir nicht mehr.«

»Was die glauben, interessiert mich nicht.«

»Auch nicht, wenn sie denken oder zu wissen glauben, dass Mary noch lebt?«

Ich wartete auf einen Wutanfall, aber MacDuff ballte nur die Faust. Er schwieg eine Weile.

»Und um mir das zu sagen, habt ihr euer Leben riskiert?«, fragte er schließlich.

»Das war Ulfs Idee«, antwortete Torben, »nicht meine.«

»Was wollt ihr?«, fragte MacDuff.

»Zunächst einmal wollen wir wissen, warum Pekka sterben musste«, sagte ich schnell. »Dann wollen wir wissen, warum man uns umbringen wollte. Hast du Dick befohlen, uns in Neptun's Staircase zu ertränken?«

»Warum fragst du? Du kennst die Antwort.«

»Ich will sie trotzdem hören.«

»Ich hab euch gehen lassen. Das sagt genug.«

»Und Pekka? Hast du den auch gehen lassen?«

MacDuff antwortete nicht.

»Hast du Angst vor der Wahrheit?«, fragte ich.

Er zögerte einen Augenblick. »Wenn hier einer Angst vor der Wahrheit hat, bist du es.«

Ich saß einem Menschen gegenüber, der höchstwahrscheinlich einen anderen Menschen vorsätzlich getötet hatte. Wieso empfand ich trotzdem so viel Sympathie für ihn? Widerwillig dachte ich an das, was Mary gesagt hatte. Es gibt mildernde Umstände – schon der Ausdruck ließ mich schauern – in Form einer einfachen Rechnung. Wenn ich einen töte, bleiben zwei andere am Leben. Minus eins plus zwei macht plus eins. Verzichte ich darauf, den einen zu töten, dann sterben zwei oder sogar drei. Minus drei. Das war unwiderlegbar. Aber mit Menschenleben ist nicht zu rechnen. Es ist absurd, muss absurd sein. Ein Toter reicht aus, um jede Summe ins Minus zu drücken. Vielleicht hatte MacDuff recht; ich hatte Angst vor der Wahrheit, weil ich nicht wusste, was ich mit ihr anfangen sollte.

»Warum sollte Mary sterben?«, sagte ich und hörte, wie hohl meine Frage klang. »Und warum solltest du sterben, wenn Mary und Pekka am Leben blieben?«

»Woher weißt du das?«

Er wirkte ehrlich überrascht, verriet aber sonst keinerlei Erregung. Dass sein eigenes Leben bedroht war, schien ihn nicht weiter zu beeindrucken.

»Das hat Mary gesagt.«

Er wusste, dass ich nicht log.

»Hat sie noch mehr gesagt?«

MacDuff wirkte jetzt fast amüsiert.

»Sie hat gesagt, dass du ihr jeden Tag das Leben rettest.«

»Das stimmt«, antwortete er gelassen.

»Und dass sie trotzdem sterben wird.«

»Möglich. Aber nicht, solange ich am Leben bin.«

»Und das ist sozusagen der Grund, warum wir hier sind«, schaltete sich Torben wieder ein, der eine Zeit lang geschwiegen hatte.

Plötzlich begann MacDuff zu lachen.

»Ihr seid durch Corryvreckan gesegelt, um mit mir meine Überlebenschancen zu diskutieren?«

»Ich glaube, du verstehst mich falsch«, sagte Torben unerschütterlich. »Ulf hat nicht nur sein, sondern auch mein Leben aufs Spiel gesetzt, um dir zu sagen, dass du in Gefahr bist. Zum Beispiel wäre es unklug, wenn du heute Nacht nach Kerrera fährst, um die Munition zu holen.«

MacDuffs Lächeln verschwand.

»Das wisst ihr also auch.«

»Ich glaube, du verstehst noch immer nicht, was ich sagen will«, fuhr Torben fort, als hätte er das nicht gehört. »Wir haben unser Leben riskiert, um dein und Marys Leben zu retten. Wir haben Glück gehabt. Jetzt steht es plus vier. Wenn wir im Sund untergegangen wären, wäre es vielleicht unentschieden ausgegangen, vielleicht wären aber auch zwei weitere Leben verlorengegangen, darunter deines.«

Ich sah Torben an. Manchmal kam es mir so vor, als ob er meine Gedanken lesen könnte.

»Sollten wir dafür nicht auf irgendeine Weise belohnt werden?«, fragte Torben.

»Ich habe euch ja schon gefragt, was ihr wollt. Also was wollt ihr?«

Die Frage kam widerwillig, als erfülle er eine lästige Pflicht.

»Ulf hat schon gesagt, was wir wollen. Wir möchten mehr wissen.«

»Worüber?«

»Über den Keltischen Ring. Worüber sonst?«

»Das ist unmöglich.«

MacDuffs Worte klangen müde, aber endgültig.

»Aus einem einfachen Grund«, fuhr er fort. »Vielleicht habt ihr mir das Leben gerettet. Wenn ich euch sage, was ich über den, wie ihr ihn nennt, Keltischen Ring weiß, würde ich euch zum Tode verurteilen. Wäre das nicht undankbar von mir?«

»Und wer erfährt, dass du mit uns gesprochen hast?«, fragte ich.

»Ich«, sagte eine klare Stimme hinter uns.

Torben und ich drehten uns gleichzeitig um. Mary stand hinter dem Niedergang. Vermutlich hatte sie dort die ganze Zeit gestanden und alles gehört, was wir gesagt hatten. In der Hand hielt sie eine Pistole, die auf uns gerichtet war. Im Unterschied zu MacDuff einige Minuten zuvor hatte sie den Finger am Abzug.

»Ich sollte euch beide auf der Stelle erschießen«, sagte sie. »Ihr habt kein Recht, solche Fragen zu stellen.«

»Wir sind in einem Irrenhaus«, sagte Torben auf Dänisch zu mir.

»Wenn Mary verstanden hätte, was du gesagt hast«, sagte MacDuff in gebrochenem Norwegisch, »dann hätte sie euch wohl schon erschossen.«

Torben sah mich verblüfft an. MacDuff lächelte. »Ich hab ein paar Jahre auf norwegischen Bohrinseln gearbeitet. Ein paar Brocken hab ich dabei aufgeschnappt.«

»Was hat er gesagt?«, fragte Mary.

»Nichts Wichtiges«, antwortete MacDuff. »Ich glaub nicht, dass wir von ihnen was zu befürchten haben.«

»Wir haben von ihnen genauso viel zu befürchten wie von allen anderen«, antwortete Mary.

»Du hast es selbst gehört. Sie glauben, dass sie uns das Leben gerettet haben.«

»Noch ein Aufschub«, sagte Mary. »Irgendwann wird es ein Ende haben.«

Sie war um uns herumgegangen und stand nun dicht neben MacDuff, die Pistole noch immer in der Hand. Mir schien, dass ihre Worte MacDuff verwundeten.

»Mir genügt, dass sie gerade ihr Leben für uns aufs Spiel gesetzt haben«, sagte er. »Im Moment reicht mir das.«

»Nicht für mich. Nicht für die Sache.«

»Das ist nicht unser Problem«, sagte er zu ihr.

»Aber es ist mein Problem. Es wird immer mein Problem sein.«

»Möglich, aber solange ich dein Leben rette, bestimme ich, was du mit dem Leben anderer machst.«

In ihren Stimmen lag eine seltsame Mischung aus Härte und Zärtlichkeit. Ganz bestimmt liebten sie einander. Zugleich aber hatte ich das Gefühl, dass sie diese Liebe im Grunde nicht akzeptierten, sie sogar als ein notwendiges und unvermeidliches Übel betrachteten. Es war deutlich, dass sie nicht zueinanderpassten, nichts als Liebe hätte sie zusammenbringen können.

Während der Stunden, die wir miteinander verbrachten, hörte oder sah ich zwischen ihnen keine Spur von Freundschaft oder Verbundenheit. Wenn sie miteinander sprachen, waren ihre Worte sehr sachlich und kühl. In gewissem Sinne waren sie einander völlig fremd. Aber wenn sie sich ansahen, wusste man, dass sie unzertrennlich waren. Ein paarmal hörten sie gar nicht, was Torben und ich sagten. Wir saßen da wie Zuschauer im Theater, während die Schauspieler auf der Bühne vergessen hatten, dass sie vor einem Publikum standen.

Was sie im eigentlichen Sinn trennte, wusste ich nicht, und ich weiß auch heute noch nicht, ob ich es wirklich verstehe. Mary stand jedenfalls in enger Verbindung mit dem Keltischen Ring. Wollte man ihn als Organisation bezeichnen, war sie vermutlich Mitglied – aufgenommen oder geweiht. MacDuff hielt sich wahrscheinlich fern, er blieb für sich, obwohl auch sein Handeln offenbar von etwas bestimmt wurde, das nicht Teil seiner selbst war. Seine Selbstständigkeit war dennoch uneingeschränkt, und nicht einmal Mary konnte sie erschüttern. Nie hörte ich, dass MacDuff sich auf die Meinung eines anderen stützte, um eigene Ansichten zu untermauern. Er konnte auf so viel eigene Erfahrung zurückgreifen, dass er an sich und seinen Überzeugungen nicht zweifelte. Mary war die Gläubige, er der Skeptiker, der ohne jede Erwartung lebte. Er schien sein Leben nicht zu planen, sie aber das ihre bis ins Detail vorauszusehen.

Vermutlich haben wir es MacDuff zu verdanken, dass wir am Leben blieben, so sehe ich das heute. Der Kampf, der sich vor unseren Augen zwischen ihnen abspielte, war ein furchtbarer Anblick. Aber weder mir noch Torben war damals ganz bewusst, dass wir der Einsatz waren.

MacDuff sah auf und lauschte. Der Wind hatte keinesfalls nachgelassen. Wir konnten das Quietschen der Ankerkette in der Klüse hören, wenn das Boot schwoite, und gedämpft von der dicken Beplankung drang das dumpfe Grollen der Brecher von Corryvreckan herein.

»Die Ebbe fängt an«, sagte MacDuff zu mir. »Dann haben wir Strom gegen Wind, und unter den Bedingungen kann absolut niemand mehr hier einlaufen. Nicht mal Draufgänger wie ihr. Wollt ihr nicht heute Abend mit uns essen? Ich würde gern mehr über deine Segeltörns erfahren, und Mary muss euch besser kennenlernen.«

Er fragte mit freundlichem Nachdruck, als ginge es um ein Treffen unter Freunden an einem sicheren Ankerplatz. Aber es war eine unmissverständliche Aufforderung: Wir vier taten am besten daran, zur Normalität zurückzukehren. Ich hatte Torbens und mein Leben aufs Spiel gesetzt, um MacDuff zu warnen, und vielleicht auch, um unser Gewissen zu erleichtern. Aber wir hatten nichts dafür bekommen. Das Essen war unsere einzige Hoffnung, vielleicht doch noch ein paar Informationssplitter zu sammeln – zu welchem Zweck auch immer.

»In etwa zwei Stunden?«, sagte MacDuff.

Als wir aufs Deck traten, überfiel uns das ohrenbetäubende Donnern des Corryvreckan. Es war ablaufendes Wasser, wie MacDuff gesagt hatte, und die gewaltigen Brecher des Atlantiks trafen jetzt auf eine Strömung, die mit sieben bis acht Knoten durch den Corryvreckan raste. Bei diesen Verhältnissen konnte man das Brüllen des Wassers noch in zwanzig Seemeilen Entfernung hören, und wir waren nur knapp eine halbe Seemeile entfernt. Die von der Strömung aufgebauten Brecher konnten bis zu sieben Meter hoch werden. MacDuff hatte natürlich recht, von der Seeseite konnte uns niemand erreichen. Und wer es auf dem Landweg versuchen wollte, musste ein Boot kilometerweit über die unzugänglichen Höhenzüge der Insel Jura schleppen. Wir waren in Sicherheit, wenn auch eingeschlossen.

Torben war noch immer guter Dinge, als wir nach einer feuchten Fahrt mit dem Dingi auf die *Rustica* zurückkamen.

»Das haben wir ganz gut hingekriegt«, sagte er zufrieden. »Wär ja auch was gewesen, erst durch diese Hölle dort draußen zu fahren und dann eine Kugel auf den Pelz zu kriegen.«

»Aber viel haben wir nicht erfahren.«

»Na ja, das war auch nicht zu erwarten. Leute wie Mac-

Duff, die schon mal jemanden umlegen, fangen nicht aus Dankbarkeit an zu plaudern.«

»Es ist noch nicht vorbei«, sagte ich. »Wir haben das Essen noch vor uns.«

»Heute kriegen wir nichts mehr für unser Samaritertum, davon bin ich überzeugt. Stattdessen darf ich, ich weiß nicht zum wievielten Mal, erzählen, wie schweinekalt es auf der Nordsee war und wie ich mir die Seele aus dem Leib gekotzt hab.«

Das musste er tatsächlich, aber es gab doch eine Art von Gegenleistung.

23

Die beiden Stunden vor dem Essen widmete ich der *Rustica.* In den Tagen zuvor war so viel geschehen, dass ich keine Zeit gehabt hatte, sie so zu pflegen, wie sie es verdiente. Zwar hatte der Corryvreckan das Deck gründlich von Sand und Kies befreit, aber den Schmutzrändern am Freibord und auf dem Kajütdach hatte die See nichts anhaben können. Offenbar war es völlig gleichgültig, wo auf dieser Welt man sich befand. Überall fielen Ruß und Schmutz vom Himmel. Manche Orte waren schmutziger als andere, aber nirgendwo war die Luft so sauber, wie es den Anschein hatte, noch nicht einmal in Schottland, wo sie klar war und die Konturen der Landschaft sich so scharf abzeichneten, wie ich es nirgends sonst gesehen habe.

Ich scheuerte das Deck und rieb den Freibord mit einem in Spülmittel getränkten Lappen ab. Das war das Einzige, was half. Konzentriertes Spülmittel und das, was die Dänen als »Knogfett« bezeichnen – harte Arbeit. Auch Torben hatte offenbar das Bedürfnis, allein zu sein. Er schenkte sich ein Glas Rotwein ein und legte sich mit einem Buch in die Steuerbordkoje. Von Kelten und Druiden handelte es allerdings nicht. Aus meiner spärlichen Bootsbibliothek hatte er sich *The Riddle of the Sands* von Erskine Childers ausgesucht.

Erskine Childers! Ich wiederholte den Namen mechanisch, als mir meine Ignoranz auffiel. Warum hatte ich nicht früher an ihn gedacht? Ich hatte das Gefühl, ein zweiter Keltischer Ring umschließe mich; ein Ring, der die ganze Zeit vorhanden gewesen war, ohne dass es mir bewusst geworden war. Childers war wichtiger für mich gewesen als die meisten anderen Schriftsteller. Vielleicht hatte mein Entschluss, nach Schottland zu segeln, ganz andere Gründe, als ich bis dahin gedacht hatte. Es war, angesichts dessen, was Childers passiert war, ein erschreckender Gedanke.

»Kennst du das Buch, das du da liest?«, fragte ich Torben, als ich in die Kabine zurückgekehrt war.

»Nein«, antwortete er. »Ich habe gar nicht gewusst, dass es überhaupt existiert. Aber der Name des Autors hat mich neugierig gemacht. Von Erskine Childers ist in Coogans Buch über die IRA die Rede. Coogan schreibt, Childers sei einer der bekanntesten Märtyrer der IRA gewesen, seine Gedanken und Schriften seien noch immer lebendig und übten einen Einfluss auf die keltischen Nationalisten aus. Ist das derselbe Childers?«

»Ja«, antwortete ich, »das muss er sein.«

»Was hast du denn?«, fragte Torben, der merkte, wie verstört ich war.

»Lies das Buch zu Ende, und du weißt warum!« »

Eines wusste ich jetzt. Ich hatte ein Thema, über das ich mich mit MacDuff unterhalten konnte. Undenkbar, dass er Erskine Childers nicht gelesen hatte.

Es dämmerte bereits, als wir mit der *Sussi* ablegten. MacDuff hatte vorausschauend die Ankerlaterne eingeschaltet. Bereits auf halbem Weg war die Dunkelheit so dicht, dass wir die Umrisse der *Rustica* hinter uns nicht mehr erkennen konnten. Die eingeschaltete Ankerlaterne verriet auch, dass MacDuff sich völlig sicher fühlte: Hier würde niemand herkommen.

Der Donner von Corryvreckan begleitete uns, aber der Wind hatte nachgelassen, und ich dachte daran, dass MacDuff Bagh Gleann nam Muc wahrscheinlich würde verlassen können, wenn in ein paar Stunden die Flut einsetzte. Ich glaubte allerdings nicht, dass er nach Kerrera fahren würde.

Als wir an Bord stiegen, wurden wir herzlich empfangen. Mir war unbegreiflich, wie MacDuff die Spannung, die zwei Stunden zuvor in der Luft gelegen hatte, so völlig aufheben konnte.

Mary war keineswegs so ungerührt, wie wir feststellen konnten, als wir in die Kabine traten. Sie zeigte deutliche Spuren einer Erregung, die noch nicht ganz abgeklungen war. Aber sie lächelte und empfing uns mit entwaffnender Gastfreundlichkeit, die mich fast beschämte. Ein paar Stunden lang schien die Welt draußen nicht zu existieren. Torben versank in ein ruhiges, entspanntes Wohlbehagen, was sich unübersehbar in seinem Gesicht und seinem ganzen Wesen widerspiegelte. In solchen Momenten konnte er fast schamlos selbstzufrieden und einverstanden mit der Welt wirken.

Wir vermieden alle heiklen Themen. MacDuff und ich unterhielten uns über Schiffe und die See. Ihn von seinen Abenteuern auf See erzählen zu hören, war wundervoll und auf seltsame Weise bereichernd. Gemessen an dem, was er auf See erlebt hatte, waren meine Erfahrungen flach und unbedeutend. Für MacDuff war die Seefahrt nicht nur eine Lebensweise, sie war die Grundlage seiner Lebenssicht. Zur See zu fahren bedeutete, ständig mit dem Wandel zu leben, niemals etwas als selbstverständlich vorauszusetzen, immer aufs Neue Lektionen in Demut zu empfangen, weil man die See nie beherrschen konnte, weil man immer in Gefahr war. Wenn man auf See war, erfuhr man die wahre Bedeutung oder Bedeutungslosigkeit des Menschen.

An Land, so sagte MacDuff, hält man sich stets für wichtiger, als man es tatsächlich ist. Man versucht, Spuren zu hinterlassen, im Bewusstsein anderer und vor dem, was man für die Ewigkeit hält. Auf See sieht man ein, wie sinnlos das ist. Wenn ein Schiff vorübergezogen ist und das Kielwasser sich wieder beruhigt hat, ist alles so wie zuvor.

Für MacDuff lieferte die See nicht nur die Leitlinien, wie ein Mann an »das Geschäft des Lebens« gehen sollte. Sie lehrte noch mehr: die Ethik, die unseren Umgang mit den anderen Menschen bestimmen sollte.

Auch über Erskine Childers sprachen wir, den einzigen Menschen, zu dem MacDuff aufzublicken schien. Wenn er die Wahl gehabt hätte, so hätte er sich für Childers Leben entschieden.

»Sein gewaltsames Ende eingeschlossen?«, fragte ich.

»Gerade darum«, antwortete MacDuff. »Sein Tod hat dafür gesorgt, dass er nach wie vor unter uns ist.«

Währenddessen unterhielten sich Torben und Mary über keltische Geschichte, Druiden, Barden und irische Sagen. Ich verstand nicht viel, dazu war ich zu vertieft in mein Gespräch mit MacDuff. Ab und zu hörte ich einzelne Sätze, so zum Beispiel, als Torben Mary nach ihrer Ansicht über Cäsars Beschreibungen fragte, die dem modernen Verständnis der Kelten und der Druiden zugrunde liegen. Mary meinte, wahrscheinlich sei Cäsar der glaubwürdigste aller Autoren, die in der Antike über ihr Volk geschrieben hatten.

»Auch was den Schädelkult und Menschenopfer betrifft?«, fragte Torben.

»Ja, aber sicher«, antwortete Mary, ohne zu zögern.

Einige Zeit später hörte ich, wie Torben sie fragte, warum die Druiden ihre Macht so widerstandslos den christlichen Mönchen überlassen hätten.

»Vor allem in Irland«, fügte Torben hinzu, »ausgerechnet dem Land, in dem die Kelten am stärksten waren, weil sie niemals unter der Herrschaft der Römer leben mussten.«

»Das war kein Geschenk«, sagte Mary. »Sie haben nichts überlassen.«

»Entschuldige, ich verstehe nicht ganz«, sagte Torben.

»Die Druiden haben nicht über Nacht ein tausendjähriges Erbe verschenkt«, erklärte Mary. »Sie haben nur erkannt, dass das Christentum für eine überschaubare Zukunft die Welt beherrschen würde. Ihre Klugheit und ihre Fähigkeit zur Voraussicht waren so groß, dass sie sich nicht auf einen aussichtslosen Kampf einlassen wollten. Darum haben sie es vorgezogen, den Mönchen den Weg zu ebnen, und haben sie bei der Machtübernahme unterstützt. Als Gegenleistung aber haben sie sich ausbedungen, dass die Mönche das Erbe der Kelten bewahrten bis zu jenem Tag, an dem das Christentum seinerseits verkümmern und untergehen würde. Warum hätten die Mönche sonst so viel Energie auf die Aufzeichnung der irischen Sagen verwendet?«

Torben sah sie zweifelnd an.

»Fiacc, den der heilige Patrick zum Bischof Irlands weihte, war Druide. Das wissen wir. Natürlich glauben viele, die Druiden hätten die alten Weisheiten verworfen und wären Christen geworden. Aber so war es nicht. Die Druiden, die Bischöfe wurden, waren die Garanten dafür, dass ihr Glaube unter dem Deckmantel des Christentums von Generation zu Generation weiterlebte. Bis zu dem Tag, an dem ein keltisches Volk wieder Anspruch darauf erheben würde. In der christlichen Kirche hat es immer Priester gegeben, die zugleich Druiden waren. Am 27. Juni 1970 hat Iltud, der Erzbischof der Keltischen Kirche, den ersten Mönch des Avalonordens geweiht. Er sagte, er habe dies kraft eines Legats getan, das aus der Zeit der ersten Druidenpriester der Kirche stammt. Iltud hat aber einen großen Fehler gemacht. Er wollte die Druiden zu früh wieder zum Leben erwecken. Ein solcher Fehler wird sich nicht wiederholen.«

Ihre letzten Worte hatten geklungen wie eine Beschwörung. Aus ihr sprach eine unerschütterliche Überzeugung. Aber sie hatte nichts Fanatisches oder Sektiererisches. Sie versuchte nie, jemanden zu ihrem Glauben zu bekehren. Auch in dieser Hinsicht war sie den keltischen Grundsätzen absolut treu.

Ich hätte gern ihr Gesicht gesehen, als sie Torben antwortete, wagte es aber nicht, ihr in die Augen zu blicken. Ich kannte die Macht ihres Blicks. Ich fürchtete ihn nicht, wohl aber meine Reaktion auf ihn, das Gefühl, den Boden unter den Füßen zu verlieren.

MacDuff, der einige Augenblicke in Gedanken versunken gewesen war, schien ihre Worte über den Fehler des Erzbischofs gehört zu haben und sagte mit deutlichem Vorwurf: »Ja, solange Menschen über andere Menschen bestimmen wollen, werden Fehler gemacht. Und es spielt keine Rolle, ob es sich dabei um Erzbischöfe oder Diktatoren handelt.«

»Viele Menschen brauchen Führung«, antwortete Mary gereizt.

»Ja, natürlich«, sagte MacDuff mit leichter Ironie. »Die Führer, die Götter und die Bosse brauchen Führung. Wir anderen kommen ganz gut ohne zurecht.«

Mary und MacDuffs Blicke hakten sich wie Enterhaken ineinander, und ich spürte, dass die Schonzeit für diesen Abend vorüber war. Ich habe nicht auf die Uhr gesehen, glaube aber, dass sie einander einige Minuten lang in die Augen sahen. Torben und ich beobachteten sie schweigend. Ich weiß nicht, was in ihrem Inneren vorging, mich selbst hätte panische Angst befallen, wenn ich einem anderen Menschen so lange in die Augen hätte sehen müssen. Unmerklich und unendlich langsam wurden ihre Blicke sanfter, und als sie einander schließlich losließen, hatte sich die Spannung gelöst, war von Zärtlichkeit ersetzt worden.

Als Erster sprach MacDuff wieder. In einem ganz natürlichen Ton, als wäre er sich des Vorgefallenen nicht bewusst, sagte er: »Ich möchte mich für die Art, wie ich mich vorhin benommen habe, entschuldigen. Ich bin sonst nicht so unfreundlich zu Gästen. Ich hoffe, ihr könnt meine Entschuldigung annehmen.«

»Aber klar«, sagte Torben, der dabei jedoch Mary ansah.

»Dies sind einfach schwierige Zeiten …«, fügte MacDuff hinzu und schien ausnahmsweise nach Worten zu suchen.

Er wandte sich mir zu.

»Was hältst du von einem Ausflug nach Eilean Mor? Näher kommt man von Land aus nicht an Corryvreckan heran. Es lohnt sich.«

»Gern«, sagte ich.

Dies war eine Chance, wie man sie im Leben nur einmal bekommt. Torben schüttelte nur den Kopf.

»Habt ihr noch nicht genug von Corryvreckan?«, fragte er.

MacDuff lächelte und ging vor mir an Deck. Wir kletterten ins Dingi, MacDuff setzte sich an die Riemen und pullte mit kräftigen Zügen geradewegs in den Sund.

24

Der Wind flaut ab«, sagte MacDuff nach einer Weile. »Bestimmt weißt du, was das heißt.«

»Nein«, sagte ich. »Weiß ich nicht.«

»Es heißt, dass ich heute Nacht fahren muss«, sagte MacDuff entschlossen.

Ich wollte einwenden, dass es vielleicht andere Möglichkeiten gab, MacDuff aber sprach sofort weiter:

»Ich habe nicht vor zu erklären, warum ich wegmuss. Aber du kannst es als Beweis meiner Dankbarkeit dafür werten, dass du hergekommen bist und mich gewarnt hast, obwohl das wahrscheinlich unnötig war. Wenn ich heute Nacht nicht vor Kerrera auftauche, ist das verdächtiger als alles andere. Wer soll mich denn gewarnt haben, wenn nicht du? Das kann sich sogar so einer wie Dick ausrechnen, wenn er feststellt, dass die *Rustica* weg ist. Ich tu euch also einen Gefallen, wenn ich hinfahre.«

In der Dunkelheit konnte ich ein Lächeln ahnen. Ich erkannte, dass er gefühlsmäßig sehr wohl nachvollziehen konnte, warum wir so gehandelt hatten.

»Und wenn wir schon bei Gefallen sind – ich möchte dich um etwas bitten, etwas Persönliches. Ich frage dich nur einmal, und du hast natürlich jedes Recht, Nein zu sagen. Aber ich vertraue dir, und darum frag ich dich.«

»Ich verspreche niemals etwas«, sagte ich.

»Du brauchst mir nichts zu versprechen«, sagte MacDuff.

»Es ist viel einfacher. Ich möchte dich bitten, dich um Mary zu kümmern, wenn ich nach Kerrera fahre.«

Ich sagte nichts, und ich weiß noch nicht einmal, ob ich verblüfft war. Es kam völlig unerwartet, aber wir hatten hier schon so viel Unerwartetes erlebt.

»Um ihretwillen«, fuhr MacDuff fort, ohne auf eine Antwort zu warten. »Ich riskiere nicht viel, wenigstens nicht mehr als sonst. O'Connell und Dick sind kleine Menschen, sehr kleine Menschen. Sie führen Befehle aus, sogar meine Befehle. Das Problem ist, wie du vielleicht gemerkt hast, dass *ich* Befehle nicht in jedem Fall befolge. Darum sind eine ganze Menge Leute hinter mir her. Dass ich Mary an Bord habe oder sogar in sie verliebt bin, ist Befehlsverweigerung, die schlimmste, die ich begehen kann. Warum, kann ich dir nicht erklären, und zwar aus den gleichen Gründen wie vorhin. Aber so viel kann ich dir sagen; falls O'Connell erfährt, dass Mary am Leben ist und wo sie sich befindet, sind ihre Tage gezählt.«

»Und deine auch«, sagte ich.

»Ja«, antwortete MacDuff, »aber meine Tage waren gezählt, solange ich zurückdenken kann. Das Einzige, was wirklich zählt, ist Mary.«

»Ist sie bei uns nicht in ebenso großer Gefahr?«

»Es geht nur um einen oder zwei Tage. Und ich nehme Dick mit an Bord, damit er nicht versucht, euch zu finden. Wenn der aus dem Weg ist, braucht ihr euch keine Sorgen zu machen.«

»Das ist doch der, der uns in Neptun's Staircase umbringen wollte?«

»Sehr gut möglich.«

»Möglich? Du hast doch gesagt, er führt deine Befehle aus?«

»Das tut er auch. Aber er bekommt auch von anderen Befehle. Und ich weiß, dass er den Auftrag hatte, euch im Auge zu behalten.«

»Du meinst, uns unschädlich zu machen? Indem er uns die Kehle durchschneidet?«

»Nein«, sagte MacDuff ungerührt. »Das wohl nicht. Jedenfalls jetzt noch nicht. Vielleicht später.«

»Und trotzdem bittest du uns um einen Gefallen.«

»Ich hab leider keine andere Wahl.«

»Aber wer gibt denn die Befehle und warum?«, brach es aus mir heraus.

Ich konnte mich mit dem Gedanken, Mary an Bord zu haben, nicht anfreunden.

»Genau das ist das Problem«, sagte MacDuff. »Das weiß niemand so genau. Mary ahnt es vielleicht. Ihr könnt sie ja fragen.«

»Was meinst du mit ›um sie kümmern‹?«, fragte ich.

»Das ist ganz einfach«, versicherte MacDuff. »Ich bitte euch nur darum, sie drei Tage lang bei euch an Bord zu lassen. Ihr könnt auch ein wenig Ruhe gebrauchen. Ich schlage vor, ihr macht einen Törn um Mull. Morgen könnt ihr nach Drambuie segeln, da ist zu dieser Jahreszeit keine Menschenseele. Und wenn es euch da zu einsam wird, könnt ihr mit dem Dingi nach Tobermory übersetzen und ein Bier trinken. Unter der Voraussetzung, dass Mary an Bord bleibt. Für den Donnerstag schlage ich einen der Ankerplätze vor Ulva vor. Da gibts ein paar gut geschützte Stellen. Und Freitag treffen wir uns in Tinker's Hole, einem perfekten Ankerplatz an der Südwestspitze von Mull. Wenn ihr zu früh dort seid, könnt ihr einen kleinen Ausflug nach Iona machen. Auf Iona ist der heilige Columban an Land gegangen, um das Christentum in Schottland einzuführen. Es gibt da eine Kathedrale und einen Friedhof, Reilig Odhrain, wo achtundvierzig schottische, acht norwegische und vier irische Könige begraben sein sollen. So etwa. Das ist einen Besuch wert, vor allem wenn man sich so für keltische Geschichte interessiert wie ihr.«

MacDuff schien das Bild einer unschuldigen Feriensegeltour heraufbeschwören zu wollen. Er vergaß, dass die Westseite Mulls schutzlos dem Atlantik ausgesetzt war; fünftausend Seemeilen leeres Meer bis zu den nebelverhangenen Fischbänken vor Neufundland. Und wir hatten noch immer Winter, das Wetter konnte jederzeit binnen weniger Stunden umschlagen.

»Das Wetter kann uns aufhalten«, wandte ich ein.

»Wenn ihr durch Corryvreckan gesegelt seid, kommt ihr auch um Mull herum.«

»Und wenn dir was zustößt?«, fragte ich. »Was machen wir dann?«

»Mir stößt nichts zu.«

»Aber falls dir was zustößt …« Ich blieb beharrlich.

MacDuff schwieg eine Zeit lang – was ich als Eingeständnis wertete, dass auch ihm etwas zustoßen konnte, etwas anderes, eine andere Gefährdung, als Himmel und Meer sie bereithielten.

»Wenn mir etwas zustößt, könnt ihr tun, was ihr wollt. Ihr könnt Mary an Land setzen, wo immer sie will. Ihr könnt sie mitnehmen, falls sie das will. Aber versucht nicht, sie zu verfolgen, und lasst euch keine ›Heldentaten‹ einfallen, um sie zu ›retten‹. Wenn ich, gegen alle Wahrscheinlichkeit, nicht zurückkomme, wird keiner auf der ganzen Welt einen Finger krumm machen, um euch zu helfen.«

Wir näherten uns rasch Eilean Mor. Der Mond war aufgegangen, und er warf einen fahlen Schimmer über die Wasserkaskaden von Corryvreckan. MacDuff musste nach dem

Geräusch der Brecher und einer Deckpeilung mithilfe seiner eigenen Ankerlaterne gesteuert haben. Nicht ein einziges Mal hatte er sich zur Kontrolle des Kurses umgedreht. Er setzte das Dingi in einer kleinen, geschützten Bucht auf Sand, und wir zogen es zusammen ein Stück auf den Strand hinauf. Dann erstiegen wir die höchste Erhebung der kleinen Insel und sahen uns einem großartigen, gespenstischen Schauspiel gegenüber. Beim schwachen Licht des Mondes und des Meeresleuchtens wirkten die sich brechenden Seen wie leuchtende, lebendige Wesen, sie stiegen und fielen, verschwanden und erstanden in einem heillosen Wirrwarr von Kreuzseen wieder neu. Dort zu stehen gab mir das Gefühl, mich in einer anderen Welt zu befinden, und ich meinte zu verstehen, wie leicht es den Kelten der Vorzeit gefallen sein musste, die Grenze zwischen Wirklichkeit und Traum aufzuheben. Tiere und Menschen, Natur und Zivilisation waren für sie zwei Seiten derselben Sache. Sogar ihre Werkzeuge besaßen eine Seele. Zu geschickten Handwerkern sah man auf wie zu Göttern. Uns, die ohne Grenzen zwischen Wirklichkeit und Fantasie, zwischen Gewissheit und Glaube nicht zu leben vermögen, fällt es schwer, Verständnis für ein Volk aufzubringen, das in allem nur eine Wahrheit fand und in unerschütterlicher Gewissheit lebte. Nirgendwo in den Zehntausenden von Verszeilen, die in den alten irischen Handschriften bewahrt sind, ist die Rede von jemandem, der eine Lüge von sich gab. Dieses Wort existiert nicht, ebenso wenig wie die Kelten über Begriffe wie Märchen oder Sage verfügten.

»Solch ein Anblick kann ein ganzes Leben lebenswert machen«, sagte MacDuff.

Lange standen wir schweigend da. MacDuff brach die Verzauberung.

»Was meinst du also dazu?«, fragte er.

»Das ist keine kleine Bitte«, sagte ich nach einer Weile. »Was bekommen wir dafür?«

»Nichts«, sagte MacDuff kurz. »Ich feilsche nicht. Ich bitte um Hilfe. Ich kann Mary nicht hierlassen.«

»Warum nicht?«

Seine Stimme ließ einen Anflug von Zorn erkennen, so als ob ich hätte verstehen *müssen.*

»Weil sie erfrieren würde«, antwortete MacDuff knapp.

Darauf war keine Antwort möglich. Wieder standen wir vor einer vollendeten Tatsache. Ich fragte mich, ob MacDuff kalt damit rechnete, dass ich zu gutmütig war, um Nein sagen zu können. Dieses Mal aber wollte ich nicht ohne Weiteres nachgeben. Ich musste noch mehr über den Hintergrund der ganzen Geschichte erfahren.

»Ich muss natürlich mit Torben sprechen«, sagte ich zuerst.

MacDuff nickte.

»Ich selbst bin einverstanden, allerdings unter einer Bedingung: dass ich mehr über die damit verbundenen Risiken erfahre.«

MacDuff sah mich ablehnend an.

»Wenn ich drei Tage lang die Verantwortung für Mary übernehmen soll«, fuhr ich fort, »muss ich wissen, was sie riskiert und welchen Gefahren sie sich aussetzt. Ich will wissen, warum Pekka sterben musste. Ich will wissen, wovor sie gerettet werden musste.«

MacDuff schüttelte den Kopf.

»Gerade du musst doch einsehen«, sagte ich, »dass ich Mary nicht einfach wie ein Gepäckstück herumschleppen kann. Ich bin nicht Pekka. Ich hab sie vor nichts gerettet. Vor ein paar Stunden war sie bereit, uns zu erschießen. Und du verlangst, dass ich mich ohne jede Garantie um sie kümmere.«

»Sie würde deine Gefühle verstehen«, sagte MacDuff. Seine Stimme ließ jedoch ein Zögern erkennen.

»Sehr gut möglich, aber ich möchte nicht rumsegeln wie ein blindes Huhn. Nicht mit Mary. Das wäre für sie ebenso gefährlich wie für uns.«

Meine Worte schienen Eindruck gemacht zu haben, denn er protestierte nicht. Er schwieg lange. Dann sagte er: »Einiges kann ich dir erzählen, aber nicht alles. Dann musst du selbst entscheiden, ob dir das genügt. Es gibt Dinge, über die kann ich nicht sprechen, auch wenn sie für mich unwichtig sind.«

»Warum?«

»Weil Mary mich verlässt, wenn sie es erfährt.«

Das glaubte ich sofort. Mary war eine sehr entschlossene Frau, daran konnte es keinen Zweifel geben.

»Wo soll ich anfangen?«, fragte er.

»Kannst du mir erklären, warum Menschen wegen der Kelten sterben müssen?«

MacDuff starrte in die Dunkelheit, dann antwortete er: »Das frage ich mich auch. Diese Frage stelle ich mir jeden Tag.«

»Und die Antwort?«

»Es gibt keine. Im neunzehnten Jahrhundert sind in Irland eine Million Menschen bei der großen Hungersnot gestorben. England hätte das verhindern können. Und warum hat man das nicht getan? Warum hat man es zugelassen? Nicht mal wirtschaftlich ist das zu erklären. England verlor Kapital, als es die Menschen verhungern ließ, aber noch nicht einmal das hat seiner Verelendungspolitik ein Ende bereiten können. Bei der Befreiung Irlands sind Tausende von Menschen gestorben. England hätte auch das verhindern können. Und warum ist es nicht geschehen?«

»Die Iren hätten ja nicht zu den Waffen greifen müssen«, wandte ich ein.

»Wirklich nicht? Das ist die Frage. Wer kann die beantworten? Noch 1920 konnte man in Dublin Schilder sehen, die von Engländern angebracht worden waren, die Arbeitskräfte suchten: ›Iren und Farbige brauchen sich nicht zu bewerben‹. Weißt du, warum ältere Häuser in Irland so wenige Fenster haben? Weil die Engländer mit ihrer wahnsinnigen Jagd nach verschiedenen Methoden zur Ausplünderung der Iren eine Steuer auf Fenster einführten. Erst 1950 haben in der Bretagne die Volksschullehrer, natürlich echte Franzosen im französischen Staatsdienst, aufgehört, Kinder zu verprügeln, die es wagten, ein Wort auf Bretonisch, ihrer Muttersprache, zu sagen. Und man hängte den Kleinen einen alten Holzschuh um den Hals. Was glaubst du, warum Frankreich niemals die Menschenrechtserklärung unterschrieben hat? Aus einem einzigen Grund. Die Erklärung zwingt die Unterzeichner, die Sprachen ihrer Minoritäten anzuerkennen. 1870 führte die englische Regierung ein Gesetz ein, das verfügte, alle Kinder, die im Klassenzimmer oder in den Pausen Walisisch sprachen, hätten mit einem Schild herumzulaufen, auf dem stand: ›Welsh Not‹. Anfang des Jahrhunderts schrieb die *Times,* je eher das Walisische ausgerottet sei, desto besser. Ich könnte die ganze Nacht so weitermachen. Du fragst, warum die Iren zu den Waffen gegriffen haben. Ich weiß keine Antwort. Diese Frage kann man einem Staat stellen, einem Diktator oder einer Regierung. Man kann sie an Individuen richten. Ein Volk kann man nicht fragen. Aber Irland hat die Unabhängigkeit erkämpft.«

»Was ist ein Volk?«, fragte ich weiter, »wenn nicht eine Ansammlung von Individuen? Menschen werden von Menschen getötet, nicht von einem Volk.«

»Manchmal frage ich mich«, sagte MacDuff, »ob es überhaupt Individuen gibt. Wenn ein Volk wie die Kelten seit über dreitausend Jahren existiert, dann frage ich mich, ob nicht das ganze Volk in jedem Individuum ist. Mein ganzes Leben lang habe ich für ein freies keltisches Volk gekämpft. Manchmal habe ich mich gefragt, warum. Hätte ich mit meinem Lotsendasein nicht zufrieden sein können? Ich habe meine Arbeit, die See, die Landschaft, die Menschen, die ich kennenlerne. Aber nein, das kann ich nicht. Und ich meine es genau so: Ich kann nicht anders. Solange die Kelten kein freies Volk sind, bin ich auch nicht frei. Ich bin kein Revolutionsromantiker, das kannst du mir glauben. Ich kämpfe nicht für einen zukünftigen keltischen Staat oder eine keltische Nation. Ich verabscheue Staaten und Nationen, so wie es die Kelten immer getan haben. Ich kämpfe nicht für eine Staatsform und noch nicht einmal für Demokratie. Ich kämpfe darum, dass die Kelten selbst bestimmen dürfen, wie sie leben und sterben wollen. Das genügt mir. Wenn wir frei sind, können wir darüber nachdenken, auf welche Weise wir frei sein wollen.«

»Wird es dann dafür nicht zu spät sein?«, fragte ich.

»Zu spät! Viel schlimmer wäre es, wenn wir das zu früh machten. Das ist das, was viele Leute nicht verstehen. Sie glauben – wie das Baskenland oder die Nordiren –, dass man mit ein paar Männern einen Aufstand inszenieren und die Besatzungstruppen aus dem Land treiben kann. Und danach sollen diese Männer dann den anderen beibringen, was sie eigentlich wollen und brauchen. Das ist die Haltung von Politikern. Von der Sorte haben wir hier auch welche. Dick und O'Connell zum Beispiel – denen gehts um die Macht, und sie glauben, für alle anderen denken zu müssen.«

»Trotzdem schmuggelst du Waffen für sie?«, wandte ich ein.

»Nicht für sie!«, sagte MacDuff heftig. »Ich bringe die Waffen dorthin, wo sie gebraucht werden. Ich transportiere

Waffen, damit man Druck mit ihnen ausüben kann, nicht, damit sie benutzt werden.«

Er machte eine abwehrende Handbewegung, um einem möglichen Einwand zuvorzukommen.

»An jenem Tag, an dem die Kelten der Welt verkünden, dass in Schottland, in Wales oder in der Bretagne freie Völker leben, werden wir sie brauchen. Wenn die Kelten nicht mehr für ausländische Parteien stimmen und ihre Unabhängigkeit erklären. Dieser Tag ist nicht mehr sehr fern. England, Frankreich oder Spanien werden so etwas niemals akzeptieren, und selbst wenn das auf demokratischem Weg zu erreichen wäre, würde das nicht viel ändern – sowenig wie in Lettland oder Litauen. Eines Tages brauchen wir Waffen, um zu zeigen, dass es uns ernst ist.«

»In Ostdeutschland oder in Polen haben sie keine Waffen gebraucht.«

»Nein«, sagte MacDuff, »weil die Sowjetunion keine Bedrohung mehr war. Es wäre das Gleiche, wenn die englische Regierung zu Wales und Schottland sagte: ›Bitte schön, macht, was ihr wollt, wenn ihr Kelten sein wollt, könnt ihr das sein, wir haben kein Interesse mehr daran, euch zu regieren. Behaltet das Öl, das Land und was ihr sonst noch so habt. Es gehört alles euch …‹ Aber das werden sie niemals sagen. Und darum brauchen wir Waffen.«

»Aber einige von euch wollen sie natürlich schon heute benutzen?«

»Ja«, antwortete MacDuff. »Manche wollen das. Was soll ich dagegen tun?«

»Versuch, es zu verhindern!«

»Und wie?«, fragte MacDuff. »Mit Gewalt? Vielleicht mit einem Bürgerkrieg, wo wir gerade dabei sind, ein freies Volk zu werden?«

Er wartete meine Antwort nicht ab.

»Du musst wissen«, fuhr er fort, »es gibt viele, die für die Kelten kämpfen, und nicht alle sind so vernünftig, wie ich mir das wünsche. Aber sie sind Kelten. Manche romantisieren die Gewalt, so wie Dick und O'Connell. Es gibt Druiden jeder Schattierung, von reinen Philanthropen bis zu heidnischen Fundamentalisten mit der Sichel in der einen und dem Schwert des König Artus in der anderen Hand. Es gibt keltische Gesellschaften und Sprachvereine und Schulen. Es gibt die keltische Musik. Ich kann kein Monopol dafür beanspruchen, wie die Befreiung vonstattengehen soll. Aber ich hoffe, dass sie friedlich verläuft. Und ich bin überzeugt, dass das auf unserer Seite, von einigen wenigen Ausnahmen abgesehen, auch der Fall sein wird. Das Problem ist nur, dass England und Frankreich die Gewalt einiger weniger mit massiver Gegengewalt beantworten werden. Und unter anderem deshalb gibt es den Keltischen Ring.«

MacDuff verstummte. Ich sagte nichts und wartete gespannt.

»Du wirst mir etwas versprechen«, sagte er nach einer Weile. »Auch wenn du nicht an Versprechen glaubst. Wenn du meinst, dass du es nicht halten kannst, sag es jetzt. In deinem eigenen Interesse, in Torbens Interesse und in Marys Interesse darfst du niemals jemandem sagen, was ich dir jetzt über den Keltischen Ring erzähle. Auch Torben nicht.«

»Ich verspreche es«, sagte ich mühsam. Es war ein Versprechen, das nicht leicht zu halten sein würde.

»In allen keltischen Gebieten gibt es heute Menschen, die sich auf unterschiedliche Art und Weise dafür einsetzen, dass ihre jeweiligen keltischen Länder frei und selbstständig werden. Überall gibt es Druidenorden mit Tausenden von Mitgliedern, die in ihren Zeremonien und Feierlichkeiten zur

Vereinigung der Kelten aufrufen. Alle keltischen Länder haben ihre nationalistischen Parteien und mehr oder weniger aktive bewaffnete Widerstandsbewegungen. Überall gibt es keltische Radio- und Fernsehsender. Jährlich werden keltische Kongresse mit Hunderten von Delegierten aus allen keltischen Ländern abgehalten. Gemeinsam sind sie eine gewaltige Kraft, als Einzelne aber können sie nicht sehr viel erreichen. Beispielsweise findet man über keltische Kongresse kaum etwas in den Medien. Sie gelten als Touristenattraktion, mehr nicht. Oder nimm die nationalistischen Parteien. All die Jahre haben sie darunter gelitten, dass sie sich in ihren Ländern für Koalitionen mit den Sozialisten, den Liberalen oder den Konservativen entscheiden mussten. Keiner hat ihnen gesagt, dass die wichtigste Trennlinie ganz woanders verläuft. Denn natürlich haben die Kelten niemals an Staaten oder an Nationen geglaubt. Sie wollten in Konföderationen leben, in freien Bündnissen zwischen Völkern, die selbst entscheiden, wohin sie gehören wollen. Die Fehler und Missverständnisse der nationalistischen Parteien haben in der Vergangenheit viel Schaden angerichtet.

Damit ist jetzt Schluss – denn nun gibt es den Keltischen Ring. Der Keltische Ring ist ein innerer Kreis von Menschen aus allen keltischen Ländern. Er hat eine einzige Aufgabe, nämlich alle Anstrengungen zur Befreiung der keltischen Länder zu koordinieren. Sein Symbol ist eine Sichel, keine sozialistische, sondern eine keltische. Wenn du eine Sichel nimmst und sie auf die Landkarte Europas legst, sodass sie mit der Spitze auf dem Westen Galiziens liegt, dann verstehst du warum. Die Sichel verbindet die keltischen Völker, Galizien, die Bretagne, Wales, Irland und Schottland. Das Ziel ist ein Bündnis keltischer Völker, mit offenen Grenzen und Kulturen, aber ohne gemeinsame Führung.«

Ich begriff, wie nahe Torben der Wahrheit gekommen war.

»Der Ring ist geheim«, fuhr MacDuff fort, »und alle, denen er bekannt ist, wissen und akzeptieren, dass er geheim sein muss. In Schottland hat man bereits einen Regierenden Rat bestimmt, der das Land in den ersten Jahren nach der Selbstständigkeit führen soll. Das ist kein Geheimnis. In den anderen besetzten keltischen Ländern aber wäre eine Mitgliedschaft gefährlich, wenn herauskäme, dass die keltische Befreiungsbewegung so gut organisiert ist.«

»Hat der Ring Macht?«, fragte ich.

»Hängt davon ab, was man darunter versteht. Im Allgemeinen übt der Ring über Menschen keine direkte Macht aus. Er hat Einfluss, großen Einfluss, aber mehr in Form des täglichen Beitrags seiner Mitglieder zur Förderung der keltischen Kultur. Der Ring schafft Voraussetzungen. Ohne den Ring wäre der Kampf der IRA schon lange verloren, aber die IRA ist sich noch nicht einmal bewusst, dass sie nur eine Schachfigur in einem viel größeren Spiel ist, das mit ihren Methoden nicht zu gewinnen ist. Wenn Nordirland erst einmal befreit ist, wird es nicht lange dauern, bis Schottland und Wales den gleichen Status erreichen.

Aber der Ring hat große, fast uneingeschränkte Autorität über Menschen, die sich bereit erklärt haben, direkt für ihn zu arbeiten. Mary und ich. Oder Dick. Übrigens gehört auch MacDougall dazu, du hast ihn auf Kerrera bestimmt kennengelernt. O'Connell andererseits weiß nichts. Er glaubt, dass er für die IRA arbeitet. Er glaubt, dass er die Arbeit Ruairi O'Bradaighs fortsetzt, der damals Kontakte zur baskischen ETA hergestellt hat. Auch O'Bradaigh träumte von freien keltischen Ländern, aber das Einzige, was er zustande gebracht hat, waren fünfzig Pistolen von der ETA. O'Connell ist ein Träumer, der dem Keltischen Ring nicht viel nützt.

Wir anderen haben einen Schwur geleistet, dem Ring immer treu zu sein. Wir führen Aufträge aus, aber wir erteilen uns gegenseitig keine Befehle. Es gibt unter uns keine Hierarchie, von der natürlichen Autorität abgesehen. Wir befolgen Befehle, aber nicht blind. Es gibt eine wichtige, alles entscheidende Grenze. Jeder hat das Recht, einen Befehl zu verweigern, er hat aber nicht das Recht, die Ausführung des Befehls durch einen anderen zu verhindern. Verstehst du jetzt? Verstehst du, warum ich nicht verhindern konnte, dass ihr in Neptun's Staircase fast ums Leben gekommen seid? Ich habe noch nicht einmal gewusst, dass so etwas geplant war. Und selbst wenn ichs gewusst hätte – ich hätte nichts dagegen tun können.«

»Hattest du auf Invergarry Castle einen Befehl?«

»Ja.«

Er schwieg einen Moment. Dann sprach er weiter:

»Aber ich habe mein Recht in Anspruch genommen, die Ausführung dieses Befehls zu verweigern. Und der Ring erteilt niemals zwei Leuten denselben Befehl. Das würde die Funktion der Befehlsverweigerung als Sicherheit gegen jeden Machtmissbrauch untergraben. Weigert sich jemand, einen Befehl auszuführen, muss dieser Befehl noch einmal überprüft werden.«

»In unserem Fall aber wurde er offenbar bestätigt?«

»Das weiß ich nicht«, sagte MacDuff. »Sehr gut möglich, dass ihr nur aus Schottland und Irland verjagt werden solltet. Manchmal hat mein Wort Gewicht. Ich habe meine Weigerung damit begründet, dass ihr nichts Entscheidendes über den Ring wisst.«

»Und wie wurde das aufgenommen?«

»Das weiß ich nicht.«

»Und Pekka?«, fragte ich.

MacDuff drehte sich hastig um. In der Dunkelheit konnte ich seinen Gesichtsausdruck nur schwer erkennen. Ich befürchtete, dass ich zu weit gegangen war.

»Pekka war gefährlich«, sagte MacDuff nach einiger Zeit. »Wie er von der Existenz des Rings erfahren hatte, weiß ich nicht. Aber so etwas kommt vor. Er hatte sich sein ganzes Leben lang für mehr oder weniger geheime Gesellschaften interessiert, viel Geschichte gelesen. Er wusste alles über Druidenorden, Freimaurerlogen und den Templerorden. Vielleicht hatte er nur eine Vermutung, verfolgte eine Spur und fügte dann die Puzzleteilchen zusammen. Und traf ins Schwarze. Das hätte vielleicht nicht ausgereicht, ihn zum Tode zu verurteilen – falls überhaupt einer von uns bereit gewesen wäre, das Urteil zu vollstrecken. Aber ... da war die Sache mit Mary.«

MacDuff schwieg lange. Ich glaubte, nun habe er einen Punkt erreicht, an dem er in seinem und in Marys Interesse nicht mehr erzählen konnte. Dann aber fuhr er fort:

»Mary gehört einem Druidenorden an, der an seine Mitglieder hohe Anforderungen stellt. Sie glauben an die alte Religion und pflegen tausendjährige Traditionen. Sie leben wie Heilige Väter und beschäftigen sich den größten Teil ihres Lebens mit dem Sammeln und der Vermittlung von Wissen. Nichts wird aufgeschrieben. Alles wird mündlich weitergegeben. Sie glauben an *Sid*, das Paradies der Kelten, und nur weil sie es als ihre Pflicht ansehen, für die keltische Sache zu arbeiten, bleiben sie hier, statt Selbstmord zu begehen. Einmal alle zwei Jahre aber wählen sie eine Person, die die Ehre hat, ins *Sid* hinüberzugehen. Dafür auserwählt zu werden ist offenbar die größte Ehre, die einem zuteilwerden kann.«

»So etwas ist möglich?«, unterbrach ich ihn. »Heute?«

»Ja, leider. Es ist nicht nur möglich, sondern auch wahr. Auch die Kelten haben ihre Fundamentalisten.«

»Aber Mary …?«

MacDuff schien mich nicht gehört zu haben.

»Im vergangenen Jahr hat Mary das große Los gezogen«, sagte er bitter. »Das geschieht bei einer komplizierten Zeremonie, die mit verbranntem Brot zu tun hat. Wer das verbrannte Brotstück bekommt, ist der oder die Auserwählte. Ich kenne den Ablauf nicht genau und will ihn auch nicht kennen. Der Ring gab mir den Befehl zu verhindern, dass Mary Selbstmord begeht. Diesen Befehl habe ich verweigert. Ihr das Leben zu retten wäre dasselbe gewesen, als wollte ich unsere Liebe zum Tode verurteilen. Ich konnte nur hoffen, dass sie durch ein Wunder überlebte. Es war entsetzlich. Hinterher erfuhr ich, dass der Ring eine Ausnahme gemacht und Mary persönlich den Befehl erteilt hatte, sie dürfe nicht Selbstmord begehen. Selbstverständlich hat sie sich geweigert. Das war ihr gutes Recht. Sie erklärte, der Ring besitze keine Macht über ihren Druidenorden. Sie seien freie Kelten, sie hätten die Freiheit, so zu handeln und zu denken, wie sie es für richtig hielten.

Das Problem war nur, dass der Ring auf die Weise erfuhr, dass sie ihren Druidenorden trotz ihres Schwurs, dem Ring absolut treu zu sein, höher stellte. Damit wurde sie natürlich zu einem Sicherheitsrisiko. Als Ehrenbezeugung für einen ihrer Götter sollte Mary ertränkt werden. Pekka war entweder durch Zufall dort oder er hatte es irgendwie herausgefunden. Was er aber nicht begriff, war, dass Mary sich im letzten Augenblick anders besann, und zwar zu einem Zeitpunkt, als sie glaubte, schon tot zu sein. Als sie wieder zu sich kam, befand sie sich auf Pekkas Katamaran. Sie hatte alles verloren. Sie hatte sich von mir abgewandt. Den Ring hatte sie verraten. Und zu guter Letzt hatte sie auch den Druidenorden verraten. Darum fuhr sie mit Pekka. Sie hatte keinen Lebenswillen mehr.«

»Und warum hat sie es sich im letzten Moment anders überlegt?«, fragte ich.

»Aus Liebe zu mir«, sagte MacDuff einfach. »Den Rest kennst du. Ich habe Mary zurückgeholt. Das war meine Absicht, als ich Pekkas Verfolgung aufnahm. Dass er bei solchem Wetter durch den Pentland Firth segeln würde, hätte ich nicht geglaubt, und dass er sein und Marys Leben aufs Spiel setzte, nur um mir nicht in die Hände zu fallen, habe ich nicht verstanden. Noch nicht einmal meine Verzweiflung hätte mich dazu gebracht, eine solche Dummheit zu begehen. Aber er hat überlebt, vielleicht weil sein Katamaran so leicht und so schnell war. Mein Fischerboot wäre untergegangen, bevor ich ihm auch nur halb in den Sund gefolgt wäre. Als ich erfuhr, dass er überlebt hatte, verfolgte ich ihn nach Anholt und dann nach Dragör. Ich habe ihn gefunden. Ich nahm Mary mit zurück, und seitdem habe ich andere daran gehindert, ihre Befehle auszuführen. Sie hält sich versteckt. Wir sind beide zu Verrätern geworden. Niemand außer dir und Torben weiß mit Gewissheit, dass sie am Leben ist. Dick und O'Connell vermuten oder ahnen etwas, aber sie wissen nichts.

Verstehst du jetzt, warum ich dir ein Versprechen abverlangen musste?«

Ich nickte, war mir aber nicht sicher, ob MacDuff es in der Dunkelheit sah.

»Dick und O'Connell würden uns alle vier mit Freuden umbringen, wenn sie sich sicher wären«, fügte MacDuff hinzu. »Auch ohne Befehl.«

»Tut mir leid, dass ich dir das sagen muss«, sagte ich, »aber sie sind ziemlich sicher, dass Mary noch am Leben ist. Du hast einen Fehler gemacht. Du hättest ihnen sagen sollen, dass Pekka in Dänemark gestorben ist.«

Ich erzählte von der Unterhaltung beim Essen auf Gylen Castle.

»Ja«, sagte MacDuff mit harter Stimme, »das hätte ich vielleicht tun sollen. Aber keiner hätte geglaubt, dass ich Mary mit eigenen Händen getötet habe, ohne einen Beweis zu sehen, dass sie wirklich tot ist. Und wer hätte geglaubt, dass sie irgendwo in Dänemark zufällig über Bord gefallen und ertrunken ist, obwohl ich in der Nähe war? Keiner, der Mary und mich kennt. Alle aber haben mir geglaubt, als ich vom Pentland Firth zurückkam und berichtete, die *Sula* wäre da verschollen. Dafür hat niemand Beweise gefordert. Der Ruf des Pentland Firth und meine Verzweiflung, weil ich es ja ebenfalls glaubte, waren Beweis genug. Einige Tage später erfuhr ich von einem meiner Lotsenkollegen, dass Pekka sich in Kirkwall auf den Orkneys befand. Natürlich fragte ich, ob er auch eine Frau an Bord hatte, aber niemand hatte Mary gesehen. Pekka muss sie versteckt haben, oder sie war so resigniert, dass ihr alles gleichgültig war und sie in der Kabine blieb. Aber weil sie keiner gesehen hatte, beschloss ich, bei meiner Geschichte zu bleiben, sie sei im Pentland Firth ertrunken, auch wenn Pekka überlebt hatte. Und darum musste ich auch erzählen, ich hätte Pekka schließlich auf der Nordsee, in der Nähe der Orkneys, erwischt.«

Er schwieg einen Augenblick.

»Ich habe mir eingebildet, der Ring würde mir glauben. Am nächsten Tag aber seid ihr in Fraserburgh aufgetaucht.«

»Hast du uns denn auf der Nordsee nicht erkannt?«, fragte ich.

»Nein«, sagte er, »wäre es doch nur so gewesen. Wir fuhren mit der Selbststeueranlage, ich schlief und Mary stand am Ausguck. Sie berichtete, wir hätten ein Segelboot überholt, dachte aber nicht im Traum daran, dass ihr das gewesen sein könntet. Ich übrigens auch nicht. Und warum hätte ich das auch tun sollen?«

»Und in Thyborön?«

»Ihr müsst am selben Tag ausgelaufen sein, an dem ich zurückkam.«

Ich rief mir den Morgen, an dem ich die *F 154* auf der Nordsee an uns vorbeilaufen sah, ins Gedächtnis. Ich hatte gewinkt, aber das Ruderhaus war leer gewesen.

»Als ihr in Schottland aufgetaucht seid, war es schon zu spät«, fuhr MacDuff fort. »Meine Geschichte war schon bekannt. Und ich musste wegen Torben und dir was unternehmen. Ich musste herausfinden, ob ihr etwas über den Ring oder über Pekkas Tod wusstet. Zwar gab es dazu keinen Anlass, schließlich musstet ihr Dänemark etwa zu der Zeit verlassen haben, als es geschah. Risiken aber wollte ich nicht eingehen. Darum habe ich diesen kleinen Besuch an Bord der *Rustica* organisiert. Allerdings wusste ich nicht, dass der Ring mich beobachten ließ. Vielleicht nur eine Routinemaßnahme, das Ergebnis aber war furchtbar. Sie überraschten mich in der Kajüte der *Rustica* mit Pekkas Logbuch in der Hand, nach halbstündigem Suchen hatte ich es gefunden. Ich musste also eine Erklärung finden, und zwar schnell. Als Einbrecher kennt man mich hier eigentlich nicht. Das mit dem Pass und dem Geld war nicht meine Idee. Ich konnte meine Glaubwürdigkeit nur beweisen, indem ich ihnen Pekkas Logbuch zeigte.«

»Aber damit hast du dich doch verraten?«

»Nein, du vergisst etwas sehr Wichtiges. Pekkas Logbuch endet im Pentland Firth. Und so wie es endet, wirkt es sogar sehr glaubwürdig, dass Mary ertrunken ist. Das ging, selbst wenn man kein Finnisch versteht, mit aller Deutlichkeit aus Pekkas Aufzeichnungen über Wind und Wetter hervor. Ich behauptete, ich sei misstrauisch geworden, als ich das Logbuch an Bord der *Sula* nicht gefunden hätte, und hätte kontrollieren wollen, ob Pekka es nicht irgendjemandem geschickt hatte, bevor er Kirkwall verließ. Dass ihr so kurz nach Pekkas Besuch hier auftauchtet, bestätigte sogar diesen Verdacht. Ich bildete mir ein, dass sie mir glaubten, aber wie du siehst, war ich in einer sehr schwierigen Situation. Nur ein Wort von dir oder von Torben, dass ihr Pekka in Dänemark gesehen hattet, und alles wäre zusammengebrochen. Darum habe ich auf Invergarry Castle nicht über Pekka sprechen wollen. Ich hatte ein weiteres Mal Glück. Bei deiner Frage nach Pekka hast du nicht erwähnt, dass du ihn in Dänemark gesehen hast. Und Torben hat auch nichts gesagt.«

»Warum hast du uns nicht erschossen?«, fragte ich, als mir aufging, in welche Gefahr wir ihn gebracht hatten. »Das hätte all deine Probleme gelöst.«

»Das hab ich schon gesagt. Du und ich, wir segeln eines Tages, wenn alles vergessen und vorbei ist, zu den Hebriden. Und ich habe nicht wirklich geglaubt, dass ihr eine Gefahr für den Ring seid. Aber als ich euch so etwas wie freies Geleit gegeben habe, geschah das in dem Einverständnis, dass ihr Schottland verlassen würdet, ohne von Mary zu sprechen. Ich habe geglaubt, dass ihr das ernst nehmen würdet. Als ich herausfand, dass du an Bord gewesen warst und mit Mary gesprochen hattest, musste ich einsehen, dass ich mich getäuscht hatte. Wenn du dem Schleusenwärter in Corpach nicht das Märchen erzählt hättest, dass du weiterwolltest, als du in Wirklichkeit hinter der Insel auf der anderen Seite von Loch Linnhe liegenbliebst, wärst du wohl nicht mehr im Land der Lebenden.«

»Und Neptun's Staircase?«

»Ich weiß immer noch nicht, was da passiert ist. Dick

wusste aber, dass ihr Pekkas Logbuch gelesen hattet, und er geht nicht gern unnötige Risiken ein. Er hat überhaupt kein Vertrauen zu Menschen.«

»Wenn du uns nur gesagt hättest, was auf dem Spiel steht!«

»Bis heute Abend wusste ich nicht, dass ich dir vertrauen kann«, antwortete MacDuff.

»Was wirst du jetzt tun?«

»Mary hatte recht«, antwortete MacDuff leise, aber noch immer nicht mutlos. »Ein Aufschub geht irgendwann zu Ende.«

»Es ist meine Schuld«, sagte ich.

»Nein«, sagte MacDuff. »Ich hätte damit rechnen müssen, dass der Ring auf eigene Faust herauszufinden versucht, was ihr vorhabt. Was mich angeht … sie hatten keine Beweise dafür, dass Mary noch am Leben ist, und trotzdem glaubten sie mir nicht voll und ganz. Ich hätte es an ihrer Stelle auch nicht getan.«

»Kann der Ring seine Entscheidungen nicht ändern?«, fragte ich. »Kann man sie nicht davon überzeugen, dass ihr kein Sicherheitsrisiko seid?«

»Ja, aber das ist kaum wahrscheinlich. Jetzt nicht mehr. Außerdem muss sogar ich zugeben, dass Mary nicht mehr zuverlässig ist.«

»Wie lebst du damit?«, fragte ich in einer plötzlichen Empörung gegen all die Unmöglichkeiten, die sich um uns herum auftürmten. »Du selbst gehst das Risiko ein, auf Befehl zu töten. Und du akzeptierst das Recht anderer, auf Befehl zu töten, sogar wenn das den Menschen betrifft, der für dich von allen der wichtigste ist.«

»Bei uns gibt es einen sehr wichtigen Unterschied«, sagte er. »Wir haben das absolute Recht, uns zu weigern, jemanden zu töten.«

»Was macht denn das für einen Unterschied aus?«, fragte ich. »Irgendjemand befolgt den Befehl doch immer.«

»Nein«, sagte MacDuff, »nicht immer. Denn wenn du tötest, musst du allein die gesamte Verantwortung übernehmen. Du kannst keinem anderen die Schuld geben. Du kannst keine bezahlten Killer benutzen. Es ist allein deine Entscheidung. Denn du hattest das Recht, dich zu weigern.«

»Und der Schädelkult?«, fragte ich. »Ist das auch ein Recht?«

»Den gibt es«, sagte MacDuff und überhörte meinen Sarkasmus. »Einige Druiden hängen ihm noch immer an. Aber niemand tötet, nur um einen Kopf zu haben, mit dem er rumspielen kann, falls du das meinen solltest. Ein wenig hat sich in dreitausend Jahren trotz allem verändert.«

Das hatte ich nicht gemeint. Ich hatte nach Pekkas Kopf fragen wollen oder nach dem, was er gesehen haben mochte, als er in seinem Logbuch über den Schädelkult schrieb. Aber ich konnte mich nicht dazu bringen, ihn danach zu fragen. Denn dann hätte ich auch fragen müssen, ob MacDuff Pekka mit eigenen Händen getötet hatte. MacDuff hatte recht. Ich hatte zu viel Angst vor der Antwort.

Auf dem Rückweg machte MacDuff einen irgendwie erleichterten Eindruck, trotz der Drohung, die über ihm schwebte. Mir fiel ein, dass ich der erste Mensch gewesen sein musste, dem er so viel anvertraut hatte.

»Ich möchte gern mit Torben unter vier Augen sprechen«, sagte ich zu MacDuff, als wir an Bord kamen. »Wenn du nichts dagegen hast?«

»Natürlich nicht«, sagte er. »Aber in einer halben Stunde muss ich weg.«

MacDuff rief Mary, die an Deck kam. Ich kletterte hinunter in die Kabine.

»Wie war Corryvreckan?«, fragte Torben.

»So wie er immer ist, nehm ich an«, antwortete ich.

Ich beschloss, keine Umschweife zu machen.

»MacDuff möchte, dass wir uns drei Tage um Mary kümmern. Was sagst du dazu?«

Torben antwortete nicht sofort.

»Er kann sie nicht mit nach Kerrera nehmen«, erklärte ich. »Aus den bekannten Gründen. Und hierlassen kann er sie auch nicht. Dann erfriert sie.«

Ich hatte eine Flut von Einwänden erwartet.

»Scheint, wir haben keine Wahl«, sagte er nur.

Er sagte es sorglos, fast, so schien mir, erfreut.

Als ich wieder an Deck kam, standen MacDuff und Mary beim Ruderhaus an der Reling. Sie hielten einander in den Armen und bemerkten mich erst, als ich auf mich aufmerksam machte. Langsam lösten sie sich voneinander.

»Du kannst fahren«, sagte ich zu MacDuff. »Tinker's Hole, am Freitag. Wir warten bis Samstag, länger nicht.«

MacDuff kam auf mich zu und umarmte mich zu meiner Überraschung.

»Eines Tages«, sagte er, »das verspreche ich dir, auch wenn du von Versprechungen nichts hältst, eines Tages segeln wir zusammen zu den äußeren Hebriden. Nur du und ich.«

Mary sagte nichts. Sie hielt einen ledernen Rucksack in den Händen und schien passiv auf die nächste Entscheidung zu warten. Die *Sussi* konnte uns nicht alle drei aufnehmen, weshalb ich Torben zuerst zur *Rustica* hinüberruderte. Der Wind hatte weiter abgenommen, und nun konnte man sogar bemerken, dass wir uns an einem geschützten Ankerplatz befanden, was vorher schwer zu glauben gewesen war. Es war sternenklar, klirrend kalt, und das Grollen von Corryvreckan klang wie ein abziehendes Gewitter. Als ich zurückkam, hatte MacDuff bereits seinen starken Dieselmotor angelassen, und die Ankerkette war fast eingeholt. Gewandt sprang Mary in die *Sussi,* sie sah nicht mehr zu MacDuff zurück. Ich stand auf, hielt mich an der Reling der *F 154* fest und erwiderte seinen Blick.

»Eines«, sagte ich, »möchte ich noch wissen, bevor wir uns trennen. Diese Antwort bist du mir schuldig. Hast du …«

»Ja«, sagte er, »hab ich. Um Mary das Leben zu retten.«

»Und der Kopf?« Ich brachte die Frage kaum heraus. »Warum?«

»Als Beweis«, sagte er. »Aber es hat nicht gereicht. Noch nicht mal das.«

Ich stieß das Dingi ab. Plus eins und minus eins ist gleich null, dachte ich, während MacDuffs Fischerboot sich langsam in Bewegung setzte und auf den Corryvreckan zusteuerte. Mary saß mir bewegungslos gegenüber. Es war zu dunkel, um ihre Augen zu sehen, und das war mein einziger Trost.

25

In der Backbordkoje schlief ich unruhig oder überhaupt nicht. Wieder und wieder ging ich durch, was MacDuff mir erzählt hatte. Torben schlief tief in der Hundekoje, steuerbords vom Niedergang. Die Vorpiek, normalerweise mein »Schlafzimmer«, hatte Mary bekommen, aber dort war sie nicht. Jedes Mal, wenn ich aufwachte, sah ich ihre unbewegte Silhouette draußen im Cockpit. Ich wäre fast hinaufgestiegen, um ihr zu sagen, sie solle herunterkommen, in die Wärme. Das Thermometer zeigte zwei Grad minus, und ich begriff nicht, wie sie das aushielt. Aber ich blieb in meiner Koje liegen.

Erst in der Morgendämmerung hörte ich sie die Luke öffnen und den Niedergang herunterkommen. Als sie an mir vorüberging, wollte ich die Hand ausstrecken und sie fragen, was sie quälte. Aber ich war mir sicher, dass sie keinen Trost wollte. Es gibt Menschen, die das nicht ertragen. Ich bin selbst einer von ihnen.

Als ich das nächste Mal aufwachte, war alles anders. Die Nacht schien ein schlechter Traum gewesen zu sein. Durch die Niedergangsluke schien die Sonne, was auf Westwind deutete. Seit der Wintersonnenwende waren die Tage zwei Stunden länger geworden, und das merkte man, schon gegen acht Uhr wurde es hell. Torben stand am Herd, es roch nach Toast. Die Tür zur Vorpiek war geschlossen, vermutlich hatte Torben das gemacht, um Mary nicht zu wecken.

Es war angenehm, so in der Koje liegen bleiben zu können, ohne Eile, ohne etwas tun zu müssen. Bevor die Tide kenterte, gegen zehn Uhr, konnten wir nicht auslaufen, und ich hatte mich auch noch nicht entschieden, wohin. MacDuff hatte Loch Na Droma Buidhe an der Ostseite von Mull vorgeschlagen. Aber wie weit war es bis dahin? Das konnte ich später herausfinden. Vermutlich war es nur eine Reaktion auf den vorangegangenen Tag und die schlaflose Nacht davor, aber nichts schien mir wichtiger als der duftende Toast und der Flecken tiefblauen Himmels, den ich durch die Steuerbordbullaugen sah. An der Wand vor mir konnte ich sehen, dass das Barometer gestiegen war. Wir konnten uns auf eine schöne Segeltour freuen, wohin wir auch fuhren.

Ich wartete mit dem Aufstehen, bis Torben mich rief, als das Frühstück fertig war. Und weil er selbst kein Morgenmensch war, hatte er volles Verständnis dafür, dass man in der ersten halben Stunde nach dem Aufstehen nicht sprechen wollte. Das Frühstück schmeckte in all seiner Schlichtheit köstlich: Toast, Robertsons schottische Marmelade, die ich seit ewigen Zeiten esse, und Kaffee. Seit meinen Jahren in Frankreich habe ich mir angewöhnt, morgens nicht mehr so viel zu essen. Nach dem Frühstück kam die erste und köstlichste Zigarette des Tages.

Der Rauch schlängelte sich zur Kajütendecke. Eigentlich war sie kreideweiß, aber wie immer nach einigen Monaten Winter hatte sie einen gelblichen Ton angenommen. Die Petroleumlampen, der Essensdunst, mein Zigarettenrauch und der Ofen trugen dazu bei. Aus demselben Grund, aber auch wegen des Salzes, das sich an der Außenseite abgesetzt hatte, mussten die Fenster mal geputzt werden.

Als Torben und ich Segel gesetzt hatten und den Anker lichteten, hatten wir immer noch westlichen Wind. Mary schlief noch. Das Grollen von Corryvreckan hatte sich gelegt und eine unnatürliche Stille hinterlassen. Dieses Mal segelten wir zwischen Eilean Beag und Jura durch den Sund. Anfangs spürten wir noch die Gegenströmung, die sich in Landnähe bemerkbar machte, dann aber, als wir uns in Corryvreckan selbst befanden, trug uns die Flut rasch nach Osten, in den Jurasund. Im Nordosten sahen wir die Reste jener Hölle, durch die wir hindurchgesegelt waren: Stromwirbel, meterhohe Wellen, die aus dem blanken Nichts entstanden, Gebiete, in denen sich die Wassermassen gegeneinander verschoben wie große Eisschollen, Wirbel, in denen das Wasser blubberte und kochte wie in einem Vulkankrater. Jetzt war das nur noch ein fesselndes Schauspiel.

Ich zögerte ein ernsthaftes Gespräch mit Torben hinaus. Ich hatte viel zu viel Angst, er könne mir anmerken, dass sich etwas verändert hatte und dass ich ihm wieder einmal etwas verheimlichte. Stattdessen war ich derjenige, der an ihm eine Veränderung bemerkte. Schon, dass er nicht fragte, worüber MacDuff und ich uns bei unserem Ausflug nach Eilean Mor unterhalten hatten, war seltsam.

Um die Fahrt nicht ganz schweigend zu verbringen, fragte ich ihn im Luing Sound schließlich nach Mary. Immerhin hatte er beim Abendessen viel mit ihr geredet.

»Sie ist so anders«, sagte er dunkel.

»Anders als wer?«

»Andere Menschen. Ich kann das selbst nicht so richtig erklären.«

Seine Worte schienen sich eher an ihn selbst statt an mich zu richten. Ich fragte, worüber er und Mary sich unterhalten hätten.

»Eigentlich weiß ich das gar nicht so genau«, antwortete er.

»Was willst du denn damit sagen?«

»Na ja … dass das, worüber wir eigentlich gesprochen haben, etwas ganz anderes war als das, worüber wir sprachen. Wir haben über keltische Geschichte geredet, aber darum gings im Grunde gar nicht. Jedenfalls mir nicht.«

»Ach ja?«, sagte ich. »Und worum dann?«

»Hast du das noch nie erlebt? Man redet weiter, aber was man sagt, ist eigentlich unwichtig. Das einzig Wichtige ist das, was nicht gesagt wird, ein Tonfall oder ein Blick …«

»Das soll ja so sein, wenn man verliebt ist«, sagte ich spöttisch.

Aber als ich Torben ansah, wurde mir klar, dass das der falsche Ton war. Er wich meinem Blick aus, als hätte er Angst, ich könnte etwas in seinen Augen entdecken.

»Ja«, sagte er schließlich. »Vermutlich.«

»Ihr habt doch über keltische Geschichte gesprochen«, sagte ich, um auf sicheren Boden zu kommen.

»Ja«, sagte er, erkennbar erleichtert. »Sie hat ein sonderbares Geschichtsverständnis.«

»Wieso?«

»Alles ist Gegenwart.«

»Klingt, als wärs aus Pekkas Logbuch.«

»Ja, das hab ich auch gedacht. Aber er hat beim Schreiben wenigstens das Imperfekt verwendet. Bei Mary ist alles Präsens. Manchmal hab ich nicht gewusst, ob sie nun über etwas spricht, das sich vor tausend Jahren ereignet hat, oder ob das gestern gewesen ist. Im Pazifik gibt es eine Insel, die besitzt keine Geschichte. Alles, was dort geschehen ist, ist heute genauso aktuell wie damals, als es sich zugetragen hat. Es gibt eine Geschichte über einen Eingeborenen, der zum amerikanischen Gouverneur gerannt kam und schrie, ein Mord sei begangen worden und er müsse gesühnt werden. Bei einer Untersuchung der Angelegenheit stellte sich heraus, dass dieser Mord tatsächlich verübt worden war. Allerdings siebenunddreißig Jahre zuvor! Wenn man so etwas liest, ist es gar nicht so bemerkenswert. Man versteht schließlich, was man liest. Wenn man dem aber in der Wirklichkeit begegnet, so wie ich gestern, dann stellt man fest, wie riesengroß der Unterschied ist. Lange habe ich nicht gewusst, wie ich mich verhalten soll.«

Er schwieg.

»Ich wüsste gern«, fuhr er nach einer Weile fort, »wie das ist, wenn man ohne Vergangenheit lebt. Auf irgendeine Weise stimmt das überein mit den Vorstellungen der Druiden, alles Wissen finde Platz im Gedächtnis. Und alles, was aufgeschrieben wird, stirbt. Aber wie kann man ohne Bücher leben? Das wäre mein Ende.«

Er sah so bekümmert aus, als wären alle Bücher dieser Welt für ihn bereits verloren.

»Manchmal frage ich mich, ob sie nicht recht hatten. Vielleicht konnten sie den Worten nur deshalb eine solche Kraft geben. Sie kannten den Wert des Wortes, das steht fest. Sie konnten sogar Gewalt mit Worten ersticken. Und genau das habe ich gespürt, als ich mit Mary gesprochen habe. Für sie hat jedes einzelne Wort Bedeutung.«

Dann musste ich mich auf die Navigation konzentrieren. Wir waren mit guter Fahrt auf dem Weg durch den Luing Sound, unterstützt vom Gezeitenstrom, und Landmarken und Seezeichen schienen uns geradezu entgegenzustürzen.

Als Kerrera sich am Horizont zeigte, tauchte Mary auf. Sie stand plötzlich mit einem herzlichen Lächeln im Cockpit. Alles Rätselhafte schien von ihr gewichen zu sein. Stattdessen sah ich nur eine sehr schöne Frau, die es genoss, mit ihren langen, weißblonden Haaren im Wind zu stehen und auf das Wasser zu sehen. Sie trug Jeans und einen dicken Wollpullover, wie ihn die schottischen Fischer gerne anziehen. Torben fiel es schwer, den Blick von ihr abzuwenden.

»Wohin fahren wir?«, fragte sie.

»Droma Buidhe«, antwortete ich.

Mit dieser Antwort schien sie sich abzufinden. Entweder wusste sie, wo es lag, oder ihr war gleichgültig, wo wir landeten.

»Du hast bestimmt Hunger«, sagte Torben.

»Ja«, sagte sie, »jetzt, wo du es sagst, fällt mir auf, dass ich wirklich ziemlich hungrig bin.«

»Übernimm das Ruder!«, sagte ich zu Torben und wandte mich, ohne auf eine Antwort zu warten, an Mary.

»Ich zeige dir, wo die Sachen sind, damit du an Bord zurechtkommst.«

»Ich komm immer zurecht. Und an Bord erst recht.«

Sie erzählte, dass ihr Vater Fischer in Stornoway war und dass sie praktisch auf einem Fischerboot aufgewachsen sei.

»Aber du kannst es mir ja trotzdem zeigen«, fügte sie hinzu. »Es gibt immer irgendetwas, das man nicht weiß.«

Als das Frühstück beendet war, lag Loch Spelve an Backbord. Dort hatte Pekka sich versteckt, bevor er in seinem Dingi über den Firth of Lorne zu den Garvellachs-Inseln hinübergesegelt war. Keine einfache Sache. Mut hatte der Mann wirklich gehabt. Mary ließ sich nicht anmerken, ob sie sich an die Garvellachs erinnerte.

Wir kamen Kerrera schnell näher. Ich schwankte zwischen dem Wunsch, die Insel dicht unter Land zu passieren, um meine Neugierde zu stillen, und der Notwendigkeit, keine unnötige Aufmerksamkeit zu erregen. Die Vernunft setzte sich durch. Zwar betrug die Entfernung zwischen Kerrera und Mull lediglich drei Seemeilen, aber das reichte aus. Nicht einmal mit einem Fernglas würde man Segelnummer oder

Bootstyp erkennen können. Außerdem hatte ich meine schwedische Flagge gegen die schottische Gastflagge ausgetauscht, was, für den Fall, dass uns jemand bemerkte, auf alle Fälle Zweifel verursachen würde. Ich selbst musste einfach ins Fernglas sehen, konnte auf der Insel aber keinerlei Lebenszeichen feststellen. Fragend, wenn auch ohne echtes Interesse sah Torben mich an, als ich das Glas zur Seite legte. Mary schien unsere verstohlenen Blicke nicht zu bemerken. Vielleicht wusste sie noch nicht einmal, dass MacDuff nach Kerrera fahren wollte. Vielleicht wusste sie auch überhaupt nicht, was für Expeditionen MacDuff da unternahm.

Aber ohnedies waren all diese Dinge im schimmernden Wasser und der klaren Luft des Nachmittags verschwunden. Ich hatte das reine Segeln schon lange nicht mehr so genossen. Torben und Mary setzten sich auf das Vordeck und unterhielten sich. Ab und zu trug der Wind Worte und Sätze zu mir herüber. Noch immer ging es um keltische Kultur und Geschichte, und ich sah, dass meist Torben fragte, um dann zuzuhören.

Um drei Uhr gingen wir um Duart Point herum, und die Sonne verschwand hinter dem tausend Meter hohen Gipfel des Berges von Mull, um später in lang gezogenen Tälern wieder aufzutauchen. Die Schatten waren scharf wie Stiche auf einer Radierung. Ganz dicht segelten wir an Castle Duart vorüber, einer weiteren der unzähligen schottischen Burgen. Sie war erst kürzlich von seinen ursprünglichen Besitzern in zwanzigster oder sogar dreißigster Generation zurückerworben worden. Woher nahmen sie das Geld? Und den Willen? Hatte Pekka auch in diesem Punkt recht? Alles lebte weiter. Die Druiden in der Keltischen Kirche, die Clans auf ihren alten Burgen. Und hatten diese Burgen jetzt eine neue Funktion, verbarg sich Unterirdisches in Verliesen und Kellern?

Waren diese Burgen Knotenpunkte und Kommunikationszentralen einer neuen Goldenen Straße?

Rasch kam die Dämmerung. Der Himmel wurde rot, dann grau, dann verklangen die Farben an den Berghängen in scharfen Schatten. Der Strom war jetzt gegen uns, aber wir erreichten Calve Island bei Tobermory, ehe es völlig dunkel wurde. Tobermory ist die größte Stadt auf Mull. Im Sommer ist sie *das* Seglerzentrum der schottischen Westküste, nun aber schwoiten dort nur wenige Boote an Bojen. Wir segelten an der Einfahrt zum Hafen vorüber, bei dem es sich eigentlich nur um eine natürliche Reede handelte, und schlugen dann, mithilfe der achteraus liegenden Stadt, den neuen Kurs nach Aulistan Point ein. Anders als auf dem Firth of Lorne konnten wir uns hier nicht nach der Gischt von Brechern über Felsen richten und mussten uns auf unseren Instinkt und die Taschenlampe verlassen, die wir gelegentlich kurz aufblitzen ließen. Am schlimmsten war es bei der Einfahrt nach Loch na Droma Buidhe, einem nicht mehr als dreißig Meter breiten, auf beiden Seiten von Klippen gesäumten Gatt. Wir krochen unter Motor dahin, und wäre Mary nicht gewesen, wären wir wahrscheinlich nicht heil durchgekommen. Sie schien ein Sehvermögen zu haben, das jede Dunkelheit durchdrang. Am Bug stehend, gab sie mir Anweisungen. Anfangs wagte ich es nicht, mich fraglos auf ihr »Steuerbord« oder »Backbord« zu verlassen, erkannte aber schnell, dass ich keine andere Wahl hatte. Oder, besser gesagt, ich wusste, dass ich es allein nicht schaffen konnte.

Als wir die Passage hinter uns hatten, kam sie ins Cockpit und saß schweigend da. Nach Anbruch der Dunkelheit hatte sich in ihrer Verhaltensweise etwas verändert. Das ansteckende, perlende Lachen war verschwunden. Lebhaft und mit Lust hatte sie an der Fahrt teilgenommen, sie hatte nicht nur am Ruder gesessen, sondern auch den Kurs festgelegt, hatte die Strömung berechnet und Kaffee gekocht. Kurz gesagt: Die *Rustica* hatte mit ihr ein ideales Besatzungsmitglied bekommen. Nun aber, als es dunkel war, verschloss sie sich.

Mich erstaunte das nicht. Im Gegenteil, vielmehr hatte mich im Verlauf des Tages ihre Lebhaftigkeit erstaunt. Denn auch wenn MacDuff ihr nicht gesagt hatte, welches Risiko er einging, musste sie wissen, dass er sich in Gefahr befand. Und selbst mir als bloßem Zuschauer war ihr Abschied an Bord wie ein endgültiger vorgekommen. Es sei denn, die beiden empfanden alle ihre Abschiede so.

Wir ankerten auf der Südseite der Bucht, kurz hinter der Einfahrt. Ich ging an den Bug und prüfte, ob der Anker auch richtig gefasst hatte. Sechzig Meter Ankerleine waren draußen, was wenig war, da die Wassertiefe an unserem Liegeplatz bei Flut fünfzehn Meter betrug.

In der Bretagne hatte ich gelernt, dass man an der Ankerausrüstung nicht sparen durfte. Im Vergleich zu den Ankerverhältnissen an ihren Küsten hielten die Engländer die gesamte Schärenküste vor Stockholm und in Bohuslän für eine Ansammlung idyllischer Ankerbuchten. In Schottland gab es fast keinen Hafen, in dem man am Kai anlegen konnte, und noch nicht einmal in Tobermory gab es Anlegestege. Man lag vor Anker oder an einer Boje und pullte mit dem Dingi an Land. Auf der Seekarte wimmelte es vor der Bezeichnung »hr«, was Harbour bedeutete; dabei handelte es sich allerdings meist nur um Buchten, in denen man vor Wind und Wetter mehr oder weniger geschützt war. Loch na Droma Buidhe war eine der wenigen, die vor allen Winden geschützt war, obwohl das Hafenbecken in der Breite sicher eine halbe Seemeile maß, genug, um bei Sturm ziemlich hohe

Seen zuzulassen. Dennoch galt Droma Buidhe als einer der sichersten Ankerplätze an der gesamten Westküste.

Sobald wir die Segel heruntergenommen hatten, half Torben mir, die *Sussi* zu Wasser zu bringen.

»Lass uns nach Tobermory rüber und was essen gehen«, schlug ich vor.

»Alle drei?«, fragte er.

»Nein«, sagte ich. »Ich hab MacDuff versprochen, Mary an Bord zu lassen.«

Sein betroffenes Gesicht sprach Bände. Ich konnte ihm nicht erzählen, was MacDuff gesagt hatte. Plötzlich ging mir auf, dass ich Torben nicht vorbehaltlos vertrauen wollte. Ein schrecklicher Gedanke, aber ich wurde ihn nicht wieder los. Und ich musste mir eingestehen, dass auch er mir eigentlich nicht mehr ganz trauen konnte. Letztlich war das Versprechen, das ich MacDuff gegeben hatte, eine Art Verrat an Torben gewesen.

Eine halbe Stunde später legten wir im Dingi ab. Mary schien gleichgültig zu sein, wohin wir fuhren. Mir gefiel nicht, dass ich sie allein an Bord der *Rustica* lassen musste, aber ich hatte keine Wahl. Wir segelten mit der *Sussi* hinüber, was mehr als eine Stunde dauerte, und gegen acht Uhr stiegen wir an Land und sahen uns einer pittoresken Hafenfront gegenüber, deren Häuser in allen möglichen Farben leuchteten: Gelb, Rot, Hellblau, Schwarz und Grün.

Als wir auf der Suche nach einem Restaurant durch die einzige Straße gingen, war mir, als hätten wir Landgang. Wir fanden ein nichtssagendes Lokal im zweiten Stock. Den Namen des Restaurants habe ich aus gutem Grund vergessen. Die Speisekarte war dürftig, wir entschieden uns für Lasagne, die wir auch bekamen, und noch mehr: Auf dem Teller befanden sich außerdem Pommes frites und eine halbe

Dose weiße Bohnen in Tomatensauce. Wir sahen uns ungläubig an.

Interessanter war, dass auf der Karte auch von einem schottischen Wein die Rede war. Sofort rief Torben den Kellner, um sich zu erkundigen, welchen Importwein man da kurzerhand umgetauft hätte. Zu Torbens großem Erstaunen stellte sich heraus, dass dieser Wein tatsächlich aus Schottland kam. Seinen Namen habe ich ebenfalls vergessen, er wurde in einem Kloster erzeugt, an dessen Südhängen ein besonders mildes Klima herrschte. Wir bestellten die rote und die weiße Weinvariante, und Torben probierte mit derselben Sorgfalt wie immer. Es war nach seinen Worten kein großer, aber ein ehrlicher Wein, ein guter Tischwein, ohne Untugenden und absolut genießbar, wenn man in der richtigen Stimmung war. Wir tranken beide Flaschen aus, den roten und den weißen Wein. Als wir gingen, fragten wir den Kellner, wo man noch etwas trinken konnte.

»Ja«, sagte er. »Sie haben die Auswahl. Entweder gehen Sie ins MacDonald Arms oder ins Mishnish.«

»Was ist besser?«

Der Kellner, der so aussah, als verfügte er über einige Erfahrungen mit Pubs, sagte nach gründlicher Überlegung: »Na ja, wenns nicht das Mishnish ist, dann ist es das MacDonald Arms.«

Wir gingen ins MacDonald Arms, einen typisch schottischen Pub, der sich von englischen Pubs nur durch eine überwältigende Auswahl an schottischen Malt Whiskys unterschied. Es gab dort nicht nur meine Lieblingswhiskys Macallan und Old Fettercairn, sondern auch andere, von denen ich noch nie gehört hatte. Whiskys aller Farbschattierungen und jeden Alters. Verzweifelt hielt Torben Ausschau nach einer Weinkarte, während ich unter der Qual der Wahl litt. Ich trank meist mäßig, nicht weil ich befürchtete, ich könnte betrunken werden, sondern weil ich es hasste, am nächsten Tag mit einem Kater aufzuwachen. In Schottland aber war es, ähnlich wie in Frankreich, schwierig, nicht zu übertreiben. Der beste Whisky schmeckt zu gut, und es gibt einfach zu viele Sorten. Unentschlossen stand ich da, als hinter mir jemand sagte: »Ich empfehle Glenmorangie, für den Anfang. Der ist mild und rund, und darum trinkt man ihn am besten zuerst.«

Ich drehte mich um. Vor mir stand ein Mann, den ich mit Sicherheit zum ersten Mal sah.

»Wenn Sie allerdings etwas ganz Besonderes versuchen möchten, ist der Talisker eine gute Wahl«, fuhr er fort. »Er ist allerdings ein wenig rau.«

Ich kam gar nicht dazu, ihm zu antworten.

»Sie brauchen gar nicht so zu gucken!«, sagte er. »Mein Name ist MacLean. Ich wohne ein bisschen weiter unten an der Küste. Ich habe Sie heute Nachmittag mit dem Glas gesehen, als Sie vorbeigesegelt sind. Das ist eine meiner schlechten Angewohnheiten. Jedes Mal, wenn ein Schiff vorbeikommt, greif ich zum Fernglas.«

MacLean, dachte ich. Das musste der Schlossherr persönlich sein oder einer aus seinem Clan, der ebenfalls auf Castle Duart wohnte. Ich schwankte zwischen Neugierde und Vorsicht. Obwohl ich davon ausgehen konnte, dass Torben und ich eine Art Aufschub genossen, bis wir MacDuff wiedersahen, fühlte ich mich durchaus nicht sicher. MacLean aber hatte einen offenen Blick und eine freundliche Ausstrahlung wie die meisten Schotten, die wir kennengelernt hatten.

»Wo kommen Sie denn her?«, fragte er, ohne dass man auf anderes hätte schließen können als auf ein ganz allgemeines Interesse für das Wohl und Wehe seiner Mitmenschen.

»Aus Dänemark und Schweden«, antwortete ich.

»Aber hatten Sie nicht die schottische Flagge gesetzt?«, fragte MacLean.

Das hatte ich natürlich vergessen.

»Die schwedische hat uns vor ein paar Wochen auf der Nordsee der Sturm zerrissen«, sagte Torben, der näher gerückt war, als er feststellte, dass ich Gesellschaft bekommen hatte.

»Vor ein paar Wochen?«

MacLean machte große Augen, vielleicht allzu große. Oder ich war nur übertrieben misstrauisch, so als hätte ich überall Abgesandte des Rings im Rücken, gleichgültig, wo wir uns befanden.

»Wollen Sie damit sagen, dass Sie im Januar die Nordsee überquert haben?«

»Ja«, sagte Torben, »genau das will ich sagen. Aber das ist nicht meine Schuld, das war die Idee des Skippers. Fragen Sie ihn!«

MacLean wandte sich an alle Anwesenden. »Diese beiden Herren«, verkündete er laut, »sind heute Abend meine Gäste. Sie haben im Januar die Nordsee überquert. Nur um uns hier in Schottland zu besuchen!«

Ich fühlte, wie sich die Blicke der Gäste auf uns richteten. Ich wollte protestieren, erkannte aber, dass das aussichtslos gewesen wäre.

»Aber warum?«, fragte MacLean etwas leiser, aber für alle zu hören. »Nur, weil Sie sehen wollen, wie es uns hier in Schottland geht?«

»Weil Schottland ein schönes Land ist«, wiederholte ich. »Und weil kein anderes Volk so gastfreundlich ist. Außerdem hat man im Winter seine Ruhe vor den anderen Touristen.«

Aus einer Ecke kam zustimmendes Murmeln. MacLean blickte stolz in den Raum, als wollte er betonen, dass er mit seiner Einladung recht gehabt habe. Ich hätte mir die Aufmerksamkeit lieber erspart. Vielleicht war es ein großer Fehler gewesen, nach Tobermory zu segeln, nun aber musste man gute Miene machen. MacLean kam zu seiner ersten Frage zurück.

»Nun«, sagte er, »welcher Whisky darf es denn sein?«

»Ich würde gern einen Glenmorangie versuchen«, sagte ich rasch, damit ich nicht zum Talisker Stellung nehmen musste, der »ein wenig rau« sein sollte und nun Torben zufiel. Torben wagte nicht zu gestehen, wie wenig ihn das schottische Nationalgetränk anzog. Nach dem ersten Schluck verzog sich sein Gesicht zu einer Grimasse. Um MacLean abzulenken, pries ich aufrichtig den Glenmorangie, der einen milden, angenehmen Geschmack hatte. Währenddessen tat Torben das einzig Richtige, er stürzte den Rest in seinem Glas hinunter, ohne lang auf den Geschmack zu achten. Als MacLean sich wieder zu Torben umwandte, war das Glas leer.

»So etwas hab ich noch nie getrunken«, brachte Torben mit Mühe hervor.

»Nein, nicht wahr«, sagte MacLean. »An den Talisker kommt nichts heran!«

»Außer vielleicht Dieselöl«, sagte Torben leise auf Dänisch.

»Noch eine Runde!«, sagte MacLean zum Barkeeper.

»Einen Augenblick«, warf Torben schnell ein. »Ich würde gern einen anderen versuchen.«

Zum ersten Mal, seit wir in Schottland waren, und vielleicht überhaupt zum ersten Mal in seinem Leben bat Torben um ein Glas Whisky. Und zum ersten Mal schien er ihn auch zu schätzen. Als er vom Glenmorangie einen kleinen Schluck genommen hatte, sah er nachdenklich in sein Glas und probierte noch einmal. Sein Gesicht lag in erstaunten Falten. MacLean schien zufrieden zu sein.

»Sind Sie nicht zu dritt an Bord?«, fragte er dann plötzlich.

»Ich meine, ich hätte drei Personen gesehen. Sollte ich mich da geirrt haben? Ich glaube, es war sogar eine Frau.«

»Doch«, antwortete ich, »das stimmt. Eine Frau, aber sie wollte sich ausruhen.«

»Verständlich«, sagte MacLean in einem Ton, in dem auch ein gewisser Vorwurf lag. »Und Sie haben sie mit auf die Nordsee geschleppt?«

Ich wusste nicht, was ich ihm antworten sollte. Auch Torben wusste es ausnahmsweise nicht, er stand da und drehte sein Glas zwischen den Fingern. MacLean schien mein Schweigen jedoch nicht weiter zu erstaunen, er wiederholte seine Frage nicht. Ich wurde nicht schlau aus ihm. An jenem Abend stellte er noch viele Fragen, ob jedoch aus allgemeinem Interesse oder aus Misstrauen, wurde mir nicht klar. Hinzu kam, dass es, während der Abend fortschritt, zunehmend schwieriger wurde, die Dinge auseinanderzuhalten. Auch andere Gäste wollten uns einladen, und als der MacDonald Arms schloss, war unsere Urteilsfähigkeit sehr eingeschränkt. Zugleich aber war ich glücklich darüber, dass wir einen ganzen Abend miteinander verbracht hatten, als wäre nichts geschehen. Ich hoffte, dass die Unterhaltung am Morgen nicht die Bedeutung gehabt hatte, die ich ihr zugemessen hatte, und dass es sich bei all meinen Befürchtungen nur um Einbildungen handelte. Alles war wie immer, und am Freitag würde es vorüber sein, redete ich mir ein.

Ein weiteres Mal legten wir uns in die *Sussi* und segelten in das nächtliche Dunkel hinaus. Aus natürlichen Gründen war die Navigation auf dem Rückweg schwieriger, und auch Torben ließ sich nur mit Mühe dazu bewegen, bei Böen seine Trimmaufgaben zu versehen. Mehrmals brachte er uns fast zum Kentern, weil er erst auf die Luvkante kam, nachdem die Bö bereits vorüber war. Schließlich verzichtete ich auf seine

Mitarbeit und arbeitete nur mit der Schot. Er schlief daraufhin prompt ein.

Anfangs steuerte ich nach einem Sternbild, das genau in östlicher Richtung lag. Als wir aber die halbe Strecke zurückgelegt hatten, fiel mir eine Lichtquelle auf. Sie befand sich in einiger Höhe, wie ich annahm, auf einem der Hügel hinter dem Loch na Droma Buidhe. Was konnte das sein? Hatten wir Gesellschaft bekommen?

Je näher wir herankamen, umso sonderbarer wirkte dieses Licht. Schließlich weckte ich Torben. Schlaftrunken setzte er sich auf, stieß sich natürlich den Kopf am Baum und hätte die *Sussi* noch einmal fast zum Kentern gebracht. Ich wartete, bis er einigermaßen zu sich gekommen war, und deutete dann auf das Licht.

»Da brennt was«, sagte Torben, und kaum hatte er es ausgesprochen, wusste ich, dass er recht hatte.

Die *Rustica,* dachte ich sofort. Hatte Mary die *Rustica* in Brand gesetzt? Im nächsten Augenblick aber sah ich, dass das Feuer dafür zu hoch lag. Als wir nur noch ein paar Kabellängen von der Einfahrt ins Loch na Droma Buidhe entfernt waren, erkannte ich, worum es sich handelte. Wir starrten zu dem Hügel hinauf. Auf der Kuppe zeichnete sich vor dem Feuer die Silhouette eines Menschen ab, der die Arme nach Himmel und Meer ausstreckte.

Im nächsten Augenblick hörten wir einen Schrei, der von den Bergwänden hallte. Die Silhouette wurde von der Dunkelheit verschluckt. Die Flammen wurden schwächer, und nach höchstens einer Minute war das Feuer ganz erloschen. Es herrschte wieder uneingeschränkte, völlige Dunkelheit. Alles war still.

26

Setz mich an Land«, sagte Torben.

»Und was willst du da machen?«

»Ich muss wissen, was da passiert ist. Ihr helfen.«

»Ihr?«, fragte ich. »Woher weißt du, dass das Mary ist?«

»Wer soll es sonst sein? Hast du Anholt vergessen und das Feuer und die Frau auf der Steilküste?«

Nein, das hatte ich nicht vergessen. Sollte der Schrei aber von Mary gekommen sein, dann war sie vielleicht nicht allein.

»Vielleicht ist das kein Unfall gewesen«, sagte ich. »Irgendjemand muss das Feuer gelöscht haben.«

»Das hab ich auch schon gedacht.«

»Es könnten unsere Freunde aus Kerrera sein«, sagte ich.

»Spielt das eine Rolle?«

Ich fand es einfach zu gefährlich, an Land zu gehen. Wir waren Mary nichts schuldig. Eher umgekehrt.

»Du wirst nichts sehen können. Wir haben ja noch nicht mal eine Taschenlampe.«

»Ich hab das Ding hier«, sagte Torben und holte seine Stirnlampe aus der Innentasche seiner Jacke. »Geh du an Bord und warte auf mich! Ich pfeif dreimal, wenn du mit dem Dingi kommen sollst.«

Wir waren dicht unter Land, und ich suchte eine Stelle an den Felsen, wo Torben an Land springen konnte.

»Versprich mir, dass du hier auf mich wartest«, sagte ich.

»Ich kann die *Sussi* hier nicht liegen lassen. Ich bring sie um die Landspitze in Lee. In zehn Minuten bin ich wieder hier.«

»Zehn Minuten sind zu viel«, sagte Torben, »fahr zur *Rustica,* ich pfeif dann.«

»Dann lassen wir die *Sussi* hier!«, sagte ich halbherzig.

»Nein, das machen wir nicht!«, sagte Torben. »Wir können das Dingi nicht aufs Spiel setzen. Wir brauchen es für Mary, falls ihr was passiert ist.«

Ich gab auf.

»Sei vorsichtig!«, sagte ich. Er sprang und klammerte sich an der Felswand fest.

Womöglich war es der Whisky, aber bevor Torben außer Hörweite war, rief ich ihm noch etwas zu, was ich im selben Augenblick bereute.

»Vergiss eines nicht!«, schrie ich. »Wenn das einer von uns wäre, würde Mary keinen Finger krumm machen.«

Torben antwortete nicht, er kletterte die Wand hinauf und war sofort in der Dunkelheit verschwunden. Erst dann fragte ich mich etwas sehr Naheliegendes: Wie war Mary, wenn sie es war, überhaupt an Land gekommen?

Ich segelte zur *Rustica* hinüber, vertäute die *Sussi,* setzte mich ins Cockpit und starrte in die Dunkelheit. Ich fror. Die oberflächliche, kurz anhaltende Wärme des Alkohols hatte sich gelegt. Nichts war zu hören, nur die Wellen leckten leise am Rumpf. Der Hügel verschmolz mit der Dunkelheit.

Schließlich konnte ich nicht länger warten. Ich zog Stiefel und noch eine Schicht Kleidung an und holte die Stabtaschenlampe aus der Kajüte. Als ich wieder im Cockpit war, sah ich einen Lichtkegel, der sich den Hang langsam zum Strand herunterbewegte.

Als Torben pfiff, saß ich schon in der *Sussi* und begann sofort, aufs Land zuzurudern. Als ich näher kam und mich umdrehte, sah ich, dass das Licht von Torbens Stirnlampe auf etwas Weißes fiel, das zu seinen Füßen lag. Kurz bevor ich das Dingi energisch auf den Strand setzte, erkannte ich, worum es sich handelte: Es waren Marys nackte Beine.

»Sie lebt!«, sagte Torben als Erstes.

Er stand über sie gebeugt da. Seine Jacke hatte er um sie gelegt.

»Wir müssen sie schnell ins Warme bringen. Sie ist völlig unterkühlt.«

»Wir müssen sie zusammen rüberbringen«, sagte ich. »Allein kann ich sie unmöglich an Bord heben.«

Es war nicht leicht, sie ins Dingi zu schaffen. Zwischen Ruderbank und Heck setzten wir sie auf den Boden; Torben und ich mussten nebeneinander auf der Ruderbank sitzen, jeder nahm einen Riemen. Marys Beine ragten über den Heckspiegel hinaus, ihr Kopf ruhte auf Torbens freiem Arm. Durch die Hose spürte ich die Kälte, die von ihrem Körper ausging. Ich wollte schneller pullen, wagte es aber nicht. Vom Freibord der *Sussi* ragten nicht einmal fünf Zentimeter über die Wasserlinie.

Nach wie vor weiß ich nicht, wie wir es schafften, Mary an Bord zu bringen. Eingewickelt in eine mit Aluminium überzogene Decke, die ich für den Fall von Unterkühlungen immer an Bord hatte, legten wir sie in die Backbordkoje. Dann steckten wir sie in einen Daunenschlafsack. Danach zogen wir noch einen zweiten darüber. Als wir sie hinlegten, murmelte sie etwas Unverständliches. Ich erwartete, dass sie vor Schmerzen schreien würde, wenn die Wärme in ihre Glieder zurückkehrte. Aus meiner Zeit als Sporttaucher wusste ich, wie weh es tat, wenn die Wärme in unterkühlte Körperteile zurückkriecht. Am schlimmsten war es in den Fingern. Man hatte das Gefühl, sie würden in Stücke gerissen. Aber kein Laut kam über Marys Lippen.

Torben setzte sich neben sie und hielt Wache. Ich glaube, dass er in jener Nacht den Blick nur einmal von ihr abgewandt hat, um mich anzusehen. Ich fragte ihn, was geschehen sei.

»Es hat lang gedauert, bis ich sie gefunden habe«, erklärte er. »Ich habe nicht gewagt, das letzte Stück mit eingeschalteter Lampe zu gehen. Ich war genau wie du überzeugt davon, dass wir nicht allein sind. Auf dem Weg ist mir eingefallen, dass Mary ohne das Dingi gar keine Möglichkeit hatte, an Land zu kommen.«

»Mir ist das auch klar geworden, nachdem wir uns getrennt haben. Weißt du, wie sie an Land gekommen ist?«

»Ja«, antwortete er. »Sie ist geschwommen.«

»Geschwommen?«

Ich glaubte, ich hätte mich verhört.

»Das ist unmöglich«, sagte ich. »Die Wassertemperatur beträgt sechs oder sieben Grad. Bei dieser Temperatur ist man nach zehn Minuten bewusstlos.«

»Als ich sie gefunden habe, war sie nackt. Hast du eine bessere Erklärung?«

Die hatte ich nicht. »Was hat sie da gemacht?«, fragte ich.

»Ich weiß es nicht. Es war nicht so einfach, ohne Licht da raufzukommen. Zuerst habe ich lange auf dem Felsvorsprung gesucht, wo wir sie gesehen hatten, dann habe ich sie auf der Spitze gefunden, einen halben Meter vom Rand der Klippe, vielleicht waren es auch nur Zentimeter. Sie lag da wie ein ungeborenes Kind. Zusammengekrümmt und nackt. Sie war eiskalt, und zuerst dachte ich, sie wäre tot. Ich konnte keinen Puls fühlen. Dann habe ich ihr das Glas meiner Stirnlampe vor den Mund gehalten. Das Glas beschlug, da wusste ich, sie atmet noch. Ich hab sie in meine Jacke und meinen Pullover gewickelt, dann hab ich versucht, sie warm zu reiben. Nach fünf Minuten hat sie das erste Lebenszeichen von sich gegeben. Zuerst hat sie die Augen geöffnet und mich angestarrt, als wäre ich ein Gespenst. Dann hat sie fantasiert. Sie glaubte, sie wäre im *Sid*.«

Torben verstummte und sah lange auf Marys Hand, die zwischen seinen Händen ruhte.

»Aber sie war auch völlig verzweifelt«, sagte er mit gedämpfter Stimme. »Nicht weil sie Schmerzen hatte, sondern weil sie bereute, was sie getan hatte. Immer wieder hat sie gesagt, sie wäre eine Verräterin, sie hätte alles verraten.«

Torben verstummte wieder.

»Und dann MacDuff«, sagte er nach einer Weile langsam, als falle es ihm schwer, die Worte über die Lippen zu bringen. »Sie hat gesagt, sie hätte MacDuff verraten. Sie wollte zurück. Sie wollte nicht im *Sid* sein. Ich habe nicht geglaubt, dass sie ihn so sehr liebt.«

Welche Verzweiflung in seinen eigenen Worten lag, schien ihm nicht bewusst zu sein.

»Auf der Fahrt hierher«, sagte Torben in einem Ton, als spräche er mit sich selbst, »hat sie gesagt, dass MacDuff und sie nicht zusammenleben könnten. Sie kämpften nicht für die gleiche Sache, hat sie gesagt. Ihre Zeit sei schon lange abgelaufen.«

Ich begann zu ahnen, dass Mary Torben benutzt hatte, um sich in dem Glauben zu bestärken, sie brauche MacDuff nicht, Torben war für sie wahrscheinlich nicht mehr gewesen als der Versuch, MacDuff für einen Augenblick zu vergessen. Nun aber hatte sie festgestellt, und zwar ein weiteres Mal, dass die Liebe stärker war als ihre Druidenlehren und die keltische Kultur. Sie lebte für eine Idee, war aber ein hilfloses Opfer ihrer Gefühle. Plötzlich dachte ich mit einem Mitgefühl an sie, das mir zuvor unbekannt gewesen war.

»Wär es nicht am besten, wir segeln nach Tobermory und holen einen Arzt?«, schlug ich vor.

»Das würde sie uns niemals verzeihen«, sagte Torben.

»Und wenn sie stirbt? Was sollen wir dann machen?«

»Was wir machen sollen?«

Die Vorstellung, dass Mary sterben könnte, schien Torben völlig fremd zu sein.

»Wenn sie sich erholt und zu Sinnen kommt«, sagte Torben schließlich, »dann ist es besser, wenn sie hier bei mir ist.«

»Bei dir?«

»Bei uns«, korrigierte er sich, ohne seinen Ton zu ändern.

»Und das Feuer?«, fragte ich. »Wer hat das Feuer gelöscht?«

»Niemand.«

»Niemand? Was willst du damit sagen? Irgendjemand muss es doch gelöscht haben?«

»Nein, es ist von selbst ausgegangen. Die Asche war kalt und trocken.«

Torben zuckte mit den Schultern. Ich wollte sagen, dass ein so plötzliches Erlöschen eines gut sichtbaren Feuers unmöglich war, aber er nahm das Geschehen so ohne Skepsis hin, dass mir ein weiteres Gespräch darüber unsinnig schien.

»Ich hab nicht gewusst, dass Mary dir so viel bedeutet«, sagte ich und merkte, dass es wie eine Entschuldigung klang.

Er antwortete nicht. Über Mary gebeugt, saß er da. Ich ging in die Vorpiek und schloss die Tür.

27

Am nächsten Vormittag wachte ich mit drückenden Kopfschmerzen auf. Ich war aus reiner Erschöpfung eingeschlafen, die Vorkommnisse der Nacht aber hatten sich in meinem Inneren fortgesetzt, denn Laken und Decke lagen in einem einzigen Knäuel an meinen Füßen. In der Kajüte war es still, und ich öffnete vorsichtig die Tür, um Torben und Mary nicht zu wecken.

Sie waren nicht da. Torben hatte ein paar Worte auf einen Zettel geschrieben: »Mach dir keine Sorgen! Wir kommen zurück!«, was mich nicht beruhigte, eher im Gegenteil. Während ich das Frühstück vorbereitete und zwei Kopfschmerztabletten nahm, dachte ich ununterbrochen an Mary und Torben und an unsere Lage. Ich wollte nichts lieber, als so schnell wie möglich den Anker lichten, um Mull herumsegeln und Mary am vereinbarten Treffpunkt absetzen.

In der Hoffnung, die kühle Morgenluft werde zur Klärung meiner Gedanken beitragen, setzte ich mich mit meinem Frühstück ins Cockpit. Die Sonne stand über den Bergen im Osten, der Bug der *Rustica* wies nach Norden, an der Insel Ordonsay vorbei, deren Höhenzüge Loch na Droma Buidhe zum geschützten Ankerplatz machten. Die Bergkuppen ringsherum waren schneebedeckt. Der Himmel war klar, die Schatten legten scharfe Linien in die granitgrauen Bergwände. Es war eine großartige Landschaft, aber in meiner Rastlosigkeit war ich beinahe blind für sie. Mein Blick ging zwischen dem Strand, an dem die *Sussi* lag, und den buschbedeckten Hängen, wo ich Torben und Mary vermutete, hin und her. Was machten sie da? Was gab ihr die Kraft aufzustehen, an Land zu segeln und auf die Klippen zu steigen, die Loch na Droma Buidhe umgaben?

Ich war zu nervös, um noch länger tatenlos zu warten. Ich zog meinen Overall an und machte die *Rustica* segelklar. Was auch geschehen mochte oder was an Land bereits geschehen war, ich wollte nicht länger hierbleiben als absolut notwendig. Wir mussten Mary so schnell wie möglich loswerden.

Ich machte mir an der Ankerwinde zu schaffen, als ich das Knirschen von Riemen hörte. Ich drehte mich um, die *Sussi* hielt auf die *Rustica* zu. Torben ruderte energisch, er hatte mir den Rücken zugekehrt. Mary saß aufrecht im Heck, ihre Haare flatterten im Wind. Als sie mich sah, lächelte sie mir zu.

Ich ging ans Heck, um ihnen an Bord zu helfen. Torben sagte nichts und wich meinem Blick aus, während er an Bord kletterte. Er sah äußerst müde aus, zugleich aber heiter, fast glücklich.

»Wann fahren wir?«, fragte Mary mit einer Stimme, der man die Strapazen der letzten Nacht nicht anmerkte.

»Jetzt, sofort. Ich will nicht zu spät kommen.«

»Wozu?«, fragte Mary distanziert.

»Wir sollen morgen MacDuff treffen.«

Hast du das etwa vergessen?, wollte ich fragen, aber Torbens Blick hielt mich zurück. Ich starrte Mary an, die keine Miene verzogen hatte, als ich MacDuff erwähnte. Gestern war ich sicher gewesen, dass sie MacDuff liebte und dass alles andere für sie unwichtig war. Aber jetzt? Was spielte sie für ein Spiel?

Um zwei Uhr nachmittags passierten wir Ardmore Point in der nördlichen Hälfte von Mull, und ich dachte bereits darüber nach, wo wir die Nacht verbringen konnten. Wir hatten nur noch ein paar Stunden Zeit, dann würde wieder die Dämmerung anbrechen. Ich überließ Torben das Ruder und wies ihm einen sicheren Kurs an. Die Westseite von Mull war voller Untiefen und Riffe.

Ich ging in die Kajüte hinunter und brütete über der Seekarte.

Die Entfernung nach Iona betrug zwölf Seemeilen, das war vor Anbruch der Dunkelheit nicht zu schaffen. Die Tresnish Isles machten einen schwierigen Eindruck. Zwischen Fladda und der Hauptinsel Lunga gab es Felsenriffe, der einzige Ankerplatz war bei den jetzt vorherrschenden nordwestlichen Winden ungeschützt. Bei Nordwest war vielleicht die Calgary Bay auf Mull eine Möglichkeit. Das Wetter war in Schottland jedoch zu wechselhaft und unvorhersehbar. Übrig blieb nur der Sund und die Insel Ulva, wobei die Aussichten nicht berauschend waren. Im Handbuch hieß es, dieser Sund sei »übersät von Felsenriffen und Sandbänken« und solle nur »mit äußerster Vorsicht befahren werden«.

Ich warf einen Blick auf den Extrakompass hier drinnen am Navigationsplatz. Torben hielt im Großen und Ganzen den Kurs, den ich ihm gegeben hatte, aber ich kontrollierte nicht nur routinemäßig wie früher. Torben hatte sich verändert, er war nicht mehr der Alte, und mit mir war das womöglich nicht anders. Schon einige Male waren wir in Lebensgefahr gewesen, und das mochte an keinem von uns spurlos vorübergegangen sein. Ich versuchte, mir einzureden, das läge nur an den ungewöhnlichen Belastungen der letzten Tage, und alles werde sein wie immer, sobald wir Schottland hinter uns gelassen hatten. Am nächsten Tag würden wir Mary an MacDuff übergeben und hatten dann die Freiheit zu segeln, wohin wir wollten. Nach Portugal oder sogar in die

Karibik. Warum nicht? Hier würde uns bestimmt niemand vermissen.

Warum sollte man denen, die uns loswerden wollten, diesen Gefallen nicht tun?, dachte ich, als sich die Vorluke öffnete und Mary hereinkletterte. Sie stellte sich neben mich, legte mir die Hand auf die Schulter und beugte sich über die Seekarte. Ihre Wange war nur Zentimeter von meinem Gesicht entfernt, und durch die Kleidung spürte ich die Wärme ihrer Hand.

»Wohin willst du?«, fragte sie.

Ich deutete auf den Ulva Sound.

Sie sah mich überrascht an. »Da kann man nicht ankern«, sagte sie. »Ich dachte, du wüsstest das.«

»Zeig mir eine andere Möglichkeit. Wir können natürlich auch die ganze Nacht segeln.«

»Nein«, sagte Mary so bestimmt, als wäre es ein Befehl.

Wir holten über, und sie lehnte sich leicht an mich. Offenbar nahm die Atlantikdünung zu. Mit beiden Händen schob ich sie von mir weg. Sie sah mich forschend und trotzig an, sagte aber nichts. Dieses Mal konnte ich ihren Blick erwidern, ohne mich in ihm zu verlieren.

»Der Ulva Sound ist die einzige Stelle, an der wir keine Dünung haben«, sagte ich.

»Wir können nach Acar Mor reingehen«, sagte sie und lehnte sich wieder an mich, während sie sich über die Karte beugte. Sie deutete auf die Insel Gometra, die von Ulva durch einen schmalen Sund getrennt wurde.

»Hier, hinter dieser kleinen Insel, Eilean Dioghlum, gibt es eine geschützte Bucht.«

»Tief genug? Wir brauchen fast zwei Meter.«

»In der Mitte haben wir auch bei Niedrigwasser drei Meter.«

»Warst du mit MacDuff da?«, fragte ich.

»MacDuff?«

Sie wiederholte den Namen, als hörte sie ihn zum ersten Mal.

»Ja, MacDuff. Hast du ihn vergessen?«

Ausnahmsweise war sie es, die den Blick abwandte.

»Ja«, sagte sie tonlos. »Jedes Mal, wenn wir uns trennen, vergesse ich ihn.«

»Und Torben? Ist er nur ein Mittel, um zu vergessen?«

»Torben?«, fragte sie überrascht und sah mich an, als wisse sie nicht, wovon ich sprach.

Den Rest des Tages absolvierten wir wortlos. Mary blieb meist unter Deck und kam erst bei der Einfahrt nach Acarsaid Mor wieder an Deck. So wie in Loch na Droma Buidhe stand sie am Bug und gab deutliche, nicht misszuverstehende Kommandos, die ich auf Punkt und Komma befolgte. Ich hatte keine andere Wahl, weil ich zu einer Vorbereitung an der Seekarte keine Zeit gehabt hatte.

Im Acarsaid Mor war das Wasser ruhiger, aber mit dem Wind, der in westlicher Richtung über die kleine Insel fegte, machten wir immer noch gute Fahrt. Ich rief Torben herauf, damit er die Segel einholte. Aber alles ging so schnell, dass ich den Motor anwerfen musste, um von den Klippen von Gometra freizukommen. Als der Anker gefasst hatte und Stille eintrat, hielt ich das Schweigen an Bord nicht mehr aus.

»Ich geh an Land«, sagte ich zu Mary und Torben und machte die *Sussi* klar. Eine Antwort erwartete ich nicht. »Im Cockpit-Locker liegt ein Schlauchboot, falls ihr an Land wollt.«

Der letzte Satz ließ Torben aufsehen. Glaubte er, ich hätte Mary in Loch na Droma Buidhe absichtlich verschwiegen, dass es auf der *Rustica* ein Schlauchboot gab?

Auf der kleinen Insel Eilean Dioghlum ging ich an Land. Eine kahle, karge und baumlose Felseninsel, vielleicht hundert Meter breit und einige Hundert Meter lang. An ihrem nördlichen Ende erhob sich ein Plateau ungefähr zehn Meter über die übrige Insel. Es dauerte nur einige Minuten, dann hatte ich die höchste Erhebung erreicht und setzte mich hin, mit dem Gesicht zur See. Eine der schwarz-weißen Fähren der Caledonian MacBraynes Company hielt Kurs auf den Sound of Mull. Zu meinen Füßen explodierte die Dünung mit gewaltigem Donnern an den Felsen und schleuderte mir feines Sprühwasser ins Gesicht. Mit der Fähre als Anhaltspunkt schätzte ich Höhe und Puls der riesigen Atlantikdünung, die ein Sturm in einigen Hundert oder Tausend Kilometern Entfernung aufgerührt hatte. Im einen Augenblick schien der schwarze Rumpf auf den Wellenkämmen zu reiten, im nächsten verschwand er völlig in den Wellentälern. Der Himmel war ein flammendes Inferno. Zwischen der Sonne und der Insel Coll wälzten sich schwere Wolken dahin, die von unten in allen möglichen brandroten Schattierungen beleuchtet wurden. Sogar das Meer war blutfarben, die Inseln dunkelroter Wundschorf. Es war fast schmerzlich schön.

Im Südwesten lag Staffa, die berühmte Insel mit ihren Basaltsäulen und Fingals Grotte, die Mendelssohn angeblich zu seiner Hebridenouvertüre inspiriert hatte. Pekka war auf Staffa gewesen. Ich sagte laut seinen Namen, wie eine Beschwörung. Aber er war tot, ein Opfer der Suche nach dem Keltischen Ring. Vielleicht war meine Freundschaft mit Torben ein weiteres Opfer.

Ich blieb sitzen, bis es dunkel wurde. Bei dem Gedanken, Torben und Mary wieder von Angesicht zu Angesicht gegenüberzustehen, schwand jede Lust, auf die *Rustica* zurückzukehren. Ich versuchte, mir einzureden, dass morgen alles vorbei sein würde. Torben konnte gehen, wohin er wollte, und ich konnte vielleicht zu meinen Freunden in St. Malo in der Bretagne segeln. Ich war frei. Ich konnte gehen, wohin ich wollte.

Als ich die *Rustica* wieder erreichte, hörte ich keinen Laut. Ich blieb eine Weile in der *Sussi* sitzen, um zu lauschen, dann kletterte ich an Bord. In der Kajüte war Licht, aber ich sah niemanden. Die Tür zur Vorpiek war geschlossen. Ich wagte nicht hineinzusehen, guckte vielmehr im Cockpit-Locker nach. Das Schlauchboot war weg. Vermutlich war Mary an Land gegangen, und Torben schlief in der Vorpiek. Er musste ja müde sein.

Nach einer weiteren halben Stunde kamen mir jedoch Zweifel, und ich öffnete vorsichtig die Tür. Die Vorpiek war leer. Also waren sie zusammen an Land gegangen. Ich machte mir notdürftig etwas zu essen und trank ein Glas Wein. Dann legte ich mich in die Vorpiekkoje. Ich stellte den Wecker auf fünf Uhr und zog die Tür zu, um nicht gestört zu werden. Wenn Mary und Torben nachts gemeinsam spazieren gingen, konnten sie auch zusammen in der Kajüte schlafen.

Ich schlief tief, wachte aber gegen ein Uhr auf, als die Luke quietschend geöffnet wurde. Ich hörte Flüstern, beide waren jedoch so leise, dass ich nicht verstehen konnte, was sie sagten. Wenig später wurde es in der Kajüte still.

Es dauerte lange, bis ich wieder einschlief. Als ich unmittelbar vor dem Klingeln des Weckers aufwachte, hatte ich das Gefühl, erst kurz zuvor eingeschlafen zu sein. Ich hatte Albträume gehabt, und das Unbehagen steckte mir tief in den Knochen. An eine Traumszene erinnerte ich mich. Mary hatte immer wieder versucht, mich zu küssen, während ich wütend versuchte, sie wegzustoßen. Mein Körper aber wollte mir nicht gehorchen, meine Arme hingen an meinen Seiten herunter, und als ich weglaufen wollte, versagten meine Beine.

Ich zog mich in der Vorpiek an. Das Ölzeug hing auf meiner Seite der Tür. Als ich leise durch die Kajüte schlich, sah ich, dass Mary und Torben zusammen in der Backbordkoje lagen. Ich nahm eine Thermoskanne mit Kaffee und Zigaretten vom Tisch und ging an Deck. Ich machte die *Rustica* segelklar, setzte mich mit meiner Kaffeetasse und einer Zigarette ins Cockpit und wartete auf die Morgendämmerung. Sie kam mit starkem Wind, einem tristen grauen Himmel und Sprühregen. Bis dahin hatten wir eigentlich Glück mit dem Wetter gehabt; gute Sicht und beständiges, niederschlagsfreies Wetter, wenn wir segelten, und schlechtes Wetter nur, wenn wir in einem Hafen lagen. Obwohl ich von Natur aus vorsichtig bin, hatte ich seit der Nordsee keinen Wetterbericht mehr gehört. Wir waren ja auch in unseren Entscheidungen nicht frei gewesen und konnten auf das Wetter wenig Rücksicht nehmen.

Wenn ich die Wahl gehabt hätte, wäre ich an diesem Tag nicht ausgelaufen. Die Entfernung nach Iona betrug zwar nur zehn Seemeilen, diese zehn Seemeilen aber waren dem Atlantik ungeschützt ausgesetzt. Sicherheitshalber verkleinerte ich die Segelfläche und setzte die Sturmfock. Ich lichtete den Anker und ging unter Segeln in See, um Torben und Mary nicht zu wecken. Der Seegang würde sie ohnehin schnell genug munter machen. Ich hoffte, sie würden nicht aus der Koje fallen, bis ich das Schiff auf Steuerbordbug legen konnte. Für den Rest des Törns würde die Backbordkoje die Leekoje sein, und vielleicht schliefen sie weiter und wachten erst auf, wenn wir angekommen waren. Ich wollte an Deck am liebsten allein sein. Wind und Regen halfen mir, alle verworrenen Gedanken über den Keltischen Ring, über Torben und Mary, über Torben und mich und die ungewisse Zukunft hinter mir zu lassen.

Nach zehn Minuten auf nördlichem Kurs ging ich über Stag und brachte die *Rustica* auf einen Kurs, der dicht an Staffa vorbeiführte, nicht, weil Pekka dort gewesen war oder weil ich hoffte, dort etwas zu entdecken, sondern weil es ganz einfach die kürzeste Route war. Die Wellen waren riesig, sie brachen aber nicht, und zwischen den Kämmen lagen fünfzig bis hundert Meter. Wie immer lief die *Rustica* würdevoll und weich. Souverän, dachte ich. Ein Rustler war ein fantastisches Boot. Wie unruhig die See auch sein mochte, ich hatte noch niemals erlebt, dass die *Rustica* stampfte.

Nach einer halben Stunde waren wir unter der Küste von Staffa. Die Wände aus vertikalen Säulen erinnerten an die Barten eines Blauwals. Wonach mochte Pekka hier gesucht haben? Die Insel war unbewohnt und unzugänglich. In dieser Hinsicht mochte sie dunklen Machenschaften entgegenkommen. Im Winter aber war es wegen der Dünung, die die Insel einschloss und sich auf allen Seiten brach, manchmal monatelang nicht möglich, dort zu landen. Das hieß, wenn es keine versteckten Buchten gab, in die ein Mann wie MacDuff ein Boot hineinbringen konnte. Im Sommer war Fingals Grotte jedoch eine Touristenattraktion, und dann machte es keinen Sinn, für Waffenschmuggel ausgerechnet eine so gut besuchte Insel auszuwählen.

Iona erhob sich langsam aus dem Dunst. Ich blieb unter Land, wir hatten auch da noch genug Wasser unter dem Kiel. Tinker's Hole lag im südlichen Teil des Sunds. Eigentlich war es nur eine kleine Passage zwischen einem Inselchen und der Insel Erraid, die ihrerseits durch ein schmales Gatt von Mull getrennt wurde, das bei Ebbe trocken lag. Rein dem Augenschein nach war Tinker's Hole alles andere als ein sicherer Ankerplatz. Nach dem Handbuch war man dort aber vor Wind und Dünung geschützt. Nur der Gezeitenstrom, der zwischen den Klippen zwei bis drei Knoten setzen konnte, war ein Problem.

Es war aber keineswegs einfach, überhaupt hineinzulaufen. Die nördliche Einfahrt war so schwierig und gefährlich, dass selbst ein Engländer sie nicht als »interessant« bezeichnet hätte. Dazu brauchte man Erfahrung. Nicht viel anders verhielt es sich mit der südlichen Einfahrt. In ihrer Mitte lag ein großes unmarkiertes Riff. Schon aus der Entfernung sah man, dass Brecher meterhoch um Tinker's Hole standen.

Während ich darüber nachdachte, was ich tun sollte, öffnete sich die Luke und Mary kletterte heraus, als wüsste sie, dass ich Hilfe brauchte. Ohne etwas zu sagen oder mich auch nur anzusehen, ließ sie den Blick über den Horizont gleiten. Offensichtlich nahm sie per Augenmaß einige Peilungen vor, dann sagte sie: »Geh auf hundertvierzig Grad!«

Zweimal hatte sie uns schon exakt durch schwierige Gewässer gelotst, zweimal hatte ich mich auf sie verlassen, und ich zögerte nicht, es ein drittes Mal zu tun, wenn auch nicht blind. Ich folgte ihren Anweisungen, sah aber immer wieder auf die Seekarte. Ihre seemännischen Kenntnisse hatte sie bewiesen, ihrem Selbsterhaltungstrieb vertraute ich indessen nicht. Sie schien zwischen Lebensfreude und Todessehnsucht hin- und hergerissen zu sein. Zwischen einem Menschen, der wirklich an ein Leben nach dem Tode glaubt, und einem Menschen, der ebenso unerschütterlich an das Gegenteil glaubt, liegt ein unüberbrückbarer Abgrund. Das Risiko unserer Fahrt nach Tinker's Hole hinein konnte für Mary nicht die gleiche Bedeutung haben wie für mich.

Wegen der besseren Sicht steuerte ich stehend, nach Marys Anweisungen, sah aber nach wie vor auf die Seekarte. Wir trafen aus nordwestlicher Richtung auf die Brandung, dort musste es eine Passage geben, die ich aber erst entdeckte, als es zu einer Wende bereits zu spät war. Ohne Mary wären wir vermutlich auf Grund gelaufen. Nach einigen Kabellängen in schwindelerregendem Tempo zwischen den Brechern erreichten wir die kleine Felseninsel, die Tinker's Hole vom Atlantik abschirmte. Um das Heulen des Windes und den Lärm der Wellen zu übertönen, schrie Mary mir zu, ich solle die Südspitze der Insel ansteuern.

Unmittelbar hinter der Südspitze der Insel machte ich eine Wende nach Backbord und schoss in den Wind. Mary holte blitzschnell die Segel ein und belegte sie. Einige Sekunden später lief die Ankerkette durch die Klüse, und die *Rustica* richtete sich gegen den Strom aus. Der Anker hielt. Die vergleichsweise Ruhe, die sich über uns legte, war so überwältigend wie das Toben der Brecher zuvor. Torben tauchte auf. Hinter ihm schlug die Luke laut zu.

»Was zum Teufel war das?«, fragte er und rieb sich die Schulter.

Er war offenbar bei der letzten Wende aus der Koje gefallen. Er stockte, als er erkannte, wo wir uns befanden.

»Hast du es wirklich so eilig?«, fragte er.

»Ja«, antwortete ich, »und ich will so schnell wie möglich wieder weg.«

Torben warf mir einen Blick zu, als verstehe er nicht, was ich meinte. Dann kletterte er in die Kajüte zurück, und ich sah durch die Plexiglasscheibe, wie er den Schlafsack zusammenrollte und das Frühstück vorbereitete.

Ich blieb am Ruder sitzen, goss mir eine Tasse Kaffee ein und zündete mir eine Zigarette an. Mary stand am Mast und sah in Richtung Norden. Sollte MacDuff von da kommen? Oder dachte sie überhaupt nicht an MacDuff?

Nach einiger Zeit setzte Mary sich zu mir ins Cockpit. Ich bot ihr Kaffee und Zigaretten an, was sie wortlos annahm. Die Zeit schleppte sich dahin. Mary hatte sich ganz in sich zurückgezogen. Sie sagte kein Wort.

Es hörte auf zu regnen, und der Himmel riss auf. Der Wind drehte sich, er kam jetzt aus Südwesten, und es wurde merklich milder. Wir hatten jetzt Ende Februar, und man konnte sich leicht vorstellen, dass schon eine Andeutung von Frühling in dem Wind lag. Meine Stimmung hellte sich ein wenig auf, aber ich war immer noch sehr unruhig. Wo blieb MacDuff?

Schließlich ging ich in die Kajüte, holte das Glas und brachte die *Sussi* zu Wasser. Ich ruderte zu der kleinen Insel hinüber, die den letzten Vorposten vor dem offenen Meer darstellte. Von dort aus gesehen glich Tinker's Hole einem mit Wasser gefüllten Steinbruch. Die namenlose Insel hatte zwei Hügelkuppen. Ich erstieg die eine und hatte von dort aus freien Blick auf die endlose grandiose Küstenlinie zu beiden Seiten.

Mit dem Glas suchte ich alle Buchten, Inseln und Wasserstraßen im Osten ab. Zuerst konzentrierte ich mich auf die entferntesten. Die See war leer, so weit ich sehen konnte. Außer dem Rauch, der aus vereinzelten Katen aufstieg, konnte ich kein Lebenszeichen auf den Inseln im Süden, Colonsay, Islay und Jura, feststellen.

Dann wandte ich mich ebenso sorgfältig dem Westen zu, aber auch dort sah ich kein Lebenszeichen, nur die ständige Bewegung der See. Aus welcher Richtung würde MacDuff kommen? Ich hatte keine Ahnung. Nach ein paar Stunden gab ich auf.

Ich war auf dem Weg hinunter zu der Stelle, wo die *Sussi* lag, als ich einen Sonnenreflex unmittelbar südlich von Iona wahrnahm. Dann wurde mir klar, dass es kein normales Aufblitzen des Sonnenlichts auf dem Wasser gewesen sein konnte, dazu war es zu stark, eher ein Lichtblitz oder eine Stichflamme. Es kam aus der Richtung von zwei kleinen Inseln südwestlich von Iona, die zusammen Soa genannt wurden, etwa zwei Seemeilen westlich von Tinker's Hole. Einige Sekunden nach dem Lichtblitz und ehe ich das Glas an die Augen setzen konnte, hörte man das dumpfe Grollen einer fernen Explosion. Obwohl das Geräusch zweifellos von See kam, drehte ich mich um und sah zur *Rustica* hinunter, die noch so dalag, wie ich sie verlassen hatte. Mary stand im Cockpit und blickte in die Richtung, aus der das Geräusch gekommen war. In der Luke tauchte Torbens Kopf auf. Als ich wieder nach Soa sah, war das Grollen der Explosion zwischen den Felswänden verhallt.

Durch das Glas sah ich, dass in dem schmalen Gatt zwischen den beiden Inseln meterhohe Flammen aufschossen. Die Entfernung war aber zu groß, um zu erkennen, was dort brannte. Auf der südlichen Insel meinte ich Gestalten zu sehen, die sich langsam von den Flammen entfernten. Wegen des Gegenlichts ließ sich jedoch kaum erkennen, was dort vor sich ging.

Dann gab es irgendwo über meinem Kopf einen Knall. Ich ließ das Glas sinken und sah hinauf. Eine rote Leuchtkugel an einem Fallschirm senkte sich langsam in Richtung der Sonnenscheibe. Ein Notsignal, wie man es nur in Lebensgefahr benutzt. Ich stand auf und rannte hinunter zur *Sussi*.

28

Als ich am Schiff ankam, holte Mary bereits den Anker ein. Den Motor hatte sie schon angelassen. »Was ist los?«, fragte Torben, als er mir half, die *Sussi* hochzuhieven und an Bord zu verstauen.

»Irgendjemand ist in Not«, antwortete ich. Ich stürzte ans Ruder, während Mary den fünfzehn Kilo schweren Anker an Bord wuchtete und an seinem üblichen Platz verstaute. Ich machte eine Wende nach Steuerbord und ging auf einen Kurs, der uns südlich an En nam Muc vorbeibringen sollte. Ich hatte es so eilig, dass ich das Riff in der Einfahrt nach Tinker's Hole vergaß. Mary erinnerte mich daran, indem sie einfach die Ruderpinne nach Steuerbord herumzog.

»Danke«, sagte ich, als mir meine Nachlässigkeit aufging.

»Was hast du gesehen?«, fragte sie.

»Das kam von Soa. Eine Explosion. Irgendwas brennt. Ich glaube, ich hab auch Leute gesehen. Aber ich bin mir nicht sicher.«

»Wie viele?«, fragte sie.

»Zwei, vielleicht drei. Man konnte wegen der Sonne nicht so viel erkennen.«

»Und die Leuchtpatrone?«

»Die ist nach der Explosion abgeschossen worden«, sagte ich. »Aber woher, hab ich nicht gesehen.«

»Dann ist es vielleicht noch nicht zu spät.«

»Zu spät, wofür?«

»Wie schnell können wir fahren?«, fragte sie, statt zu antworten.

»Sechs Knoten. Falls die See nicht zu kabbelig ist.«

»Zwanzig Minuten«, sagte Mary leise zu sich selbst, ganz so, als habe sie ein Bild der Seekarte im Kopf. Die Riffe und die Entfernung zwischen den Inseln kannte sie ganz genau, und sogar die Wassertiefe in den Ankerbuchten wusste sie auswendig.

»Glaubst du, es ist MacDuff?«, fragte ich, als wir En nam Muc, unmittelbar südlich von Tinker's Hole, umrundeten.

Mary antwortete nicht, aber ich war mir sicher, dass meine Annahme zutraf. Hatten Dick und O'Connell nun beschlossen, MacDuff nicht mehr zu glauben, welche Erklärungen ihm für seinen und Pekkas Besuch in Dänemark auch einfallen mochten? Wenn dem so war, dann war es der reine Wahnsinn, dass Mary uns zu dieser Insel begleitete, oder zumindest, dass sie sich so offen im Cockpit zeigte.

Torben dachte offenbar genauso, denn er bat sie, unter Deck zu gehen. Mary würdigte ihn keines Blicks. Es schien, als wollte sie gesehen werden. Was aber stellte sie sich vor? Auf dem Höhepunkt ihrer Macht besaßen die Worte der Druiden magische Kraft. Ein Krieger, den man in einer Satire zum Gespött gemacht hatte, war für den Rest seines Lebens ein gebrochener Mann. Bei der Verteidigung von Anglesey gegen die Römer hatten den Druiden die Beschwörungen allerdings wenig geholfen. Und heute?

»Was hast du vor?«, fragte Torben.

»Keine Ahnung«, antwortete ich. »Zu den Inseln segeln und sehen, was wir tun können.«

Ganz offensichtlich wollte er noch etwas sagen, aber nicht in Gegenwart Marys.

»Wir müssen dahin«, sagte ich nur. »Gleichgültig, von wem das Notsignal kommt.«

Torben warf Mary einen Blick zu. Sie hatte das Glas vor Augen und sah angestrengt auf die Inseln. Wir waren noch etwa eine Seemeile entfernt, als sie den Arm hob und auf etwas zeigte.

»Ein Boot!«, rief sie.

Sie reichte mir das Glas. Westlich der Stelle, wo sich die Explosion ereignet hatte, stiegen zwei Leute in ein großes Schlauchboot, aber wir waren noch immer zu weit entfernt, um jemanden erkennen zu können.

»Vielleicht hauen sie ab, weil sie uns kommen sehen«, sagte ich.

Mary sah mich mit einem Blick an, als wisse ich nicht, worüber ich redete.

»Sie müssen uns jedenfalls gesehen haben«, beharrte ich.

Mary nickte. Ich sah, wie sich das schwarze Schlauchboot von der grauen Felswand löste. Mit hohem Tempo nahm es Kurs auf den Firth of Lorne, bestimmt zwanzig oder dreißig Knoten, und bald war es hinter uns verschwunden. Ganz offensichtlich wichen sie uns aus. Auf geradem Kurs hätten wir einander mit wenigen Kabellängen Abstand passiert. Stattdessen schlugen sie einen Bogen um uns, der so groß war, dass wir sie auch mit dem Glas nicht identifizieren konnten. Sie würden natürlich keinerlei Schwierigkeiten haben, die *Rustica* zu erkennen. Wir waren das einzige Segelboot weit und breit.

Ich warf einen letzten Blick nach achtern, um festzustellen, welchen Kurs das Schlauchboot hielt, aber zu einer Bestimmung war es schon zu weit entfernt. Falls O'Connell an Bord war, sprach natürlich manches für Kerrera. Vielleicht aber wollten sie nicht so lange über die offene See fahren und riskieren, entdeckt zu werden. Vielleicht hatten auch andere das Notsignal gesehen und hielten Kurs auf die Unglücksstelle. Ich fragte Mary nach der nächsten Seenotrettungsstation, aber sie schüttelte nur den Kopf.

»Du weißt nicht, wo sie ist?«, fragte ich hartnäckig.

Ausnahmsweise verfluchte ich einmal meine Abneigung gegen Elektronik und wünschte mir, ich hätte ein Funksprechgerät an Bord. So gab es nur die Möglichkeit, eines unserer Leuchtsignale in den Himmel zu schicken, und das machte wohl kaum Sinn.

»MacDuff würde euch niemals verzeihen, wenn ihr die Seenotrettung ruft«, sagte Mary. »Die ist für Menschen in Seenot da, für nichts anderes.«

»Aber er hat die Leuchtpatrone abgeschossen, oder?«, sagte ich.

»Die war für mich«, antwortete Mary.

Bald sahen wir das Feuer deutlicher. Ein Boot brannte auf einer Seite der schmalen Wasserstraße zwischen den beiden kleinen Inseln. Das Steuerhaus war schon verschwunden, und mittschiffs sahen wir ein großes Loch, das sicher von der Explosion stammte. Der Bug war noch relativ unbeschädigt, vermutlich, weil er im Wind lag und die Flammen nach achtern schlugen. Er trug die Bezeichnung *F 154*.

Mary hatte binnen eines Augenblicks den Anker über Bord. Sobald er gefasst hatte, ließen wir hastig das Dingi zu Wasser.

»Einer von uns muss an Bord bleiben«, sagte ich zu Torben. »Das ist kein sicherer Ankerplatz. Du oder ich?«

Die Insel war zu klein, um die Dünung abzuhalten, die vom Atlantik heranrollte und donnernd und aufsprühend an die Felsenküste schlug.

»Du«, sagte Torben.

»Gut«, sagte ich. »Aber geht nicht an Bord. Wenn das Feuer den Tank erreicht …«

Ich beendete den Satz nicht. Mary saß schon im Dingi. Zu spät fiel mir ein, dass ich ihren Rucksack hätte durchsuchen sollen. Sie hatte ihn auf den Boden der *Sussi* zwischen ihre Beine gestellt. Falls sie eine Schusswaffe bei sich hatte, war alles möglich. Ich hoffte inständig, dass sich auf der Insel niemand mehr befand.

Torben ruderte rasch auf das Land zu. Er hielt Kurs auf einen Klippenvorsprung auf der Westseite der Insel, fünfzig Meter von dem brennenden Fischkutter entfernt. Vermutlich hatte ihm Mary gesagt, er solle den Vorsprung mit dem Heck voraus anlaufen, denn als sie hinkamen, drehte er die *Sussi.* Er hatte Marys Absicht nicht durchschaut, denn sobald sie Land berührten, sprang sie aus dem Dingi und lief auf das Feuer zu. Torben stand hilflos mit der Vorleine in der Hand da. Dann kletterte er hinaus und zog das Dingi auf den kleinen Felsabsatz hinauf. Mary war inzwischen bei dem auf die Klippen getriebenen Boot angekommen und kletterte, ohne zu zögern, auf den Bug. Sie blieb einen Augenblick stehen, dann verschwand sie im vorderen Niedergang. Genau das hatte ich befürchtet. Torben kam rasch näher und lief direkt auf das Boot zu. Ich wollte ihm zurufen, nicht hineinzugehen, aber das war sinnlos. Die Insel lag zweihundert Meter entfernt, und das Tosen des Feuers und der Wellen musste alles übertönen. Ich stellte mir Mary unten in der Kajüte vor und sah, wie sie sich durch den raucherfüllten engen Raum tastete und mit Todesverachtung nach MacDuff suchte. Und ich war sicher, dass Torben ihr folgen würde.

Plötzlich jedoch stand sie wieder an Deck. Torben war auf dem Weg über die Reling. Im Glas erkannte ich, dass sie ihm etwas zuschrie, vermutlich, er solle wieder hinunterklettern, er aber kletterte weiter. Mary öffnete ihren Rucksack und steckte die Hand hinein. Ich dachte, sie wollte ihre Pistole herausziehen, aber als ihre Hand wieder zum Vorschein kam, war sie gefüllt mit etwas, das wie weißes Pulver aussah. Sie warf es in die Flammen am Niedergang, die augenblicklich erloschen. Dies musste die Erklärung dafür sein, warum das Feuer am Loch na Droma Buidhe so plötzlich verschwunden war.

Torben blieb wie gelähmt auf dem Deck stehen, während Mary wieder im Niedergang verschwand. Nach endlosen Minuten tauchte sie wieder auf, ging ohne zu zögern an Torben vorbei und kletterte wieder über die Felsen an Land. Offenbar hatte sie nichts gefunden. Torben folgte ihr mit einigem Abstand. Am Dingi wartete sie, und zusammen schoben sie die *Sussi* ins Wasser, er nahm die Riemen und ruderte zur *Rustica* zurück.

Wir hoben das Dingi an Bord und verzurrten es.

»Ich muss zu den Garvellachs«, sagte Mary, als wir fertig waren.

Die Garvellachs! Dorthin war Pekka gesegelt, und dort hatte er Mary gefunden und ihr das Leben gerettet, das Leben, von dem sie nichts mehr wissen wollte. Wieder fielen mir Pekkas Worte über die Goldstraße ein, die wiedererrichtet werden würde, und dass die Kelten Gelder zur Gründung der neuen keltischen Reiche angehäuft hatten. In der Römerzeit hatten das heilige Zentrum und die Schatzkammern der Druiden auf der Insel Anglesey gelegen, von der viele meinen, bei ihr handele es sich um das sagenumwobene Avalon. Waren die Garvellachs das Kraftzentrum der modernen Druiden? Sollten der Aufstand und die Befreiung von diesen verlassenen Inseln ausgehen? Wenn dem so war, hatten Dick und O'Connell, falls es sich bei den beiden Männern um sie handelte, MacDuff vermutlich dorthin gebracht.

»Zu den Garvellachs? Warum?«, fragte ich.

»Wenn MacDuff noch lebt, ist er auf den Garvellachs«, antwortete Mary.

»Und wenn er tot ist?«

Anfangs antwortete sie nicht.

»Dann ist er auch dort«, sagte sie schließlich.

Ich sah auf die Uhr. Noch drei Stunden bis zur Dämmerung und zwanzig Seemeilen bis zu den Garvellachs.

»Vor Anbruch der Dunkelheit schaffen wir es nicht.«

»Ich weiß. Ich kenne die Route.«

»Das ist noch nicht mal bei Tageslicht leicht. Ich hab mir das auf der Seekarte angesehen.«

Marys Augen wurden schmal.

»Wieso interessierst du dich für die Garvellachs?«, fragte sie.

»Pekka ist dort gewesen. Auf den Garvellachs hat er dir das Leben gerettet.«

»Das Leben? Das ist so relativ. Woher weißt du, dass er nicht gleichzeitig jemandem das Leben genommen hat?«

Für einen kurzen Augenblick schienen wir uns in derselben Welt zu befinden und dieselbe Sprache zu sprechen.

»Hat Pekka dir nie leidgetan?«, fragte ich.

»Genauso wie du mir leidtust.«

»Ich?«

»Ja. Du müsstest mich und MacDuff eigentlich hassen. Du kannst Torben im Grunde nicht mehr trauen, weil er glaubt, er kann mir vertrauen. Aber du tust es nicht.«

»Nein, warum auch?«

»Um zu überleben«, sagte Mary.

»Torben hat mich nicht verraten, wenn es das ist, was du meinst. Ich komme ganz gut ohne Hass aus.«

Mary wandte sich ab. »Soll ich den Anker lichten?«, fragte sie.

»Wieso bist du so sicher, dass ich dich auf die Garvellachs bringe?«

»Das weißt du ebenso gut wie ich.«

Sollte ich mich der Gefahr aussetzen, MacDuff das Leben zu retten, dem Menschen, der Pekka umgebracht hatte? Ich versuchte, mir einzureden, es geschehe nicht nur wegen MacDuff, sondern auch Torben zuliebe. Wenn MacDuff noch am Leben war, würde alles sehr viel leichter sein.

»Was machen wir jetzt?«, fragte Torben, als er ins Cockpit kam.

»Mary will zu den Garvellachs. Sie sagt, wenn MacDuff noch am Leben ist, dann ist er dort.«

»Und wo sind die Garvellachs?«, fragte Torben.

»Nördlich von Corryvreckan, zwanzig Seemeilen von hier.«

»Und wie weit sind sie vom Festland?«

Warum wollte er das wissen? Im selben Augenblick rief Mary, der Anker sei klar, und ich musste mich aufs Auslaufen konzentrieren. Torben verschwand in der Kajüte.

»Weck mich, wenn wir da sind«, sagte er. »Heute Morgen ist es auch ganz gut gegangen. Bis ich aufgewacht bin!«

Was ein Scherz sein sollte, sich aber so freudlos anhörte, dass es wie ein Vorwurf klang.

Mary hisste das Großsegel und die Fock, und bald jagten wir durch das Wasser, stiegen und sanken im langen Rhythmus der Atlantikdünung. Der milde Südwestwind legte einen Dunstschleier auf das Wasser. Achtern verblasste bereits die Sonne, vorn verschwanden die scharfen Umrisse der Küste. Ich begann mir Sorgen wegen heraufziehenden Nebels zu machen. Die Wahrscheinlichkeit von Dunst oder Nebel ist in Schottland noch nicht einmal im Winter sonderlich groß, was aber hilft die Wahrscheinlichkeit gegen die tatsächlichen Umstände?

Bisher hatte ich den Kurs bestimmt. Wir würden dicht an der Südwestspitze Mulls vorbeisegeln, außerhalb des Gebiets der Tarran Rocks, Riffe, die bei Niedrigwasser ihre zerfetzten Spitzen zeigten. Bei Flut, so wie jetzt, sah alles ganz harmlos aus, aber ich wusste, dass schon fünf Grad südlicher für den Kunststoffrumpf der *Rustica* verheerend gewesen wären.

Hinter den Tarran Rocks kamen wir in offenes Wasser, abgesehen von Corryvreckan, der einige Seemeilen östlich des Firth of Lorne lag. Um nicht in den Corryvreckan gezogen zu werden – einmal reichte mir vollends –, hatte ich Kurs auf Garbh Eileach, die nördlichste der Garvellachs-Inseln, genommen.

Als es dunkel wurde, hatten wir noch fünf Seemeilen vor uns, aufgrund des günstigen Gezeitenstroms weniger als berechnet. Während der letzten Stunde hatte ich das Leuchtfeuer von Eileach an Naoimh, der südlichsten der vier Garvellachs, sehen können. Alle sechs Sekunden blitzte es auf und wurde mit zunehmender Dunkelheit deutlicher. Mit Deckpeilung kontrollierte ich den Kurs in regelmäßigen Abständen. Die Strömung setzte zunehmend nach Nordwesten, ich musste die Abdrift ausgleichen, was mit dem Leuchtfeuer an Steuerbord jedoch keine Schwierigkeit war.

Dann aber kam der Nebel, wie ich es die ganze Zeit befürchtet hatte. Binnen zwei Minuten war das Leuchtfeuer verschwunden. Der Nebel war so dicht, dass er sich an Gesicht und Händen anfühlte wie ein sanfter Nieselregen. Die Feuchtigkeit legte sich auf alles, und bald tropfte sie vom Baum und von den Segeln.

Ich sah Mary an, sie hatte den Kopf gehoben und schien nach Wind und Nebel zu schnuppern.

»Was machen wir jetzt?«, fragte ich.

Sie warf einen Blick auf den Kompass und schaute wieder in den Nebel, wo es nichts zu sehen gab.

»Geh zehn Grad südlicher«, sagte sie.

»Das bringt uns genau auf die Klippen«, protestierte ich erschrocken.

»Tu einfach, was ich dir sage«, antwortete sie scharf.

»Ich kann nur hoffen, dass du weißt, was du tust.«

»Etwas Besseres als der Nebel hätte uns gar nicht passieren können«, sagte sie. Es klang ganz so, als habe sie ihn gerufen.

Das konnte nur bedeuten, dass es größere Gefahren gab als die Klippen der Garvellachs. Im schwachen, rötlichen Schein von Kompass- und Logbeleuchtung konnte ich die Züge von Marys Gesicht nur ahnen. Ihre Stimme hatte die gleiche Härte wie damals, als sie in MacDuffs Kajüte ihre Pistole auf Torben und mich gerichtet hatte. Gleichzeitig ließen ihre Art zu sprechen und ihre Kursanweisungen auf Selbstvertrauen und eine absolute Überlegenheit schließen. Es konnte keinen Zweifel daran geben, dass sie zu wissen glaubte, was sie tat.

»Zwischen Garbh Eileach und Eileach an Naoimh gibt es eine Durchfahrt«, sagte sie. »Sie ist eng, sehr eng, aber tief genug. Wenn wir da sind, musst du exakt tun, was ich sage. Ein kleiner Fehler, und du setzt die *Rustica* auf die Klippen.«

Ich hätte wenden und hinaus auf See, in offene Gewässer fahren sollen, aber ich tat es nicht.

Nach einiger Zeit hörte ich Brandung oder Brecher. Wenn es eine rationale Erklärung für Marys Fähigkeit gab, ohne Hilfsmittel bei Dunkelheit und Nebel zu navigieren, dann die, dass sie ihre Route irgendwie zu *hören* vermochte. Ich weiß, dass die Eskimos nach den Schreien von Vögeln navigieren, die dem Land zufliegen, und dass Polynesier sich im Dunkeln an verschiedenen Brandungsgeräuschen orientieren. Marys Gehör musste jedenfalls das normale Maß bei Weitem übersteigen.

Ich selbst hörte nur ein konfuses Brausen, das uns einschloss. Es war, als wären wir in einem Tunnel, dessen Wände unsichtbar blieben. Ich konzentrierte mich nur auf Marys Befehle. Im Augenwinkel sah ich in nur wenigen Metern Entfernung schwaches Meeresleuchten in den sich brechenden Wellenkämmen.

Wir kamen durch. Es erscheint mir noch immer als reines Wunder. Ungefähr fünf Minuten müssen vergangen sein, dann hörte man das Brandungsgeräusch plötzlich von achtern. Die Zeitberechnung war aber etwas Nachträgliches. Solange wir uns in der Enge befanden, gab es keine Zeit, nicht einmal in Form der Hoffnung, dass es bald vorüber sein würde.

Ich zündete mir mit zitternden Händen eine Zigarette an. Mein Herz schlug so stark und langsam, dass ich die Schläge zählen konnte. Ich ließ das Streichholz länger als nötig brennen. In seinem schwachen Schein konnte ich den ekstatischen Ausdruck auf Marys Gesicht erkennen. Später habe ich mich gefragt, warum sie gerade diese Passage gewählt hatte. Ich kann verstehen, dass wir Eileach an Naoimh nicht südlich umfuhren, denn als das möglich gewesen wäre, gab es noch keinen Nebel, und wir wären schon von Weitem auszumachen gewesen. Aber ich habe den Verdacht, dass Mary sich dieser Spannung aussetzen wollte, dass sie die Ekstase suchte, die Aufhebung der Zeit.

»Du hast mir vertraut«, sagte sie. »Das ist gut.«

»Ich hatte keine Wahl.«

»O doch, die hattest du«, sagte sie, und ich stellte mir vor, dass sie in die Dunkelheit hinauslächelte. »Du hättest wenden und aufs offene Meer raussegeln können.«

»Ja«, sagte ich. »Das stimmt. Aber damit wäre weder Torben noch mir geholfen gewesen.« Ihren Namen hatte ich nicht genannt. Es war leichter, die Dinge beim Namen zu nennen, wenn ich sie nicht sah. Sie antwortete nicht.

»Wo ankern wir?«, fragte ich. »Der einzige Ankerplatz auf Eileach an Naoimh ist nach Südwesten offen. Bei dem Wind muss einer an Bord bleiben.«

»Wir ankern woanders. Ich sag dir, wann du in den Wind gehen musst.«

Die Bucht, in der man üblicherweise ankerte, lag schon in Luv. Ein Schlag in den Sund hinein würde ausreichen, um dorthin zu kommen – wenn wir dorthin wollten. Mary bedeutete mir, in den Wind zu gehen, und holte das Großsegel ein, um die Fahrt zu verringern. Dass sie das Großsegel und nicht die Fock einholte, war mit Sicherheit kein Zufall. Mit ihrem sicheren Gefühl für Schiffe und Segel wusste sie bestimmt, dass die *Rustica* mit der Fock besser kreuzte.

»Wer soll an Bord bleiben?«, fragte ich.

»Ich geh allein an Land. Ich verbiete euch nachzukommen.«

Ich fragte gar nicht erst, mit welchem Recht sie Verbote aussprach.

»Jetzt geh in den Wind!«, sagte Mary, während die Fock aufs Deck herunterglitt.

Ich hielt die *Rustica,* so weit es ging, im Wind, während Mary den Anker ausbrachte. Obwohl sie die Ankerkette durch die Finger laufen ließ, damit sie nicht rasselte, hörte ich, dass sie viel Kette brauchte. Es war tief hier. Ich schaute mich um. Nach wie vor sah man nichts, keinen Lichtschein, keine Umrisse. Wie sollten wir feststellen, ob der Anker fasste oder ob wir trieben? Nicht ein Punkt bot sich für eine Seitenpeilung an. Torben würde regelmäßig loten müssen, um festzustellen, ob die Wassertiefe sich veränderte. Es gab keine andere Methode. Und was immer Mary sagte, ich hatte vor, sie zu begleiten, wenn sie an Land ging.

»Hilf mir mit dem Dingi«, sagte sie, sobald sie die Ankerwinde belegt hatte.

Die *Sussi* wog fast fünfzig Kilo, und auch eine geschickte Frau wie Mary konnte sie so ohne Weiteres nicht allein zu Wasser bringen.

»Einen Augenblick«, sagte ich zu ihr. »Ich muss Torben Bescheid sagen.«

»Wir haben keine Zeit!«

»Ich schon. Ich lasse die *Rustica* nicht ohne Ankerwache zurück.«

»Du gehst nicht mit an Land! Hilf mir nur, das Dingi ins Wasser zu bringen.«

»Auf alle Fälle bring ich dich rüber«, sagte ich. »Du glaubst doch nicht, dass ich das Dingi verlieren will, wenn etwas passiert, oder?«

Ich ging in die Kajüte. Torben schlief nicht, sondern saß völlig angekleidet auf dem Kojenrand.

»Wo sind wir?«, fragte er.

»Vor der südlichsten Garvellachs-Insel.«

Ich zeigte sie ihm auf der Seekarte.

»Mary will allein an Land.«

»Auf keinen Fall!«, rief Torben.

»Sie hat uns verboten mitzukommen. Aber ich rudere sie an Land.«

Torben wollte noch etwas einwenden, aber ich unterbrach ihn.

»Dann red selbst mit ihr!«

Er schüttelte den Kopf.

»Ich glaube, wir wären wirklich nur im Weg«, fuhr ich fort.

»Im Weg, wenn sie MacDuff das Leben retten will? Meinst du das?«

»Ja.«

Torben sah zu Boden, sagte aber nichts.

»Ich warte in der *Sussi* drüben auf Mary«, sagte ich. »Wenn sie in einer Stunde nicht zurück ist, hol ich dich. Dann suchen wir sie gemeinsam. In Ordnung?«

Er sah mich an.

»Ja«, sagte er leise, »das ist okay.«

Ich steckte die Stabtaschenlampe, Streichhölzer und den Peilkompass ein und riss die Seite über die Garvellachs aus dem Handbuch. Dann schaltete ich die Ankerbeleuchtung am Masttop ein, aber nach wenigen Sekunden tauchte Marys Kopf in der Luke auf.

»Mach das aus!«, sagte sie.

»Wir müssen zurückfinden«, antwortete ich.

»Mach eine Peilung! Aber kein Licht! Sonst kommen wir hier überhaupt nicht mehr weg.«

»Bei dem Nebel ist das Licht doch gar nicht weit zu sehen.«

»Weit genug. Außerdem wird sich der Nebel heben. Wenn ich MacDuff finde, kann ich den Nebel nicht mehr kontrollieren.«

Ich sah sie verblüfft an. Meinte sie wirklich, der Nebel sei ihr Werk? Vielleicht bildete sie sich ein, es handele sich um denselben Nebel, der einst Avalon, die heilige Insel der Kelten, einhüllte und vor den Blicken der restlichen Welt verbarg. Ich drehte mich zu Torben um, ein kurzer Blick reichte jedoch aus, um festzustellen, dass er lediglich auf den Namen MacDuff reagiert hatte. Für einen Augenblick sah er Mary in die Augen, aber nichts in ihrem Blick ließ auf ein Wiedererkennen oder gar auf Zärtlichkeit schließen. In diesem Augenblick hätte Torben jeder beliebige Mensch sein können. Und ich auch.

»Hier!«, sagte ich schließlich zu ihm und legte das Lot auf den Tisch. »Alle fünf Minuten dürfte genug sein, um festzustellen, ob wir treiben. Wir haben achtern vermutlich erst mal genug Wasser.«

Ich hoffte, das würde ihn beschäftigen. Ich drehte mich um und ging.

Rasch brachten Mary und ich das Dingi zu Wasser und kletterten hinein. Es war nicht leicht, in dem Nebel Kurs zu halten. Ohne das schwache Licht der Petroleumlampe hinter den Vorhängen der *Rustica* hätten wir nicht den geringsten Anhaltspunkt gehabt. Mary nannte mir einen Kurs, den ich leise wiederholte, um ihn mir einzuprägen. Ohne ihn waren die Chancen zurückzufinden nicht groß.

Mary saß im Heck, den Rucksack zwischen den Füßen.

»Was hast du vor?«, fragte ich leise. Sie antwortete nicht. »Was, glaubst du, ist passiert?«

Mary blieb stumm.

»Ist es der Keltische Ring?«, fragte ich, um sie zu provozieren, aber sie reagierte nicht.

»Sei jetzt still!«, sagte sie nach einer Weile.

Ich wusste noch immer nicht, wie ich mich verhalten sollte, als der Bug der *Sussi* gegen Felsen stieß. Ich klammerte mich an einem Vorsprung fest, um das Dingi ruhig zu halten. In dem Augenblick sprang Mary aus dem Boot und war mit ein paar schnellen Schritten in Nebel und Dunkelheit verschwunden. Alles, was ich tun konnte, war, mit dem Peilkompass die ungefähre Richtung zu ermitteln, in der sich ihre Fußtritte verloren.

Ich saß in der *Sussi* und versuchte nachzudenken.

Zwar hatte ich mich schon entschieden, Mary zu folgen, aber darüber hinaus hatte ich nicht die geringste Vorstellung, was ich tun sollte. Falls es eine Chance gab, dass MacDuff noch lebte, konnte ich nicht einfach untätig warten und hoffen, Mary werde ihn schon finden. Was hätte sie auch gegen zwei Männer wie Dick und O'Connell ausrichten können?

Ich lauschte und starrte in die Dunkelheit. Nichts. Ich zog die Seite aus dem Segelhandbuch aus der Tasche, breitete sie auf der Ruderbank aus, legte die eingeschaltete Taschenlampe daneben und zündete mir eine Zigarette an. Das Blatt gab nur die südlichste der Inseln wieder, Eileach an Naoimh. Sie war eineinhalb Kilometer lang und etwa fünfhundert Meter breit. Ihr höchster Punkt, Dun Bhreanain, lag fünfundachtzig Meter über dem Meeresspiegel. Auf der Westseite fielen die Klippen von einem Plateau, das von einem Felsrücken durchschnitten wurde, steil ins Meer ab. Von Osten war es gut zugänglich.

Die Insel war nach dem Handbuch unbewohnt. Sie wies aber, sagte der Begleittext, zahlreiche historisch bedeutsame Stätten auf. Schon 542 n. Chr. hatte der heilige Brendan – derselbe irische Mönch, der nach den Legenden in einem Lederboot von Irland nach Nordamerika gesegelt war – hier die erste christliche Ansiedlung gegründet. Zehn Jahre später war der Mönch Columban nach Iona gekommen; nach Eileach an Naoimh hatte er sich zum Gebet und zur Meditation zurückgezogen.

Für verschiedene schottische Clans waren die Garvellachs-Inseln, oder Garvellocks, wie sie auch genannt wurden, ein befestigter Zufluchtsort gewesen. Auf der nördlichsten Insel, einem kleinen Felseneiland, standen die Reste einer nahezu uneinnehmbaren Burg, die selbst bei guten Wetterbedingungen fast unzugänglich war. Es hieß, dass der legendäre irische Held Conall Cernach eine Zeit lang hier seinen Stützpunkt gehabt habe, eine der sagenumwobenen Gestalten der irischen Epen, der kurz nach Christi Geburt gelebt haben soll. Im dreizehnten Jahrhundert hatte der MacDougall-Clan die Burg wiedererrichtet.

Ungläubig las ich den letzten Satz noch einmal. War das wirklich möglich? Der MacDougall-Clan hatte auf den Garvellachs eine Burg gehabt? Das zeigte noch einmal, wie tief die Geschichte in diesem Land in die Gegenwart hineinreichte. Eileach an Naoimh war überdies schon seit Urzeiten die »Heilige Insel« genannt worden. Plötzlich hatte ich das Gefühl, immer tiefer in eines der Labyrinthe hineinzugeraten, die sich auf vielen keltischen Grabmälern fanden.

Ich sah auf die Karte. Wo sollte ich nach Mary suchen? Auf der Karte war eine »Kapelle« eingezeichnet, nicht größer als sieben mal drei Meter, erhalten waren nur noch die meterdicken Steinmauern, die fünfzehn Jahrhunderte lang der Wucht des Seewindes widerstanden hatten. Näher am Ufer hatte es früher ein größeres Kloster gegeben, von dem ebenfalls nur noch Mauerreste erhalten waren. In der Nähe des Klosters lagen außerdem zwei relativ gut erhaltene sogenannte »Bienenkörbe«, runde Steinhütten mit Kuppeldächern, drei Meter hoch und groß genug für einen meditierenden Mönch oder Druiden. Die »Bienenkörbe« waren durch zwei sich kreuzende Gänge verbunden, die zusammen mit den Kuppeln die Form einer 8 bildeten. Früher sollte es an einigen Stellen der Insel keltische Steinkreuze und andere Steine mit keltischen Inschriften gegeben haben, fast alle aber waren verschwunden. Außerdem lagen irgendwo unterirdische Höhlen, eine von ihnen hatte besonders reuigen Sündern bei ihrer Suche nach Buße und Besserung gedient. Ungefähr in der Mitte der Insel lag das Grab von Arthne, einer Prinzessin von Leicester, die angeblich Columbans Mutter gewesen war. Der Stein war einen halben Meter hoch, auf der einen Seite war ein Kreuz eingemeißelt.

War Mary dorthin gegangen? Oder zur Kapelle? Oder zu einem anderen der heiligen Orte? Ich wusste nicht einmal genau, wo ich mich befand. Die Bucht, in der man üblicherweise ankerte, lag genau südöstlich von Arthnes Grab. Sie wurde durch einige kleinere Inseln vor der Atlantikdünung geschützt, war aber für uns aufgrund des Südwestwindes unbrauchbar gewesen. Soweit ich sah, gab es nur eine weitere Möglichkeit. Da wir an unserem Ankerplatz keine Dünung hatten, musste Mary die *Rustica* in den Norden der kleinen Inseln, also bei Südwest auf die Leeseite, geführt haben.

Wenn dem so war, musste ich mich selbst südlich des auf der Karte ausgezeichneten Landeplatzes befinden. Von der *Rustica* aus hatten wir mit der *Sussi* einen Kurs von ungefähr 250 Grad gehalten. Mary war in fast genau westlicher Richtung ins Inselinnere verschwunden. Was nur eines heißen konnte: Sie war zu Arthnes Grab gegangen.

Ich zog das Dingi auf die Felsen und füllte mir die Taschen mit Muschelschalen. Damit ich den Rückweg wiederfand, ließ ich sie im Abstand von zehn Schritten fallen, sodass sie der Lichtkegel der Taschenlampe gut erreichte. Ich zählte mit, um mir auf diese Weise die verbleibende Wegstrecke bis zur Grabstätte ausrechnen zu können. Dahin zu gelangen erwies sich als schwieriger, als ich erwartet hatte. Um der Kompassweisung genau zu folgen, musste ich Felsen überklettern, da jedes Umgehen ein Abweichen von der geraden Linie bedeutet hätte und schwer zu korrigieren gewesen wäre.

Ab und zu blieb ich stehen und lauschte. Ich musste davon ausgehen, dass Mary und ich nicht allein auf der Insel waren.

Als ich nach meiner Berechnung noch ungefähr hundertfünfzig Meter von Arthnes Grab entfernt war, hörte ich einen durchdringenden Schrei. Er brach unvermittelt ab, aber in mir hallte er mit lähmendem Schrecken nach. Ich weiß nicht, wie lange ich da gestanden habe. Es können wenige Sekunden, zehn Minuten oder eine Viertelstunde gewesen sein.

Als ich schließlich weiterging, hatte ich zumindest die Geistesgegenwart, die Taschenlampe auszuschalten. Falls Mary diesen Schrei ausgestoßen hatte, musste sie etwas gesehen haben. Und wenn sie etwas gesehen hatte, musste es Licht geben. Und wenn es Licht gab, musste noch jemand dort sein.

Vorsichtig näherte ich mich dem Ort, an dem der Grabstein stehen musste. Das letzte Stück stieg steil an, ich kletterte mehr, als ich ging, was Zeit kostete, weil ich in der einen Hand den Kompass hielt. Er besaß Leuchtziffern, auf See aber war das hellgrüne Tritonlicht nie so stark gewesen, dass man die Gradeinteilung ablesen konnte. Dass ich sie jetzt so deutlich sah, war ein weiterer Hinweis darauf, wie dunkel es in jener Nacht auf Eileach an Naoimh war.

Schließlich erreichte ich ein Plateau, das von etwa einem Meter hohen Farnsträuchern bedeckt war. Ich bewegte mich geduckt und sehr langsam weiter. Dann stieß ich mit der Hand an etwas Hartes. Ich betastete es. Es war der Grabstein.

Ich trat einige Schritte zurück und lauschte. Kein Laut. Und nach wie vor nicht der kleinste Lichtschimmer. Unwahrscheinlich, dass sich noch immer jemand in der Nähe befand, falls überhaupt jemand hier gewesen sein sollte. Ich ging das Risiko ein und knipste die Taschenlampe an.

Den Anblick, der sich mir bot, werde ich niemals vergessen, und noch jetzt, während ich dies niederschreibe, spüre ich, wie Übelkeit in mir aufsteigt. Der Lichtkegel fiel auf einen abgetrennten Kopf, den jemand auf den Grabstein gesetzt hatte. Der Kopf war noch blutig, seine Augen starrten regungslos ins Nichts. Es war der Kopf MacDuffs.

An die folgenden Minuten erinnere ich mich nicht. Ich glaube, dass ich mich übergab. Ich hoffe, dass ich nicht wie Mary aufgeschrien habe. Daran, dass ich die Taschenlampe fallen ließ und dass sie erlosch, erinnere ich mich. Wilde Gedanken schossen mir durch den Kopf. Der Schädelkult!, dachte ich. Pekka hatte ihn gesehen und gefürchtet. Welchen Sinn aber hatte er? Dass man dem Kopf magische Kraft zusprach und die Schädel von toten Verwandten und Freunden aufbewahrte, ist eine Sache. Hier aber wurde ein brutaler Mord zur Schau gestellt. Für wen?

MacDuff hatte gesagt, niemand töte wegen des Schädelkults. Und niemand werde auch seinetwegen getötet. Es blieb nur eine halbwegs logische Lösung. Wenn man den Kopf auf den Grabstein gestellt hatte, dann, damit Mary ihn sah. Wollte man sie zu Tode erschrecken und ihren Widerstand brechen? Wer aber sollte das getan haben? Dick? Auf Befehl des Keltischen Rings? Oder jemand aus Marys Druidenorden?

Auf allen vieren kroch ich von der Grabstätte weg. Schließlich richtete ich mich auf und versuchte, die Taschenlampe wieder anzuschalten. Sie funktionierte noch. Den Kompass hielt ich noch immer krampfhaft in der anderen Hand.

Sollte ich zur *Rustica* und zu Torben zurückgehen? Unmöglich. Wenn Torben hörte, dass MacDuff tot war und dass sich Mary noch auf der Insel befand, womöglich in den Händen derjenigen, die MacDuff getötet hatten, würde ihn nichts an Bord halten. Er würde an Land gehen und nach Mary suchen. Oder sollte ich zur *Sussi* zurückkehren und warten, ob Mary zurückkam? Ich sah auf die Uhr. Es waren nicht mehr als fünfunddreißig Minuten vergangen. Eine

Stunde hatte ich Torben zugesagt. War ich bis dahin nicht mit Mary zurück, würde er vermutlich das Schlauchboot nehmen und die *Rustica* sich selbst überlassen.

Was aber konnte ich tun? Ich hatte keine Waffe, ich war hilflos. Und MacDuff war tot, niemand konnte daran etwas ändern, auch Rache nicht, selbst wenn ich dazu imstande gewesen wäre.

Auch die Rache konnte mir nicht mehr zu einer Segeltour mit MacDuff zu den Äußeren Hebriden verhelfen.

Mir war klar, dass ich Torben nie würde überreden können, den Anker zu lichten und wegzusegeln. Ohne Mary würde er das nicht tun, und deshalb musste ich Mary finden. Es war nicht ganz auszuschließen, dass wir beide auf der Insel allein waren, dass MacDuffs Kopf als groteske Warnung hier zurückgelassen worden war.

Ich entschloss mich, auf die alte Kapelle zuzugehen. Bald stieß ich auf einen Pfad, der mir das Vorankommen erleichterte. Ich war jedoch noch immer so mitgenommen, dass ich mich auf jeden Schritt konzentrieren musste, um nicht zu stolpern. Einige Male blieb ich stehen, schaltete die Taschenlampe aus und lauschte. Aber außer dem Heulen des Windes, dem Schrei einer Silbermöwe in weiter Ferne und dem Rauschen der Brandung hörte ich nichts. Sonst gab es nur Schweigen und Dunkelheit.

Ich ging weiter. Als ich nicht mehr als einige Meter von der Kapelle entfernt sein konnte, hörte ich Stimmen. Ich schaltete die Taschenlampe aus und tastete mich mit ausgestreckten Armen vorsichtig weiter. Die Stimmen wurden deutlicher. Plötzlich berührte ich eine Steinmauer. Die Stimmen kamen offenbar von der anderen Seite. Was ich hörte, war kein Englisch, es musste Keltisch sein.

Ich tastete mich an der Mauer entlang, um eine Öffnung

zu finden, durch die ich ins Innere sehen konnte. Nach jedem Schritt blieb ich stehen. Da das Dach der Kapelle eingestürzt war, konnten diejenigen, die sich auf der anderen Seite befanden, das kleinste Geräusch hören. Um zu vermeiden, dass ich auf einen Zweig trat oder gegen einen Stein stieß, verlagerte ich das Gewicht erst auf den anderen Fuß, wenn ich mir absolut sicher war, dass dieser Schritt kein Geräusch verursachen würde. Auf diese Weise entdeckte ich Marys Rucksack. Mit der Fußspitze stieß ich gegen etwas Weiches. Ich bückte mich und tastete mit der Hand. Der Rucksack war offen. So, als wenn Mary ihn weggeworfen hätte, ehe sie die Kapelle betrat. Rasch fuhr ich mit der Hand hinein. Ganz unten fand ich ihre Pistole. Meine Hand umklammerte den Kolben, ich musste mich jedoch zwingen, die Pistole anzuheben und zu entsichern. Würde ich in der Lage sein, sie zu gebrauchen?

Ich ging mit äußerster Sorgfalt weiter, bis ich die Ecke erreichte. Ich sah einen schwachen Lichtschein, der offenbar durch ein Loch in der Stirnmauer fiel, der ich jetzt folgte. Wie sich herausstellte, als ich Schritt um Schritt näher kam, war es kein Fenster, die Mauer war hier keilförmig bis auf Mannshöhe eingestürzt.

Nach einigen Minuten war ich an der Stelle angekommen, wo ich über die restliche Mauer hinweg ins Innere sehen konnte. Noch immer hörte ich deutlich die Stimmen. Drei Männerstimmen, ruhig, kalt. Mary hörte ich nicht.

Mit unendlicher Vorsicht hob ich den Kopf über den Rand. Als Erstes sah ich Mary, die zusammengesunken auf dem Boden saß, mit dem Rücken zu der Mauer, an die ich zuerst gestoßen war. Das vor ihr in einer kleinen Kupferkugel brennende Feuer warf ein zuckendes rötliches Licht auf ihr

Gesicht. Um das Feuer herum standen drei Männer. Den Mann ganz links kannte ich, es war Dick. Er trug wie damals in Invergarry Castle eine Maschinenpistole. Die beiden anderen waren in weite weiße Umhänge gehüllt. Sie waren nur etwa fünf Meter von mir entfernt.

Lange stand ich wie versteinert da, und ich hatte Glück, weil sich die drei ganz auf Mary konzentrierten und nicht in meine Richtung sahen. Mary starrte vor sich hin, ihre Augen schienen nichts zu sehen. Ich brauchte die Worte nicht zu verstehen, um zu begreifen, dass dies ein Verhör war. Oder ein ritueller Prozess, bei dem es nur Ankläger und eine bereits Verurteilte gab. In hartem Ton sagte einer der drei etwas zu Mary, wartete und wiederholte dann das Gesagte. Mary reagierte nicht. Dick trat zu ihr, in der Hand hielt er einen dünnen, geflochtenen Lederriemen, den er ihr um den Hals legte. Entsetzt beobachtete ich die Vorbereitungen. Mary sollte erdrosselt werden, vielleicht als Opfer für irgendeine druidische Gottheit. Das konnte nicht der Keltische Ring sein. Ihr eigener Druidenorden war schneller gewesen. Oder es war nur Dicks krankhafte Vorstellung von Bestrafung und Rache.

Meine Fäuste ballten sich, und mir war gar nicht bewusst, dass ich eine Pistole in der Hand hielt. Ich bin einer dieser Menschen, die als ungewöhnlich ruhig und beherrscht gelten, und tatsächlich habe ich Zorn und Wut immer für etwas gehalten, was den Menschen zum Tier macht. Ich hatte Angst vor dem, was geschehen könnte, wenn der Zorn irgendwann aus mir herausbräche; ich weiß, wie es bei den wenigen Gelegenheiten gewesen war, bei denen ich mich dieser Grenze genähert hatte. Noch niemals aber hatte ich solchen Hass und solche Abscheu empfunden wie in jenem Augenblick, als Dick Mary die Lederschleife um den Hals legte.

Ohne jeden Widerstand fiel Marys Kopf zur Seite, als Dick die Schlaufe straffte, so als könne er Mary mit einem Nähfaden den Hals brechen. Er trat einen Schritt zurück und wartete. Mary machte noch nicht einmal den Versuch, den Kopf wieder zu heben. Dick sah die beiden anderen an. Sie nickten. Ihre Gesten ließen erkennen, dass das Urteil gefallen war, ein Todesurteil.

Dick ging wieder zu Mary und steckte ein Stöckchen durch eine kleine Schlaufe des Lederriemens. Im selben Augenblick und so, als wäre er ein fremder Gegenstand, mit dem ich nichts zu tun hatte, hob sich mein Arm mit der Pistole über die Mauerkante, die Hand richtete den Lauf auf Dicks Brust. Der Finger schloss sich um den Abzug.

Der Schuss zerriss die Stille. Dick schrie auf und sank zu Boden. Ich feuerte, ohne auf die beiden Männer zu zielen, zwei weitere Schüsse in die Kapelle hinein. Der eine der Männer schrie dem anderen etwas zu, und der stieß mit dem Fuß die Kupferkugel um. Das Feuer erlosch. Ich hörte ihre panischen Schritte, die von den Wänden widerhallten, als sie die Kapelle Hals über Kopf verließen. Draußen verloren sich die Geräusche in der Dunkelheit.

Ich schaltete die Taschenlampe ein und kletterte so schnell es ging in die Kapelle hinein. Bei Dick angekommen, griff ich nach seinem Handgelenk, um den Puls zu fühlen. Nichts. Er war tot. Ich richtete mich auf. Plus eins und minus eins ist null, dachte ich. Mary lag regungslos da. Sie musste ohnmächtig geworden sein.

Die beiden konnten zurückkommen, dachte ich. Und Torben, was würde er tun, wenn er die Schüsse hörte? Ich musste zurück zur *Rustica,* bevor er das Schlauchboot aufgepumpt hatte. Wenn er an Land ging, konnte er den beiden begegnen. Ich nahm Dicks Maschinenpistole und hängte sie mir um. Die würden die beiden anderen jedenfalls nicht benutzen, so viel war sicher.

Ich hob Mary hoch und legte sie mir über die Schulter. Als ich nach draußen trat, stellte ich fest, dass ich den Kompass verloren hatte. Der Nebel sorgte für eine nicht zu unterschätzende Sicherheit, aber ich wagte es nicht, Mary allein irgendwo liegen zu lassen und in die Kapelle zurückzugehen, um nach dem Kompass zu suchen. Denn zum einen war ich bereits jetzt unsicher, in welche Richtung ich gehen musste, zum anderen war ich überzeugt davon, dass die beiden Männer zurückkommen würden, wenn sie sich vom ersten Schrecken erholt hatten. Auch ihnen bot der Nebel Sicherheit.

Einige Sekunden stand ich unentschlossen da. In welcher Richtung lag die Landestelle mit dem Dingi? Ich hörte Brandungsgeräusche, aber ich wusste, wie unmöglich es war, bei Nebel die Herkunft von Geräuschen zu bestimmen. Ich ging einige Schritte in die eine Richtung, dann aber schien das Brandungsgeräusch aus der entgegengesetzten Richtung zu kommen. Panik stieg in mir auf. Ich schwitzte, zugleich kühlte der Wind mich ab.

Der Wind!, dachte ich plötzlich. Ohne Licht, Geräusche und Kompass blieb einem nur noch der Wind. Bei unserer Ankunft war er von Südwesten gekommen. Auf dem Weg zum Wasser hinunter musste ich ihn also auf der rechten Wange spüren. Ich ging weiter, so schnell ich konnte. Einige Augenblicke später aber konnte ich nicht mehr, ich musste Mary hinlegen und mich ein wenig ausruhen.

Ich hörte ein Geräusch, möglicherweise einen Ruf, der von der Kapelle zu kommen schien. Vielleicht waren die beiden zurückgekehrt und hatten Dick gefunden. Zugleich sah ich etwas im Nebel, das zwei schwarzen Löchern glich. Sie nahmen allmählich die Form zweier Kuppeln an. Es waren die

»Bienenkörbe«, die Mönchshütten. Ich nahm Mary auf und trug sie in eine der Hütten. Sie stöhnte einmal leise auf. Ich legte meine Jacke über sie.

Die Minuten schleppten sich dahin. Ich saß da und wartete. Dann richtete ich mich auf und war gerade dabei, sie wieder aufzuheben, als ich Fußtritte hörte. In dem Augenblick stöhnte Mary wieder auf. Zu spät presste ich ihr die Hand auf den Mund. Die Schritte brachen abrupt ab.

In der Stille brach mir der kalte Schweiß aus. Mary lag ganz still, aber etwas an ihrer Körperhaltung verriet mir, dass sie zu sich gekommen sein musste. Ich hielt die Hand weiter auf ihrem Mund, aber nicht mehr so hart. Dann nahm ich sie weg. Sie bewegte leicht den Kopf.

Nach unendlich langen Minuten hörte ich, dass die Männer sich weiterbewegten und dann auch aus einiger Entfernung ihr leises Gemurmel.

Mary richtete sich auf und legte die Lippen an mein Ohr. »Wo sind wir?«, flüsterte sie fast unhörbar.

»In einem von den Bienenkörben«, antwortete ich ebenso leise.

»Lass mich hier!«, flüsterte sie. »Geh.«

»Nein«, sagte ich. »Du musst mich zum Boot führen. Allein find ich es nicht.«

»Es hat keinen Sinn«, sagte sie. »Die Frist ist abgelaufen.«

»Für Torben und mich nicht«, sagte ich mit unterdrückter Stimme. »Wenn Torben und ich wieder an Bord der *Rustica* sind, kannst du machen, was du willst. Nach Eileach an Naoimh zurückkehren und noch einmal geopfert werden, falls du das willst. Aber du kannst mir wenigstens helfen, dafür zu sorgen, dass Torben nichts zustößt. Das bist du uns beiden schuldig.«

»Warum?«, fragte Mary.

Mein erster Gedanke war, ihr zu antworten, dass ich ihr das Leben gerettet hatte. Dann aber wurde mir klar, dass ich damit nichts ausrichten konnte. Sie würde antworten, dass ihr Leben ihr nach dem Tod MacDuffs nichts mehr bedeutete.

»Weil Torben und ich dir helfen wollten, MacDuff das Leben zu retten«, sagte ich stattdessen, ohne Rücksicht auf den Schmerz, den meine Worte verursachen mussten. »Und weil MacDuff Torben und mir das Leben gerettet hat. Soll das umsonst gewesen sein?«

Sie sagte nichts, aber nach einer Weile versuchte sie aufzustehen. Ich half ihr dabei. Sie klammerte sich fest an mich, und ich spürte, wie ihre Beine zitterten. Nach einigen Minuten konnte sie stehen und machte sich von mir los.

»Was soll ich tun?«, fragte sie.

»Du kennst die Insel. Führ uns zum Dingi. Kann sein, dass es schon zu spät ist, aber wir müssen wissen, was mit dem Dingi ist. Wenn wir Glück haben, dann haben sie an der falschen Stelle zu suchen begonnen.«

Ich wusste, wie riskant das war. Wie sehr ich aber auch nachdachte, mir fiel nichts Besseres ein. Ich konnte hier nicht auf Torben warten. Selbst wenn ich Schritte hörte, wäre es zu gefährlich gewesen, sich bemerkbar zu machen, weil es auch einer der Männer sein konnte.

Wir verließen den Bienenkorb. Wir hatten kaum ein paar Schritte gemacht, als wir einen schreckerfüllten Aufschrei hörten. Es war die Stimme eines Mannes. Torben?

Wir mussten weiter. Ich packte Mary am Arm und schüttelte sie. Langsam und mechanisch ging sie vor mir her. Das Geräusch der Brandung wurde deutlicher. Wir brauchten für jede Hundert Meter bestimmt zehn Minuten. Mary strauchelte oft, und ich musste sie immer wieder stützen. Aber wir fanden die *Sussi.* Sie lag unterhalb der Stelle, wo ich sie verlassen hatte, im Wasser. In ihrem Boden klafften zwei große Löcher.

Die beiden Männer mussten sich also ausgerechnet haben, dass wir wegen des Südwestwinds nicht am üblichen Ankerplatz lagen und deshalb auch woanders übergesetzt hatten. Und wenn dies der Fall war ... ich hatte den Gedanken noch nicht beendet, als ich hinter mir eine Stimme hörte.

»Keine Bewegung!«

Was ich dachte, weiß ich nicht, ich rührte mich aber nicht von der Stelle. Ich fühlte, wie sich in meinem ganzen Körper die Muskeln anspannten. Plus eins und minus eins, dachte ich wieder. Es durfte nicht sinnlos gewesen sein. Ich wollte mich gerade zu Boden werfen oder versuchen, ins Dunkel zu entkommen, als sich die Stimme ein weiteres Mal hören ließ:

»Was auf gut Dänisch etwa heißt: Steh still!«

Torben.

Ich sank zu Boden, meine Beine wollten mich nicht mehr tragen. Torben half mir aufzustehen.

»Tut mir leid«, sagte er. »Ich musste den Trick noch mal benutzen. Was hätte ich machen sollen? Du hast da eine Maschinenpistole, und vielleicht hättest du erst geschossen und dann gefragt.«

»Mary!«, stammelte ich und ließ die Taschenlampe aufblitzen, sie aber hatte sich nicht bewegt, seit wir das Dingi erreicht hatten. Sie stand wie gelähmt da und starrte Torben an.

Erst jetzt sah ich, dass Torben MacDuffs Jacke trug und dass er Blut an den Händen und im Gesicht hatte.

»Was ist passiert?«, fragte ich.

»Das erzähl ich dir auf dem Weg zur *Rustica.*«

»Die *Sussi*«, sagte ich und deutete auf die beiden Löcher.

»Spielt keine Rolle«, antwortete Torben. »Ich hab das Schlauchboot hier.«

Er machte einige Schritte auf Mary zu, aber erst als er näher kam, sah er ihren Blick und dass sie außer sich vor Angst war, und er begriff.

»Ich bin es, Torben«, sagte er sanft und zog MacDuffs Jacke aus.

»Es tut mir leid«, sagte er, »aber ich musste deine Druidenkollegen in die Flucht schlagen.«

Mary schien nicht zu verstehen, was er sagte.

»Sie ist unter Schock«, sagte ich. »Wir müssen sie auf die *Rustica* bringen.«

»Ja klar«, sagte Torben mit einer Entschlossenheit und einer Ruhe, die ich lange nicht mehr an ihm gesehen hatte.

Er nahm Marys Arm und führte sie am Strand entlang. Ein Stück weiter stießen wir auf das Schlauchboot der *Rustica.* Torben half Mary hinein. Er setzte sie an den Bug. Ich nahm die Riemen, Torben setzte sich aufs Heck.

»Ich hab den Ersatzkompass dabei«, sagte er.

Den brauchten wir jetzt. Ich pullte mit kräftigen Ruderschlägen nach Torbens Anweisungen. Nach einigen Minuten hörten wir Geräusche, die von etwas weiter südlich zu kommen schienen.

»Jetzt haben sie ihr Schlauchboot gefunden, das mal über dreißig Knoten schnell war«, sagte Torben ebenso gelassen wie zuvor. »Das schafft es jetzt nicht mehr.«

Also hatte Torben Zeit gehabt, ihr Boot zu zerstören, so wie sie unseres versenkt hatten.

Nach einigen weiteren Minuten erreichten wir die *Rustica,* die wie ein Geisterschiff im Windschutz der Inseln auf dem ruhigen Wasser lag. Gemeinsam halfen wir Mary an Bord, brachten sie in die Kajüte und legten sie in die Backbordkoje.

Noch nie hatte Torben an Deck so schnell und sicher gearbeitet. In Rekordzeit wurde das Schlauchboot an Bord gehievt und verstaut, gleich darauf lag der Anker auf Deck und die Segel waren gehisst. Selten hatte ich mich so über Nebel gefreut wie in jener Nacht. Ich entschied mich für einen Kurs, der mich westlich der kleinen Inseln vor Eileach an Naoimh vorbeiführte. Von Steuerbord waren die Stimmen der beiden Männer zu hören, die einander Kommandos zuschrien. Sie hatten offensichtlich alle Vorsicht über Bord geworfen. Wie verzweifelt sie waren, begriffen wir, als wir hörten, dass sie aufs Geratewohl in die Dunkelheit feuerten. Wir glitten nach Westen.

»Also jetzt erzähl, was passiert ist«, sagte ich zu Torben, als wir eine Weile schweigend gesegelt waren.

»Ich hörte den Schrei und habe begonnen, das Schlauchboot aufzupumpen, um zu euch an Land zu kommen. Ich habe angenommen, dass der Schrei daher rührte, dass man euch überwältigt oder sogar verletzt hatte. Aber ich wusste natürlich nicht, wo ihr wart oder ob ihr überhaupt noch am Leben wart. Ich wusste, dass du die Karte mitgenommen hattest, aber in einem deiner Führer habe ich eine grobe Beschreibung der Inseln gefunden. Da stand was von der Kapelle und von Arthnes Grab. Dann bin ich mit dem Schlauchboot rüber, hab das Dingi gesucht und versenkt.«

»Die Löcher in der *Sussi* stammen von dir?«, fragte ich erstaunt. »Warum?«

»Was hätte ich denn machen sollen? Ich hatte doch keine Ahnung, was auf der Insel passiert war. Ich musste mit allem rechnen. Ich hab mir gedacht, falls ihr mit heiler Haut davongekommen seid, müsst ihr irgendwann zum Dingi zurückkommen. Aber das hätten die anderen natürlich auch gewusst. Also musste ich verhindern, dass sie da auf euch warten. Sie sollten annehmen, ihr sitzt auf der Insel fest. Das hat geklappt. Sie waren sehr zufrieden, als sie das Dingi fanden. Sie glaubten, ihr hättet es beim Landen an den Felsen leckgeschlagen.«

»Woher weißt du das?«

»Ich hab sie gehört.«

»Du hast sie gehört?«

»Ja, ich hab die Muscheln gesehen, und ich hab mir gedacht, du hast sie ausgestreut, damit du zum Boot zurückfindest. Das hätte ich genauso gemacht. Ich bin ihnen gefolgt und zum Grabstein gekommen ... und hab da dasselbe gesehen wie du.«

Torben schwieg eine Zeit lang.

»Es hat ein wenig gedauert, bis ich mich erholt hatte. Dann aber habe ich mich umgesehen, ob es irgendwelche Spuren von dir und Mary gab. Das war nicht der Fall. Aber in einiger Entfernung fand ich MacDuffs Körper.«

Wieder verstummte er. Ich sah, wie schwer ihm das Weitersprechen fiel.

»Ich wusste nicht, was ich tun sollte«, fuhr er fort. »Ich war kraftlos, angewidert und wütend. Ich habe niemals geglaubt, dass es einmal so weit kommen würde – aber ich hab tatsächlich an Rache gedacht. Ich wollte die Kerle kriegen, aber ich hatte keine Waffen, nur ein Messer. In dem Moment hörte ich die Schüsse, was die Sache auch nicht besser machte. Das Einzige, was mir helfen konnte, war, sie zu Tode zu erschrecken. Niemand ist so abergläubisch wie die Kelten. Nur MacDuffs Geist konnte sie in die Flucht schlagen. Ich zog MacDuffs Kleider an und nahm seinen Kopf mit.«

Das sagte er so einfach. Aber ich konnte mir vorstellen,

was es für ihn geheißen haben musste, MacDuffs Jacke anzuziehen und mit MacDuffs blutigem Kopf über die dunkle Insel zu laufen.

»Ich ging vom Grab zur Kapelle«, fuhr er fort, »und entdeckte dort unsere beiden Freunde. Ich hatte unwahrscheinliches Glück. Sie hatten Waffen geholt und waren zurückgekommen, und sie hatten es so eilig, dass sie jede Vorsicht außer Acht ließen und reichlich Lärm machten. Was sie in der Kapelle trieben, konnte ich nicht hören, aber ich wusste, dass sie euch um jeden Preis finden mussten. Ich folgte ihnen, und als sie das Dingi gefunden hatten, tauchte ich als MacDuffs Geist aus dem Nebel auf. Es muss ein fürchterlicher Anblick gewesen sein. In meinem ganzen Leben habe ich noch keine Menschen gesehen, die so voller Schrecken waren. Sie rannten einfach davon, ins Innere der Insel zurück. Ich fand ihr Schlauchboot und machte es unbrauchbar. Dann konnte ich nur noch hoffen und darauf warten, dass ihr kommt. Was glücklicherweise der Fall war, ehe die beiden sich von ihrem Schock erholt hatten. Ich weiß nicht, was ich getan hätte, wenn sie zurückgekommen wären.«

Er schwieg eine Weile. Es war ein tapferer Versuch gewesen, etwas als Abenteuer darzustellen, was schrecklich für ihn gewesen sein musste.

»Eines versteh ich nicht«, sagte er dann. »Die Schüsse. Wer hat eigentlich geschossen? Und woher hattest du die Maschinenpistole?«

Ich erzählte ihm, was geschehen war und dass ich Dick erschossen hatte. Torben sah mich lange an. Ich wusste, dass er verstand, was in mir vorging. Er sagte nichts. Dem war nichts hinzuzufügen.

»Geh runter zu Mary«, sagte ich zu ihm. »Wenn sie aufwacht, braucht sie dich. Ich komm hier gut allein zurecht.«

Als er verschwunden war, machte ich meine letzte Rechnung auf. Plus drei minus eins ist zwei. Das war die Summe, mit der ich ein Leben lang leben musste. Genauso wie MacDuff.

Dann ging ich auf westlichen Kurs, der uns hinaus auf den Atlantik brachte. Mehr war nicht zu tun. Als wir in den Firth of Lorne kamen, warf ich die Maschinenpistole und Marys Revolver in die See.

Es war drei Uhr morgens, als ich ins Logbuch eintrug, dass wir das Leuchtfeuer Dubh Artach bei südlichem Wind, Windstärke vier, Vollmond und klarem Himmel passiert hatten. Ich hatte nach Mary gesehen, die nun tief und offensichtlich ruhig schlief. Torben hatte bei ihr gesessen, seit er in die Kajüte gegangen war. Als ich kam, sah er mich mit einem Blick an, in dem unsere ganze Freundschaft lag. Er war wieder der Alte und dennoch völlig verändert, so wie ich auch.

Ich ging wieder hinauf und setzte mich ins Cockpit. Jenseits von Dubh Artach lagen mehrere Tausend Seemeilen offenen Wassers. Noch immer war eine Spur Frühling in der milden Luft zu spüren. Die *Rustica* lief mit fünf Knoten Fahrt unter den Sternen dahin, die Selbststeueranlage führte uns nach Westen. Ich hatte noch Tage Zeit, bis ich festlegen musste, wohin wir segelten. MacDuffs Worte von der Grenzenlosigkeit des Meeres fielen mir ein. Ich zündete mir eine Zigarette an, goss mir noch etwas Kaffee ein und spürte Freiheit, grenzenlose Erleichterung und sogar etwas, das man Glück nennen konnte. Ungebrochene Horizonte, ständige Veränderung, Lebensfreude, eben dies musste MacDuff besessen und verloren haben. Es mir anzueignen sollte meine Art der Erinnerung an ihn sein.

EPILOG

Fünf Monate ist es her, seit das Leuchtfeuer von Dubh Artach sich im nächtlichen Dunkel vor den Hebriden verlor. Wo ich mich jetzt befinde, kann ich nicht sagen, noch nicht. Aber die Welt ist groß für ein Segelboot wie die *Rustica,* von den Nebelbänken Neufundlands und den Fjorden Chiles bis zu den Koralleninseln Madagaskars und dem Delta des Amazonas. Uns zu finden dürfte ein Leben in Anspruch nehmen.

Dicks Maschinenpistole und Marys Revolver hatte ich ins Meer geworfen, weil ich sie nie mehr benutzen wollte. Unser Heil lag einzig in der Flucht. Schon das, was ich wusste, reichte aus, uns ein Leben lang zu gefährden. Solange sich Mary an Bord befand, konnte alles geschehen, falls der Ring oder irgendeine andere der fanatischen Organisationen, denen Dick und O'Connell angehörten, uns aufspürten.

Mary kehrte allmählich ins Leben zurück. Sie und Torben haben die *Rustica* schon vor Langem verlassen, und sie sind jetzt weit fort. Mary und ich sind einander niemals nähergekommen, trotz einiger linkischer Versuche. Torben und ich sind nach wie vor Freunde, etwas aber hat sich verändert. Nach und nach habe ich eingesehen, dass seine Liebe zu ihr schon lange, bevor er ihr begegnete, existierte, so wie die Sehnsucht nach etwas Grenzenlosem, Absolutem. Torbens Widerwille gegen Symbole und Theorien hing vielleicht mit dieser Sehnsucht zusammen. Der Glaube an Kraft und Ernst der Worte, an Fiktion und Wirklichkeit als zwei Seiten der gleichen Realität, das Wissen um das Wesen des Lebens und seinen Sinn, all das, was die Druiden gelehrt und wofür sie gelebt hatten, war bei Torben schon immer vorhanden gewesen.

Ihm und Mary darf nichts zustoßen. Darum habe ich diesen Bericht geschrieben.

Ich habe ihn nicht geschrieben, um den Kampf der Kelten, ein freies Volk zu werden, aufzudecken und zu behindern. Im Gegenteil. Ich wünschte mir, dass die keltischen Völker keltisch sein dürften und dann vielleicht auch unabhängig. Jedes Volk, das frei sein will, muss das Recht haben, es zu sein. MacDuff hat mich verstehen gelehrt, dass es ein Völkerrecht gibt, das mit der Identität des Menschen zusammenhängt, ein von politischen Systemen unabhängiges Recht, das im geheiligten Namen des Nationalismus stets unterdrückt wurde. Wenn man einem Menschen den Namen nimmt, sagen die Kelten, ist es, als töte man ihn. Ebendies hat England in Wales, in Schottland und Irland getan und Frankreich in der Bretagne.

Nein, ich habe diesen Bericht nicht geschrieben, um den Kelten das Recht auf ihren Namen streitig zu machen. Ich habe ihn geschrieben, damit Mary, Torben und ich den Rest unseres Lebens nicht in Furcht verbringen müssen. Denn je mehr Menschen die Dinge kennen, die nach der Meinung gewisser Leute geheim bleiben sollten, desto geringer ist das Risiko für uns.

Ich weiß sehr wohl, dass es Schriftsteller gibt, die zum Tode verurteilt oder inhaftiert wurden, weil sie schrieben, was sie für die Wahrheit hielten. Aber ich kann nicht glauben, dass der Keltische Ring uns aus purer Rachgier bis ans Ende der Welt verfolgen wird. Die Wahrheit ist von den Kelten immer verehrt worden, und ihre weisen Männer haben das Wort stets über die Gewalt gestellt. Ich hoffe und glaube, dass sie in der Lage sein werden, ihre Freiheit zu erringen, ohne ein Geheimnis aus ihrem Kampf zu machen und ohne Blut zu vergießen, ohne Menschenleben zum Teil einer Gleichung zu machen.

Ich will noch sagen, dass ich diesen Bericht so wahrheitsgetreu und vollständig abgefasst habe, wie mir dies möglich war, und ich versichere, dass ich nicht mehr weiß, als was auf diesen Blättern steht. Mich, Torben oder Mary aus dem Weg zu räumen würde also keinen Sinn mehr machen. Die Punkte, die in dem Text unklar geblieben sind, bleiben nach wie vor auch mir unklar. Ich muss mich bei meinen Lesern dafür entschuldigen, dass ich auf diese Weise die Bedrohung, die auf mir liegt, an sie weitergegeben habe. Aber einen anderen Weg habe ich nicht gefunden.

An Bord der *Rustica*, August 1991

Björn Larsson im Unionsverlag

Der Keltische Ring

An einem stürmischen Abend hilft Segler Ulf dem Finnen Pekka beim Anlegen im Hafen. Daraufhin übergibt er ihm sein Logbuch, welches von einem mysteriösen Bund handelt: dem »Keltischen Ring«. Ulf beschließt, die Route des Skippers nachzusegeln. Der waghalsige Törn entlang der schottischen Küste wird bald zur Lebensgefahr.

Long John Silver

Der berühmte Held von der »Schatzinsel« muss einiges richtigstellen. Hier erzählt er sein Leben und gibt uns eine schonungslose Einführung in die Welt der Seeleute und Piraten, die ganz und gar anders ist als in romantischen Romanen und heroischen Biografien.

Träume am Ufer des Meeres

In vier Häfen begegnen vier Menschen einem geheimnisvollen Kapitän. Er verändert ihr Leben – und verschwindet dann spurlos. Ohne voneinander zu wissen, versuchen sie, ihn aufzuspüren. Schon bald wird die Suche nach dem Kapitän zur Suche nach sich selbst und zur größten Herausforderung, der sie sich jemals stellen mussten.

»Auf einzigartige Weise, bisweilen geradezu halsbrecherisch, beherrscht Larsson die Kunst des Abenteuerromans.«
Rheinischer Merkur

Nikos Kavvadias *Die Schiffswache*

Auf dem Chinesischen Meer, Ende der Vierzigerjahre, erzählen sich die Offiziere und Matrosen eines alten griechischen Frachtschiffs in langen Stunden des Wachens die Geschichten über das, was ihr Leben ausmacht: Träume, Abenteuer, Sehnsüchte. Einer der ehrlichsten und bewegendsten Schifffahrtsromane, die je geschrieben wurden.

Ignacio Aldecoa *Gran Sol*

Zwei spanische Fischerboote machen sich auf den Weg zur Fischbank Gran Sol westlich von Irland. Die Männer an Bord zweifeln, streiten, trinken und träumen, hadern mit dem Verlust ihrer Heimat und der Sehnsucht nach ihren Frauen. Sie sind allein mit sich auf dem urgewaltigen Meer, das ihnen Ort ewiger Bewährung ist.

Guy de Maupassant *Auf See*

Maupassants zeitlose Texte über eine zehntägige Kreuzfahrt mit seiner Jacht von Antibes bis Saint Tropez sind gleichzeitig eine Reise durch Geist und Seele des Schriftstellers. Während das Schiff ihn Welle für Welle in die endlose Weite der Gedanken trägt, holen ihn die kurzen Landgänge in die Gegenwart und das Schicksal seiner Zeitgenossen zurück.

Alexander Grin *Purpursegel*

Wie eine fremdartige Blume wächst das Mädchen Assol an einer rauen Meeresküste unter Fischern auf. Eines Tages verkündet ihr ein Märchenerzähler: »Ein weißes Schiff unter riesigen, leuchtenden Purpursegeln wird die Wellen durchschneiden und geradewegs auf dich zukommen.« Seitdem wartet sie auf den Tag, der sie aus ihrem bescheidenen Leben erlöst.